高山 大三國志

7 출사표

고산고정일

고산 대삼국지 [7] 출사표

꼭두각시

저녁을 마쳤을 무렵, 한 젊은이가 공명에게 뵙기를 청했다.

죽은 관운장의 셋째아들 관삭(關索)이었다.

관삭은 아버지 운장을 따라 형주에서 오나라 손권과 피나는 싸움을 계속하던 중 중상을 입고 포씨(鮑氏) 집 농원에서 치료를 받으며 요양에 힘쓰고 있었던 것이다.

"승상께서 이번 남정을 떠나실 때 저도 함께 데려가 주시기 바랍니다."

공명은 죽은 운장의 풍모를 닮은 젊은 무사를 믿음직스럽게 바라보며 고개를 끄덕였다.

"그대를 선봉에 가담시키겠다."

'제갈공명이 20만 대군을 이끌고 쳐내려온다.'

첩자의 급보를 받은 옹개와 주포와 고정은 서로 상의했다.

"지금 와서 용서를 빌어 보았자 공명은 우리를 본디대로 태수로 두지는 않을 것이다."

그리하여 공명에 대항해 싸우기로 했다.

이 세 장수의 연합군 선봉을 맡은 사람은 악환(鄂煥)이었다. 일찍이 관우·장비와 맞먹었다는 평을 듣던 여포가 다시 나타난 듯한 괴물이었다.

키는 7척이 넘고 용모는 마귀처럼 무섭고 괴상하게 생겼는데, 한 번 방천극을 휘두르면 만부부당이었다.

'제갈량 따위가 다 뭣하는 놈이냐!'

악환은 의기충천해서 잘 길들인 군마를 타고 나아갔다. 촉나라 선봉장 위연이 익주군의 국경(^{지금의}_{운남성 일대})을 넘자 대기하고 있던 악환이 앞을 가로막았다.

"내 기다린 지 오래다! 용기가 있으면 칼을 받아라!"

위연은

'……이놈이 악환이로구나.'

알아차리고 벼락 같은 소리를 질렀다.

"이 역적 놈! 죽음과 항복 중 어느 것을 택하겠느냐?"

"그 말은 내가 네게 하고 싶은 말이다!"

악환은 코웃음치고 나서 바람을 일으키며 돌격해 들어왔다.

맹장 위연도 이 괴물 같은 악환의 허공을 가로지르는 방천극의 위력에는 놀랐다. 이대로 1대 1의 싸움을 계속하면 자신이 위태로울 것 같았다.

'……속임수를 써서 사로잡는 것이 좋겠다!'

그렇게 생각한 위연은 갑자기 못당해서 달아나는 것처럼 말머리를 돌렸다.

"이 비겁한 놈! 어디로 달아나느냐!"

악환이 미친 듯 날뛰는 데에는 당할 재간이 없었다. 그런데 전술이란 것을 전혀 모르는 우둔한 장수였다. 그는 덮어놓고 뒤를 쫓으며 위연의 목을 치려 했다.

몇 마장을 달리자 갑자기 좌우 숲속에서 '와아' 하고 함성이 올랐

다. 악환의 퇴로를 차단한 것은 장익과 왕평의 군사였다. 순간 위연
도 말머리를 돌려 달려들었다.
"이 괴물 같은 놈! 어디 도망갈 길을 뚫어 보아라!"
"네놈은 뭣하는 놈이냐!"
신장처럼 날뛰는 악환을 향해 사방에서 갈고리 줄이 던져졌다.
말이 줄에 걸려 무릎을 꿇었고, 악환의 칼 잡은 팔도 갈고리에 걸
렸다.
순간 위연의 칼이 말 목을 쳤다. 악환이 껑충 솟았다가 넘어지는
말과 함께 땅바닥으로 굴렀다. 거기에 장익과 왕평이 뛰어들었다.
본영으로 끌려온 악환은 온몸이 피투성이가 되어 있었다.
악환이 공명을 본 것은 이때가 처음이었다.
머리에 윤건을 쓰고, 몸에는 학창의를 걸치고, 손에는 백우선을
든 청아한 대군사 앞으로 끌려 나온 악환은, 그 맑은 두 눈을 대하
는 순간 이상한 전율을 느꼈다.
"그대는 누구의 부하인가?"
공명이 묻자 악환은 저도 모르게 머리를 숙이며 대답했다.
"월수태수 고정 장군을 모시고 있습니다."
그러자 공명은 위연에게 명령했다.
"묶은 것을 풀어 주도록 하오!"
"무슨 말씀을?"
위연과 장익과 왕평은 다같이 어이가 없는 듯 공명을 바라보았다.
이 괴물을 사로잡는 데 얼마나 애를 썼던가. 또 비록 피투성이가
되어 있기는 하지만 작은 상처밖에는 입지 않았다.
묶은 것을 풀어 주면 느닷없이 공명에게 뛰어들지도 모른다.
공명은 아직 한 번도 허리에 칼을 찬 적이 없는 군사였다.
맹호같은 악환에게 습격당하면 금방 목숨이 위태로울 것이다.
위연 등은 서로 마주보며 망설였다.

"자유로운 몸이 되게 해 주라는 거요."

공명이 다시 말했다.

하는 수 없이 위연이 악환의 몸을 꽁꽁 동여맨 밧줄을 풀어 주었다. 장익과 왕평은 만의 하나 공명의 몸을 지키기 위해 칼을 뽑아들고 서 있었다.

그러자 공명은——

"장군들은 물러나오."

위연이 외쳤다.

"승상, 이놈은 사람이 아닙니다!"

"아냐, 우리와 다를 것이 없어."

공명은 미소를 지으며 재촉했다.

"이리 가까이 오도록 하오. 나는 그대의 주인 고정이 결코 촉나라 천자를 배신할 그런 절개 없는 사람이 아니란 것을 잘 알고 있소. 필시 옹개의 꾐에 넘어갔을 것이오. ……그대를 풀어 돌아가게 해줄 테니 고 태수에게 내 말을 전하도록 하오. 이 공명은 절대로 고 태수를 미워하지 않는다고 말이오."

공명은 그렇게 타이른 다음 위연에게 명령했다.

"영문 밖까지 안내해 주도록 하오."

괴물 악환도 공명의 뜻하지 않은 용서가 믿어지지 않는 표정이었으나, 문득 정신이 돌아오자 무릎을 꿇고 엎드렸다.

"황공하옵니다!"

말을 얻어 타고 쏜살같이 자기 진영으로 돌아온 악환은 공명의 말을 그대로 고정에게 전했다.

"제갈 승상은 소문에 듣던 대로 천 년에 한 번 나올까 말까 한 대군사라는 것을 가슴에 깊이 깨달았습니다. 제갈 군사에게 반항하는 것은 공연히 자기 목숨을 버리는 것인 줄 압니다."

"나도 승상과 맞서 싸워서는 도저히 승산이 없다는 걸 알고는 있지만……."

고정은 팔짱을 낀 채 고개를 갸웃하며 난처한 표정을 지었다.

그 이튿날 옹개가 고정의 진영으로 찾아왔다.

"악환이 싸움에 패하고도 살아 돌아왔다고요? ……공명의 술책에 걸려들었으면 사로잡혔을 것이 틀림없는데, 무사히 돌아오다니 어떻게 된 걸까요?"

"제갈 승상은 악환이 마음에 들었던 모양이오. 풀어 주어서 돌아온 거요."

"하하하……. 고 태수, 공명은 우리 사이를 이간시키려는 거요. 그 꾀에 넘어가서는 아니 되오."

그런 충고를 받았으나 고정은 벌써 눈앞에 있는 옹개보다는 공명 쪽을 더 믿고 싶은 심정이었다.

그렇다고 지금 당장 옹개를 배신할 수도 없었다.

그로부터 열흘 동안 옹개와 고정은 여러 차례 공격해 왔다. 그러나 전투다운 전투는 한번도 없었다. 위연이 약간 싸우는 척하다가는 금방 물러났기 때문이다. 그 뒤를 깊이 쫓다가는 반드시 공명의 술책에 말려들 것으로 안 옹개는, 공격을 중지하고 되돌아갈 수밖에 없었다.

그러나 이대로 공연히 날짜만 끌게 되면 점점 더 불리해진다.

어느 날 옹개와 고정은 각각 3만 군사를 이끌고 촉나라 선봉을 돌파했다.

공명은 이때를 기다리고 있었다.

위연을 시켜 군사를 둘로 나누어 도중에 매복시켜 두었다가, 쳐들어온 옹개와 고정의 군사를 빠져나가게 한 다음 그 등 뒤를 찔렀다.

옹개와 고정은 다같이 군사 3분의 2를 잃고 달아났다. 공명은 사로잡은 군사들을 옹개군과 고정군으로 각각 나눠 두고, 촉나라 군사를 그 속에 끼어들게 만든 다음 소문을 퍼뜨렸다.

"고정의 부하 군사는 살려 보내지만, 옹개의 군사는 한 사람도 남
기지 않고 처형시킨다고 한다."

그렇게 해 두고 공명은 며칠 뒤 옹개의 군사를 앞으로 끌어내게
했다.

"너희들은 어느 쪽 군사냐?"

그러자 한 사람도 주저 없이 대답했다.

"고 태수의 부하 군사이옵니다."

"그래? 그렇다면 처형은 하지 않겠다."

처형은 물론 가벼운 벌 하나 받지 않았다. 그뿐인가, 술과 음식을
배불리 얻어먹고 풀려났다.

다음에 공명은 고정의 군사들이 끌려나오자 말했다.

"너희들은 벌하지 않고 오늘 석방시켜 주겠다. 돌아가거든 고 태
수에게 전하라. 옹개는 어젯밤 밀사를 보내어 고정과 주포의 목을
베어 항복의 선물로 바치겠다고 말했다. 아주 비열한 놈이다. 너
희들은 옹개 같은 못난 주인을 모시지 않아 다행이다. ……그러
나 너희들이 만일에 다시 쳐들어왔을 때는 한 사람도 빼놓지 않고
모두 다 죽일 테니 그런 줄 알아라."

풀려난 군사들은 자기 진영으로 돌아오자 공명이 한 말을 고정에
게 보고했다.

"옹개란 놈은 멀쩡한 얼굴로 승상과 내통하고, 나와 주포를 없애
기로 작정한 걸까?"

그러나 그토록 맹약을 한 옹개가 그런 간사한 꾀를 쓴다는 것은
얼른 믿기 어려웠다. 고정은 곧 첩자를 놓아 옹개의 진영을 살피게
했다.

그러자 살아서 돌아온 군사들은 누구나가 다 가능하면 고정의 부
하로 들어가고 싶어한다는 것을 알게 되었다.

마침내 옹개에 대한 고정의 의구심은 불신감으로 굳어졌다. 그러

나 일단 다른 첩자를 촉나라 진영으로 보내 보았다.

공명은 당장 그 첩자를 붙잡아 앞으로 데려오게 한 다음, 일부러 옹개가 보낸 첩자로 잘못 생각한 시늉을 하며 호통쳤다.

"너는 옹개가 보낸 첩자렷다. 너의 주인은 앞서 고정과 주포의 머리를 선물로 바치고 항복을 하겠다는 밀서를 보내고도 아직 그것을 실천하지 않고 있다. 당장 돌아가 너의 주인에게 이 공명이 의심하고 있다고 전해라."

그리고 비밀 편지를 써 옹개에게 전하라고 주었다.

고정의 첩자는 밀서를 받아들자, 날아갈 듯이 자기 진영으로 돌아갔다.

밀서를 읽은 고정은 온몸의 피가 거꾸로 치솟는 분노를 느꼈다.

"옹개란 놈은 절대로 용서할 수 없다. 선수를 써서 내가 먼저 죽이고 말 테다!"

공명의 이간책은 참으로 절묘한 것이었다.

전란시에는 설사 자기 피로 혈서를 써서 마주 교환한 사이라 할지라도, 자신이 살아 남기 위해서는 그 맹약을 헌신짝 버리듯 한다.

어찌 난세뿐인가. 평화시에도 자신이 윗자리에 오르기 위해서는 어제까지의 친구를 내일에는 배신해야만 한다. 약육강식(弱肉强食)은 선악의 문제를 넘어선 생존의 법칙이다. 아무리 인간일지라도 들짐승과 다를 것이 없다.

오히려 지혜와 능력을 가진 사람일수록 살기 위해 취하는 수단은 잔인하고 각박하다고 말할 수 있을 것이다. 우리는 역사 속에서 수십 년 생사를 같이해 온 친구를 태연히 배신하고 죽인 예를 얼마든지 볼 수 있다.

제갈공명은 이 생존 법칙을 이용해서 어제의 동지들이 오늘의 생사를 걸고 싸우게 만드는 천재였다.

옹개.

고정.

주포.

이들 세 사람의 성격을 비교해 볼 때——

'……책략에 가장 말려들기 쉬운 사람은 고정이다.'

공명은 고정의 성정을 꿰뚫어 보았던 것이다.

과연 고정은 공명이 꾸민 교묘한 이간책에 말려들고 말았다.

'……옹개란 놈! 그토록 굳게 맹세를 하고 나서 뒷구멍으로 나와 주포의 머리를 선물로 바치고 제갈량 앞에 무릎꿇을 계획을 하고 있다니!'

고정은 공명에게 사로잡혔다가 용서받고 살아온 맹장 악환을 불러 물었다.

"나는 옹개에게 감쪽같이 속았다. 그놈에게 하마터면 목이 달아날 뻔했다. ……선수를 써서 그 놈을 죽이고 말겠다. 무슨 좋은 꾀가 없겠는가?"

"소장 생각으로는 옹개가 과연 배신을 했는지 여부를 먼저 확인하는 것이 어떨까 싶습니다. 그러기 위해서는 적당히 술자리를 베풀고 옹개를 초대하십시오. 만일 그에게 배신할 생각이 없으면 기꺼이 초대에 응하게 될 것이고, 응하지 않을 때는 딴 생각이 있다는 증거입니다. 딴 생각을 갖고 있다는 것이 분명해질 때는 이 악환의 방천극이 가만 있지 않을 것입니다."

"알았다."

고정은 옹개에게 밀서를 보냈다.

　제갈량을 무찌르기 위해서는 일찍이 없었던 묘한 꾀를 생각해 내지 않으면 안 됩니다. 첩자를 놓아 알아보았던바 아무래도 주포는 공명이 두려워 우리에게서 떨어져 나갈 기미가 있으므로, 장군

과 나 둘이서만 긴밀히 상의하고 싶습니다. 부디 왕림해 주시기
바랍니다.

　한편 옹개 쪽에서는 촉나라에 사로잡혔던 자기 부하들이, 고정
의 군사라고 거짓말을 하자 공명이 살려 보내 주었다는 말을 듣고
있었으므로 의심을 품고 있었다.
'……어쩌면 고정은 벌써 공명과 내통하여 맹약을 깨뜨리려 하고
있는 것이 아닐까? 그럴듯하게 묘한 꾀니 어쩌니 하는 거짓말로
나를 초대해 놓고 목을 칠 생각인지도 모른다.'
조심하는 것이 제일이라고 생각한 옹개는, 밀서를 가지고 온 사람
에게 핑계를 대며 초대를 거절했다.
"감기로 몸이 좀 좋지 못하니, 며칠 뒤에나 초대에 응하겠다고 전
하오."
"역시 그랬구나! 악 장군, 그놈은 배신자가 틀림없다!"
고정은 소리쳤다.
"태수! 오늘밤 안에라도 옹개의 본영을 정면에서 공격하십시오.
소장은 뒤쪽에 숨어 있다가 달아나는 옹개를 무찌르겠습니다."
악환은 대답했다.
"음! 부탁한다, 악 장군!"
고정은 옹개의 머리를 선물로 바치고 공명에게 용서를 빌기로 작
정했다.
　한편 옹개는 고정에 대해 의심을 품고는 있었지만, 자기를 배신한
확실한 증거가 있는 것도 아니었다. 그래서 며칠이 지난 뒤에 이번
은 자기 쪽에서 밀서를 보내 고정을 초대할 작정이었다. 서로 대화
를 해 보면 자기들이 공명의 이간책에 걸려 있는 것이 판명될지도
모른다고 생각하고 있었다.
　따라서 고정이 갑자기 야습해 오리라는 것은 꿈에도 생각지 않고

있었다.

우왓!

야앗!

깊은 밤의 정적을 깨뜨리는 함성을 듣고 벌떡 일어나는 순간, 옹개는 공명의 명령을 받은 위연이 겹겹이 둘러싸인 방위진을 뚫고 쳐들어온 것으로 착각했다.

심복 한 사람이 달려와서 말했다.

"태수! 고정이 배신했습니다!"

그제야 옹개는 상황을 파악했다.

"뭐야? 역시 고정이란 놈이 공명과 내통하고 있었단 말인가!"

옹개는 분해서 이를 갈았다.

옹개에게 더욱 불리했던 것은 군사의 반수가 공명의 용서로 살아 돌아온 사람들이었다는 점이다.

고정의 부하라고 하자 공명이 풀어 주어서 돌아온 군사들은 고정의 군사와 싸울 생각이 있을 리 없었다.

"태수님! 오늘밤은 우선 몸만 피하도록 하십시오! 만왕 맹획의 구원병을 얻어 뒤에 원수를 갚도록 하는 도리밖에 없습니다."

심복들의 필사적인 권유에 따라 창자가 끓어오르는 것을 참고, 옹개는 정신없이 말을 타고 달렸다.

그러나 얼마를 가지 않아 무서운 북소리와 함께 앞을 가로막는 장수가 있었다.

"옹개, 이 배신자! 악환이 여기 기다리고 있다!"

군사들이 들고 있는 횃불에 떠오른 괴물 악환의 큰 몸뚱이를 보는 순간, 옹개는 앞이 캄캄했다.

"살려주오!"

체면도 자존심도 없이 옹개는 창을 내던지고 두 손을 모았다.

"얼빠진 녀석 같으니! 네가 정녕 태수란 말이냐!"

악환의 방천극이 허공을 번쩍이고 지나갔다.

옹개의 머리는 허공 높이 튀어올랐다.

벌써 그때 옹개의 군사들은 모조리 고정에게 항복했다.

싸움다운 싸움 한번 없이, 고정은 옹개의 머리를 베었다.

곧 고정은 급사를 공명에게로 달려보내 이런 사실을 알린 다음, 전군을 이끌고 촉나라에 항복했다.

공명은 자기 앞에 무릎을 꿇고 옹개의 머리를 바치는 고정을 내려다보면서도 눈썹 하나 까딱하지 않았다.

고정은 조심조심 머리를 조아렸다.

"촉나라를 배반한 죄는 씻을 길이 없사오나, 주모자인 옹개의 머리를 베어 용서를 비는 소장에게 결코 두 마음이 없음을 알아 주시기 바랍니다."

그러자 공명은 차갑게 쏘아붙였다.

"그대는 만왕 맹획의 지령으로, 일부러 옹개를 배신하여 나를 속이려 하고 있다. 그것은 손바닥을 들여다보는 것처럼 환하다."

그리고 좌우에 있는 무사들에게 당장 고정을 끌어내 처형하라고 명령했다.

고정은 기가 막혔다.

"승상! 승상께서 어찌 이 고정의 참뜻을 그렇게도 모르십니까? 옹개의 머리를 베어 승상께 바치는 이 고정이 맹획의 지시를 받았다는 말씀은 억울합니다."

"그대가 나를 속이려 하는 증거가 여기 있다."

"어떤 증거이온지……?"

공명은 작은 상자 속에서 한 통의 비밀 편지를 꺼내 고정에게 건네 주었다.

그것은 주포가 보낸 것이었다.

　고정은 일찍부터 만왕 맹획의 신임을 받아 왔습니다. 생사의 맹약을 맺은 옹개를 죽인 다음 항복하면, 반드시 공명을 속일 수 있을 것이므로 그렇게 하라는 맹획의 명령을 받고 있는 것을 이쪽 첩자가 알아냈습니다. 그러니 절대로 고정은 믿지 마시기 바랍니다. 이 주포야말로 진심으로 지난 날의 잘못을 뉘우치고 있사오니 저의 죄를 용서해 주시기 바라옵니다.

읽고 난 고정은 크게 고개를 내두르며 외쳤다.
"이것은 주포가 나를 함정에 빠뜨리고 혼자만 살아 남겠다는 생각에서 꾸며낸 일입니다!"
이 필사적인 변명에 대한 공명의 대답은 차갑기만 했다.
"그대의 말을 믿어야 할지 주포의 말을 믿어야 할지? 이를 해결하는 방법은 하나밖에 없다. 그대가 주포의 머리를 베어 이리로 가져오는 일이다."
공명의 말을 듣는 순간 고정은 얼굴이 창백해졌다.
공명은 맑은 눈빛을 던지며 고정의 결심이 서기를 기다렸다.
이윽고 고정은 결심하고 공명을 우러러보았다.
"소장이 주포의 머리를 베어 오면 승상께서는 저에 대한 의심을 풀어 주시겠습니까?"
"물론이다."
공명은 가볍게 고개를 끄덕였다.
　남을 속이는 사람과 그 꾀에 넘어가는 사람, 그것은 곧 지능의 차이이겠지만, 이 경우 설사 고정이 공명과 같은 지능을 가지고 있었다 하더라도 주포를 칠 결심을 하지 않을 수 없었을 것이다. 거절하면 제 목이 달아나는 판이 아닌가.
　즉시 공명의 본영을 나선 고정은 심복인 악환 이하 옹개의 군사까지 합쳐 거느리고 주포의 진영으로 곧장 말을 달렸다.

물론 주포는 공명이 고정에게 보여준 밀서 같은 것을 보낸 일이
없었다.

"고정 태수가 이리로 오고 있습니다."

주포는 보고를 받자 고개를 갸웃했다.

"무슨 일일까?"

고정을 진영으로 맞아들인 주포가 물었다.

"탐색대의 보고에 따르면 옹개는 장군과 나를 배신하고 공명에게
항복할 계획을 하고 있다는데, 그것이 정말이오?"

"정말이다뿐이오! 그 때문에 내가 선수를 쳐서 옹개를 없애고 말
았소."

"그 옹개가 우리를 배신했다는 건 믿기 어려운 일인데……?"

주포는 침통한 표정을 지었다.

고정은 어제까지의 자기편을 날카롭게 바라보며 말했다.

"배신자는 옹개뿐이 아니오!"

"무슨 말씀을?"

"또 한 사람, 이 고정을 배신하려는 사람이 있소!"

"……."

"그건 당신, 주포요!"

고정은 손가락질을 했다.

"무슨 그런 터무니없는 소릴! 무슨 증거로 그같은 의심을 하는
거요? 장군은 공명의 술책에 넘어갔소!"

주포는 얼굴빛이 싹 달라지며 소리를 질렀다.

"말은 필요치 않다!"

그러자 옆에서 악환이 큰소리를 치며 방천극으로 주포의 목을 내
리쳤다.

고정이 큰 소리로 외쳤다.

"복종하지 않는 자는 모조리 목을 베겠다!"

그러자 주포의 군사들은 주저없이 무릎을 꿇고 복종을 맹세했다. 고정은 항병들을 이끌고 돌아와 공명에게 주포의 목을 바쳤다. 그러자 공명이 웃으며 말했다.

"그대에게 두 도적을 없애게 한 것은 그대의 충성심을 시험해 보기 위해서였다."

공명은 고정을 익주태수로 임명했다. 또한 악환에게도 그 공에 걸맞는 벼슬을 내렸다.

이로써 공명은 반간계를 사용해 옹개와 주포를 갈라놓고 고정으로 하여금 그들을 습격해 반역을 일거에 평정할 수 있었다. 고정은 그의 소원대로 익주태수에 임명돼 건영(建寧)·장가(牂牁)·월수(越嶲) 삼군을 총괄하게 되었다.

마음을 치다

　끈질긴 만왕 맹획의 공격에도 끝내 꺾이지 않고, 촉한을 위해 끝까지 성을 지킨 것은 영창태수 왕항(王伉)이었다.
　건영·장가·월수 세 고을을 평정한 공명은, 영창으로 군대를 진주시키고 왕항의 마중을 받으며 성 안으로 들어갔다.
　공명은 왕항이 남만의 대군과 혼자 맞서 싸워 끝내 함락당하지 않은 것은 무엇 때문이었을까, 하고 이상하게 여겼다. 왕항은 충성심이 강한 무장이긴 하지만 지략이 뛰어난 사람은 아니었던 것이다.
　공명은 왕항과 마주앉자 물었다.
　"장군을 도와 이 성을 끝내 지키게 한 사람은 어떤 책사였소?"
　"승상께서는 이 성이 함락당하지 않은 것은 소장의 힘으로써가 아니라 누군가의 지능에 의한 것이라고 내다보고 계셨던가요? ……사실 그렇습니다. 1년 전 소장이 후한 예로써 군사로 맞은 이 고을 불위(不韋) 출신인 여개(呂凱)란 사람의 힘에 의해 남만군의 공격을 물리칠 수 있었습니다."
　공명은 곧 여개를 부르게 했다.

얼른 보아서는 아주 평범한 인물로 한낱 시골 서생으로밖에 보이지 않았다.

그러나 공명은 몇 마디 주고받는 가운데 보는 눈을 새롭게 하지 않을 수 없었다.

'……이건 보통 인물이 아니다.'

"남중을 칠 때 그대를 내 참모로 삼을까 한다. 숨김없는 의견을 들려줄 수 있겠는가?"

공명의 말에 여개는 품속을 더듬더니 그림지도 한 장을 꺼냈다.

"이걸 보시지요."

그러더니 책상 위에 그걸 펴 놓는다.

그림은 손을 타서 다 닳아빠졌고 온통 구겨져 있었다. 게다가 먹으로 지우기도 하고, 빨강 칠을 하기도 하고, 또 지워 없앤 자리에 다른 종이를 붙여 두기도 했다. 그것을 들여다보는 장수들은 하도 지저분해서 눈살을 찌푸렸다.

오직 공명만이 미소를 띠고 들여다보았다. 그 지저분함이, 여개가 남중을 어떻게 정복할 것인가를, 적어도 1년을 두고 고심한 끝에 만들어냈음을 여실히 보여주고 있었기 때문이다. 공명은 이 그림, '평만지장도(平蠻指掌圖)' 한 장을 얻음으로써 남만왕 맹획을 항복시킬 확신을 얻게 되었다.

"내 그대를 행군교수(行軍敎授)에 임명하여 남중 땅을 진격해 들어가는 안내역을 맡기리라."

공명은 명령했다.

"감사히 받겠습니다."

여개는 당연히 그 일을 맡게 될 줄 알았다는 그런 태도였다.

공명은 그 본영을 옹개가 지키고 있던 건영성에 두었다.

그 때——

남해(南海) ──

광주(廣州) 한구석에 붉게 칠한 기둥에 부연을 높이 단 건물이 있었다. 교주왕이라 일컬어진 사섭 노인이 남해에 오게 되면 이곳을 숙사로 삼는다.

그로부터 60장(丈)쯤 떨어진 곳에 넓은 정원이 딸린 저택이 한 채 있었다. 일대는 빈파(頻婆)라는 아열대 수목이 울창했다.

그 집은 전한 때 남월 왕의 궁전이었다고 전해지지만, 지금은 오왕 손권의 노여움을 사서 귀양 온 우번의 주거로 지정돼 있었다.

어느 쪽이나 누각에 올라서면 창문으로 상대편 정원을 굽어볼 수 있었다.

"엉뚱한 사나이가 상대야! 덕분에 평안한 노후 생활을 즐길 수가 없게 됐다."

사섭 노인은 새하얀 수염을 쓰다듬어가며 누각 창문으로 우번의 집을 굽어보았다. 이 노인은 그곳에 사는 인간을 또한 제갈공명에 버금가는 엉뚱한 사나이라고 보았다.

사섭은 애당초 오왕 손권의 지시로 서남 이민족을 선동하여 촉한에 대해 반란을 일으켰던 것이다. 그 지시를 받았을 때는 유비가 관우의 복수전을 위해 장강을 내려오고 있을 무렵이었다.

그때 오나라와 촉나라는 원수 사이라 적의 후방을 교란하는 것이 정석(定石)이었다. 하지만 그 뒤 공명이나 등지의 활약으로 촉과 오는 화친을 맺고 동맹 관계에 들어갔다.

그래서 사섭이 선동 활동을 중지하고 있으려니까 손권에게서 꽤 엄한 명령이 전달되었다.

"이제까지와 마찬가지로 옹개들을 후원하여 남중 땅의 소란을 조장(助長)시켜라!"

동맹의 이면에는 저마다의 계산이 있었다.

'그렇다면 나도 표면은 표면, 이면은 이면으로 행동하자!'

사섭은 결정했다.

제갈공명의 공작 손길이 뻗쳐왔던 것이다. 서남 이민족의 반란 집단을 약체화시켜 준다면 재물을 주겠다는 제의가 온 것이다.

그래서 사섭은 옹개에게 은밀히 요망했다.

'잠시 그대로 있으라!'

사섭은 옹개에게도 재물을 주고 있었던 것이다.

옹개는 아무것도 없는 곳에 불을 질러 반란다운 기세를 올리고 있었지만 사실은 대단한 활약을 한 것도 아니었다.

사섭은 손권의 명령과 제갈공명의 매수 공작 사이에 끼어 적당히 얼버무리고 있었다. 그리하여 여러 가지로 득실을 저울질해 보았다.

언제까지나 모호한 태도를 계속할 수는 없다. 언젠가는 태도를 분명히 하지 않으면 안 된다.

이대로라면 제갈공명이라는 영걸이 있는 촉한이 예상 외로 힘을 길러 단숨에 남하하여 교주를 위협할 염려도 있다. 그 때문에 서남 이민족을 선동했던 것이다. 오왕에게 꼭 명령받았기 때문만도 아니다. 하지만 그것은 아무래도 임시 방패막이 수단처럼 생각된다. 만일 공명이 마음만 먹는다면 서남 이민족 반란 따위는 금방 진압하고 말리라.

'지금 촉한은 오나라와의 수교에 힘을 기울이고 다른 일은 돌보지 않고 있다. 하지만 이윽고……'

그때가 되면 교주는 아주 위험하다. 이제까지 서남 이민족을 선동한 일이 있던만큼 '토벌'을 받아도 할 말이 없다.

'슬슬 대책을 강구해야 한다.'

이렇게 생각하기 시작할 무렵 마침 공명의 교섭이 있어 잘 됐다 싶었다.

그런 판에 엉뚱한 사나이 우번이 귀양을 왔다. 사섭은 아들들로부터 우번이 유형당하게 된 경위를 듣자 '옳지!' 하는 느낌이 들었다.

사섭의 직감이 틀리지 않는다면 우번은 손권의 밀명을 받고서 교주로 감시하러 온 것이다. 대상은 말할 것도 없이 사섭 일족의 서남 이민족 공작이 틀림없으리라.

아무리 위장 공작을 하더라도 무창에 있는 손권의 귀에 서남 이민족의 정세가 수상쩍다는 정보가 들어갔을 것이다. 손권은 그것을 조사하고 싶었지만 정식 사자를 보내면 노회한 사섭은 어떻게든 발뺌을 할 것이다——그래서 조금 색다른 방법을 쓴 것이리라.

'주군의 노여움을 산 가신이 교주에 귀양 온다.'

이러면 현지의 사람들은 누구도 의심하지 않을 것이 아닌가?

실제로 사섭의 아들 사휘도——

"설마 그럴 리가……?"

곧이 들으려 하지 않았다.

"쉰 살이나 되고도…… 멍텅구리 녀석이야."

사섭은 여느 때의 입버릇처럼 말하고——

"잘 생각해 보아라! 이제까지 우번은 두메 산골에 귀양가 있다가 석방되지 않았는가. 사면된 지 얼마 안 되었는데 또 주군을 거슬려 귀양을 왔다. 이것은 이상하지 않은가?"

"아무튼 기인(奇人)이어서……."

"기인일지도 모르지. 하나 기인이란 소문이 요즘 갑자기 높아졌어. 일부러 그렇게 만든다는 느낌도 들고. 뭐, 그것은 좋지만 간언하여 한 번은 처벌되었다 하자. 간언이란 나라를 걱정하여서 하는 법이다. 그런데 이번에는 다르다. 항복한 장군을 괴롭힌다든가, 주군의 건배를 무시한다든가, 신선의 이야기를 우습게 본다든가, 모두가 도무지 나라 일과는 관계없지 않느냐. 직간하는 충신이 이제는 술주정이나 하는 개망나니가 되었다. ……알겠느냐? 이런 이야기를 듣게 되면 누구나가 통쾌한 느낌을 가진다. 주군에게 굽실거리는 인간이 많은 세상이다. 이런 교만한 인간에게는 박수

라도 보내고 싶어진다. 그러나 실제로는 좀처럼 할 수 없는 일이다. 그런 짓을 하게 되면 언제 목이 잘릴지 모르잖느냐. ……그런데 우번은 어떻게 그런 짓을 할 수 있었을까? 처음부터 그런 각본이 씌어 있었던 것이 아닐까? 주군을 멋대로 등신 취급을 하다가 먼 교주로 유배된다. 누구라도 그것이 당연하다고 생각하리라. 목숨만이라도 부지한 것이 다행이었다고. 모두들 그는 기인이니까, 하여 별로 이상하게도 여기지 않는다. ……우번이 교주에 온 것은 자연스럽지 않으냐? 자연스럽게 보여야 하는 것이었다. 우리를 탐지하기 위해선 말이다.”

80노인의 말이라 생각되지 않을 만큼 조리가 정연했다.

“그렇긴 하지만 복잡한 수속을 밟았군요.”

아들 사위는 아직도 고개를 갸웃한다.

“나를 속이겠다는 생각이므로 오왕도 복잡한 수를 쓴 것이야. ……아마 장소의 지혜일 테지만. 흥, 나이는 먹었지만 그리 쉽게 넘어가지는 않는다!”

“어떻게 꿰뚫어 보셨습니까?”

“부도의 여자와 오두미도 사내가 동행하고 있다는 말을 듣고서 나도 퍼뜩 느꼈던 거야. 그자들은 신자들 사이를 자유롭게 다니며 여러 가지 정보를 모으든가 공작을 할 수가 있지.”

그러면서 사섭은 날카롭게 우번의 저택에 눈길을 보냈다. 아들이 물었다.

“왜 그러십니까?”

“저 집이 무슨 일 때문인지 소란스럽구나!”

사섭의 말이 끝나기도 전에 이쪽도 소란스러워졌다. 누각의 층계를 허둥지둥 뛰어올라오는 발소리가 들렸다.

사섭이 소리 질렀다.

“무슨 일이냐? 소란스럽구나!”

층계를 올라오던 자는 채 모습도 나타내기 전에 외쳤다.

"옹개가 죽었습니다!"

"뭐라고, 옹개가!"

사섭은 벌떡 일어섰다. 그 얼굴에 괴로운 빛이 감돌았다. 이윽고 그는 중얼거리며 다시 주저앉았다.

"어쩐지 우번의 저택이 소란스럽다 싶더니……."

예상 외로 공명의 공격은 신속 과감했다. 이제 옹개가 죽었으니 나머지 강경파인 맹획이 서남 이민족 지도자가 되리라. 맹획은 인망이 있다고 한다. 통솔력도 남다르다고 한다. 촉한을 상대로 남중에서 마음껏 싸우겠지……?

"위나라도 제법이구나!"

얼마쯤 있다가 사섭은 중얼거렸다. 촉나라 변경이 어지러워 득을 보는 것은 지금의 시점에서 누구일까? 촉나라 동맹국인 오나라보다 공명의 북벌을 겁내는 위나라가 아닐까?

사섭은 비로소 모략의 깊은 못을 들여다본 느낌이었다.

"장소로구나. ……우번을 교주까지 보낸 장본인은!"

사섭은 고개를 설레설레 흔들었다.

오나라에는 옛날부터 친유비와 친조조 양파가 있었다. 전자의 대표가 지금은 죽고 없는 노숙이고 후자의 대표가 아직도 건재해 있는 장소였다.

"할 수 없지. 될 대로 되라고 할 수밖에……."

노인은 눈을 감았다.

이 무렵 공명은 본영을 옹개의 근거지인 건녕(建寧)에 두고 있었다. 그리고 마속과 앞으로의 작전을 의논했다. 마속이 말했다.

"맹획은 자신의 힘을 너무 지나치게 믿고 있습니다. 이것은 남중이 멀리 구석진 땅으로 험한 산악과 계곡으로 가로막혀 있기 때문에, 아직 한 번도 큰 군사의 공격을 받은 일이 없고, 따라서 싸워서 진다는 것을 모르기 때문입니다. 여기에 맹획의 약점이 있습니다. ……승상께서 치고 들어가 맹획에게 평생에 처음 당하는 패배를 맛보게 하면, 그는 지금까지 패한 일이 없다는 것을 자랑하고 있기 때문에 승상께 원한을 품게 될 것입니다. 그러므로 오늘 패해서 승상께 무릎을 꿇더라도 내일은 반드시 촉나라를 배반하게 되리라 생각합니다. ……맹획의 귀순은 절대로 믿을 수 없습니다. ……뒷날 승상께서 위나라를 치기 위해 중원으로 군사를 내보내시면, 맹획은 그 틈을 타서 국경을 침범하게 될 것입니다. 맹획이란 그런 사람으로 봅니다.”

“그런 사람을 한평생 배반하지 않도록 만들려면 어떤 수단을 써야 할까?”

“소장이 생각하는 전법으로는, 만병을 모조리 죽여 없애는 것이 아니고, 맹획의 마음을 사로잡는 것입니다. 전번에도 말씀드렸지만 마음을 치는 것이 상책이요, 성을 치는 것은 하책입니다. ……맹획의 마음을 어떻게 치고 어떻게 사로잡느냐 하는 것은 승상께서 생각하실 일인 줄 압니다.”

“마속, 그대는 내가 죽은 뒤 촉나라를 두 어깨에 질 역량을 가지고 있는 것 같다. 그러나 자신의 재주를 믿고 설사 상관의 명령을 어기더라도 결과만 좋으면 된다는 공명심을 갖지 않도록 미리 부탁해 둔다.”

“승상의 말씀을 가슴 깊이 간직하겠습니다.”

삼동원수(三洞元帥)

이(夷)니 만(蠻)이니 하지만 이 근처의 소수 민족은 묘(苗)·이(彝)·통(侗)·장(壯)·요(搖) 등으로, 용모로 볼 때 한족과 그다지 다를 것이 없었다. 한인과 다름없는, 아니 그 이상의 교양을 몸에 지닌 인물도 있었다.

맹획이 그랬다.

옹개가 죽고 난 뒤 틀림없이 맹획이 그 뒤를 이으리라 여겨졌다. 지난 1년 남짓한 사이 옹개는 자기들 동료 사이에서 인기가 없었다. 어디서 얻었는지 모르는 재물을 그가 가지고 있다는 소문도 있었다. 첩의 수도 갑자기 늘었다.

"옹개 태수의 행동이 수상쩍어."

족장들 사이에 이런 소리가 높았다. 그러므로 옹개가 고정의 부하인 악환에게 죽었다는 소식이 알려지자──

"역시!"

고개를 끄덕였던 것이다.

"제갈량이 항복한 세 장수를 무찌른 다음 쳐내려온다."

급보를 받은 만왕 맹획은 심복 세 장수를 불러 상의했다.

금환삼결(金環三結).

동도나(董荼那).

아회남(阿會喃).

이들 세 사람이 남중에서는 삼동(三洞) 원수(元帥)라 불리고 있었다.

맹획이 세 장수에게 일렀다.

"너희들은 세 패로 나뉘어 촉나라 군사를 쳐라. 쳐서 이긴 사람은 동주(洞主)로 삼겠다."

그리하여 금환삼결은 정면에서, 동도나는 동쪽에서, 아회남은 서쪽에서, 각각 5만의 군사를 거느리고 성난 파도처럼 쳐들어가라고 명령했다.

그들에게 기습 같은 책략은 없었다. 만병은 용맹으로 이름이 나 있었다. 그 용맹만을 믿고 밀고 들어간다. 그들은 그 한 가지 전법밖에 쓸 줄 몰랐다.

이를 대하는 공명은, 적의 허를 찔러 꼼짝 못하게 하는 기략(奇略)을 쓰는 귀신 같은 군사였다.

남중의 삼동 원수가 세 패로 나뉘어 진격해 온다는 탐색대의 보고를 받자, 공명은 본영으로 먼저 조자룡과 위연을 불러들였다.

두 사람은 당연히 자기 둘 중에 누군가가 총지휘를 맡게 될 것으로 생각하고 공명 앞에 나타났다.

그런데 공명은 두 장군을 자리에 앉게 했을 뿐 아무런 명령도 내리지 않았다.

왕평과 마충이 불려 들어오자 공명은 명령했다.

"남만의 군대가 세 패로 나뉘어 쳐들어오고 있다. 왕평은 동쪽으로 오는 동도나를 맞아 싸우고, 마충은 서쪽으로 오는 아회남을 맞아 싸운다. 오늘 안으로 진을 정비하여 내일 아침 출격하라."

조자룡과 위연은 얼굴을 마주보았다.

'……우리 두 사람을 제쳐놓고 왕평과 마충에게 공을 세우게 하려 들다니? 승상은 대체 무슨 생각을 하고 있는 걸까?'

다같이 불만스러운 표정을 나타냈다.

공명은 두 사람을 못 본 체하며, 다음에는 장의(張嶷)와 장익(張翼)을 불렀다.

"그대들은 함께 정면으로 쳐들어오는 금환삼결을 맞아 싸우라."

그 명령을 듣자 위연의 불만은 폭발했다.

"승상!"

공명은 차고 맑은 시선을 보냈다.

"승상께서는 조 장군과 저를 맨먼저 불러 놓으시고 아무런 지시도 내리지 않으시며, 왕평·마충·장의·장익 등 어린 사람들에게는 만병을 맞아 싸우라고 명령하셨습니다. 우리로서는 큰 모욕이 아닐 수 없습니다. 까닭을 말해 주십시오!"

위연은 얼굴을 붉히고 공명에게 대들 듯 했다.

"이유는 둘이오. 장군들은 벌써 나이가 많고, 또 이 지방의 지형을 모르기 때문이오. ……그러니 이번 싸움에서는 선두에 서서는 아니 되오."

엄숙한 공명의 태도에 두 장군은 반박할 마음의 여유를 잃었다.

그러나 이대로 팔짱만 끼고 만병과의 결전을 구경만 하고 있을 두 사람이 아니었다.

조자룡은 자기 진영에서 위연과 마주 앉아 입을 열었다.

"이번 남정에 승상은 장군과 나를 선봉으로 명하셨소. 그런데 지금에 와서 나이가 많고 지리를 모른다는 이유로 우리를 싸움터로 내보내지 않는 것은 참으로 이해가 가지 않습니다."

"바로 그거요. 왕평과 장의에게 선봉을 빼앗기고 무슨 면목으로 귀국할 수 있겠습니까! ……장군, 우리 둘이 설사 뒷날 승상의 꾸

중을 듣는 한이 있더라도 이번 승전의 공을 우리 둘이서 나눠 갖
지 않겠소? 장군이나 나나 좀 나이를 먹기는 했지만 마충이나 장
익만 못할 것도 없으며, 또 지형에 어두운 것은 토민을 사로잡아
안내를 시키면 해결할 수 있는 일입니다.”
위연의 말에 조자룡도 동의했다.
“그럼 먼저 적이 진을 친 모습을 구경하기로 합시다.”
둘은 저마다 부하 10명씩을 골라 진영을 몰래 빠져나갔다.
해가 지기까지는 아직 시간이 좀 남아 있었다.
약 10리쯤 갔을까.
“장군! 저 먼지를 보십시오.”
위연이 조자룡에게 말했다. 자룡은 한눈에 판단했다.
“50여 기가 탐색을 위해 먼저 달려오고 있군.”
무수한 싸움터를 돌아다니며 온갖 전법과 전술의 요령을 터득한
두 맹장은, 이들 수십 기에 갑작스런 기습을 가하여 저마다 3명씩을
사로잡고 나서 나머지는 모두 죽이고 말았다.
자룡과 위연은 사로잡은 만병 6명을 이끌고 진영으로 돌아왔다.
결박했던 줄을 풀어주고 술을 먹여 귀순을 맹세케 했다.
그러고는 한 사람씩 따로따로 불러내어 만왕 맹획이 진을 치고 있
는 모습을 물었다.
여섯 사람의 이야기는 모두 같았다.
여기서 정면으로 세 번째 산기슭에 금환삼결이 진을 치고 있고,
그 진에서 동서로 길이 뻗어 있는데 그 길은 각각 동도나와 아회남
의 진지 뒤쪽에 이르고 있다는 것이다.
“됐다! 그러면 너희들은 우리를 금환삼결의 진지까지 안내하라.”
자룡이 명령했다.
잘 훈련된 촉나라 군사 5천 명을 이끌고 두 노장이 출격한 것은
자정이 좀 못되어서였다.

구름 한 점 없는 밤하늘에는 달이 훤히 밝았다.

"일체 소리를 내서는 안 된다!"

엄명을 받은 촉나라 군사는 그림자처럼 조용히 나갔다.

세 언덕을 넘어 아래쪽으로 금환삼결이 지휘하는 진지를 굽어볼 수 있는 지점에 이른 것은 새벽 4시 조금 전이었다.

만병들은 아직 자고 있었다.

"함성을 올려라!"

"북을 울려라!"

조운과 위연의 명령과 함께 5천 명 촉나라 군사는 질풍처럼 산비탈을 달려내려갔다.

만병은 갑옷을 입을 겨를마저 없었다.

오른쪽에서 조자룡의 군사, 왼쪽에서 위연의 군사, 이렇게 협공을 당하자 부질없이 갈팡질팡, 이리 닫고 저리 닫고 할 뿐이었다. 마치 그물에 든 잔고기 떼 같았다.

태반이 그 자리에서 피보라를 뿌리며 넘어지고, 얼마 안 되는 군사만이 사지를 벗어났을 뿐이었다.

금환삼결의 본진으로 쏜살같이 준마를 타고 뛰어든 것은 조자룡이었다.

"듣거라! 조자룡이 여기 있다! 삼동원수의 한 사람이라면 떳떳이 나와 1대 1로 싸우자!"

소리 높이 외쳤다.

"오오! 조자룡이 바로 그대인가!"

남만 제일의 힘과 용맹을 자랑하는 금환삼결은, 설사 부하가 다 죽고 없다 하더라도 도망칠 사람은 아니었다. 무섭게 말을 달려 큰 칼을 회오리바람처럼 휘두르며 대들었다. 그러나 다음 순간, 눈에 보이지 않는 자룡의 번개같은 창 끝에 목이 찔려 금환삼결은 마지막 비명을 지르고 말았다.

“장군! 나는 동도나를 공격하겠소!”

위연이 소리쳤다. 그 소리에 자룡은 자기 군사에게 외쳤다.

“서쪽으로 진격! 다음의 제물은 아회남이다!”

위연이 동쪽 진지의 뒤를 찌르고, 자룡이 서쪽 진지의 등을 덮쳤을 때는 아침 햇살이 막 비치기 시작했다.

그때 앞쪽에서는 동도나의 진지에 대해 왕평의 군사가 공격을 시작하고, 아회남의 진지에는 마충이 들이닥치고 있었다.

동서 양 남만의 군사는 앞뒤 양쪽에서 단숨에 촉나라 군사의 협공을 받았다. 아무리 용맹을 자랑한다 해도 당할 도리가 없었다.

다만 출전 준비를 하고 있던 참이어서, 금환삼결의 진지처럼 대장 이하 태반이 죽어 넘어지는 참패만은 면할 수가 있었다. 다같이 여지없이 짓밟히기는 했으나 동도나와 아회남은 혈로를 헤치고 목숨만을 건져 달아날 수 있었다.

조운·위연, 그리고 왕평·마충 등이 남만군을 여지없이 짓밟고 대승리를 거두었을 무렵——.

중군 본영의 장막 안에서는 남모르는 슬픈 운명의 전조가 나타나고 있었다.

자리에 앉아, 여개가 만든 ‘평만지장도(平蠻指掌圖)’ 도면을 책상 위에 펴놓고 있던 공명은, 문득 목구멍 속에서 무슨 덩어리가 치밀어오르는 것을 느끼고, 옆에 서 있는 심부름하는 아이 마현(馬玄)에게 손을 내밀었다.

마현은 급히 흰 수건을 꺼냈다.

공명은 그것을 입에 대고 입안의 것을 뱉어냈다. 그것은 시뻘건 핏덩어리였다.

“승상님!”

14세인 마현은 얼굴이 하얘졌다.

"현아! 이걸 누구에게도 말해서는 안 된다!"

"네, 네에!"

마현은 촉나라 오호대장의 한 사람이었던 마초의 외아들이다. 공명은 그의 뛰어난 재주를 사랑하여 항상 옆에 두고 있었다.

자신의 폐가 나쁜 것을 안 것은 벌써 5년 전, 임금 유현덕이 세상을 뜨기 전부터였다.

오후만 되면 가볍게 열이 나고 나른해지는 느낌은 해가 갈수록 더해갔다. 그리고 벌써 두 차례나 피를 토했다. 그러나 공명은 오늘날까지 이를 누구에게도 말하지 않았고 또 눈치챈 사람은 한 사람도 없었다. 지금 처음으로 14세 소년에게 피를 토하는 장면을 보이게 된 것이다.

공명은 살아 있어야만 했다. 앓아 누워 있을 수도 없었다.

'……위나라를 무찌르고 중원을 촉나라의 손에 넣기까지다!'

그때까지는 설사 눈앞에 죽음의 신이 서 있어도 단호히 뿌리치지 않으면 안 되었던 것이다.

공명은 조용히 자리에서 일어나 밖으로 나갔다. 하나씩하나씩 사라져가는 새벽별을 우러러보았다.

'……앞으로 10년! 내 별이여, 빛을 잃지 말아 다오!'

공명은 이렇게 빌었다.

날이 훤히 밝은 뒤, 조자룡 이하 모든 장수들이 크게 승리한 군사를 이끌고 중군 본영으로 철수해 돌아왔다. 그때 공명은 어느새 청아한 본디의 모습으로 돌아와 있었다.

"승상……. 이 조운과 위연, 명령도 받지 않고 달려나간 죄를 깊이 사과드립니다. 그러나 다행히 만군의 허를 찔러 이렇게 금환삼결의 목을 베어 왔사오니 멋대로 한 행동을 용서하여 주십시오."

자룡이 사죄와 함께 적장의 머리를 바치자 공명은 차갑게 바라보며 물었다.

"금환삼결의 목을 벨 수 있었다면 어찌하여 동도나와 아회남의 머리는 함께 가져오지 못했는가?"

"힘이 미치지 못했습니다. 사과드립니다."

자룡과 위연이 머리를 숙였다.

순간 공명의 입에서 명랑한 웃음소리가 터져나왔다.

"동도나와 아회남 둘은 이 공명이 사로잡아 두었소!"

"예?"

자룡과 위연은 깜짝 놀랐다.

조금 뒤 장의가 동도나를, 장익이 아회남을 묶은 채로 끌고 나타났다. 공명은 자룡과 위연에게 미소를 보내며 가볍게 고개를 숙여 보였다.

"두 장군께선 용서를 하오."

"뭘 용서하란 말씀이신지요?"

"장군들에게 선봉을 명하지 않은 것은 나의 숨은 계책이었소. 선봉인 장군들에게 앞장서지 말라고 저지한 것은, 그렇게 하면 장군들이 불만을 품고 적의 탐색병을 잡아 길잡이로 삼고, 금환삼결을 협공해서 전멸시킬 것으로 생각했기 때문이오. 말하자면 장군들을 억누른 것은 반대로 장군들을 분발시키기 위해서였소. 그 점 용서하오."

공명은 처음부터 왕평과 마충이 정면 공격으로 금환삼결을 완패시키기는 어려울 것으로 알았다. 그래서 일부러 조자룡과 위연을 선봉에서 뺌으로써 그들을 분발시켰던 것이다.

작전은 계획대로 진행되어, 자룡과 위연은 금환삼결을 무찔렀을 뿐만 아니라 동도나와 아회남의 진지까지 쳐들어가 그들을 패해 달아나게 만들었다.

공명은 그것을 내다보고 장의와 장익에게, 산속에 숨어 있다가 이들을 사로잡게 했던 것이다.

자룡과 위연 같은, 평생을 천군만마 속에 보낸 노장들도 공명의 그런 속셈을 전혀 눈치채지 못하고 그 술책에 놀아났다는 것은, 새삼스럽게 그들로 하여금 감탄하게 만들었다.

'아! 귀신도 속일 이 용의주도함!'

그런데 공명은 포로가 된 동도나와 아회남에게 말했다.

"우리 촉한 천자께서는 남중이 귀순해 오기를 바라시고 어진 정사를 베풀 생각이니 공연한 살상은 피하라고 말씀하셨다. 그러므로 그대들의 목을 베어 내 공을 삼을 생각은 조금도 없다."

술과 음식을 대접한 다음, 새옷을 주어 저마다 자기 동(洞 : 領土)으로 돌려보냈다.

동도나와 아회남은 당연히 목이 달아나리라 각오하고 있었으므로, 이런 너그러운 용서를 받자 꿈이 아닌가 의심하며, 앞으로는 절대로 대항하지 않을 것을 맹세하고 샛길을 따라 자취를 감추었다.

공명은 다시 장수들을 모아놓고 선언했다.

"내일은 반드시 맹획이 스스로 총지휘자가 되어 삼동의 원수가 당한 치욕을 씻기 위해 쳐들어올 것이오."

그리고 이렇게 덧붙였다.

"우리 군사가 해야 할 일은 단 한 가지 맹획을 사로잡는 일이오."

그러고는 각 장군에게 계략과 전술을 상세히 일러 주었다.

"그럼 어서 서두르도록……."

각자 맡은 일에 만전을 다하도록 다짐을 하고 공명은 자리로 돌아왔다.

맨 뒤에 자룡이 나가려다가 문득 눈치를 채고 공명의 얼굴을 바라보았다.

"승상, 어디 불편하신 데라도……?"

공명은 미소를 지으며 고개를 내젓고 대답했다.

"하늘은 위나라를 쳐서 무찌를 때까지 제갈량을 살려 둘 것을 나는 천문을 보고 알고 있소."

"그렇다면 안심입니다."

노장 자룡이 관운장이 죽고 난 다음 존경하는 사람은 오로지 공명 하나뿐이었다.

자룡이 나간 다음 공명은 다시 마현이 내미는 흰 수건에 약간의 피를 뱉어냈다.

한편 남만 총군의 본영에서는 만왕 맹획이 처음으로 자기 부하 장수가 참패했다는 보고를 받자 눈을 찢어지도록 부릅떴다.

"뭐라구!"

삼동의 원수가 한 사람은 싸워서 죽고 두 사람은 포로가 되고, 5만 명 군사는 태반이 산과 들을 벌겋게 물들이고 죽었다는 보고를 듣는 순간, 맹획은 도무지 믿을 수 없었다.

"……공명이란 녀석! 이런 엉터리 소식을 항복한 군사에게 퍼뜨리다니! 참으로 우스운 일이다. 그 꾀에 넘어갈 줄 알고!"

그러나 뒤이어 다친 군사들이 도망쳐 돌아오는 것을 직접 보고 또한 부대장으로부터——

"공명이 대왕께 드리는 선물이라고 이것을 건네주면서 저를 풀어주었습니다."

그가 내미는 항아리 뚜껑을 열어 보고 그것이 금환삼결의 머리인 것을 알았다.

"오오……!"

맹획은 부르짖지 않을 수 없었다.

그러나 이 참패를 알고도 맹획은, 공명이 귀신도 잡을 군사이며 자기가 죽었다 살아나더라도 당해낼 수 없는 사람이란 것을 깨닫지 못했다.

또한 이런 귀신 같은 계략과 술책을 마음대로 쓰는 상대에 대해 계략도 술책도 없이 쳐들어가는 일이 얼마나 무모한 짓인가 하고 반성할 맹획도 아니었다.

맹획은 여전히 자신을 비롯한 전 군사의 용기와 힘만 있으면 귀신도 꺾을 수 있다는 확신을 가지고 있었다. 또 지금까지는 남중 영토 안에서 그렇게 해서 모든 적으로부터 항복받아 온 맹획이었다.

"곧 출전이다!"

분노의 불길에 온몸을 달군 맹획은 명령을 내리자마자 자신부터 벌써 붉은 말에 올라탔다.

보석을 박아 넣은 붉은 금관을 머리에 쓰고 목에는 구슬 목걸이를 걸었다. 몸에는 붉은 비단 전포를 걸치고 허리에는 사자 무늬의 옥띠를 둘렀으며, 그리고 보석을 솔잎 모양으로 수놓은 긴 칼을 두 자루 차고 있는 모습은 그야말로 하늘에서 내려온 신장 같았다.

그를 따르는 수백 명 부하 장수들은 설마 이 총대장이 패하리라는 것은 꿈에도 생각지 않았다.

"오옷!"

"아앙!"

"파암!"

남만군 특유의 괴상한 고함을 내지르며 천지를 뒤흔드는 함성 속에 똑바로 촉군을 향해 진격해 갔다.

이윽고 한 언덕배기로 올라선 맹획은 맞은편 작은 산기슭에 진을 친 촉나라 군사를 발견했다.

그것은 왕평이 이끄는 군사였다.

말 위에서 앙연히 가슴을 펴고 적진을 굽어본 맹획은 비웃었다.

"우습구나! 공명이란 녀석! 저것이 오나라와 위나라를 상대로 싸우던 공명이 이끄는 촉군이란 말인가! 이 얼마나 꼴사나운 포진이냐!"

과연 왕평이 치고 있는 진은, 질서 정연해야 할 깃발들이 마구 흩어져 있기도 하고 앞뒤로 겹쳐져 있기도 했으며 어떤 것은 기울어져 있기도 했다. 또 군대의 행렬은 제멋대로여서 일하던 농부들을 갑자기 끌어모아 진을 치고 있는 것 같았다.

그뿐인가. 군사들이 입고 있는 군복과 들고 있는 무기들은 보기에도 초라해서, 촉나라가 얼마나 가난한 나라인가를 말해 주고 있는 것 같았다.

"공명이란 녀석, 위나라와 오나라를 속여 적벽에서 싸우게 한 것을 과대 선전하여 헛이름만 높이 얻게 된 군사(軍師)인 것 같다. ……누구 없느냐! 누구라도 선봉을 자청하여 저 촉나라 진지를 짓밟아 주어라!"

"소장이 나가겠습니다!"

명령에 대답하여 질풍처럼 언덕을 내려간 것은 끝이 넓은 청룡도를 잘 쓰는 망아장(忙牙長)이란 장수로 그는 스스로 용맹을 자랑했다. 흰 사슴털의 준마를 촉나라 진지로 몰고 뛰어든 망아장은 무섭게 호통을 쳤다.

"선봉 대장은 누구냐! 이 망아장과 1대 1로 싸우자!"

"오냐, 왕평이 여기 있다!"

말을 달려나오며 허공을 울리는 두 자루 청룡도를 받아쳐 막고 옆으로 피하고 뿌리치고 하며 약 10합쯤 싸웠다.

이윽고 왕평은 당해내지 못하는 것처럼 말머리를 돌려 달아나기 시작했다.

이때 언덕 위에서 내려다보고 있던 맹획이 별안간 말을 내몰았다.

"저런 어린애 같은 장수를 거느린 공명을 사로잡는 건 식은 죽 먹기다!"

"와아!"

하늘이 무너지고 땅이 꺼지는 것 같은 함성을 지르며, 남만군은 촉나라 진지를 향해 눈사태처럼 밀어닥쳤다.

왕평을 대신해서 관삭이 맞아 싸웠다. 그러나 관삭 역시 겨우 3,4합을 싸웠을 뿐 정신없이 달아나기 시작했다.

"뒤쫓아라! 한 놈도 살려 보내지 마라!"

맹획이 맨 앞에서 달렸다.

언덕 기슭은 모래먼지가 짙은 안개처럼 뒤덮었다. 맹획은 약 20리 가량 뒤쫓았다.

그때 갑자기 양쪽 숲속에서 요란한 함성이 터졌다.

왼쪽이 장의, 오른쪽이 장익의 군세였다. 맹획이 몇 명의 부하와 함께 급히 빠져나간 뒤쪽으로 뛰어나와 그 퇴로를 끊었다.

공명이 지시한 계략에는 한 치의 빗나감도 없었다. 도망치던 왕평과 관삭이 순간 말머리를 돌리더니 번개치듯 반격해 왔다.

"맹획! 이제는 항복하라!"

"네놈들이 나를 속였구나!"

맹획은 근처의 지리에 밝았다. 금대산(錦帶山)으로 도망치면 빠져나갈 수 있다 믿고 그곳을 향해 말을 달렸다.

그러나 그가 가는 앞에는 촉군이 물샐틈 없이 진을 치고 만왕이 그물에 걸려들기를 기다리고 있었다.

맨 앞에 말을 타고 서 있는 장수는 상산 조자룡이었다.

조자룡의 깃발이 나부끼고 있는 것을 본 맹획은——

"에잇! 공명이란 놈!"

그제야 제갈량의 지모가 어떻다는 것을 깨달았다.

'……제아무리 그렇다 하지만 이 금대산에 있는 샛길까지야 알 턱이 없지!'

맹획은 말을 버리고 산중턱을 향해 치달렸다.

따르는 부하는 겨우 10명에 지나지 않았다.

산이 험하기는 하지만 이곳을 타고 넘기만 하면 사잇길은 남만의 안전한 지점으로 빠지게 되는 것이다.

한 시간 남짓 가파른 산비탈을 미친 듯이 달려 올라갔다. 이제 뒤쫓는 군사를 완전히 따돌렸다고 안도의 한숨을 내쉬는 순간 큰 바위 위에 거한 하나가 불쑥 나타났다.

"맹획! 너의 운명도 드디어 끝났다!"

보병 500을 이끌고 바위로 올라와 맹획이 도망쳐 오기를 숨어 기다리고 있던 위연이었다.

맹획은 숨이 탁 막혔다.

불사신

　'공명의 병법'에 따르면 군은 다음 같은 상황에 빠졌을 때 반드시 패한다고 했다.

　첫째, 적정 탐색이 불충분하고 척후로부터의 정보가 정확하지 못할 때.

　둘째, 부대가 명령을 위반하거나 집결 시간에 늦거나 하여 작전 행동에 차질을 가져왔을 때.

　셋째, 군졸들의 행동이 제멋대로여서 장수의 명령을 좇아 질서있게 행동하지 못할 때.

　넷째, 장수가 사리사욕을 일삼아 군졸이 배고파하거나 추위에 괴로워해도 돌보지 않을 때.

　다섯째, 미신적인 말이 나돌거나 점쟁이 말을 쉽게 믿을 때.

　일곱째, 군졸들이 까닭없이 설쳐대어 간부 장교의 판단을 혼란에 빠뜨릴 때.

　여덟째, 부하가 혈기만 믿고서 상관의 명령을 무시하고 멋대로 행동할 때.

아홉째, 보급품을 횡령하거나 도둑질할 때.

맹획은 이 가운데 어느 항목에 해당되느냐 하는 것은 명백히 알 수 있었다. 그것은 첫째 항목이었다. 맹획은 자기의 만용만 믿고 적을 너무나 몰랐다.

만왕 맹획이 마침내 위연한테 붙잡혀 그 큰 몸뚱이가 밧줄에 결박당하는 울분의 치욕을 당하고 있을 즈음——

촉군 본영의 구석진 방 안에서는 총수인 제갈공명이 침상에 누워 눈을 감고 있었다.

이 방은 출입이 일체 금지되어 있었다. 조자룡이라 해도 한 발짝도 들여놓지 못하게 되어 있었다. 오직 하나 마현만이 옆에 모시고 있을 뿐이었다.

마현은 침상 옆에 우두커니 서서 눈을 감고 있는 공명의 얼굴에 불안한 시선을 던지고 있었다.

공명의 이마와 가슴에는 마현이 갈아대는 찬 물수건만이 얹혀 있었다.

'……승상께서는 이대로 못 일어나시는 것이 아닐까?'

소년 마현은 두려움으로 가슴을 졸였다.

공명이 피를 토하는 것을 혼자 목격한 마현이다.

"현아……."

공명이 불렀다.

"예!"

"거기 은상자 속에 있는 금항아리를 꺼내 다오."

"예."

마현이 그것을 침대 옆으로 가져왔을 때, 공명은 어느새 일어나 앉아 있었다.

공명은 작은 병 속의 엷은 갈색 분가루를 손바닥에 쏟자, 물에 개어 천천히 얼굴에 발랐다. 병색을 감추기 위한 화장이었다.

그 때 '와아!' 땅을 울리며 인마가 가까이 다가오는 소리가 나고 이어 승리의 함성이 울려왔다.

"승상……. 오랑캐 군사 1만 7천 명을 포로로 잡아왔습니다!"

조자룡의 우렁찬 목소리가 장막 밖에서 들려왔다. 공명은 조용한 걸음걸이로 장막 밖으로 나갔다.

벌써 1천 명의 도부수들이 일곱 겹으로 늘어서서 청룡도와 창과 칼을 번쩍이며 승상의 명령을 기다리고 있었다.

깃털 장식을 두른, 자루가 굽은 큰 일산 밑 의자에 앉아서 공명이 말했다.

"오랑캐 군사들의 결박을 풀어 주도록 하라."

"승상, 이놈들 때문에 우리 촉나라 군사 3천여 명이 죽거나 다쳤습니다. 남중의 오랑캐들이 다시 배반하지 못하도록 이놈들을 모조리 처형해야 하지 않겠습니까?"

마충이 주장했다.

공명은 고개를 저었다. 그러고는 만병 1만 7천 명을 바라보며 타일렀다.

"너희들 태반은 틀림없이 농사를 짓고 밭을 갈며 소와 양을 길러 평화로운 생활을 하고 있었을 것이다. 독재자 맹획의 징발로 마지못해 군대에 끌려나와 싸운 것으로 생각된다. 고향에는 부모 처자와 형제 자매들이 너희들이 살아서 돌아오기를 기다리고 있을 것이다. ……어서 돌아가도록 하라."

그리고 술을 주고, 고향까지 가는 동안 먹을 식량까지 주어 풀어 주었다.

위연이 맹획을 끌고 온 것은 바로 그 직후였다.

공명은 잠시 피투성이가 된 만왕 맹획을 말없이 지켜보았다.

맹획은 그 맑은 눈빛을 받고도 조금도 겁내는 기색이 없었다. 오히려 두 눈을 부릅뜨고 마주보고 있더니 느닷없이 소리를 질렀다.

"제갈량 듣거라! 너는 파촉을 앗은 도적이다! 호족들이 저마다 자기 땅을 지키며 풍족한 생활을 하고 있는 것을 유언이란 놈이 쳐들어와 짓밟았고, 뒤이어 너의 주인 유비란 놈이 유언의 아들 유장을 내쫓고 차지한 것이다. 도적이 아니고 뭐란 말이냐! …… 이 맹획은 600년 옛날부터 파촉에서 으뜸가는 호족임을 자랑하던 집안의 뒤를 이어받고 있다. 공명, 너는 악귀보다 더한 침략자다!"

그래도 공명은 눈썹 하나 까딱하지 않았다. 아주 조용한 말씨로 대꾸했다.

"싸워서 진 사람은 깨끗이 진 것을 인정해야 할 것이 아닌가? 맹획은 듣거라! 너는 나와 일곱 번 싸우면 일곱 번 다 지게 된다."

"큰소리치지 마라! 이번 싸움에선 네가 우연히 금대산 사잇길을 알아냈기 때문에 나를 사로잡을 수 있었던 것뿐이다. 만일 이번에 나를 살려 놓아주면, 이 다음에는 촉나라 군사를 여지없이 쳐부수어 버릴 것이다!"

"그럼 한번 시험해 보자."

공명은 위연에게 맹획을 풀어 주라고 일렀다.

엄숙한 공명의 말씨와 태도에 위연 등 모든 장수들은 감히 반대하지 못했다.

　　손안에 들어온 남만왕 놓아보내지만
　　교화를 받지 못한 사람 항복받기 쉽지 않네

맹획의 상처를 치료해 주고, 새옷을 주고, 안장 얹은 말까지 주어 풀어놓는 공명의 지나친 관용을 이해할 수 있는 장군은 한 사람도 없었다.

조자룡까지도 의심했다.

'……승상은 혹시 정신이 이상해진 것은 아닐까?'

천재는 미치광이와 종이 한 장 차이란 말이 있다. 촉나라를 지키며, 위나라와 오나라 두 강대국을 적으로 하여 마음 약하고 어리석은 어린 임금을 중원의 주인으로 만든다는 것은, 아무리 천재라도 두 어깨를 짓누르는 그 무게가 천 근도 넘을 것이다. 공명은 굳이 그것을 이룩하려 하고 있다.

'……정신이 이상해지는 것도 무리는 아니다.'

조자룡의 가슴이 무거워질 수밖에 없었다.

공명이 한 발 앞서 장막 안으로 들어가자, 모든 장군들은 그제야 맹획을 풀어준 이유를 물어보자고 상의를 했다.

자룡과 위연을 비롯한 대장들이 함께 공명 앞에 나아가 그 설명을 요구했다.

공명은 담담하게 대답했다.

"나는 맹획의 몸을 사로잡으려는 것이 아니고 마음을 사로잡으려는 거요. 그것뿐이오."

그러나 이 짧막한 말은 과연 그렇다 하고 듣는 사람을 납득시킬 설득력은 없었다.

'……맹획을 죽여 버리면 남중은 완전히 촉나라 것이 되고, 인도와 그밖의 남쪽 여러 나라들과 자유롭게 교역하는 길이 우리 수중에 들어오지 않겠는가.'

모든 장수들이 그런 생각을 가진 것도 당연한 일이었다.

분명 촉나라로서는 곤명에서 서쪽으로 내려가 운남을 가로지르고, 샐윈·이라와디 강 상류를 따라 미얀마로 들어가며, 미얀마에서 다시 인도에 이르는 길을 절대로 확보할 필요가 있었다.

중국 대륙이 셋으로 나뉘어, 북쪽은 위나라가 차지하고 동쪽은 오나라가 차지하고 있어, 촉나라로서는 이 길이야말로 물자를 수입하여 국력을 기를 수 있는 단 하나의 교통로였던 것이다.

다시 또 곤명에서 동쪽으로 나아가 귀주로 들어가서 물길을 이용하면 인도차이나 반도에 이를 수도 있었던 것이다.

모든 장수들은 공명이 맹획의 실력을 과대평가하여 이를 촉나라 조정의 한 사람으로 만들려 하고 있는 것으로밖에 생각되지 않았다. 맹획이 침략자로 보고 있는 촉한 황제 밑에 들어오리라는 것은 전혀 생각할 수 없는 일이었다. 차라리 죽음을 택할 것이 틀림없었다.

그들은 도무지 공명의 참뜻을 헤아릴 수가 없었다.

그러나 공명은 알고 있었다. 남중의 소수 민족은 위·오·촉의 한 민족과는 전혀 성질이 다른 민족이란 것을.

남중 사람들은 그들 총수인 맹획을 하늘 같은 존재로 우러러본다. 그런 만왕을 죽이게 되면, 그들은 그들 신앙을 말살당한 것 같은 분노를 품을 것이 틀림없다. 그들에게 맹획이라는 인신(人神) 대신 촉한 황제를 우러러보게 할 수는 없는 일이었다.

공명이 해야 할 일은, 남중 소수 민족이 하늘 같은 존재로 떠받들고 있는 맹획을 단순한 한 인간의 지위로 끌어내리는 것이었다.

사로잡은 맹획의 머리를 자르기는 쉽다. 그러나 그 순간부터 맹획은 침략자에 대항하다 사라진 영원한 신의 존재로 굳어지고 말 것이 아닌가. 그리하여 그들은 자자손손 맹획을 신으로 우러러보게 될 것이고, 촉나라 황제는 그들의 적인 악마로서 두고 두고 저주를 받게 된다.

맹획으로 하여금 단순한 한 인간으로서 촉나라 황제 앞에 무릎을 꿇게 하는 것이 가장 효과적인 남중 지배 방법이다.

여러 장군들이 차례로 나가 버린 뒤에도 조자룡은 나가기를 주저하고 있었다.

"승상……."

"뭐요, 장군?"

"한 말씀 드려도 되겠습니까?"

"무슨 말인지 들어봅시다."

"승상이 없는 촉나라도, 촉나라 없는 승상도 있을 수 없습니다. 혹시 승상에게 만일의 경우가 있게 되면, 촉나라도 따라 망하게 됩니다."

이렇게 솔직히 말하는 자룡의 두 눈에는 눈물이 맺혀 있었다.

"장군……."

공명은 빙그레 웃었다.

"머지않아 때가 오면, 이 공명이 중원에서 백만 위나라 군사를 쳐부수게 될 거요."

"그 말씀을 들으니 마음이 놓입니다."

조자룡은 머리를 숙인 뒤에 나갔다.

문득 의자에서 일어나려는 순간, 공명은 갑자기 현기증을 일으키며 몸이 휘청했다. 마현이 깜짝 놀라 얼른 몸을 붙들었다.

구석방으로 들어가 침상에 누운 공명은 높은 열 때문에 허공에 붕 뜨는 것 같은 느낌에 빠졌다.

'……하늘이여, 저에게 앞으로 10년만 더 살 목숨을 주옵소서!'

두 눈을 감고 그저 이 말만을 마음속으로 중얼거리다가 이내 의식을 잃었다.

풀려 나온 맹획은 혼자 말을 달려 쏜살같이 노수를 따라 남으로 내려갔다.

겹겹이 싸인 산 밑을 지나는 울퉁불퉁한 길은 끝도 없이 꼬불꼬불 이어져서, 곤명에 가 닿기 전에 말이 지쳐 넘어질 것이 뻔했다.

그러나 다행히 사구(沙口)에 와 닿자, 거기에 패잔병 100여 명이 주인의 안부를 걱정하며 엉성한 진지를 쌓고 기다리고 있었다.

군사들은 혼자 말 한 필을 타고 돌아온 맹획을 맞자 꿈인가 생시인가 눈을 의심했다. 잠시 후 틀림없는 왕이란 것을 확인하고 놀라며 기뻐했다.

"대왕님!"

그들 100여 명은 부리나케 달려오더니 빙 둘러서서 무릎을 꿇고 앉아 손을 모았다.

"너희들, 이 맹획이 불사신인 것을 잊었느냐! 보아라. 내 어디에 싸움에 패한 흔적이 있느냐?"

"저희들은 대왕님이 불사신인 것을 믿고 있었습니다만, 그러나 이 중 몇 사람이 대왕께서 사로잡히는 것을 목격했기 때문에 혹시 공명의 손에 의해 마지막……."

"닥쳐라! 이 맹획은 너희들이 갖지 못한 불사신의 염력(念力)을 갖고 있다. 잠시 촉나라 중군 본영의 감방 속에 갇혀 있기는 했었다만! 그러나 조상의 영혼들에게 기도를 하자, 감방은 산산조각이 나고 말았다. 나는 감시하는 적들을 십여 명 때려 죽이고, 말과 양식을 앗아 유유히 도망쳐 온 것이다. 너희들은 불사신 왕을 모신 것을 다행으로 생각하라!"

맹획은 이렇게 큰소리쳤다.

그러고는 패잔병들에게 노수 건너편에 진지를 새로 쌓게 하는 한편, 각 동의 호족들을 불러 모으라고 명했다.

지령은 사방으로 전해졌다.

싸움터에서 도망쳐 돌아온 사람과 공명이 놓아 주어 고향으로 돌아온 사람 등 10여만 명이 모여들었다.

동도나와 아회남도 자기 영지로 돌아와 있었으나, 독재자 맹획의 명령을 거역할 수는 없었다. 사람은 욕심이 있는 한, 어제 먹었던 새 마음을 오늘까지 그대로 간직하기는 어려운 일이다.

이들도, 포로가 된 몸이 공명의 용서로 풀려나올 때는 두 번 다시 촉나라 군사와 맞서지 않겠다고 공명에게 맹세하고 그 자신에게도 맹세를 했다. 그러나 자기 동으로 돌아와 왕인 맹획이 사람으로서는 도저히 상상도 못할 염력에 의해 촉나라 본영에서 탈출해 왔다는 말을 듣자 야망이 고개를 들기 시작했다.

'……촉나라 군사를 쳐부수면 동주가 될 수 있다.'

그것이 사람의 마음이다.

제갈공명의 관용과 인격에 일단 심복은 했었지만, 맹획이 임금이면서 살아 있는 신이란 증거를 보여주자, 역시 인간인 공명보다는 살아 있는 신인 맹획을 더 무서워하고 존경할 수밖에 없었다.

맹획은 여러 호족들이 앞에 늘어앉자 기세등등하게 말했다.

"나는 제갈량이란 사람의 전략이 어떤 것인가를 이번 싸움으로 알게 되었다. 그놈과 정면으로 맞붙어 싸우면 반드시 그 책략에 걸려든다는 것을 알았다. 그러므로 싸우지 않으면 결국 우리가 이기게 된다. 알겠는가? 다들!"

"……"

모두 잠자코 대답이 없었다.

맹획은 자기 혼자만이 공명을 이길 꾀를 생각해 낸 데 만족했다.

"싸우지 않고 촉나라 군사를 자멸하게 만드는 방법은 한 가지밖에 없다. 알겠는가? 생각해 보아라. 촉나라 군사는 천 리나 되는 먼 곳에서 알지 못하는 나라에 들어와 있다. 그들이 사는 익주와는 물도 다르고 음식도 다르다. 이 뜨거운 더위를 견뎌낼 수 있는 단련도 되어 있지 않다. 도저히 반 년이고 1년이고 머물러 있을 수는 없을 것이다. ……우리는 싸우지 않고 촉나라 군사가 자멸하기를 기다리는 거다."

노수 남쪽에는 곳곳에 험난한 곳이 있다. 이것을 넘으려면 세상에 없는 고생을 치러야만 한다. 그래서 그 험난한 곳에 요새를 구축하고 남쪽 기슭에 모든 배와 뗏목을 집결시킨 다음 이쪽에서는 움직이

지 않는다. 절대로 공격하지 않는다.

맹획의 계획은 그것이었다.

호족들은 고개를 끄덕였다.

'……과연 우리가 우러러 받들어야 할 살아 있는 신이다.'

이 명령과 함께 강 남쪽 기슭에는 모든 배와 뗏목들이 집결되어 붙들어 매어졌다. 기슭의 높은 병풍 같은 절벽 위에는 무수한 망루가 설치되었으며, 돌을 쏘는 활까지 준비되었다.

장기전에 대비하기 위해 무수한 군량과 말먹이 풀이 여러 호족의 영지로부터 운반되었다.

"싸움하지 않고 싸운다…… 이것이 제갈량을 물러가게 하는 단 하나의 좋은 방법이다."

맹획은 마주 대치한 기간을 오래 끌게 하여 촉나라 군사로 하여금 체력과 싸울 의사를 잃게 한다. 그러는 한편 군량과 말먹이 풀이 떨어져 군사의 수가 반으로 줄어들고 남은 반수도 기진맥진해서 물러가지 않으면 안 되게 되었을 때, 단숨에 공격을 가하려는 자신의 전략에 혼자 싱글벙글하고 있었다.

공명은 드디어 노수 백 리 지점으로 중군 본영을 옮겼다.

노수에 도달한 선봉이 급히 전령을 보내어 보고했다.

"적은 노수에서 배와 뗏목을 모조리 거둬들인 다음, 맞은편 기슭에 튼튼한 토성을 쌓고 장기전 태세를 취하고 있습니다. 소문과 마찬가지로 급류여서, 갑자기 만든 배나 뗏목으로는 도저히 건너갈 수 없습니다."

공명은 맹획이 그런 작전을 쓰리라는 것을 벌써 예상하고 있었던 것 같다.

"맹획을 사로잡기 위해서는 우리도 장기전 준비를 하지 않으면 안 될 것이다."

벌써 한여름을 맞이해서 불 같은 햇볕에 남중의 산과 들은 거의 타들어 가고 있었다.

군사들은 낮이 되면 갑옷은 물론이요 옷마저 걸치고 있을 수가 없었다. 상반신은 벌거숭이가 된 채 숨을 헐떡였다. 먼길을 오느라고 지친 데다가 불 같은 더위를 만나게 되어 여간 강인한 체력을 가진 사람이 아니면 견뎌낼 수가 없었다. 실제로 매일 몇 사람씩 죽어 갔다.

가슴병을 앓고 있는 공명이 이 남중 땅 불볕 속에서 병세를 숨겨 가며 쓰러지지 않고 버티고 있는 것은, 오로지 남다른 정신력 때문일 것이다.

공명은 검은 색 사륜거를 타고 노수로 내려가 그 지형과 맞은편 기슭의 적진을 살핀 다음 본영으로 돌아왔다.

모든 장수들을 불러들이자, 여개가 만든 '평만지장도'를 펴보이며 백우선 끝으로 몇 곳인가를 가리켰다.

"다행히 더위를 피할 장소가 네 곳 있소. 각자 군사들을 이곳으로 옮겨 막사를 짓도록 하오. 튼튼한 진지를 만들 필요는 없소. 군사들의 힘을 될 수 있는 한 아끼고, 사람과 말이 더위를 피할 수 있을 만큼 햇볕을 가리는 간단한 나무울타리를 세우는 것이 좋을 거요."

막사를 짓는 일은 여개에게 지휘토록 했다.

참모인 장완이 완성된 네 진지를 둘러보고 본영으로 돌아오자, 불안한 얼굴로 의견을 말했다.

"승상께서는 여개가 만든 도면을 신뢰하고 계신 모양인데, 그가 택한 더위를 피하는 네 곳의 지형은 과연 시원한 바람이 지나가긴 합니다. 그러나 만일에 남만 군사가 살며시 노수를 건너와 불로 공격을 하게 되면 거꾸로 그 바람에 온 군사가 타 죽을 염려가 있습니다."

즉 산악과 밀림 뒤에 자리한 곳이라 더위를 쫓는 바람이 끊임없이 불어서 더위를 견디기가 한결 수월한 지형이긴 하지만, 적군이 그 바람에 불을 실어 보내게 되면 도망갈 길이 없어 금방 다 타 죽게 될 것은 불을 보듯 환했다.

그러나 그런 염려를 품고 있는 기색은 공명에게서 조금도 찾아볼 수 없었다.

"맹획 쪽에서 먼저 쳐들어올 염려는 없소. 공격하는 쪽은 우리 촉나라 군사요."

장완은 도무지 공명의 가슴 속에 있는 책략을 알 수 없었다.

성도에서 마대가, 남중 땅의 전염병과 더위에 견딜 수 있는 예방약과 많은 군량을 싣고 왔다.

공명은 곧 약과 군량을 네 진지에 나눠 주도록 지시한 다음, 마대가 3천 명의 젊은 군사를 데리고 온 것을 보자——

"진주해 있는 모든 군사는 이 남중 땅의 더위와 나쁜 식수로 체력이 약해져 있소. 장군이 데리고 온 3천 명은 내가 보기에 멀리 산과 들을 넘어왔는데도 조금도 피로한 것 같지 않고, 사기도 왕성한 것 같소. 한 가지 일을 해 주지 않겠소?"

그러자 마대가 말했다.

"보시다시피 모두 17세에서 20세까지의 젊은 군사들로 한결같이 전투에 임하는 투지에 불타고 있습니다. 승상께서 세우신 책략이 어떤 것인지, 경우에 따라서는 전투 경력이 많은 병사보다 훨씬 눈부신 활동을 할 수 있을 것으로 생각됩니다."

"나는 장군이 이들 젊고 강한 군사를 데리고 오기를 기다리고 있었소. ……현재 맹획은 노수 위에 있는 모든 선박을 철수시키고 강가의 방비를 튼튼히 하여 우리 군사가 건너오는 것을 막고 있소. 그래서 기습 작전을 펴려는 거요."

"어떤 작전이신지요?"

"여기서 150리쯤 내려가면 사구(沙口)란 곳이 있소. 노수에서는 가장 물살이 약한 곳이기 때문에 뗏목으로 건널 수가 있소. ……
장군은 밤 사이에 행군해서 사구에 이른 다음, 적이 절대로 알지
못하게 엄중히 경계를 하며 뗏목을 만들어 맞은편 기슭으로 건너
가 주오. 그러나 맹획의 진영을 공격해서는 안 되오. 다만 그 군
량 수송로를 끊는 거요. 그런 다음 몰래 동도나와 아회남에게 사
람을 보내어 이 공명의 뜻을 전하도록 하시오. 그러면 두 사람은
응하게 될 거요. ……부탁하오.”
“알았습니다.”
마대는 신바람이 났다.

낮 동안 밀림 속에 엎드려 있다가 밤이 되자 어둠을 타고 강가로
내려갔다. 마대와 3천 명의 젊은 군사는 이윽고 사구에 이르렀다.
공명이 말한 대로 사구에서는 노수가 크게 휘어져 돌고 무수한 큰
바위들이 삐죽삐죽 나와 있다. 강은 넓은 호수처럼 되어 물살이 아
주 조용했다.
마대는, 여기서 공명의 명령을 무시하고 뗏목없이 건너기로 했다.
강물을 바라보니 바닥이 환히 들여다보였다. 배없이 건널 수가 있을
것 같았다.
“모두들 군복과 무기를 머리에 이고, 소리를 내지 말고 조용히 건
너도록 하라.”
마대가 명령했다.
강물이 흘러가는 부분과 가만히 괴어 있는 부분은 강폭의 반반이
었다. 물이 흐르지 않고 괴어 있는 곳까지만 가면 끝나는 것으로 마
대는 생각했다.
그런데 바로 그 조용한 괸 물이, 남중군보다 더 무서운 적이란 것
을 마대는 꿈에도 몰랐다.
그곳에 이르자, 갑자기 깊어지며 물이 목까지 잠겼다. 3천 명 가

운데 선봉 1천 명이 그곳부터 단숨에 헤엄쳐 건너려 했다.

순간 변괴가 일어났다. 젊은 병사들이 갑자기 신음소리를 지르며 허우적거리기 시작했다.

"도와 주어라! 되돌아와!"

마대는 깜짝 놀라 울부짖었다.

뒤쪽에 있던 군사들이 재빨리 허우적거리는 동료를 구해내어 언덕으로 물러나왔다. 혹은 안기기도 하고 혹은 업히기도 한 군사 1천 명 가운데 그 반수가 언덕까지 돌아오는 동안 피를 토하며 숨을 거두고 말았다.

언덕으로 끌려 올라온 군사 3분의 2도 코와 입으로 많은 피를 흘리며 죽어 갔다. 살아 남은 200명 남짓도 숨이 다 끊어져 가고 있었다. 첫 싸움에 참가한 젊은 군사 3천은 싸워 보지도 못한 채 3분의 2로 줄어들고 말았다.

"아아! 어찌 이런 실패를 저질렀단 말인가!"

마대는 정신없이 말을 달려 중군 본영으로 돌아오자, 즉시 이 사실을 보고하고 처벌을 빌었다.

그러나 공명은 마대를 나무라지는 않았다.

"그대는 그 근처 물속에서 고기 한 마리 구경하지 못했을 거다. 한여름의 뜨거워진 노수의 독기가 그 괸 물로 몰려와 있었다. 그것을 그대에게 일러 주지 않았던 것이 내 잘못이었다. 그냥 건널 수 없기 때문에 뗏목으로 건너야만 된다고 했지 않는가."

새로 경험 있는 군사 500과 안내하는 10명의 토민을 마대에게 딸려 주면서, 공명은 다시 맞은편 기슭에 도착한 뒤의 책략을 면밀히 지시했다.

안내하는 토민들은 뗏목으로 그곳을 지나가는데, 절대로 똑바로 건너지 말고 멀리 위쪽으로 돌도록 했다.

마침내 맞은편 기슭으로 건너가 닿은 마대와 2천500의 촉나라 군사는, 남중군이 군량을 실어 나르는 협산욕(夾山峪)으로 향했다.

협산욕은 양쪽이 모두 쳐다보면 눈이 아찔해지는 까마득한 절벽이다. 길 너비는 말 한 마리가 겨우 지나갈 정도로 좁았다.

마대는 협산욕 여기저기에 있는 동굴 속에 군사들을 숨겨 두고 기다렸다.

사흘 뒤 군량과 말먹이풀을 실은 백수십 대의 마차부대 만병들이 골짜기로 들어오기 시작했다.

"습격!"

마대의 명령과 함께 동굴에서 뛰어나온 2천500의 촉나라 군사는 공을 다투며 만병에게 쳐들어갔다.

마대가 성도에서 데리고 온 군사들은 산악전 훈련을 거듭해 왔고, 더군다나 17살에서 20살 사이의 가장 날랜 젊은이들이었으므로, 삽시간에 만병들을 칼로 베어 죽이고 창으로 찔러 죽였다.

맹획은 본영에서 온종일 술과 고기로 배를 채우고, 매일밤 데리고 온 여자들을 번갈아 안고 놀아댔다. 그러면서 각동 대장들에게는 벌써 승리를 거둔 것처럼 호언장담하고 있었다.

"이제 두고들 보라구. 공명이란 놈, 이 뜨거운 지옥 속에 병졸들이 픽픽 쓰러지는 것을 보게 될 거야. 공격은커녕 퇴각하는 것이 상책이다 싶어 하는 수 없이 도망치게 될 그때야말로, 이 맹획이 뒤를 쫓아 공명을 사로잡아 내 앞에 무릎을 꿇리고 말 테다!"

그때 어느 동장 하나가 불안한 듯이 말했다.

"하지만 대왕님. 공명은 여개를 참모로 삼았다고 듣고 있사옵니다. 여개가 만든 도면에 의해, 사구가 물이 얕은 곳이란 걸 알고, 대군을 이끌고 건너오는 날은 큰일이옵니다."

"하하하……. 그 여울에 독기가 가득 차 있는 것까지야 공명이 어떻게 알겠는가. 배 없이 건널 수 있는 얕은 곳이라면 일부러 뗏목을 만들 바보는 없겠지. 맑은 물에서 군사들이 독기를 마시고 몸부림치는 것을 알게 되었을 때, 공명이 놀라 허둥대는 꼴을 보고 싶다."

맹획은 기분좋게 웃어댔다.

바로 그 직후였다.

"촉군이 협산욕의 양도를 끊고, '평북장군 마대'라는 깃발을 산꼭대기에 세웠습니다."

"아니, 뭐야!"

맹획은 촉나라 군사가 그 독기가 차 있는 곳을 건너왔다는 것을 믿을 수 없었다.

잘못된 보고이겠지 하고 크게 고개를 저었으나, 군량 백수십 수레를 운반하는 지휘를 맡은 친동생 맹우(孟優)가 겨우 목숨을 건져 도망쳐 오자, 이 사실을 인정하지 않을 수 없었다.

"이 공명이란 놈! 사구의 괸 물에 독기가 있다는 걸 알고 있었단 말인가!"

"마대란 놈의 목을 잘라 오너라!"

맹획은 부장 망아장에게 부르짖었다.

"알았습니다."

망아장은 3천 기를 이끌고 곧장 협산욕을 향해 달려갔다.

그 때 벌써 마대는 협산욕을 빠져나와 산기슭 평지에 2천500의 군사를 벌여 놓고 있었다.

마대는 공명으로부터 지시를 받았다.

"만병은 대장이 죽게 되면 당장 사기를 잃는 성격을 지니고 있다. 맹획은 아마 부장인 망아장을 보내게 될 것이다. 이와 1 대 1로 싸워 그 목을 치게 되면, 만병은 아무리 만 명이나 2만 명이 있어도 뿔뿔이 사방으로 흩어지게 되리라."

말하자면 오나라, 위나라 군사와는 달라서 이들은 용맹스러운 점에서는 비할 데가 없지만, 일단 지휘관을 잃게 되면 어떻게 할 바를 모르는 단순한 원시 민족이었다.

"남중왕을 대리한 망아장은 나오너라! 촉나라 제일의 칼의 명수 마대가 1대 1로 싸워 주겠다!"

쏜살같이 말을 달려나가면서 마대가 자기 이름을 밝히자——

"무슨 큰소리냐! 이 망아장의 귀신 같은 용맹과 힘을 보여줄 테니, 저 세상으로 가서 유비·관우·장비에게 네 자신의 무력함을 사과하라!"

바람을 일으키며 내달아왔다.

마대는 단 한 합도 칼을 교환하지 않고, 망아장이 달려오는 길로 나가 칼을 번쩍이며 그의 목을 쳐서 피무지개를 허공에 그렸다.

이 광경을 목격한 만병 3천은 죽은 듯이 잠잠했다.

대기하고 있던 촉나라 젊은 무사 2천500은 들짐승이 풀밭을 달리는 기세로 쇄도해 갔다.

패했다는 급보가 맹획에게 도달하자, 그는 격노한 나머지 안고 있던 계집을 땅바닥에 내동댕이치며 부르짖었다.

"동도나! 마대를 당장 베어라! 만일 마대의 목을 가지고 돌아오지 않으면 네 목을 칠 테다!"

엄명을 내리는 동시에 아회남에게는 3천 기를 끌고 가서 사구를 지키게 했다.

동도나는 만왕의 엄명에 하는 수 없이 5천 기를 이끌고 출전을 하기는 했으나, 벌써 그때부터 다른 생각을 품고 있었다.

'……제갈량하고 우리 왕과는 하늘과 땅의 차이가 있다.'

이미 전의를 잃은, 대장을 따르는 남만군에게 평소의 사나운 기운이 솟을 리 없었다.

마대는 동도나가 나오기를 기다리고 있다가 천천히 말을 몰고 나가 야유했다.

"제2동의 원수는 듣거라! 우리 승상으로부터 목숨을 용서받고 풀려났음에도 불구하고, 다시 촉나라에 반항할 정도로 맹획을 신으로 우러러보고 있다는 것은 너무도 어리석지 않은가!"
위풍당당한 마대의 모습에 동도나는 잠시 고개를 숙였다.
"그 머리를 바쳐라!"
마대는 느닷없이 쏜살같이 쳐들어갔다.
이미 한 번 진 경험이 있는 동도나는 맹수에게 쫓기는 사슴처럼 말머리를 돌려 급히 도망쳤다.
맹획은 도망쳐 돌아온 동도나에게 불처럼 성을 냈다.
"네놈이 공명에게서 풀려났을 때부터 겁쟁이인 줄은 알고 있었다. 그러나 삼동 원수의 한 사람으로서의 체면을 살려주기 위해 보냈던 것이건만, 비겁하게 그대로 쫓겨오고 말았으니 도저히 용서할 수 없다."
당장 목을 베라고 호통쳤다.
그러나 다른 동장들은 일찍부터 동도나의 사람됨을 좋아하고 있었기 때문에, 목을 베는 것만은 용서해 달라고 일제히 탄원했다.
"그럼 매 100대로 대신하고서 목을 베는 것만은 눈감아 주겠다."
맹획은 마지못해 이 정도 선으로 물러섰다.
그러나 이때 동장 전원은 독재왕 맹획으로부터 마음이 떠나 있었다. 맹획 자신만이 그것을 모르고 있었다.
동장들은 이제야 공명의 귀신 같은 계략에 허술하게 걸려드는 맹획이 전능한 인신(人神)이 아니란 것을 깨닫게 되었다.

제 꾀에 제가

　서남이(西南夷)의 동장 10여 명이 소리없이 동도나의 진영으로 찾아온 것은 아주 늦은 밤이었다.

　동도나는 형장 100대를 맞기는 했으나, 어릴 때부터 산과 들을 달리며 몸을 단련시켜 왔기 때문에 자리에 누워 있기는 했어도 크게 고통스러워하지는 않았다.

　동장 중 가장 장로인 자가 동도나에게 찾아온 이유를 말했다.

　"원수, 잘 들으시오. 우리는 위·오·촉 세 나라가 서로 싸우고 있다는 것을 알고 있으면서도 여지껏 이 어지러운 시기를 이용해서 중국을 침공한 일도 없었으며, 또 침공하려고 상의한 적도 없었소. 다만 남중의 전 민족으로부터 살아 있는 신으로 숭배되고 있는 독재왕 맹획의 명령에 의해 촉나라와 싸움을 한 데 지나지 않소. ……우리가 다같이 생각하건대 제갈량은 우리 남중 백성들을 촉나라 노예로 삼겠다는 것이 아니고, 인도와 그밖의 나라들과 교역을 터서 나라를 부강하게 만들지 않는 한 위나라와 오나라 두 강국과 대항해 싸울 수 없다고 생각하고 있을 것이오. ……듣건대 공명은, 죽은 조조와 오왕 손권조차 전략에 있어서 그에게 한 발 뒤지고 있다는 것을 스스로 인정한 대군사라고 합니다. ……우리는 맹획이 공명의 포로가 되기 전까지는 맹획이 세상에서 절대로 패하는 일이 없는 최고의 강자인 줄로 알았으나, 맹획보다 더 위대한 인물이 있다는 것을 이제 직접 눈으로 보게 되었소이다. 어떻소, 우리 다같이 힘을 모아 당신을 도울 테니 맹획을 사로잡아 공명에게 항복하는 것이?"

맹획은 남만 주민들을 모조리 자기 종으로 생각하고 있었다. 각 동의 장들에게 과중한 세금을 거두어 내도록 하고 궁전을 짓거나 하는 힘드는 일을 마구 시키고 있었다.

동도나는 장로의 청을 듣고 잠시 생각에 잠겨 있더니, 심복 한 사람을 시켜 군대를 모두 집합시키도록 했다.

아픈 몸을 일으켜 정렬한 군사들에게 이런 내용을 말한 다음 명령했다.

"너희들의 생각을 듣고 이 동도나는 결정을 하겠다. 찬성을 하거든 무기를 높이 들어라!"

그러자 7천여 군사들은 한 사람 빠지지 않고 칼과 창을 높이 치켜들었다.

"알았다!"

동도나는 마음을 정했다.

며칠 뒤인 어느 날 한밤중 투구와 갑옷으로 무장을 갖춘 동도나는 용감한 부하 100기를 골라 맹획의 본영으로 말을 달렸다.

맹획은 밤마다 하는 버릇으로 술이 거나하게 취해 알몸으로 계집을 안은 채 코를 골며 자고 있었다.

동도나가 안으로 성큼 들어서자, 4명의 대장이 모시고 서 있었다.

"그대들은 두 가지 중 하나를 택하라. 이 동도나와 싸워서 저세상

으로 떠나겠느냐? 아니면 나와 함께 독재자 맹획을 묶어 노수를
건너가서 제갈공명에게 항복할 테냐?"

이 대장들도 한 번씩 촉나라 군사의 포로가 되었다가 용서받고 돌
아온 사람들이었다.

동도나가 칼을 뽑아 들자, 네 사람은 마주 얼굴을 바라보았다. 서
로의 표정으로 생각이 같다는 것을 알았다. 그들은 느닷없이 벌거벗
은 맹획에게 달려들어 다짜고짜 옴쭉달싹 못하게 묶어 버렸다.

맹획은 충성스럽던 부하 장수들이 자신을 배반한 것에 잠시 망연
자실했다. 취중의 악몽 같았다.

겨우 정신이 돌아서자, 맹수처럼 부르짖었다.

바로 그 무렵, 촉군 본영에서는 공명이 조자룡·위연·마대 등 여
러 장수들을 앞에 불러 놓고 말했다.

"각 진영에 무기와 군량이 남아도는 것처럼 늘어놓고, 병들고 약
해진 군사들은 모두 보이지 않는 곳에 숨겨 두어 우리 촉나라 군
사의 사기는 무서운 더위를 뿌리칠 정도로 왕성한 것처럼 보여 주
기 바라오."

실은 촉나라 군사의 반수는 더위에 지쳐 기력이나 체력이 형편없
이 약해져 있었다.

"승상, 그런 위장책을 쓴다 하더라도 아무 소용 없을 듯합니다.
만일 맹획이 새로운 군사 수십만을 이끌고 오게 되면 도저히 우리
가 이길 가망은 없을 것입니다."

여개가 의아한 표정으로 말했다.

그러자 공명은 미소를 지으며 대답했다.

"우리 군사가 조금도 사기가 떨어지지 않은 것처럼 꾸며 보이는
것은 맹획의 습격에 대비하기 위한 것은 아닐세."

"그러시다면?"

위연이 말끄러미 공명을 지켜보았다.

"첩자의 보고에 따르면, 맹획은 마대에게 패해 도망쳐 돌아온 동도나의 목을 베려 했다가 동장들의 탄원으로 매 100대를 때리게 했다고 하오. 아마 지금쯤 동도나를 비롯한 동장들의 마음은 맹획을 떠났을 것이오. 어쩌면 그들은 독재자를 배반하고 이를 생포하여 항복해 올지도 모르는 일. 나는 그때 맹획에게 사기가 왕성한 우리 진영을 보여 주려는 거요."

조자룡이 말했다.

"그러면 제아무리 사나운 만왕이라도 승상 앞에 무릎을 꿇게 될 것입니다."

"글쎄, 과연 그럴지?"

공명은 약간 고개를 갸웃해 보였다.

공명의 예상은 적중했다.

촉군의 전 진영이 정연한 태세를 갖추고 무서운 더위에도 굽히지 않는 정예들이 진지의 수비를 다지고 있을 때, 두 팔과 두 다리를 묶이고 목에 큰 칼을 쓴 맹획이 수레에 실려 들어왔다.

공명은 묶은 것을 풀게 하고 큰 칼을 벗기게 한 다음, 맹획을 손님의 자리에 앉게 했다.

"그대는 지난날 우리 군에 사로잡혔을 때, 나한테 큰소리를 했었지. 만일 나를 놓아주면, 이 다음엔 촉나라 군사를 여지없이 쳐부수고 말겠다고. 그런데, 그대는 우리 군사를 쳐부수기는커녕 다시 생포되어 내 앞에 와 있으니, 이것이 어찌된 일인가?"

공명의 말은 아주 조용했다.

"제갈량! 핑계로 하는 말이 아니라, 내가 이렇게 생포된 것이 어디 촉나라 군사와 싸워 패한 때문이냐. 내 부하의 배신 때문이다. ……남중왕의 명예를 걸고 맹세하지만, 두 번, 세 번 생포되더라도 절대로 항복은 않는다. 자아, 어서 내 목을 쳐라!"

"맹획, 지금 다시 풀어주면 이번에는 정정당당하게 싸워 이길 수 있다고 자신하는가?"

"물론! 첫 싸움에는 여개란 놈이 만든 도면을 그대가 가지고 있는 줄을 몰랐기 때문에 금대산 샛길에서 생포되었다. 이번은 우리 편의 배신으로 치욕을 당하게 되었다. 그러나 만일 나를 다시 풀어 준다면 이 맹획은 군신(軍神)에 기원을 드리고 이번만은 위나라·오나라보다 나았으면 나았지 못하지 않은 전술로써 승상 그대를 반드시 사로잡겠다!"

"세 번째 사로잡히게 되면 어떻게 하겠는가!"

"그때는 내 목을 쳐도 좋다! 원혼이 되어 그대가 죽는 날까지 따라다닐 것이다!"

"좋겠지. 그대가 어떤 교묘한 꾀를 쓰는지 두고 보리라.·그에 앞서 먼저 그대에게 우리 군의 진용을 똑똑히 보여주고 싶다."

공명은 승상 깃발을 세운 두 필의 말이 끄는 사륜거에 맹획을 태우자, 각 진영을 돌아다니며 그 질서 정연한 모습을 보게 했다.

맹획은 이 뜨거운 곳까지 멀리 쳐내려와 있으면서도 조금도 약해 보이지 않는 촉나라 군사의 모습에 기가 질렸다. 또 10만 대군을 가지고 정면에서 총공격을 가해도 도저히 함락시킬 수 없을 굳은 진지에 혀를 내둘렀다.

그러나 그것에 겁을 먹을 맹획은 아니었다. 도리어 자신에게 타일렀다.

'……그까짓! 무슨 일이 있어도 촉군을 내몰고 말리라! 만일 공명을 패해 달아나게 한다면, 내 영토의 백성들은 글자 그대로 이 맹획을 살아 있는 신으로 존경하게 될 것이고, 위나라와 오나라도 정중히 예를 갖추어 선물을 산더미처럼 보내올 것이 틀림없다.'

중군 본영에 돌아온 공명은 맹획의 속마음을 읽으면서도 일부러 물었다.

"당신이 남중의 모든 군사를 이끌고 쳐들어온다 해서 과연 우리
촉나라 진지를 깨뜨릴 수 있을까? ……자칫 자기 군사를 공연히
개죽음당하게 하는 결과만 가져오지 않을까. 그렇게 되느니 차라
리 지금 화친의 맹세를 한다면 내가 폐하께 아뢰어 그대가 지금까
지처럼 남중왕으로 행세하게 해줄 수도 있다. 어떤가?"
맹획은 머리를 크게 내저었다.
"내 영토 안에서는 내가 영원한 제왕이다. 그런 내가 촉나라를 도
둑질한 사람의 아들 따위에게 무엇 때문에 무릎을 꿇겠는가! 내
분명히 말해 두지만, 이 맹획은 여기서 목이 달아나게 되면 죽어
서 신이 되고, 우리 나라 백성들은 나를 자자손손 이 세상에 하나
뿐인 신으로 우러러보게 될 것이다."
"그 말이 장하다! 당신 나라로 돌아가게 해 주리라."
공명은 몸소 노수 가까지 배웅하여 미리 준비케 한 배에 맹획을
태워 주었다.

맹획은 다시 자기 본영으로 무사히 돌아왔다.
"과연 우리 임금은 불사신이다!"
남중군은 서로 바라보며 고개를 끄덕이지 않을 수 없었다.
맹획은 도부수 백여 명을 장막 안 곳곳에 숨겨 두고, 사자를 동도
나와 아회남의 진영으로 달려 보냈다.
"마침내 우리 주군은 공명에게 살해되어 머리만 도착했습니다.
부디 이 글을 보신 다음 두 원수 중 어느 분이 그 뒤를 이으실지
상의해 주시기 바랍니다."
이런 전갈을 받은 동도나와 아회남은 기뻐했다.
'나야말로 왕이 되리라.'
곧 말을 달려왔다.
그러나 두 원수를 본진에서 기다리고 있은 것은, 성난 머리카락을

곤두세운 무서운 얼굴을 한, 몸뚱이에 그대로 붙어 있는 맹획의 머리였다.

동도나와 아회남은 맹획이 보는 앞에서 목이 달아났다.

"자아, 이제 협산곡을 되찾고 말겠다!"

맹획은 군사 1만 명을 거느리고 출격해 나갔다.

그러나 협산곡에 도착해 보니 촉나라 군사는 그림자도 없이 어디론가 사라지고 없었다.

마대가 앗은 군량과 말먹이풀을 싣고 노수를 건너 중군 본영으로 철수하고 만 것이다.

"좋아! 그러면 천하 제일인 양 우쭐대는 제갈량을 묘한 술책으로 얽으리라."

본진으로 돌아온 맹획은 친동생인 맹우(孟優)를 불러 명령했다.

"나는 촉나라 진지를 빠짐없이 둘러보고 왔다. 이를 총공격하기 전에 먼저 공명을 속일 필요가 있다. 그 일을 네가 맡아라."

그 묘한 작전 명령을 받은 맹우는, 부드러운 생김새이지만 무술로 단련된 군사 100명을 골라 인도와 그밖의 남방 각국에서 들여온 구슬과 상아와 코뿔소 뿔과 그밖의 진기한 보물들을 배에 싣고 노수를 건너갔다.

맞은편 기슭을 수비하고 있던 마대가 이를 보고 고개를 갸웃했다.

"이상하다? 공격해 오는 것치고는 배가 너무 적은데?"

마대는 남중군이 생각 밖의 무기를 가지고 습격해 올 염려도 있다는 생각에서 진을 벌여 맞아 싸울 태세를 취했다.

맹우는 조용히 배를 타고 오자 말했다.

"맹획의 아우 맹우가 승상을 뵙고 드릴 말씀이 있어 찾아왔습니다. 부디 전해 주시기 바랍니다."

공명은 마침 막사 안에서 여개·장완·비위, 그리고 마속 등과 군사 회의를 열고 있는 중이었다.

"맹우가 형의 명령으로 공물을 가지고 왔습니다만……."

마대의 보고를 받은 공명은 빙그레 웃으며 크게 고개를 끄덕였다.

그러고는 마속을 보고 물었다.

"맹획의 아우가 무엇 때문에 선물을 가지고 왔는지, 그대는 그의 뱃속을 알겠는가?"

마속은 대답했다.

"대강 짐작은 갑니다. 그러나 이것은 입으로 말씀드리는 것보다도 제가 종이에 적을 테니 승상께서도 적어 주셨으면 합니다. 만일 의견이 같으면 맹획의 생각을 분명히 알 수 있게 되는 것입니다."

"그렇게 하기로 하지."

공명과 마속은 동시에 붓을 들어 종이에 썼다.

그리고 그것을 책상 위에 나란히 펼쳐 놓았다.

똑같은 내용이 적혀 있었다.

마속은 싱긋 웃으며 말했다.

"승상께선 세 번째 맹획을 사로잡게 되시겠군요."

"아마……."

공명은 조자룡·위연·왕평·관삭을 한 사람씩 차례로 불러들여, 각자에게 책략을 적은 종이를 건네 주었다. 그 책략은 공명 자신이 세우지 않고, 마속에게 꾸미도록 한 것이었다.

이윽고 공명은 맹우를 본영으로 들어오게 했다.

맹우는 앞에 와 엎드리자——

"이번에 형 맹획은 용서를 받고 돌아와 깊이 생각한 끝에, 비록 서로 적대해 있다 하더라도 목숨을 살려준 은혜는 은혜인만큼 이에 보답하는 것이 왕 된 사람의 예의라면서 소장에게 그동안 간직해 온 보물 가운데 특히 좋은 것을 골라 갖다드리라고 하였습니다. 부디 받아주시면 감사하겠습니다. 그리고 뒷날 촉나라 황제

폐하께 드릴 물건도 준비하겠다고 했사옵니다.”

“예의를 아는 인사를 고맙게 여겨 받겠소. 그런데 형님께서는 지금 본영에 계시는지?”

“아닙니다. 폐하께 드릴 물건을 가지러 은갱산(銀坑山)으로 가서 아직 본영을 비워 두고 있습니다.”

“그대가 데리고 온 군사들도 살아서 다시 돌아가지 못한다는 각오를 하고 왔겠지. 한 사람도 빼지 않고 다 만나보리라.”

공명은 관대한 태도를 보였다.

맹우는 데리고 온 100명을 공명 앞에 늘어서게 한 다음 인사를 시켰다. 모두 온순해 보였다. 겉으로는 아무리 보아야 농사 짓는 백성으로밖에 볼 수 없는 사람들뿐이었다.

그러나 공명의 밝은 눈을 속일 수는 없었다.

‘……이놈들은 모두 남다른 고생을 견뎌가며 무술을 배우고 비상한 재주를 닦은 놈들이다!’

남중군의 본영에서는 맹획이 아우 맹우가 과연 자기 계책대로 공명을 잘 속여넘기고 있는지 어떤지 조바심하고 있었다.

그때, 맹우를 따라 촉나라 진영으로 갔던 군사 둘이 노수(瀘水)를 작은 배로 건너 돌아왔다.

“보고드립니다. 제갈공명은 대왕님의 예의를 아는 행동에 크게 감동하여, 보낸 물건을 받고 나서 아우님 이하 군사 전원을 막사 안으로 불러들인 다음, 소를 잡고 술을 내어 크게 대접을 하고 있습니다. 아우님께선 소인들 둘에게 돌아가거든 공명도 결국은 우리의 묘한 꾀에 걸려 들었으니 오늘밤 10시에 가만히 전군이 노수를 건너오게 되면 안팎이 호응하여 공명을 사로잡기란 아주 쉬운 일이라 했사옵니다.”

“됐다! 공명이란 놈 섣불리 예법과 인자함을 소중히 여기는 성격 때문에 결국은 내 책략의 그물에 걸려들고 말았다.”

맹획은 이미 3만 군사를 갖추고 있었으므로, 곧 각 동의 동장들을 본진으로 불러 모았다.

“촉나라 군사를 섬멸시킬 좋은 기회가 왔다. 군사들에게 염초(焰硝)를 들려 일제히 어둠을 타 강을 건너게 하는 것이다. 여기 촉나라의 진영을 그린 도면이 있다. 내가 직접 보았던 기억을 되살려 그린 것이므로 진지의 상태와 조금도 틀림이 없다.”

맹획은 도면을 가리키면서 동장들에게 자세한 작전을 지시했다.

동장들은 맹획이 두 번이나 묶은 줄을 끊고 도망쳐 왔을 뿐만 아니라, 촉나라 진영까지 자세히 둘러보고 온 것을 알자 감탄했다.

‘……과연 우리 대왕은 불사신이다.’

사실은 맹획이 공명의 안내로 그 진을 구경하고 왔으리라고는 누구 한 사람 상상도 하지 못했다.

자기 진영을 적의 총수에게 구경시킨 다음, 이를 풀어준 사람이 있다는 것은 생각할 수 없는 일이므로, 동장들이 맹획을 보통 사람이 아니라고 믿는 것은 당연했다.

맹획은 말했다.

“나는 촉나라 진지를 보는 순간, 이를 섬멸시키는 방법은 불로 공격하는 것밖에 없음을 알았다. 그대들은 지금 지시받은 진지에 야습을 하되, 군사들에게 염초를 던지게 하여 적이 무서운 불길에 휩싸이게 하라. 오늘밤 바람은 우리를 편들어 줄 것이다. ……나는 단숨에 공명의 본영으로 쳐들어가 그놈을 불 속에서 사로잡고 말겠다!”

동장들은 명령을 듣고 본영에서 나오자, 저마다 자기 군사에게 불로 공격하는 전법을 가르쳤다.

별도 없는 어두운 밤이었지만, 남중군에게 노수를 건너는 것은 평지를 행군하는 거나 마찬가지였다.

3만의 만병은 소리도 없이 맞은편 기슭에 이르렀다.

맹획 자신은 100여 명의 장수를 이끌고 몰래 건너갔다.

맞은편 기슭에는 곳곳에 진지가 구축되어 있었는데, 그곳에서 촉나라 군사는 눈에 띄지 않았다.

감시하는 기척마저 보이지 않았다.

"공명이란 놈 완전히 속고 있구나. 이 맹획이 내일쯤이면 귀순해 올 것으로 알고 강가의 경비진까지 해체시키고, 각 진영에서 장수와 군졸들 전원에게 축하의 술을 먹이고 있는 것이 틀림없다."

촉나라 중군 본영까지 말에 채찍질을 가하여 곧장 진격해 가는 맹획의 앞을 가로막는 군사는 한 사람도 없었다.

"돌격이다!"

맹획은 명령 소리와 함께 진문을 질풍처럼 달려들어가며 외쳤다.

"제갈량 있느냐! 이 맹획의 실력을 똑똑히 보아라!"

군막 안은 낮이 무색할 정도로 횃불이 타오르고 있었는데, 무섭게 돌격해 들어온 남중군을 맞아 싸우려는 촉나라 군사는 그림자도 볼 수 없었다.

맹획은 이 기습에 대해, 공명 이하 촉나라 장병들이 부질없이 허둥대며 갈팡질팡할 것으로 생각하고 있었다.

"뭐야! 어떻게 된 거냐! 공명은 어디 있느냐?"

맹획이 미친 듯이 소리지르며 장막을 하나 찢고 들어가보니——

거기에는 맹획을 깜짝 놀라게 하는 광경이 벌어져 있었다.

술자리가 벌어진 그곳에는, 공격해 들어오는 맹획과 호응하여 안에서 싸워야 할 맹우와 그의 군사 100명이 마치 죽은 시체처럼 술에 취해 넘어져 있지 않는가!

맹획은 말에서 뛰어내려 벌렁 드러누워 있는 맹우의 멱살을 잡고 따귀부터 마구 올려붙였다.

"이 멍청아! 눈을 떠라!"

맹우는 두 눈을 뜨기는 했으나 눈동자에 초점이 잡히지 않았다. 뭐라고 말하려 하는데 혀가 제대로 돌아가지 않았다.

"마취약을 탄 술을 마셨구나……."

맹획은 속이려던 이쪽이 거꾸로 속은 것을 알자——

'……세 번이나 사로잡혀서야 되겠는가!'

어서 이 함정에서 벗어나야 한다는 생각이 번개처럼 스쳤다.

장수 1명에게 맹우를 부축하도록 명령하고 자신은 말에 뛰어올라 본진으로 달려가려 했다.

그러나 이미 때는 늦었다.

"와아!"

앞쪽에서 함성이 터져 나왔다.

동시에 환한 횃불이 주위를 밝혔다. 숨어 있다가 일제히 쏟아져 나온 촉군의 선두에 선 사람은 왕평이었다.

한꺼번에 와아——하고 쫓기기 시작한 만병을 호령할 겨를도 없이 맹획은 왼쪽으로 달아나려 했다. 그가 달아나는 길을 일제히 횃불이 비추었다.

"맹획! 기다리고 있었다!"

군사를 이끌고 밀어닥친 것은 위연이었다.

맹획은 얼른 말머리를 돌려 오른쪽을 향해 달렸다.

그러나 공명의 머릿속에 마치 맹획이 다음에는 오른쪽으로 갈 것이라는 것이 빤히 내다보인 것처럼, 오른쪽 앞에 천연스레 대기하고 있던 한 부대가 나타났다.

지휘를 하는 것은 노장 조자룡이었다.

"맹획! 이제는 달아날 길이 없는 줄 알아라!"

자룡은 큰 소리로 외쳤다.

"에잇, 빌어먹을! 죽어도 잡히지는 않을 테다!"

지형에 밝은 맹획은 삼면에서 무서운 공격을 받으면서도 부하 장수들에게 이를 막게 해두고 혼자서 혈로를 텄다.

줄곧 한길을 달려 정신없이 노수로 향했다.

도중에 몇몇 작은 부대의 습격을 당했으나, 그때마다 남만왕의 이름이 부끄럽지 않을 무서운 기백으로 만부부당의 힘을 발휘하여 위기를 벗어났다.

강가 5리쯤까지 도망쳐 오자 불을 밝힌 배가 한 척 떠 있었다.

"이제 됐다!"

배에 타고 있던 것은 남만 군사였다.

그야말로 죽었다 살아난 기분으로 말을 달려 가까이 가자 기뻐 소리부터 질렀다.

"너희들은 구원의 신이로다!"

그리고 말을 탄 채 배로 뛰어올랐다. 그러자 조롱하는 목소리가 들렸다.

"이젠 끝장이오, 대왕님!"

"아니, 뭐야?"

눈을 크게 부릅뜬 맹획의 눈길 앞에 마대의 얼굴이 나타났다.

공명의 명령을 받은 마대가 촉나라 군사를 만병으로 변장시켜 여기에 배를 대놓고 맹획이 도망쳐오기를 기다리고 있었다.

그야말로 공명은 맹획이 꾸민 전법을 거꾸로 이용하여 그의 야습을 손바닥 들여다보듯 하며 그를 사로잡는 진을 쳤던 것이다.

만왕 맹획의 야습은 비참한 패배로 끝났다. 그가 이끌고 온 만병 3만의 반 이상이 촉군에게 항복하였다.

공명은 본영에서 마대가 맹획을, 조자룡이 맹우를, 위연과 왕평과 관삭이 각 동장들을 묶어 끌고 오기를 기다리고 있었다.

공명은 시원한 미소를 띠고 앉아서 이윽고 끌려나온 맹획을 내려다보았다.

“만왕 맹획! 그대는 요먼저 큰소리 쳤었다. 처음에 사로잡힌 것
은 여개가 만든 도면을 나 공명이 가지고 있는 것을 몰랐기 때문
이었고, 두 번째 사로잡힌 것은 너희편의 배신 때문이었으니, 세
번째에는 군신에게 기원을 드려 위나라나 오나라에 못지않은 방
법을 써서 이 공명을 사로잡아 보이겠다고 말이다.”

맹획은 너무 분한 나머지, 깨문 입술이 터져 피가 줄줄 턱으로 흘
러내렸다.

공명은 말을 계속했다.

“이번에 나는 그대에게, 일부러 우리의 진을 보여 주기까지 했다.
그대는 나 공명이 쓰는 계략을 앞서는 꾀를 쓴 것으로 확신했었
다. 그리고 어두운 밤에 소리도 없이 노수를 건너 공격해 왔다.
……그런데 사로잡힌 것은 나 공명이 아니라 그대 자신이다. 무
엇 때문일까? 패한 변명을 들려주지 않겠는가?”

맹획은 그 말에 눈을 내리감았다.

패한 이유는 어린아이도 알 수 있는 명백한 것이었다. 이쪽의 책
략을 공명이 환히 내다보고 있었다는 그것뿐이었다.

잠시 무거운 침묵 뒤에 맹획은 머리를 들었다.

“제갈량! 어서 내 목을 쳐라!”

“아니…….”

공명은 고개를 저었다.

“목을 치는 대신 한 번 더 풀어 주겠다.”

“뭐?”

맹획은 자기 귀를 의심했다.

공명은 계속 미소를 보내며 말했다.

“그대같이 집념이 강한 사람이 원혼이 되어 평생 나를 따라다니
게 되면 그것도 귀찮은 일이다. 돌아가도 좋다.”

“제갈량! 이제 또 나를 용서하고 돌려보내 주면, 이 다음에야말

로 수십만의 대군을 이끌고 총공격을 해올 것이다! 그래도 상관 없단 말인가?"

"나 공명이 살아 있는 한, 성난 황소처럼 들이받을 줄밖에 모르는 멍청이에게 패하지는 않는다."

"좋아! 그 장담, 내 분명히 들었다. 어디 두고 보자!"

맹획은 묶은 것을 풀어 주자, 먼저 몸을 부르르 떨고 벌떡 일어섰다. 그러고는 공명에게 증오의 눈길을 쏘아보내고 나서 발꿈치를 돌렸다.

공명은 무표정하게 승상의 자리에서 일어나 안으로 들어갔다.

자룡을 비롯한 촉나라 모든 장군들은 공명의 너무 관대한 처사에 서로 얼굴을 마주보며 말이 없었다.

"나는 맹획의 몸을 사로잡으려는 것이 아니고, 그의 마음을 사로잡으려 한다."

촉나라 장수들은 이번에도 공명으로부터 이런 말을 들었다.

그러나 촉나라 장수들은 아무리 생각해도 맹획이 세 번 풀어 주었다고 해서 마음을 돌이킬 사람으로는 보이지 않았다.

위연이 말했다.

"승상, 불손한 줄 알면서도 말씀드립니다. 맹획이란 놈은 설사 열 번을 사로잡아 열 번을 용서한다 해도 굴복할 리가 없는 놈이라고 봅니다."

그러자 공명은 맑은 눈길을 허공으로 보내며 대답했다.

"아무리 불굴의 집념을 가진 만왕일지라도 결국은 사람이다. 신도 아니거니와 악귀도 아니다. 손가락은 열 개밖에 없다. 그 열 손가락이 다 잘릴 때까지 견디지 못하는 것이 사람인 것이다."

말을 앗긴 맹획과 맹우와 동장들이 간신히 노수를 건너 자기들 진영으로 돌아와 보니 어느 사이엔지 촉나라 군사가 건너와 점령하고 있었다.

강가에는 질서 정연에게 촉나라 깃발을 펄럭이며 튼튼한 장정들이 줄지어 서 있고 진지에는 마대가 대기하고 있었다.

"맹획 듣거라! 이번만은 못본 체 해두지만, 이 다음에 다시 쳐들어오면 그때는 이 마대의 칼이 그대의 목을 베고 말 테다!"

맹획 일행은 황급히 길을 돌아 본영으로 향했다.

그러나 그 본영도 벌써 촉군 수중에 들어가 있었다. 수천 명의 군사를 거느린 조자룡이 큰 깃발을 바람에 펄럭이며 딱 버티고 앉아 있었다.

"만왕! 우리 승상의 너그러우신 덕을 모르고 다시 배반하는 날에는 이 자룡이 긴 창으로 네 심장을 찌르고 말 테다!"

맹획은 대답 한 마디 입 밖에 내지 못하고 몸을 돌려야만 했다.

짐승들이 다니는 길을 찾아, 험한 산비탈을 더듬어 겨우 국경까지 와 닿았을 때였다.

갑자기 밀림 속에서 요란하게 북소리가 울리며, 앞산 꼭대기에 우뚝 서 있는 것은 준마에 올라탄 위연이었다.

"맹획은 듣거라! 너의 진영은 모조리 우리 촉나라 군사가 인수했다. 네가 할 수 있는 것은 단 한가지뿐이다. 고향인 은갱동(銀坑洞)으로 돌아가서 집 안에 가만히 몸을 숨기고 중처럼 말없이 앉아 마음을 깨끗이 하는 것뿐이다."

맹획도 설마 공명이 자기 진영까지 앗을 줄은 꿈에도 생각지 못했다. 그렇다고 해서 맹획은

'공명에 대항하는 것은 이제 헛일이다.'

자신을 타이를 그런 사람은 아니었다.

'……이 치욕은 두 배 세 배로 갚아줄 테다!'

분노로 전신의 피가 거꾸로 치솟는 것을 어쩔 수 없이 꾹 참으며 자기 영토로 도망쳐 돌아갔다.

후세 사람이 이 일을 두고 시를 지어 읊었다.

오월에 군사 이끌고 불모의 땅 들어가니
달 밝은 노수에는 독기가 피어오르네
삼고초려 은혜갚는 웅략 세웠거늘
남만정벌 칠종칠금 어찌 두려워하리

공명은 모든 장수들이 본영으로 모이기를 기다렸다가 말했다.
"장군들 가운데는 이 더운 곳에 머물러 싸움을 계속하는 것을 못
마땅하게 생각하는 사람이 있겠지만, 내가 맹획의 마음을 사로잡
기까지는 부디 참고 견디도록 해 주오."
자룡이 대표해서 대답했다.
"우리 중에서 승상의 명령에 거역할 사람은 한 사람도 없습니다."
공명은 안으로 들어가 침대에 누웠다.
이 뜨거운 지옥 남만 땅에서, 더욱 몸이 약해진 것은 공명이었다.

독가스

공명도 빨리 싸움을 끝내고 싶었다. 그러나 그는 이번 작전이 다른 전쟁과는 판이하다고 생각하고 있었다.

공명은 남만에 대해 이렇게 쓰고 있다.

남만, 즉 남방의 이민족은 종족이 많은데다가 하나같이 교화(敎化)하기가 어렵다. 서로 연합하여 일에 대비하고 자칫하면 반란을 일으키며, 동굴이나 산악 따위에 웅거하여 끈질기게 저항한다. 서쪽은 곤륜산맥(崑崙山脈)에서 동으로는 바다에 이르는 넓은 지역에 흩어져 살며 바다에서는 온갖 산물이 생산된다. 사람들은 탐욕스러운 한편 용감히 싸운다. 봄과 여름엔 특히 전염병이 많이 발생한다. 그러므로 출병하면 속전속결(速戰速決)을 근본으로 하고 장기간의 원정을 피해야 한다.

이런 공명이니만큼 속전속결이 바람직하다는 것은 누구보다 잘 알고 있었다. 그러나 그는 맹획을 세 번이나 사로잡았다가 풀어주며 그의 마음을 잡으려고 했다. 맹획 하나의 머리를 베는 것은 쉽다. 그러나 제2, 제3의 맹획이 또 나타난다. 공명은 그것을 알기 때문에 이왕 내친 김에 남만족의 저항의지를 뿌리뽑으려 하는 것이다.

한편——
자기 성이 있는 은갱동으로 돌아온 맹획은 공명에 대한 증오와 세 번 패한 굴욕 때문에 다른 사람이 된 듯 처절한 꼴로 변해 있었다.
"제갈량을 이기기 위해서는 50만 병력이 필요하다!"
이렇게 생각한 맹획은 심복들에게 명하여 모든 부족의 우두머리들에게 금은 보화와 함께 격문을 돌리게 했다.
곤명(昆明)을 중심으로 한 운남성 일대에는 93전(甸)이라고 부르는 지역에 20여 부족이 살고 있었다.

촉군에게 영토를 짓밟히고 가짜 천자의 노예가 될 것인가? 승리냐, 아니면 죽음이냐!

맹획이 피로 쓴 격문을 보자 각 부족의 장들은 일제히 일어났다.
맹획이 지정한 날까지 족장들이 거느리고 온 인마는 글자 그대로 구름떼 같았다. 모두 40만이 넘었다.
몰래 은갱동에 숨어들어 있던 촉나라 첩자가 이 광경을 눈여겨보고 바람처럼 달려와 공명에게 보고했다.
그러자, 공명은 주욱 늘어앉은 장군들을 보고 웃어 보였다.
"나는 맹획 밑으로 전 족장들이 모이는 이때를 기다리고 있었던 거요."
"40만 가까운 대군을 상대로 싸우게 될 텐데요……."
여개가 몹시 불안한 표정으로 공명을 바라보았다.
만병들이 얼마나 용맹스러운가를 누구보다 잘 아는 여개였다. 40

만이 한꺼번에 쳐들어오는 광경을 상상만 해도 소름이 끼쳤다.

공명은 태연스럽게 말했다.

"그대가 만든 '평만지장도'가 있는 데다가 또 행군교수인 그대가 안내를 해 주는 덕에, 나는 백만 대군도 이길 수 있는 전략을 꾸밀 수 있네."

"승상, 그토록 이 여개의 남만에 대한 지식을 높이 인정해 주시는 겁니까?"

"싸움에 임해서 총참모로서 가장 필요한 것은, 자기 부하의 재능을 인정하고 믿는 것이 아니겠는가?"

공명은 여개를 안내역으로 삼아 몸소 검은 사륜거를 타고 지형 정찰에 나섰다.

이윽고 어떤 강기슭에 와 닿았다. 이름은 서이하(西洱河)라 했다. 물의 흐름은 완만했으나 근처에는 뗏목을 만들 만한 나무 한 그루 구경할 수 없었다.

공명은 여개가 만든 도면을 바라보며 물었다.

"이 상류에는 산이 있소? 산에는 굵은 대나무가 삥 둘러선 걸로 그림에는 나와 있는데……?"

"제가 직접 본 것이므로 틀림은 없습니다."

"됐어. 대가 있으면 강을 건너는 데는 어려울 것이 없다."

공명은 데리고 온 한 사람을 보내, 군사 3만 명을 불러오게 했다.

"상류에 있는 산으로 가 굵은 대나무로 골라 한 사람 앞에 3개 이상 베어오도록 하라."

사흘 뒤 굵은 대나무 10만여 개가 3만 명 군사에 의해 운반되어 왔다.

공명은 그 대나무들을 밧줄로 연결하여 서이하로 떠내려 보냈다.

금방 하류의 강폭이 좁은 곳에 부교(浮橋)가 생겼다.

공명은 촉군을 두 패로 나눠 그 중 한 패에게 부교를 건너 남쪽 기슭에 세 진지를 구축토록 했다. 북쪽 언덕에는 일직선으로 진을 치고 강가에는 높은 흙담을 만들게 했다.

이 사실은 곧 맹획에게 보고되었다.

"공명이란 놈, 부교를 만들어 이곳까지 쳐들어오다니! 에잇, 촉나라 군사를 모조리 물속에 처넣고 말 테다!"

맹획은 의기충천했다. 먼저 1만 명의 정병을 이끌고 서이하를 향해 말을 달렸다. 코뿔소 가죽으로 만든 갑옷을 입고 머리에는 붉은색 투구를 번쩍이며 왼손에 방패, 오른손에 장검을 들고 있는 남중의 패자다운 용감한 위엄을 풍기고 있었다.

그때 공명은 부교를 건너 남쪽 언덕으로 와, 세 진지 중 가운데 진지에 들어 있었다.

맹획이 직접 선두에 서서 정병 만 명을 거느리고 밀어닥친다는 급보를 받은 공명은, 성채 안에 있는 군사들에게 무서운 독을 칠한 염초(焰硝)를 화살 끝에 묻혀 두고 대기케 했다.

우오!

와우!

만병 특유의 고함을 지르며 돌격해 오는 것을, 최대한 가까이 다가올 때까지 두었다가——

"쏘아라!"

공명은 흰 깃부채를 휘둘렀다.

수천 개의 염초 화살이 반군을 향해 날더니 갑자기 독한 연기로 변해 그들을 둘러쌌다.

맹획을 비롯한 만병들은 별안간 눈을 뜰 수 없게 되고 독한 연기로 목이 메어 뿔뿔이 흩어져 달아났다.

"승상! 소장에게 선봉을 맡겨 주십시오!"

옆에 서 있던 마충과 왕평이 동시에 외쳤다.

그러나 공명은 타일렀다.

"가볍게 설치지 말라!"

"어째서 허락하지 않으십니까?"

마충과 왕평은 흥분된 눈초리로 공명을 지켜보았다.

"맹획이 거느리고 온 것은 만 명뿐이다. 그의 뒤에는 20명 족장들이 40만 군사를 거느리고 전의를 불태우고 있다. 이들을 향해 쳐나가면 개죽임을 당하게 된다."

남쪽 세 성채를 지키고 있는 것은 10만 촉병이었으나, 오랜 주둔으로 그 3분의 2는 더위를 못이겨 몹시 약해져 있었다.

공명은 소를 잡아 병사들을 먹이며 기운을 차리도록 했다.

맹획은 독연기로 눈을 상했기 때문에 그것을 치료하지 않으면 안되었고, 또 공명이 어떤 이상한 전술을 쓸지 몰라, 당장 40만 대군을 이끌고 일시에 쳐들어오지는 않을 것 같았다.

공명은, 이번에는 이쪽에서 쳐나가는 전술을 쓸 작정이었다. 그러나 좀처럼 어떤 지시도 장군들에게 내리지 않았다.

남중에는 여개의 조사로 더위를 견디는 약초가 있다는 것을 알았다. 공명은 먼저 그것을 캐다가 10만 군사에게 나눠 주었다.

"맹획의 눈도 아마 지금쯤 회복되어 있겠지."

공명은 어느 날 나직한 산꼭대기에 서서 적진을 바라보았다.

같은 소수 민족이라도 사방 먼 곳에서 모여들었기 때문에 저마다 먹는 것이 달랐다.

촉병이 원기를 회복해 가고 있는 것과는 반대로 만병들은 차츰 피로해 가고 있을 것으로 공명은 짐작했다.

공명은 언덕을 내려와 모든 장수들을 모으자 말했다.

"장군들, 이제 서서히 쳐나가도 좋을 것 같소."

안달이 날 만큼 그런 지시를 기다리고 있던 장군들은 공명이 어떤 묘계를 자기에게 줄 것인지 마른침을 삼키며 지켜보고 있었다.

공명은 말했다.

“나는 이제 북쪽 기슭으로 물러가고, 북쪽 기슭의 조자룡, 위문장, 두 장군이 이리로 건너오게 되오. 마 장군은 이 두 장군이 건너오면 부교를 끊어 하류로 떠내려 보낸 다음, 맹획을 생포할 준비를 갖추어 두어야 하오. 다음에 이곳 성채는 장 장군에게 맡기겠소. 성채 안 곳곳에 무수하게 많은 횃불을 밝히는 뜻은 잘 알고 있겠지요?”

“알고 있습니다.”

“그럼 부탁하오.”

공명은 자리에서 일어났다.

마충과 왕평이 순간 얼굴을 마주보았다.

“승상! 우리 두 사람에겐 아무 명령도 내리지 않으셨는데……?”

못마땅한 기색이 얼굴에 차 있었다.

공명은 차갑게——

“선봉에 서고 싶다고 한 것은 장군들이 아니오?”

“예, 고맙습니다.”

두 사람은 고개를 숙였다.

“그러나…….”

공명은 다음 조건을 말했다.

“장군들 둘이 반군을 향해 쳐들어가는 것은 적군을 깨트려 맹획을 패주시키기 위한 것이 아니오. 내가 북쪽 기슭으로 물러나는 것을 보호하기 위해 짐짓 결사적으로 쳐들어가는 것처럼 맹획에게 보여 주어야 하오. 말하자면 반대로 보이게끔 만드는 것이오. 내친 김에 정말로 쳐들어가서는 안 되오.”

그렇게 일러두고, 공명은 저녁 무렵 관삭을 호위로 세우고 남쪽 기슭에서 북쪽 기슭으로 부교를 건너 물러갔다.

공명이 떠나고 없는 세 성채에서는 밤이 무색할 정도로 횃불이 활

활 타오르고 있었다.

"공명이란 놈, 우리 대군이 총공격해 올 것을 알고 있으면서 언제까지고 저기에 버티고 있을 것인가."

맹획은 멀리 바라보며 비웃었다. 그러나 야습만은 각 족장들이 꺼렸기 때문에 단념해야만 했다.

다음날 새벽 맹획은 20명 족장을 선동하여 40만 대군을 이끌고 폭풍우처럼 세 성채를 향해 총공격을 가해왔다.

그러나 촉군의 성채에는 무수한 깃발들이 바람에 펄럭이고 있으나, 군사라고는 그림자도 볼 수 없었다.

"웬 일일까?"

말고삐를 당겨 멈춰 서서 가만히 성채 안을 노려보던 맹획은 고개를 갸웃했다.

"이상하다! 성채 옆에 군량을 실은 수레가 무수히 버려진 채 있으니."

"제가 보고 오겠습니다."

심복 하나가 10여 명 군사를 이끌고 달려갔다가 곧 돌아와서 보고했다.

"촉병은 단 한 명도 없습니다. 제갈량은 진지를 포기하고 가버렸습니다."

"이건 점점 더 이상하군! 제갈량 같은 명장이 군량을 버린 채 도망친 것을 보면 성도에 무슨 큰일이 생긴 것이 틀림없다. 어쩌면 유선이 갑자기 죽은 것인지도 모른다. 아니면 위나라나 오나라가 쳐들어온 게 아닐까? 공명이란 놈 밤중에 횃불을 밝혀 방비를 단단히 하고 있는 것처럼 보이고는 부랴부랴 도망을 치고 말았군. ……저 보아라! 대나무 부교까지 떠내려 보내지 않았는가. 두 번 다시 이 맹획을 칠 생각은 못하겠지. ……허둥지둥 성도로 돌아가려는 공명 이하 촉나라 병사에게 싸울 뜻이 있을 리 없다. 이 기회를 놓쳐서는 안 된다. 추격하라!”

맹획은 성채를 지나 서이하 강가로 나가 보았다.

북쪽 기슭을 바라보니 무수한 촉나라 깃발이 강가에 줄지어 서 있었다.

“제갈량이란 놈, 성도로 돌아간 것이 점점 더 분명해졌어. 저렇게 깃발을 세워 둔 것이나 북쪽 기슭에 횃불을 밝히고 있는 것이나 모두 위장술이다. 다들 듣거라! 조금도 겁내지 마라! 제갈량은 지금 달아나기가 바쁜 판이다. 지금 추격하면 반드시 사로잡게 될 것이다!”

맹획은 급히 무수한 뗏목을 만들어 서이하를 건너려 했다.

그러나 이때 남중군 배후에는 조운, 위연, 마대가 군대를 매복시켜 두고 맹공격으로 나올 기회를 엿보고 있었다.

맹획이, 서둘러 만든 뗏목에 올라타려고 할 때, 갑자기 좌우에서 함성이 오르며 촉병 수천이 돌진해 왔다.

마충과 왕평이었다.

“몇 명 되지도 않는 잔당들이!”

맹획은 족장들을 지휘하여 마충과 왕평의 공격을 맞아 싸웠다.

싸웠다기보다는 내쫓았다고 하는 편이 옳았다. 본디 마충과 왕평은 공명의 명령에 의해 달아나는 싸움을 걸어온 것이니까——.

“저 꼴 좀 보아라!”

마충과 왕평을 달아나게 한 맹획은 더욱더 공명이 성도로 도망쳐 돌아간 것이 틀림없다고 확신하고 강을 건너려 했다.

그러자 뒤쪽 세 곳에서 불길이 솟아오르며, 북소리를 울리고 촉군이 조수처럼 밀려들었다. 마대가 이끄는 일기당천의 정병들이었다.

족장들이 거느린 만병은 불 공격에는 몹시 약했다.

이 기습과 호응해서 북쪽 기슭에 주욱 늘어서 있는 깃발 뒤에서 10여 만의 촉병이 나타나 창과 칼을 번쩍이고 있었다.

맹획이 강을 밀고 건너갈 형편은 아니었다.

다급해진 맹획은 자기 본진으로 달아나기 위해 말을 몰았다.

그런데 벌써 그 본진은 조자룡이 점령하고 있었다.

"빌어먹을! 또 한 번 당했구나!"

맹획은 수십 기를 거느리고 샛길을 찾아 정신없이 달아났다. 그러나 산과 산에 둘러싸인 좁은 샛길은 온통 불길로 뒤덮여 있었다.

"안 되겠다! 공명이란 놈은 이쪽 지리를 모조리 꿰고 있다!"

맹획은 덮어놓고 동쪽으로 밀림을 뚫고 나가기로 했다. 미친 듯이 날뛰며 겨우 밀림을 빠져나왔을 때였다.

앞쪽 나직한 언덕 위에 검은 사륜거가 하나 놓여 있고, 거기에 단 한 사람, 머리에 윤건을 쓰고 몸에 학창의를 두르고 손에 백우선을 든 공명이 앉아 있었다.

어느 사이에 북쪽 기슭에서 작은 배로 남쪽으로 건너와 이 언덕 위에서 달아나는 맹획을 기다리고 있었던 것이다.

"만왕 맹획! 네 번째도 조상이 돌보시지 않았군그래."

공명은 소리내어 웃었다.

수레 옆에는 소년 마현이 혼자 서 있을 뿐이었다.

"네놈이!"

맹획은 온몸의 피가 분노와 굴욕으로 들끓어올랐다.

"네놈을 죽이고 나도 죽을 것이다!"

맹획은 야수처럼 산비탈을 달려 올라갔다.

공명의 10보 앞까지 다가간 찰나——

"으악!"

비명과 함께 맹획은 함정으로 굴러떨어지고 말았다.

만왕 맹획은 네 번째 포로가 되어 공명 앞에 끌려 나왔다.

그 때는 벌써 20명의 족장들과 그 군사들 태반이 저마다 자기 영토로 달아났다.

"이번 남중과의 싸움은 맹획을 생포해서 그가 진심으로 귀순해 오도록 하는 데 목적이 있으므로 각 종족들을 필요 이상 해쳐서는 안 된다."

공명이 주의를 해두었기 때문에 각 장수들은 달아나는 만병을 추격하지 않았다. 공명은 장익이 끌어내 온 맹우(孟優)도 묶은 것을 풀어 놓아주게 했다.

맹획은 함정에서 끌려나와 위연에 의해 꽁꽁 묶이어 공명의 앞으로 나왔다. 그는 공명이 뭐라고 하기도 전에 악을 썼다.

"어서 목을 쳐라!"

공명은 천연스럽게 말했다.

"그대는 이 남중의 족장들에게 격문을 돌려, 30여 만이나 되는 대군을 이끌고 쳐들어왔으나, 또 다시 패해 내 포로가 되었구나."

"그러니까 어서 목을 치라고 하는 것이 아닌가?"

"그래도 우리 촉나라 황제 앞에 항복할 생각이 나지 않는가?"

"우리 맹가는 600년 전부터 단 한 번도 다른 나라 왕에게 굴복한 일이 없다. 이제 와서 맹획이 그런 부끄러운 짓을 할 수는 없다. 차라리 죽어서 원귀가 되는 것만 못하다. 그리고 나는 그대처럼 속임수를 쓰는 인간은 아예 싫다!"

공명은 소리없이 미소만 보냈다.

"그런 관용에 내가 감동해서 항복할 것으로 생각한다면 큰 오산이다."

"절대 그렇지는 않다."

공명은 고개를 저었다.

네 번 사로잡아 네 번째 또 풀어놓는 공명을 보자, 모든 장수들도 어안이 벙벙했다.

마속이 의견을 말했다.

"승상, 맹획은 열 손가락은 고사하고 두 다리가 달아나도 절대로 항복하지 않을 사람으로 보입니다만……."

"두고 보면 알겠지. 맹획은 아마 손가락을 7개까지 잘려도 머리를 숙이지 않을 것이다. 그러나 나머지 세 손가락은 남기게 될 것이다."

공명은 자신을 가지고 말했다.

맹획은 도망쳐 돌아가는 도중 각 동의 패잔병 수천 명을 차례로 합류시켜 가며 남쪽으로 내려갔다.

거기에 친동생인 맹우가 한 부대를 이끌고 달려왔다.

맹우는 공명에게 잘려 나갔을 형의 머리를 찾아 가려고 오던 길이었다.

네 번째 공명의 본영에서 빠져나온 맹획을 보자, 맹우는 새삼 형의 위대함에 감탄하지 않을 수 없었다.

"형님, 93전의 종족들을 다 동원하고도 공명을 이길 수 없었다면, 이제는 덥지 않은 동(洞)으로 가서 숨어 있으면서 한동안 싸움을 미루다가, 촉나라 군사가 더위에 시달려 완전히 전의를 상실하기를 기다릴 수밖에 없습니다."

맹우는 충고했다.

"어디 숨을 좋은 곳이 있느냐?"

"여기서 서남쪽으로 가면 독룡동(禿龍洞)이라고 있습니다. 동주(洞主)는 타사왕(朶思王)이라고 하는데, 저와는 다정한 사이입니다."

"그럼 우선 그리로 가자."

맹획을 맞은 독룡동 동주 타사왕은 지금까지 맹획이 싸워 패한 이야기를 듣자 흰소리를 쳤다.

"대왕, 걱정할 것 없습니다. 만일 촉군이 여기로 쳐들어오면 제갈량을 생포하고 군사 한 명도 살아 돌아가지 못하게 할 테니 두고 보십시오."

"무슨 묘책이라도 있는가?"

"이 동(洞)으로 들어오려면 길은 둘밖에 없습니다. 하나는 대왕이 찾아오신 길입니다. 이 길은 도중에 보셨다시피 고개가 순하고 험하지 않아 사람과 말이 지나다닐 수 있는 곳입니다. 이 길을 돌과 나무로 꽉 막아 버리는 것입니다."

"또 한 길은?"

"서북쪽에서 들어오는 길입니다. 험하기 이루 말할 수 없는 데다가 독사와 전갈이 우글거리고 있습니다. 뿐만 아니라, 해질 무렵이 되면 덥고 습한 땅에서 일어나는 독기인 장기(瘴氣)가 꽉 차게 됩니다. 장기는 한낮을 전후해서 가장 심합니다. 사람이 다닐 수 있는 것은 한낮이 지나 해가 지기 직전까지뿐입니다. ……또 이 길은 시냇물이 말라 있습니다. 샘이 넷 있지만 모두 독샘입니다. 하나는 아천(啞泉)이라고 하는데, 물맛은 달지만 마시면 금방 말을 못하게 되고 열흘 안에 죽고 맙니다. 다음 샘은 멸천(滅泉)입니다. 보통 더운 물과 다를 것이 없지만 이 물로 목욕을 하면 금방 피부가 부르트고 살이 썩게 됩니다. 세 번째는 흑천(黑泉)입니다. 물은 아주 깨끗하고 맑지만 여기에 손발을 적시면 손발이 저리어 놀릴 수가 없게 됩니다. 그리고 네 번째가 유천(柔泉)입니다. 보기에는 보통 맑은 샘이지만, 마시기만 하면 금방 살 속으로 파고 들어가 뼈가 마디마디 떨어져 나가게 됩니다."

이 근처에는 새와 짐승이 살지 않는다. 이곳은 그 옛날 전한(前漢)의 복파장군(伏波將軍)이 찾아왔을 뿐이었다.

공명은 동북으로 들어오는 길이 막혔으면 서북으로 쳐들어올 것이 틀림없다. 그러면 이쪽은 싸우지 않고 촉군이 자멸하는 것을 바라보기만 하면 되는 셈이었다.

맹획은 손뼉을 치며 기뻐했다.

때는 바로 6월 한여름이었다.
이글거리는 땡볕 속에 주둔해 있는 촉나라 군사는 불로 지지는 것
같은 고통을 맛보며 차례로 죽어 갔다. 나무들은 말라 타들어가는
것 같았고, 구름마저 찌는 듯 날아가던 새들도 힘 없이 떨어져 죽는
무서운 더위였다.
후세 사람들이 남방의 무더운 날씨를 시로 남겼다.

　　산천과 못이 말라 타들어가고
　　이글거리는 불볕이 허공을 덮는다
　　저 뜨거운 하늘과 땅 밖에는
　　더위가 또 어떨지 알 수 없구나

또 이런 시도 있다.

　　여름의 신이 멋대로 권세를 떨치니
　　비구름조차 감히 고개 들지 못하네
　　찌는 구름에 외로운 학이 헐떡이고
　　바닷물 뜨거워져 큰 자라도 놀랐으니

　　시냇가에 앉아서 차마 떠나지 못하고
　　대숲 그늘 만나 행군하기 싫어지네
　　어쩌랴 변방으로 출정한 군사들이니
　　다시 갑옷 입고 싸움길 나설밖에

그러나 공명은 군을 철수할 수 없었다.
전군에게 명령하여 서이하를 건너 남으로 밀고 내려갔다.
맹획이 독룡동에 들어앉아 들어오는 길을 막아 버린 것을 탐색병

의 보고로 알고 있으면서도 공명은 굳이 강을 건넜던 것이다.

거기서부터 남쪽 지리는 여개의 '평만지장도'에도 자세하게 나와 있지 않았다.

공명은 여개에게 물었다.

"독룡동으로 통하는 길은 돌과 나무로 막아 버린 그것 하나밖에 없는가?"

"또 하나 있다고는 들었습니다만, 그것이 어느 정도 험난한지는 조사하지 못했습니다."

여개의 대답을 듣고 장완이 의견을 말했다.

"벌써 네 번이나 사로잡혔던 맹획에게 싸울 생각이 있을 리 없습니다. 네 다리를 잘리고 동굴로 들어간 호랑이와 같은 상태입니다. 보시다시피 우리 군사는 더위에 지쳐 있습니다. 이만 철수를 하는 것이……."

공명은 고개를 저으며 단호한 결의를 보였다.

"이같은 어려움은 성도에서 떠날 때 이미 각오하고 있었다. 지금 철수하면 맹획은 싸워서 이겼다고 각처에 소문을 퍼뜨릴 것이다. 그러면 위나라와 오나라까지 나를 업신여기게 되어 두 나라가 동맹을 맺게 되는 원인이 될지 모른다. 맹획의 마음을 사로잡을 때까지는 결코 이 싸움을 그만둘 수 없다!"

그러고는 왕평에게 선봉을 명하고 항복한 만병을 안내로 세워 서북쪽 사잇길을 찾아내게 했다.

왕평은 400명 군사를 이끌고 좌우가 모두 절벽인 험로를 나아갔다. 독사 따위가 나올 것은 짐작하고 있었기 때문에 이것을 막는 약 연기를 풍겨가면서 약 20리를 더듬어 갔다.

이윽고 작은 분지로 내려가자 거기에 샘물이 있었다. 사람과 말이 다같이 목이 마른 판이라 앞을 다투어 물을 마셨다. 물맛이 좋았다.

다행히 왕평은 대장으로서, 목이 좀 마른 정도는 참을 수 있다는 것을 보이며 그 물을 입에 대지 않았다.

"길은 험하지만 이런 지형이라면 맹획 쪽에서 반격해 올 염려는 없다."

왕평은 그렇게 짐작하고 거기에서 돌아섰다.

본영 가까이까지 돌아왔을 때 거느리고 있는 400명이 갑자기 태도가 이상해지며, 말을 못하고 땅바닥에 쓰러지고 말았다.

공명은 이 광경을 보고 물었다.

"왕 장군, 군사들이 혹시 독이 있는 샘물을 마신 게 아니오?"

왕평의 설명을 듣자 공명은 곧 수레를 몰았다. 공명의 사륜거는 가끔 절벽으로 굴러 떨어질 것만 같았다. 그러나 공명은 눈썹 하나 까딱하지 않았다.

이윽고 그 분지로 내려가 샘물 옆에 선 공명은 맑은 물을 손으로 떠보고 고개를 끄덕였다.

그러고는 사방을 둘러보았다. 대부분의 나무들이 마르고 풀도 나 있지 않았다. 다만 누르스름한 바위가 깔린 산으로 둘러싸여 있을 뿐이었다.

"새소리도 없군."

공명은 혼자 중얼거렸다.

짐승도 새도 살지 않는 분지인 것이다.

공명은 사륜거를 좀 높은 곳으로 몰고 올라가 보았다.

그러자 멀리 저쪽에 우뚝 솟은 큰 바위가 하나 있고, 그 꼭대기에 오래된 사당이 서 있는 것이 보였다.

공명은 산중턱까지 수레를 달리게 한 다음 거기서 고생고생하여 기어올라갔다.

큰 바위에는 푹 팬 동굴 같은 공간이 나 있고, 그 안의 바위벽에 한 장군이 앉아 있는 모습이 새겨져 있었다.

"이것은 그 옛날 이곳에 원정 왔던 복파장군 마원(馬援)의 상

(像)이로군."

누가 새겼는지는 모르나 살아 있는 것 같은 모습이었다. 공명은 그 앞에 무릎을 꿇고 소리없는 기도를 올렸다.

기도는 두 시간이나 계속되었다.

문득 공명은 제정신으로 돌아와 뒤를 돌아보았다.

사람의 기척이 났던 것이다.

문 입구에 서 있는 사람은 좀 이상하게 생긴 노인이었다.

백 살도 넘었을 것 같은 흰머리와 흰수염의 깡마른 모습이었는데 지팡이에 기대어 있었다.

"누구신지요?"

노인은 공명의 질문은 들은 체도 않고 되물었다.

"당신은 제갈공명이 아니오?"

"그렇습니다만……."

"당신은 독룡동에 숨어 있는 맹획을 공격하여 다섯 번째로 사로 잡으려 하는 모양인데."

"바로 아셨습니다. 그런데……?"

"이 서북쪽에서 들어가려면 그만한 방비책을 강구해야 할 거요. 이미 선봉으로 나갔던 군사들이 이곳 샘물을 먹고 벙어리가 되어 넘어져 있으리다. 그건 아천이란 독샘이오. 또 앞으로 가면 세 개 의 샘물이 있소. 멸천·흑천·유천…… 모두 맑고 깨끗하지만 목 욕을 하면 피부가 짓물러 썩게 되고, 손발이 저려 움직일 수가 없 게 되고, 혹은 목을 파고 들어가 뼈가 부서지게 되오. ……물론 당신은 이런 지역이니까 독사와 전갈이 있을 것은 짐작하여 그것 을 쫓고 죽이는 방법은 알고 계시리라. 그런데 독샘이나 맹수보다 더 무서운 적은 따로 있소. 마귀가 내뿜는 것 같은 장기(독가스) 가 하루면 한 나절 이상 땅을 뒤덮고 있소."

이 말을 듣자 아무리 공명이라도 절망하지 않을 수 없었다.

"그럼 이제 남중을 평정할 수는 없겠군요. 군사를 철수시켜 성도로 돌아가는 수밖에……."

공명은 한꺼번에 피로가 닥쳐와 금방 쓰러질 것만 같았다.

그러자 노인은 한쪽 손을 들고 말했다.

"잠깐, 결코 단념할 것까지야 없소. 독룡동을 칠 수는 있소."

"독사와 전갈을 쫓고 군사에게 독샘물을 마시지 못하게 할 수는 있겠지만, 많은 군사를 장기 속으로 무사히 지나가게 할 방법은 없을 것으로 압니다."

"바로 그 점이오. 그 장기 속을 뚫고 지나가는 방법이 있소."

노인은 웃었다.

공명은 문득 이 노인이 이곳에 머물고 있는 산신령이 아닌가 하는 생각마저 들었다.

"그 방법을 가르쳐 주시겠습니까?"

"가르쳐 주지. 이 늙은이가 하는 말을 믿어만 준다면……."

"제가 비록 어리석지만, 아무리 처음 뵙는 분이라도 믿을 분인지 아닌지는 분간할 줄 압니다."

공명은 숙연한 태도로 말했다.

숨은 선비

"그럼 가르쳐 주리다."

마른 나무 같은 흰 머리 흰 수염의 노인은 지팡이를 들어 서쪽을 가리켰다.

"저 서쪽을 향해서 20리 남짓 가면 계곡이 있고, 시내를 따라 20리쯤 올라가면 만안계(萬安溪)란 깊은 물이 있소. 물가에 오래된 암자가 있는데 은사가 한 사람 살고 있소. 20년 전부터 그 만안계에서 한 발짝도 밖에 나간 적이 없는 은사로, 오래 사는 비결을 연구하여 독수를 신수(神水)로 바꾸며 약초를 기르고 있소. 암자 뒤에는 안락천(安樂泉)이란 작은 못이 있는데, 독수를 마시거나, 장기에 병든 사람은 이 못물을 한 모금만 마시면 금방 낫는 거요. 사람뿐 아니라 사슴이나 원숭이들도 이걸 알고 마시러 온다고 하오. 또 암자 앞에 심은 약초는 해엽운향(薤葉芸香)이라고 하는 것으로, 이 잎을 하나 입 안에 넣고 있으면 장기에 쐬어 넘어지는 일이 없소. ……촉병들을 만안계로 데리고 가는 것이 좋을 거요."

"가르쳐 주신 은혜 뭐라고 감사드릴 말씀이 없습니다. 이 은혜 평생 잊지 않겠습니다. ……노인장의 존함을 들려 주십시오."

"한낱 시골 늙은이에 지나지 않소."

"절대 그럴 리가 없습니다."

"하하하…… 그럼 이 사당에 모신 복파장군 마원이 다시 태어났다고나 할까."

노인은 지팡이에 의지하여 일어서자 사당 앞으로 다가갔다.

그곳은 바위벽으로 되어 있었다. 노인은 한쪽 손으로 가볍게 밀었다. 그러자 바위가 소리도 없이 열리며 뻥 뚫린 어두운 동굴이 들여다보였다.

"그럼 이만……."

노인은 그 동굴 속으로 사라졌다. 그러자 바위는 절로 닫혔다.

공명은 잠시 바위를 바라보고 있더니 문득 정신이 들어 신상(神像)을 향해 두 번 절하고 사당을 나왔다.

본영으로 돌아온 공명은 장군들을 불러 이 사실을 알렸다.

이튿날 아침, 공명이 탄 검은 사륜거를 선두로 촉군은 서쪽을 향해 행진했다.

좌우가 병풍처럼 된 절벽 밑 계곡을 따라 안으로 들어가자, 갑자기 평지가 열리며, 소나무·잣나무·대나무들이 우거져 있는 곳에 이르렀다.

숲에 둘러싸여 향그러운 꽃냄새를 풍기는 농장이 보였다.

이 작은 평지에는 시원한 바람이 불었다.

생울타리 안에 과연 오랜 암자가 하나 있었다.

"여기다!"

공명은 혼자 숲을 빠져나가 농장으로 들어갔다. 그리고 생나무울타리의 사립문을 두드리며 주인을 찾았다.

"이리 오너라!"

그러자 열 살 남짓한 아이가 나왔다.

공명은 이름을 밝히고, 주인에게 면회를 청했다.

기다릴 것도 없이 한 노인이 나왔다.

대로 엮은 갓을 쓰고 흰옷에 검은 띠를 둘렀으며 짚신을 신고 있었다. 머리털은 누렇고 두 눈에는 푸른 눈동자가 맑게 빛났다.

"촉한 승상 나리, 오시기를 기다리고 있었습니다."

"제가 찾아올 것을 알고 계셨던가요?"

"승상이 대군을 이끌고 남중을 평정하는 이상은, 우리 암자를 찾지 않고는 도저히 장기에 차 있는 험악한 길을 지나가지 못할 것으로 알고 있었지요."

암자에서 마주앉자 공명은 은사에게 도움을 청했다.

"독룡동에 들어앉아 있는 맹획을 사로잡으려면 아무래도 네 개의 독샘과 장기에 싸인 험로를 지나가야만 하겠는데……."

은사는 우선 아이를 시켜 벙어리가 된 왕평의 부하 군사 400명을 못으로 데리고 가서 안락천 물을 마시게 했다. 군사들은 많은 거품을 내뿜더니 한 시간이 채 안 되어 말을 하게 되었다.

아이는 다시 모든 촉군 장병들을 데리고 만안계 맑은 물로 가서 목욕을 시켰다. 혹서에 시달리던 장병들은 단 하루 사이에 온몸에 힘이 다시 솟아났다.

은사는 암자 안에서 잣차와 송화차로 공명을 대접하면서 물었다.

"승상께서는 지금까지 자주 피를 토하거나 하지 않았습니까?"

"가슴을 앓고 있습니다."

"그 몸으로는 앞으로 1년을 견디기 어려울 것입니다."

공명이 잠자코 있자, 은사는 안으로 들어가 조그만 은상자를 들고 나왔다.

"이 속에 내가 만든 알약이 들어 있습니다. 하루 한 알씩 자십시오. 그러면 각혈이 멎고 열이 내리게 될 것입니다."

"감사합니다."

공명은 작은 상자를 받아 넣었다.

은사는 말을 계속했다.

"이 지방은 독사와 전갈이 많고, 또 버들꽃이 골짜기와 샘으로 날아드는 동안은 물을 마실 수 없습니다. 그러나 푸른 이끼가 낀 바위 그늘의 땅을 파서 솟아나는 물이라면 독이 들어 있지 않습니다."

공명은 '해엽운향'에 대해 물었다.

"아아, 그건 내가 여러 해 고심해서 기른 약초로 입 안에 하나만 물고 있으면 장기에 중독되는 일이 절대로 없으니 안심하십시오."

은사는 밖으로 나와 목욕을 마치고 온 촉나라 군사에게 마음껏 그 약초를 따게 했다.

물러날 때가 되어 공명은 은사에게 그 성명을 물었다. 은사는 숨기지 않았다.

"나는 맹획의 형 맹절(孟節)입니다."

공명은 깜짝 놀랐다.

"은사께서 맹획의 형님이시라니요?"

"맹획을 쫓고 계신 승상께 그 친형인 내가 협력한다는 것은 아무래도 이상하게 생각되시겠지요. 솔직히 말씀드리지요. 나는 맏이로 태어났고 바로 아래가 획이며 막내가 우입니다. 나는 어릴 때부터 문학을 좋아하고 전쟁을 싫어하는 성격이었습니다. 그런데 내 아우 획은 반대로 싸움을 즐기며 백성들을 노예처럼 부리고 정복욕에 불타는 야심가였습니다. 아버지는 내게 왕위를 물려주려 했으나 불행하게도 갑작스레 돌아가고 말았습니다. 그 직후 획은 나를 암살하려 했습니다. 다행히 그걸 미리 안 나는 왕위를 획에게 양보하고 이 만안계로 들어와서 숨어 살게 되었던 겁니다."

"그랬군요. 알겠습니다."

공명은 고개를 끄덕이고 말했다.

"도척(盜跖)과 유하혜(柳下惠)의 관계가 오늘날에도 있다는 것을 알았습니다."

춘추시대, 유하혜와 도척이란 형제가 있었다. 형 유하혜는 어진이로서 백성들의 숭배를 받았고 아우 도척은 흉악한 도적으로 악명을 남겼던 것이다.

"맹 선생, 내가 획을 왕좌에서 물러나게 하면 선생이 대신 왕이 되어 주시겠습니까?"

"아닙니다."

맹절은 고개를 저었다.

"나는 이 만안계에서 오직 약수와 약초를 만드는 것을 사명으로 삼고 있습니다. 그런 귀찮은 자리에 앉을 생각은 조금도 없습니다."

공명은 맹절의 고결한 인품에 감탄하며 고마움을 표했다.

후세 사람이 이 일을 시로 읊었다.

　　깊은 산중에 은둔한 고결한 선비
　　제갈무후가 그의 도움으로 남만을 평정하네
　　지금은 인적 끊기고 쓸쓸한 고목만 남았는데
　　차가운 안개는 옛 산을 감싸고 있구나

만왕 맹획은 그의 친형인 맹절이 공명의 편을 들었기 때문에, 촉군이 절대로 쳐들어올 수 없으리라 안심하고 있던 독룡동 정면에 적군이 진을 쳤다는 보고를 받게 되었다.

"촉나라 군사는 장기에도 중독이 되지 않고 독수를 마시고도 끄떡없이 10리 앞까지 육박해 왔습니다."

감시 중인 장수의 보고를 받은 타사왕은 믿으려 하지 않았다.

"그런 터무니없는 일이 있을 수 있느냐?"

그러나 타사왕은 어찌 됐든 맹획과 함께 급히 높은 산꼭대기로 올라가 보았다.

작은 언덕을 중심으로 무수한 촉나라 깃발이 펄럭이고 질서정연한 진지가 눈앞에 펼쳐져 있지 않은가!

두 사람은 놀란 나머지 소리마저 나오지 않았다.

날개라도 있어서 장기가 소용돌이치는 위를 훌쩍 날아서 지나온 것으로밖에 생각할 수 없었다.

"대왕님, 저들은 신병(神兵)으로밖에 생각할 수 없습니다!"

"아니야, 그들은 절대로 신병일 수는 없어!"

그 점은 역시 맹획다운 데가 있었다.

공명이 여기까지 뚫고 온 이상은, 반드시 장기를 이겨내는 방법을 강구했을 것이 틀림없다.

"그렇다! 알았다! 공명이란 놈이 만안계에 숨어 살고 있는 우리 형의 도움을 받은 것이다. 형은 독수를 마시고 병든 몸을 치료하는 신수를 만들고, 장기를 이겨내는 약초를 심고 있다는 소문을 들은 적이 있다. ……빌어먹을! 형이 아우를 배신했어!"

맹획은 이를 갈았다.

"이렇게 된 이상 우리 독룡동 군사 가지고는 총동원해서 기습을 감행할 도리밖에 없습니다."

"아니야. 제갈량과 정면으로 맞붙어서는 독룡동 군사쯤이야 턱도 없어."

맹획은 문득 생각이 나서 70리 서쪽에 있는 은야동(銀冶洞) 21동의 영주 양봉(楊鋒)에게로 급히 사람을 달려 보냈다.

양봉은 맹획의 탄원하는 편지를 읽자, 기다리고 있었다는 듯이 급히 군대를 동원시켜 달려왔다.

맹획은 기뻐 어쩔 줄을 몰랐다.

양봉은 자신있게 말했다.

"보시다시피 내가 이끌고 온 철갑부대 3만은 어떤 험한 산길이라도 나는 듯이 달리는 훈련을 쌓아 왔고, 또 인도의 무술을 배워 두었기 때문에 일기당천입니다. 또 무용에 뛰어난 다섯 아들을 데리고 왔으니 마음 푹 놓으십시오."

"참으로 고맙소! 당신 원조로 제갈량에게 본때를 보여줄 수 있게 되었소."

"제갈량 같은 가짜 황제의 군사 따위 아무것도 아닙니다."

양봉은 다섯 아들을 맹획에게 인사시켰다. 모두 호랑이라도 때려잡을 것 같은 장한들이었다.

맹획과 타사왕은 크게 마음이 놓였다. 곧 그들을 위해 성대한 잔치가 벌어졌다.

양봉이 말했다.

"공교롭게도 이 독룡동에는 노래하고 춤 추는 여자가 보이지 않는군요. 마침 진중의 쓸쓸함을 달래기 위해 칼춤을 잘 추는 처녀들을 데리고 왔으니 한 번 구경해 보시지 않겠습니까?"

"그거 참 잘 됐구려."

호색한인 맹획은 그 처녀들 중에서 골라잡아 밤을 즐길 수 있다는 생각부터 하였다. 푸른 빛 도는 검은 머리를 허리까지 늘어뜨린 수십 명 처녀들이 껑충거리며 장막 안으로 들어왔다.

"허어, 미인들만 골랐구려."

맹획은 군침을 삼키며 호색의 눈을 빛냈다.

처녀들은 번갯불치듯 빠르게 칼을 휘두르며 춤을 추고 뛰놀았다.

만병들은 술에 취해, 손뼉을 치고 노래를 부르며 떠들어 댔다.

이윽고 양봉은 두 아들에게 큰 잔을 들려 맹획과 맹우 앞으로 나아가게 했다.

양봉은 타사왕 앞으로 나아갔다.

순간──

"이때다!"

양봉의 외치는 소리가 장막 안을 울렸다.

두 아들은 맹획과 맹우에게 달려들어 잡아 눌렀다. 양봉은 억센 주먹으로 타사왕의 목을 내리쳐 기절하게 만들었다.

세 아들이 칼을 잡은 처녀들을 지휘하여 장막 앞에 늘어섰기 때문에 장막 밖의 만병들은 꼼짝도 할 수 없었다.

맹획은 얼굴을 붉히고 외쳤다.

"양봉! 이게 무슨 짓이냐? 우리는 같은 동주가 아닌가. 나는 너한테 아무런 원한도 품게 한 기억이 없다. 무엇 때문에 나를 배신하는가?"

양봉은 태연스럽게 말했다.

"독재왕 맹획 한 사람 때문에 93전 동주가 얼마나 뼈아픈 꼴을 당했는지 생각해 보면 알 것 아닌가. 우리 일족이 한 번은 당신 휘하에서 촉나라 군사와 싸웠었다. 그러나 사로잡혀 제갈량 앞으로 끌려갔었다. 다행히 제갈량이 우리를 용서하고 풀어 주었기 때문에 무사히 돌아올 수 있었다…… 이제는 독재왕 맹획을 묶어 제갈공명 앞으로 끌고 가야겠다."

맹획은 앞이 캄캄했다.

은야동 21동의 영주인 양봉은 맹획·맹우·타사왕을 소에 태워 촉군 본영으로 끌고 갔다.

공명은 백우선을 맹획의 코끝에 들이대고 말했다.

"다섯 번째 포로가 된 맹획, 혀라도 깨물고 죽을 것인가?"

"뭐? 내가 잘못해서 포로가 된 건 아니다! 양봉이란 놈이 배신했기 때문에 이런 치욕을 당하게 된 것이다. 자아, 목을 칠 테면 어서 쳐라!"

"나는 독룡동으로 도망친 그대를 쫓아 아천·멸천·흑천·유천과 같은 독샘이 있는 곳과, 장기가 차 있는 험로를 지나오면서 군사 한 사람 상하지 않고 여기 포진해 있다. 이것을 하늘이 돕는 것이라고 하지 않고 어느 것을 하늘이 돕는다 하겠는가? 다섯 번이나 사로잡히고도 여전히 굴복하지 않는 것은 너무 미련하지 않은가. 이제 그만 우리 황제께 귀순을 맹세하는 것이 어떤가?”

“어림도 없다! 공명, 들어 봐라! 이 맹획은 은갱동에 성을 쌓고 패권을 휘두르는 대왕이다. 은갱동을 함락시키려면 삼강(三江)의 험지를 뚫어야 한다. 게다가 열 겹 스무 겹 요새를 만들어 두고 있다. 만일 네가 은갱동을 함락시키고 나를 생포한다면 그 때야말로 진심으로 굴복하여 자손 만대에 이르도록 촉나라에 복종하마.”

맹획은 말했다.

공명은 맹획의 번쩍이는 눈빛을 맑은 두 눈으로 마주보고 있더니 웃었다.

“좋아, 그럼 또 한 번 돌려보내 주겠다. 남만의 전군사를 동원하여 이 공명과 맞서 보아라. ……그리고 그때 또 패하고도 항복을 하지 않으면 일족을 모조리 죽이고 말 것이다.”

  험한 땅 깊이 들어가기 쉽지 않은데
  기이한 지모 펼침이 어찌 우연이리오

이리하여 공명은 다섯 번째 맹획을 놓아 주었다.

야수

"나는 다섯 번 포로가 되고 다섯 번 공명이 놓아 주어, 살아서 고향 은갱동에 돌아오게 되었다. 에잇, 빌어먹을! 이 치욕과 굴욕을 도대체 어쩌면 좋단 말이냐?"

자기 궁전으로 돌아온 맹획은 조상의 영혼을 모신 사당 앞에 주저앉아 두 손을 짚고 이마로 제단을 들이받았다

이마의 살가죽이 터지고 많은 핏물이 제단을 시뻘겋게 물들였다.

맹획은 자기 두개골을 박살내 버릴 듯이 언제까지고 이마를 제단에 찧고 있었다.

맹획의 불운은 그의 곁에 뛰어난 참모가 한 명도 없다는 것이었다. 만일 뛰어난 참모가 있었다면 아무리 공명일지라도 이 은갱동을 중심으로 한 철벽진을 깨뜨릴 수는 없었을 것이다.

여기서 남만의 지형과 풍속 등을 소개하면——은갱동 밖에는 삼강이 흐르고 있었다.

노수(瀘水)·감남수(甘南水)·서성수(西城水)——이 세 강이 거기서 합류되기 때문에 삼강이라 부른다.

동북쪽으로 200리 남짓 펼쳐져 있는 평야는 땅이 기름져 갖가지 곡식이 난다. 서쪽 200리쯤 되는 곳에는 소금물이 솟아나는 우물이 있었다.

서남 200리에 노수와 감남수가 흐르고, 남쪽으로 800리 더 가면 양도동(梁都洞)에 이른다. 이 동은 산으로 둘러싸여 있고, 그 산에서 은이 나기 때문에 은갱산(銀坑山)이라 부르고 있었다.

바로 그 은갱산 중턱에 맹획이 성을 쌓고 있는 것이다.

맹획이 그 앞에 엎드리고 앉아 이마를 제단에 찧고 있는 조상 대대의 사당을, 남중에서는 '집귀신[家鬼]'이라 부르고 있었다. 정말 남중다운 명칭이었다.

사철 명절 때는 '집귀신' 앞 광장에서 소와 말을 잡아 성대하게 제사를 올린다. 이것을 '귀신점친다. [卜鬼]'고 일컫는다.

그런데 그 풍속과 습관을 보면 병에 걸려도 절대로 약을 못 먹이게 되어 있었다. 오로지 무당에게 낫기를 빌게 할 뿐이었다.

중국과는 달라, 법률이니 형법이니 하는 것은 만들어져 있지 않고, 죄를 범한 사람은 무겁고 가벼운 구별 없이 모조리 목을 치게 된다. 다만 맹획이 그 죄인에게 호감이 갈 때는 곧 풀어주게 된다. 그러므로 남중에는 감옥이란 것이 없었다.

결혼 풍속도 이상했다. 15세 된 처녀는 좋은 날을 가려 골짜기 냇물에서 목욕을 한다. 거기에 독신인 젊은 남자가 찾아와 같이 목욕을 한다. 이렇게 여럿이 어울려 함께 목욕하는 가운데 각자가 마음에 드는 상대를 골라 물속에서 첫사랑을 맺게 된다. 이 점에 관해서는 양쪽 부모가 모른 체하지 않으면 안 된다.

이 냇물에서의 첫사랑 맺는 것을 '재주 배운다. [學藝]'고 했다. 그 뜻은 확실치 않으나 사랑을 '재주'라고 풀이했는지도 모른다.

비가 오는 해는 물론 벼를 비롯해 갖가지 곡식을 심지만, 날이 가물게 되면 뱀을 잡아 국을 끓이고 코끼리 고기를 삶아 밥 대신 먹었다. '동'이란 마을이라는 뜻으로 물론 크고 작은 것이 있었다. 큰 동의 우두머리를 '동주(洞主)'라 부르고 작은 동의 우두머리를 '추장(酋長)'이라 불렀다.

매달 초하루 보름에는 동주와 추장들이 맹획이 살고 있는 은갱동 궁전에 토산물을 바치게 되어 있고, 성 밑에서는 저자가 열려 백성들이 물물교환을 했다.

남중이란 곳은 대충 이런 나라였다.

사당에서 얼굴이 온통 피투성이가 되어 돌아온 맹획은 일족과 부하 1천여 명을 불러 모았다.

"나는 다섯 번이나 제갈량한테서 모욕적인 용서를 받았다. 이 수치는 무슨 일이 있어도 씻지 않으면 안 된다. 그대들 가운데 무슨 묘책이 있으면 말하라."

그러자 기다린 듯이 대답하는 사람이 있었다.

"대왕, 안심하십시오. 제갈량을 무찌를 맹장이 한 사람 있습니다."

모든 사람의 시선을 모은 것은 맹획의 아내 축융부인(祝融夫人)의 동생인 대래동주(帶來洞主)였다.

축융이란 남중 지방에 전해 내려오는 불을 맡은 귀신을 가리킨다. 이들 누나와 동생은 그 후손이라 기록되어 있다. 누이는 보기 드문 미녀인데다가 또 몸이 큰 여장부였고, 게다가 단검을 잘 썼기 때문에 맹획의 아내가 되었다. 동생은 8번(番)의 부장(部長 : 部落長)이 되어, 대래동주라 불리고 있었다.

"그 맹장이란 누군인가?"

"여기서 서남쪽에 있는 팔납동(八納洞) 동주인 목록왕(木鹿王)입니다. 술법이 능통해서 큰 코끼리를 마음대로 다루고 비바람을 마음대로 불러일으킬 수 있다고 들었습니다. 평상시부터 범·표범·

늑대·독사·전갈을 기르며 소리만 치면 적에게 뛰어들게끔 훈련을 시키고 있다 합니다. 또 휘하에는 목숨을 아끼지 않는 용맹무쌍한 군사 3만을 거느리고 있습니다. ……대왕께서 예물과 함께 혈서를 보내시면 반드시 우리 청을 들어줄 것으로 믿습니다. 목록왕이 우리 편이 되어 주기만 하면 촉나라 군사 5만이나 10만 같은 건 여지없이 몰살시킬 수 있을 것입니다."

"목록왕 이야기는 일찍부터 들어서 알고 있다. 나와 동맹을 맺게 되면 절대로 패하지 않는 싸움을 펼치게 될 것이다. 그대는 당장 팔납동으로 가라."

"알았습니다."

맹획은 많은 예물과 함께 도움을 청하는 편지를 써서 대래동주에게 주고, 타사왕에게는 삼강 근처에 있는 성을 지키도록 했다.

한편 공명은 촉나라 전 군사를 이끌고 삼강에 이르렀다.

나직한 언덕에 올라가 멀리 바라보니 삼강성의 견고한 모습이 한눈에 환히 보였다.

성은 삼면이 강을 등지고 있어 공격할 육로는 하나밖에 없었다.

공명은 조자룡과 위연을 불러 명령했다.

"시험삼아 공격을 해보아 주오."

두 장군은 3천 명 남짓한 군사를 이끌고 육로를 돌진해 들어갔다. 결과는 500여 명을 잃고 후퇴하는 패전이었다.

성 위에서 비처럼 독화살을 내리퍼부었던 것이다.

남중병들은 센 활을 쏘는 훈련을 쌓고 있었고, 게다가 한꺼번에 10개를 쏘아보내는 기술을 가지고 있었다. 또 화살촉에는 무서운 독을 발라 두어서 찔리기만 하면 금방 살이 터지고 창자가 썩었다.

이 보고를 받은 공명은, 사륜거를 성벽 가까이에 다가붙이고 얼마 동안 성 생김새를 살피고 있더니, 본영으로 돌아오자 전군을 10리 남짓한 산 뒤까지 후퇴시키라고 명령했다.

남중 군사는 촉군이 후퇴하자 함성을 지르며 기뻐 날뛰었다.

"공명인가 하는 놈도 결국은 공격을 단념하고 본국으로 철수할 것이다!"

타사왕은 덮어놓고 기뻐했다. 그리하여 매일밤 온 군사에게 술을 먹였다. 감시병까지 술에 취해 자곤 했다.

공명은 바위뿐인 산 뒤에 진을 치자 이렇게 지시했다.

"앞으로 닷새 동안 천천히 쉬며 사기와 체력을 기르도록 하라."

닷새가 지나자 저녁때 갑자기 공명의 명령이 전군에 전달되었다.

"산의 바위를 깨어 저마다 등에 지고 운반할 수 있는 크기의 네모진 돌을 새벽까지 한 개씩 만들어라. 만들지 못한 사람은 목을 벤다."

네모진 돌로 무엇을 하려는지는 장군들도 짐작할 수 없었다. 그러나 닷새 동안 푹 쉬게 된 군사들은 큰바위를 깨뜨려 내어 혼자 운반할 만한 네모진 돌을 깎는 것을 그다지 고생스럽게는 생각지 않았다. 각 대장의 지휘로 어렵지 않게 각각 자기 몫을 만들어냈다.

공명은 10여 만 개의 모난 돌을 주욱 늘어놓자, 다시 하루를 쉬게 했다. 그리고 한밤중을 택해 명령을 내렸다.

"소리를 내지 말고 저마다 돌을 지고 삼강성 성 밑으로 운반한다. 그리고 이것을 쌓아 계단을 만든다. 계단이 다 되면 이를 타고 올라가 성 안으로 돌격해 들어간다. 타사왕의 머리를 베어오는 사람은 부대장으로 임명한다."

적군의 허를 찌르는 전법이었다.

그날 밤 먼동이 트기 시작할 무렵, 성벽에 딱 붙은 돌계단이 완성되어 있었다.

"내가 타사왕의 목을 자르고 말 테다!"

돌계단이 완성되기가 무섭게 촉나라 군사들은 돌계단을 달려 올라갔다.

성벽 위의 만병들은 잠이 깨기는 했으나 독화살을 쏠 겨를도 없이 피보라와 함께 모조리 목이 잘려 죽고 말았다.

성 안으로 몰려들어간 촉병들은 마치 굶주린 승냥이가 양떼를 덮치는 것 같은 처참한 광경을 연출했다.

타사왕의 신변을 지키던 날랜 군사들도 저마다 선불맞은 산돼지처럼 설치기는 했지만, 허를 찔려 당황한 나머지 진형을 바로잡지 못한 채 차례로 죽어 넘어졌다.

"이젠 마지막이다!"

타사왕은 삼강성 수비를 맡은 몸으로, 설사 포로가 되어 공명의 용서를 받는다 해도 맹획이 용서하지 않을 것을 알고 장검을 뽑아 들고 몰려드는 촉병들 속으로 쳐들어갔다.

그야말로 악귀의 마지막을 장식하는 용감한 모습이었다.

"뭐야! 삼강성을 지키는 타사왕이 죽었다고!"

호사스런 욕실에서 몇 명의 벌거벗은 미녀에게 몸을 문지르게 하고 있던 맹획은 미녀들을 뿌리치고 벌떡 일어났다.

믿어지지 않았다.

"난공불락의 땅에 세워진 그 성에는 1년 동안 독화살 쏘는 훈련만 받은 정병 500을 보내 두었다! 제갈량 놈이 하늘에서 신병을 불러오기라도 했단 말인가!"

맹획은 미친 듯이 마구 부르짖으며 분노를 참지 못하고 주위에 있는 물건들을 닥치는 대로 차고 부수고 했다.

그러나 현실은 맹획에게 가혹했다.

"촉군 2만여 명이 삼강을 건너 은갱동 정면에 진을 쳤습니다."

이런 급보가 들어왔다.

"제갈량은 사람이 아니다. 놈은 귀신으로 태어난 것이다! 나는 이제 그놈을 상대해서 이길 수 없다!"

드디어 맹획은 처음으로 솔직한 소리를 내뱉게 되었다.

"호호호……."

그러자 비웃음 소리가 병풍 뒤에서 들렸다.

"누구냐?"

"저에요, 대왕."

모습을 나타낸 것은 6척 장신의 여장부였다. 아내인 축융이다.

비도(飛刀 : 표창)를 던져 백발백중시키는 이 여걸은 그 담력에 있어서도 남자보다 나았으면 나았지 못하지 않았다.

"대왕쯤 되시는 분이 어떻게 그런 못난 태도를 보이십니까! 당신이 그렇게 겁을 먹고 있다면 이번에는 내가 대신 촉나라 군사를 짓밟아 보이리다!"

"가, 가만! 내가 상대해 내지 못하는 것을 어떻게 당신이 이겨낼 수 있단 말인가! ……팔납동 목록왕이 도우러 올 때까지 기다려!"

"기다릴 수 없어요! 동 정면에 적이 진을 치고 있는데, 못나게 바라보고만 있을 수 없어요! 내 실력을 한번 보여 주고 말 거예요!"

이렇게 말한 축융은 궁전에서 달려나가자 새하얀 말에 훌쩍 올라타며 외쳤다.

"나를 따르라!"

그리고 성문을 달려나갔다.

일족의 용장 수백 명과 동병 4만이 황급히 그 뒤를 따랐다.

성문에서 몇 마장 떨어진 지점에 벌써 장의가 완전히 진형을 갖추고 기다리고 있었다.

축융은 등에 다섯 개 비도를 꽂고 손에는 열 자가 넘는 긴 창을 들고 있었다.

"맹획 대왕의 부인인 내가 이제 네놈들 침략군을 깨끗이 내쫓고

말 테다!”
길고 붉은 머리결을 바람에 나부끼며 높은 목소리를 늠름히 지르는 여장부의 모습을 보자, 장의는 움찔했다.
‘……소문으로 듣던 축융부인이 바로 저 여자인가!’
“촉나라 용장 장의가 상대를 해 주리라.”
그는 놀라기만 할 수 없어 얼른 말을 내몰았다.
준마와 준마가 마주 스치고 지나갔다. 창과 칼이 마주 부딪쳐 몇 합에 이르렀다. 이 1대 1의 싸움에서는 누가 보아도 축융부인이 힘으로나 재주로나 장의만 못한 것 같았다.
‘……당해낼 수 없다!’
이런 태도를 보이며 축융은 얼른 말머리를 돌려 달아나기 시작했다. 장의는 사로잡을 욕심으로 맹추격을 했다.
순간, 축융은 머리를 돌리지도 않고 등에 꽂힌 비도를 뽑아들어 장의를 향해 던졌다.
비도는 장의의 왼팔에 탁 꽂혔다.
그때 재빨리 만병들이 뛰어들어 장의의 말 뒷다리를 만도로 두 동강을 내어 버렸다.
곤두박질치며 땅바닥으로 굴러떨어진 장의 위로 수십 명의 만병들이 덮치고 또 덮쳤다.
“장의 장군이 생포되었다!”
“뭐야! 다시 빼앗아올 테다…….”
이 보고를 들은 마충은 곧장 말을 달렸다.
축융은 이를 예상하고 만전의 준비를 해 두고 있었다.
마충은 아차 하는 사이에 수천의 만병에게 포위되고 말았다.
아무리 몸부림쳐도 소용이 없었다. 너무 성급하게 달리는 바람에 혼자 멀리 떨어져 적군의 포위 속에 갇히고 말았다. 도무지 혈로를 열 도리가 없었다. 수없이 던져진 갈고리 밧줄에 온몸이 얽힌 채 말에서 떨어진 마충은 장의와 함께 포로가 되고 말았다.

"어떠냐? 이 촉나라 장수들아!"

축융은 자랑스러운 듯 꽁꽁 묶인 두 장수를 비웃으며 동 안으로 끌고 갔다.

"기어이 해냈구나! 과연 내가 고른 여자로다!"

맹획은 미친 듯이 기뻐하며 축하 잔치를 벌였다.

축융은 도부수를 불러 명령했다.

"촉장들의 머리를 날려라!"

그야말로 장의와 마충의 목숨은 풍전등화였다.

"기다려……."

맹획이 촉나라 장수의 목을 치려는 아내를 말렸다.

"왜 말리는 거지요?"

"나는 제갈량에게 다섯 번이나 용서를 받고 풀려났다. 공명의 속셈이야 뻔하지만 의리는 의리다. 지금 이 두 장수의 목을 친다면 왕인 내 체면이 서지 않는다. 이놈들은 우선 포로로 놔 두고, 어떡하든 공명을 생포해야 돼."

"과연 대왕다운 관대한 도량이십니다."

어찌됐거나 촉나라 장수를 포로로 한 것은 이번이 처음이므로 은갱동 궁전 안은 온통 축제 분위기였다.

한편, 도망쳐서 겨우 촉군 본영으로 돌아온 군사들에게서 보고를 들은 공명은 조금도 놀라는 기색이 없었다.

마대·위연·조자룡 세 명의 용장을 불러서 한 사람씩 책략을 일러 주었다.

"맹획의 처 축융이 대단한 활약을 보인 모양이오. 여자라고 업신여기고 뒤쫓다가 장의와 마충이 포로가 된 것은 큰 실수였지만, 병법이란 것은 불행을 거꾸로 이용해서 승리를 거두는 데 묘미가 있는 거요. 장군들의 노력으로 그렇게 해 주기 바라오."

"알았습니다."

세 장군은 웃음을 머금고 고개를 끄덕였다.

이튿날 먼저 자룡이 선봉을 맡아 쳐나갔다.

"왔는가, 촉군 놈들!"

여걸 축융은 천하에 용맹을 떨친 조자룡이란 말을 듣고도 조금도 두려워하지 않았다. 만병이 뒤따를 겨를도 없이 준마를 달린 축융은 자룡을 보자마자 높이 외쳤다.

"맹획 대왕의 정실부인 축융이 조운과 1대 1로 싸우겠다!"

"오오! 어서 오구려. 늙기는 했지만 이 조자룡이 여자에게 패하는 그런 수치스러운 일은 없을걸."

축융으로서는 조자룡의 목을 자르면 그야말로 후세에까지 세상에 보기 드문 여걸이란 이름을 남길 수 있기 때문에 바람을 일으키며 돌격해 들어갔다.

그런데 몇 합을 싸우지 않아 조자룡은 갑자기 말머리를 돌리더니 정신없이 달아나기 시작했다.

'……조운 같은 용장이 못당하겠다는 듯이 달아나는 데는 반드시 음모가 있을 것이다.'

맹획에 비해 그의 아내 축융은 훨씬 머리가 영리했다.

축융은 자룡이 달아나도 굳이 깊이 추격하려 하지 않았다.

뒤이어 이번에는 위연이 군사들과 함께 밀어닥쳤다.

촉나라 군사 가운데 조자룡과 어깨를 견줄 수 있는 용장인 위연을 무찌르면, 조운의 목을 자른 것과 별로 다를 것이 없이 이름을 길이 남길 수 있는 일이었다.

축융은 무서운 기세로 맞아 싸웠다.

그러자 위연 역시 축융의 장창과 비도에는 도저히 승산이 없다는 듯 갑자기 도망치기 시작했다.

‘……위연도 역시 나를 낚으려 하고 있다.’

금방 눈치를 챈 축융은 추격하려는 동병을 멈추고 군대를 철수시켰다.

“어떻게 되었소?”

맹획의 물음에 축융은 웃으며 대답했다.

“조운도 위연도 나를 속여 뒤쫓아오게 만들려고 했는데, 그 따위 간계에 쉽사리 끌려들 축융은 아니지요.”

이튿날 아침 자룡과 위연이 함께 쳐들어왔다는 급보가 들어오자 축융은 침착하게 말했다.

“제갈공명인가 하는 군사는 소문과는 달리 지혜가 아주 얕은 사람 같습니다. 어제는 조운과 위연을 저마다 따로 쳐들어오게 해서 나를 당하지 못하는 것처럼 도망쳐 보이더니, 오늘은 그 치욕을 씻기 위해 둘이 힘을 합쳐 쳐들어온 것처럼 보이고 있습니다. 그러면 이 축융이 반드시 추격해 올 것으로 공명은 생각하고 있는 거겠죠. 너무도 속이 훤히 들여다보이는 전법을 쓰고 있지 않습니까. 공명은 이류의 군사밖에 안 됩니다. 나는 공명의 허를 찔러 보이겠습니다. 조운과 위연의 등 뒤로 돌아 촉군을 기습함으로써 그들을 혼란에 빠뜨리겠습니다. 그때 대왕께서는 정면에서 맹공격을 가하십시오.”

“음, 과연 좋은 전법이군. 그럼 부탁하오!”

축융은 성을 나오자, 군사와 말들이 소리를 내지 못하게 하무와 재갈을 물리고 샛길을 따라 나아갔다.

밀림과 절벽 사이로 난 샛길은 이 고장 사람들도 거의 모르고 있었다. 사냥꾼이나 나무꾼들이 어쩌다가 지나는 길로 곳곳에 독사와 전갈이 우글거리고 있었다. 철에 따라서는 무서운 독기운이 소용돌이쳤다.

축융과 만병들은 독기 없는 시간을 타서 똑바로 빠져나갔다. 아니, 빠져나가려 했다. 축융도 이 샛길을 지나는 동안만은 마음놓고 있었다.

그런데 느닷없이 밀림 속에서 날카로운 소리를 내며 화살이 날아왔다.

"앗!"

어깨에 화살을 맞고 말에서 굴러떨어진 축융은 절벽 가장자리를 붙들고 겨우 매달렸다. 골짜기 밑바닥은 눈이 어지러울 정도로 까마득했다. 떨어지면 몸이 박살이 나고 만다.

이때 밀림 속에서 달려나온 것은 마대였다.

"축융 부인, 어떻습니까? 천길 골짜기로 떨어지는 느낌이……?"

"아악!"

축융은 결국 비명을 질렀다.

한 시간 뒤, 축융은 뒷결박을 당하여 촉군 본영의 공명 앞으로 끌려왔다.

"여걸이란 말은 들었지만, 과연 만왕의 부인다운 여인이로군."

공명은 웃으며 말했다.

"어서 목을 쳐서 내 남편에게 보내달라."

축융은 분을 참지 못하고 온몸을 떨었다.

"이런 여걸은 백 년에 한 사람 나기도 어렵다. 결박을 풀어 몸을 자유롭게 해드려라."

공명은 축융을 군막으로 데리고 들어가 좋은 술과 안주를 대접하며 말했다.

"아마 당신은 이 공명을 이류의 군사로 업신여기고 내 허를 찌르는 계략을 세웠을 거요. 공교롭게도 내가 한 수 높았소. 그러나 이기고 지는 것은 결국 천운이란 거요. 당신을 장의·마충과 교환하기로 하겠소."

공명의 그런 말을 듣고 있는 동안 축융의 마음 속에 미묘한 변화가 일어났다.

축융은 맑고 깨끗한 공명의 두 눈동자를 보고 있는 사이 넋마저 빨려들어가는 것 같은 기분이었다. 태어나서 처음 맛보는 묘한 경험이었다.

남편 맹획과의 잠자리는 매일 밤 매일 아침 격렬한 것이었다. 그것은 정욕과 정욕이 성난 파도처럼 맞부딪치는 순전히 야성적인 본능의 충동을 행동으로 옮기는 것뿐이었다.

마음과 마음이 서로 융합되는 일은 한 번도 없었다. 축융은 아내로서의 임무는 그것만으로 충분한 것으로 알고 있었다.

축융은 이제 여자로서 한 남자에게 반하고 만 것이다.

——이 세상에 이렇게 멋있는 남자가 있었던가!

말로 표현한다면 그런 것이다.

공명의 풍모도, 언사도, 태도도, 모두가 축융이란 여자의 마음을 마냥 녹게 만드는 매력을 지니고 있었다.

공명은 축융의 그런 마음속을 눈치챘는지 어쨌는지, 어디까지나 무표정한 태도로 측근을 불러 포로 교환을 위한 사자를 맹획에게 보내도록 명했다.

축융은 처음 끌려나왔을 때와는 다른 사람이 된 것 같았다.

얌전히 얼굴을 숙인 채 순순히 옥으로 끌려갔다.

감옥 속에서도 순한 아기고양이처럼 똑바로 앉아 지그시 허공을 응시하고 있었다. 마음속이 이상하게 텅 비어 있었다. 가끔 떠오르는 것은 자기가 여자라는 생각이었고, 여자란 것을 알게 해준 공명의 모습이었다.

축융으로서 분명히 알 수 있는 것은 공명의 모습이 앞으로 죽을 때까지 머릿속에서 지워지지 않으리라는 생각이었다.

자기 아내가 그런 상냥한 여자의 모습으로 재탄생했으리라는 것을 맹획은 꿈에도 상상하지 못했다. 공명으로부터 사자가 찾아와 축융이 사로잡혔다는 증거를 제시하고 포로를 맞교환하자고 제안하자 ──

"좋아, 승낙하지."

장의·마충과의 교환을 부하에게 명했다.

돌아온 축융이 마치 다른 사람으로 새로 태어난 것처럼 말 한마디 하지 않는 것을 보고 맹획은 단순하게 생각했다.

'……천하 제일의 여걸로 자부하고 있다가 적에게 결박당하는 치욕을 당했으니, 내 얼굴도 똑바로 보지 못하고 변명조차 할 수 없을 정도로 낙심하고 있는 거겠지. ……괜찮아! 오늘밤 뜨겁게 안아주고 실컷 귀여워해 주면 다시 생기를 되찾게 되겠지.'

그러나 아내를 안아주고 마음껏 기쁘게 해줄 여가는 없었다. 그날 오후, 서남쪽에 있는 팔납동 동주 목록왕이 도착했기 때문이다.

목록왕과 그 군사들은 맹획을 기뻐 미치게 할 만큼 호쾌하고 용맹스러웠다.

목록왕 자신은 금은과 구슬로 장식한 투구와 갑옷을 몸에 두르고, 허리에는 보통 장정이 들지도 못할 큰 칼을 두 자루나 찬 채 흰 코끼리 위에 걸터앉아 있었다.

거느린 동병들은 무수한 범·표범·승냥이 들을 이끌고 있었다.

"목록왕께서 나를 도와 주신다면 공명을 무찌르고 촉나라를 정복하는 것은 물론이거니와 위나라·오나라까지 떨게 만들 수 있을 거요."

맹획은 있는 정성을 다해 환대했다. 아내인 축융이 인사를 하기 위해 나오자 이런 말까지 했다.

"내 사랑하는 아내를 원하신다면 오늘밤 모시도록 하겠소."

목록왕은 축융이 멋진 육체의 소유자인 것을 보자 군침이 돌았다.

그러나 짐짓 이렇게 말했다.

"아무려면 대왕의 부인으로 대접받을 수야 있겠습니까."

축융은 두 사람이 주고받은 말이 귀에 들어오지 않은 것 같은 태도로 물러났다.

맹획이 팔납동 목록왕의 지원을 얻어 쳐나왔다는 급보가 있자 조자룡과 위연은 공명의 지시를 기다릴 것도 없이——

'……맹획이란 놈을 여섯 번째 생포해야겠군!'

군대에 완벽한 진을 펴게 했다.

그런데 나직한 산꼭대기에서 적진을 바라보던 자룡과 위연은 그만 아연하여 얼굴을 마주보았다.

지금까지 본 적도 없는 적군이 나오고 있지 않은가. 깃발이며 무기 등 모두가 본 적이 없는 괴상한 것들뿐이고, 투구도 갑옷도 입지 않은 벌거숭이로 양손과 등에 네 자루의 괴상한 모양의 칼을 지니고 있었다.

북소리 피리소리도 내지 않고 몇 겹의 횡대를 이루어 진격해왔다.

중앙에 흰 코끼리를 타고 있는 것이 총지휘관임에 틀림없었다. 마치 지옥의 마귀가 멋을 부린 듯싶으며 뾰족한 꼭지가 달린 징을 한쪽 손에 들고 있었다.

"우리는 지금까지 수없는 싸움터를 돌아다녔지만 이런 군대는 처음 대하는구려."

자룡이 말하자 위연도 고개를 갸웃했다.

"단순한 돌격만으로는 저놈들을 격퇴시키기 어렵겠소."

정말 그러했다. 아니 격돌해 싸울 그런 상대가 아니었다.

일정한 거리까지 가까이 다가오자 코끼리 위의 총지휘관이 들고 있던 북을 쳤다.

"두웅! 두웅!"

목록왕이었다. 순간 몇 겹의 횡대를 짜고 있던 만병들이 갑자기 좌우로 갈라서며 요란하게 뿔피리를 불어 댔다.

그것을 신호로 이쪽을 향해 똑바로 달려오는 것은 무수한 범·표범·승냥이들이었다.

조자룡도, 위연도 여태껏 야수 떼와 싸운 일은 없었다.

"후퇴해라!"

촉군은 눈사태처럼 무너져 도망쳤다. 미처 도망가지 못하고 범과 표범에게 물려 목숨을 잃은 촉병이 수백 명에 이르렀다.

삼강성 성벽이 겨우 들짐승들의 공격을 막아 주었다.

공명은 삼강성 앞에서 기다리고 있다가 자룡과 위연의 보고를 받았다.

그러나 공명의 얼굴에는 아무런 변화도 일어나지 않았다.

"승상! 우리 촉군이 아무리 정예 부대라 할지라도 야수들과 싸워서 이길 수는 없을 것으로 생각됩니다."

위연이 극도로 흥분하여 외쳤다.

그러자 공명은 조용한 목소리로 대답했다.

"나는 위나라나 오나라와 싸우기 위해 여기까지 온 건 아니오. 또한 승상의 몸으로서 여기까지 온 것도 이런 일이 있을 것을 예상했기 때문이오."

"그러나 승상! 적은 야수의 큰 무리들입니다! 야수들은 지휘자의 북소리와 만병들의 뿔피리 소리에 조종되어 마치 사냥개처럼 우리 군사를 습격해 옵니다. 도저히 화살이나 창칼로는 막을 수가 없습니다."

"알고 있소."

공명은 미소를 띠었다.

"그럼 막는 수단으로 무엇이 있습니까?"

"사람이 야수와 직접 맞붙어 싸우는 것은 무모한 일이오. 야수들이 겁을 집어먹게 하는 계책을 쓰지 않으면 안 되는 거요."

공명은 대답했다.

자룡과 위연은 과연 그런 것이 이 세상에 있을 수 있을까 하고 의심했다.

"보면 장군들도 무서울 거요."

공명의 태도는 끝까지 침착하기만 했다.

전쟁과 여자

공명은 조자룡과 위연에게 말했다.

"나는 성도를 떠나올 때부터 이미 남중에는 범과 표범을 부리는 동주가 있다는 것을 알고 있었소. 그래서 야수를 무기로 쓰는 남중군을 격파할 기상천외한 무기를 준비해 가지고 왔소. 이 막사 뒤에 있는 20대의 수레 속에 그것을 숨겨 놓았소."

공명은 부장 한 사람에게 그 중 한 대만 끌고 오도록 명령했다.

촉장들은 각각 붉고 검은 열 대의 궤짝수레가 있는 것을 알고는 있었지만, 그 속에 무엇이 들어 있는지를 아는 사람은 한 사람도 없었다.

빨강 칠한 큰 궤짝수레가 끌려 나오자 공명은 백우선을 흔들며 지시했다.

"열어라."

끼익 소리를 내고 문이 좌우로 열림과 동시에, 후닥닥하고 촉장들을 향해 뛰쳐나온 것은 괴상하게 생긴 큰 짐승 떼였다.

모두 옛날 중국에서 전해내려오는 전설 속의 괴물들이었다. 사자의 얼굴인데 날개를 펴고 있는 거라든가, 머리는 곰이고 몸뚱이는 뱀인데 발은 지네 발 같다든가, 뿔이 열 개 달린 귀신이 호랑이 다리를 가지고 날카로운 발톱을 번쩍이고 있는 거라든가——.

부잣집에서 마귀를 쫓는 괴물이라 하여, 그림으로 그려서 일진이 나쁜 날에 주인이 거처하는 방 벽에 걸어두는 풍습이 있었다. 그 그림 속에서 살아 뛰쳐나온 것처럼 정교하게 만든 것이었다.

금방이라도 장수들에게 덤벼들 것처럼 보였다. 이 괴물들은 그 몸통 속에 숨어 있는 병사가 장치를 움직이면, 사람이 달리는 것보다 빠르게 돌진했다. 뿐만 아니라 그 등에는 7, 8명이 탈 수 있게끔 공간이 만들어져 있었다.

괴물은 한 수레 안에 10마리씩 들어 있었다.

공명은 장수들에게 그 괴물들이 살아 있는 것과 똑같이 눈빛을 번뜩이고 울부짖으며 돌진하는 것을 충분히 구경시켰다.

사자와 호랑이와 곰의 머리는 박제로 한 것이고, 몸통에는 그 가죽을 붙였으며 강철 이빨과 발톱은 실물보다도 날카롭고 무시무시하게 보이도록 만들었다.

“이들 괴물이 과연 진짜 야수들을 겁나게 할 수 있을지 어떨지 시험해 보는 것도 전술의 하나가 되겠지.”

공명은 아무렇지도 않은 듯이 여러 장수들에게 말했다.

“내일 직접 선두에 서서 먼저 빨간 수레에 든 큰 짐승들을 부려 시험해 보겠다. 튼튼한 군사 1천 명을 골라내어 열 명당 한 마리씩 배당하라.”

명령을 마치고 훌쩍 군막 안으로 공명의 도복 차림이 사라지자, 자룡을 비롯한 촉나라 장수들은 서로 얼굴을 바라보았다.

공명의 귀신 같은 책략에 새삼 감탄하지 않을 수 없었다. 어쩌면 제갈공명이 그리스 전설에 나오는 ‘트로이의 목마’에 관한 이야기를 알고 있었는지도 모른다. 공명이 서양 역사를 알고 있었다고 해도 별로 이상할 것은 없기 때문이다.

공명은 서기 2세기에서 3세기에 걸친 시대에 산 사람이다.

그보다 200년 전 예수 그리스도가 하느님의 은총을 전하며 돌아다닐 무렵 중국에서는 후한 황제가 눈을 서역(西域 : 중앙아시아)으로 돌리고 있었다. 예를 들면 후한 2대 황제였던 명제(明帝)는 장군 반초(班超)를 서역으로 원정보냈다. 물론 반초로서는 서역이 전혀 미지의 세계였고, 거기에 어떠한 문명과 무력을 가진 나라가 있는지도 몰랐다. 반초는 그러나 두려워하지 않고 원정에 나섰다.

그로부터 백수십 년이 지난 위·오·촉 3국의 분립 시대에, 공명이 서구 역사에 얼마쯤 통해 있었다고 추측하는 것은 과히 지나친 상상만은 아닐 것이다.

한편, 야수의 큰 무리를 이끌고 촉군을 삼강성으로 도망치게 한 팔납동주 목록왕은 맹획의 본진으로 돌아오자 껄껄 웃었다.

"섣불리 인간이 싸우려 하기 때문에 공명에게 허를 찔려 농락을 당하는 겁니다. 아무리 공명이라 할지라도 호랑이와 표범의 습격을 당하게 되면, 책략을 쓸 겨를이 있을 리 없지."

맹획은 기뻐 어쩔 줄 몰랐다.

"목록왕에 대해서만은 내 최대의 선물을 드리겠소!"

미친 듯이 외치고 아내인 축융을 불러 명령했다.

남만에서는 여자란 남편의 한 부속물에 지나지 않았다. 또 정조 관념이 없기 때문에 귀한 손님이 오면 아내를 손님의 침실로 들여보내 하룻밤을 즐겁게 해주는 것을 당연하게 여기는 풍습이 있었다. 또 아내는 그것에 순응하는 것이 남편에 대한 순종이요, 손님에 대한 의리로 알았다.

축융은 싫다고도 좋다고도 대답하지 않았다.

목록왕도 자기가 세운 공을 믿고, 이번만은 사양하지 않았다. 그

보다도 축융의 탐스러운 육체를 어제부터 욕심내고 있던 참이었다.

목록왕은 술이 얼큰해지자 축융의 풍만한 육체를 바라보며 입맛을 쩝쩝 다시었다. 그것을 술 안주로 삼고 있는 셈이다.

술이 몇 사발 더 들어가자 목록왕은 짐승을 다루는 본성이 나타나기 시작했다. 맹획이 바로 옆에 있는 것도 상관 않고 축융을 슬그머니 잡아당겨 그녀의 입술을 빨았다. 흘끗 맹획을 곁눈으로 바라보고는 옷자락을 걷어 올리고 손을 허벅다리로 밀어넣었다.

허벅다리로 들어간 손은 다시 사타구니를 더듬으며 다섯손가락을 뱀처럼 놀리기 시작했다.

축융의 몸이 달아오르는 것을 보자 소리쳤다.

"대왕, 주신 선물 고맙게 받겠습니다."

"이 맹획이 고르고 고른 여자요."

맹획도 술이 취해 자랑스러운 듯이 웃었다.

목록왕은 그 자리에 호랑이 가죽을 펴고 그 위에 축융을 반듯이 눕게 하자, 두 다리를 벌리고 그 육중한 몸을 말타듯 올려 놓았다.

목록왕은 자랑스런 듯이 축융 위에서 몸을 흔들어 대며 그녀의 반응을 즐기고 있었다.

축융은 처음 대하는 목록왕의 거친 행동에도 별로 이렇다 할 반응을 보이지 않았다.

야수같은 성생활에 싫증이 나 있는 축융의 감은 눈 속에 공명의 그림자가 깃들어 있는 줄은 목록왕이 알 리 없었다.

그러나 축융도 마지막에는 흥분을 못이겨 짐승 같은 외마디를 삼키듯 흘려보냈다.

목록왕은 그제서야 그 거대한 몸을 여보란 듯이 쭉 뽑아 올렸다.

"으하하하, 대왕! 주신 선물 마음껏 즐겼소이다. 이제 그만 돌려드리겠소. 빨리 가져가시오. 그렇지 않으면 이대로 팔납동으로 데리고 가 내 아내를 삼겠소."

"그건 곤란하지. 오늘밤 하루뿐이오."

"그러니까 내 보는 앞에서 어서 도로 가져가라지 않소."

맹획은 죽은 듯이 누워 있는 축융에게로 다가갔다.

"이 맹획은 당신처럼 한 번으로는 끝나지 않지."

마치 정력 시합이라도 하듯이 축융의 사타구니 속으로 몸을 집어넣었다.

목록왕이 아내의 사타구니 속에서 춤추는 광경을 눈으로 보고 있던 맹획은 전에 없는 자극을 받고 흥분해 있었기 때문에 마치 발정한 암컷에 덤벼든 짐승처럼 씨근거리기 시작했다.

축융은 여전히 눈을 감은 채 아무 반응이 없었다.

두 남자에게 연회석에서 그런 희롱을 당하는 축융에게는 시원스럽고도 멋있고 교양 있는 공명의 모습이 한결 더 돋보였을 것이 틀림없다.

어찌 됐거나 남만 땅이 아니면 좀처럼 구경할 수 없는 음탕한 술자리였다.

"공명이 직접 총지휘를 하며 삼강성에서 출격해 오고 있습니다."

이른 새벽의 이 급보는 맹획 부부와 목록왕을 잠자리에서 놀라 일어나게 했다.

"음! 이번에야말로 그놈을 사로잡고 말 테다!"

호통치는 맹획을 축융이 차가운 목소리로 말렸다.

"공명을 생포하는 것은 목록왕에게 맡겨 두어요. 어젯밤 나를 산제물로 바쳤으니 목록왕이 그만한 수고쯤 하게 해도 되잖아요."

맹획은 과연 그렇다 싶어 고개를 끄덕였다. 목록왕이 맞아 싸우고자 코끼리에 올라타고 나가는 것을 바라보고만 있었다.

이른 아침 목록왕은 은갱동에서 30리 남짓 떨어져 있는, 좌우가 높은 절벽으로 된 지점에서 공명을 기다리고 있었다.

목록왕은 코끼리를 세워 둔 곳에서 상당히 비탈진 저쪽으로 촉나라 군대가 나타나는 것을 바라볼 수 있었다.

"흠! 저것이 공명이로군."

거리가 좁혀지자 코끼리 뒤의 목록왕은 빙그레 웃었다. 촉군 선봉부대는 고작 1천 명 남짓했다.

머리에는 윤건을 쓰고, 몸에는 학창의를 걸치고, 손에는 백우선을 들고 한복판의 사륜거에 단정히 앉아 있는 것이 제갈공명임에 틀림없었다.

그 뒤쪽에서 좌우로 5대씩 빨간 칠을 한 큰 궤짝수레가 열을 지어 천천히 나왔다.

"공명을 사로잡아 맹획에게 축융과 교환하자고 졸라 봐야지."

목록왕은 자기가 패배하는 일은 천지가 개벽해도 있을 수 없다고 굳게 믿었다.

사실 이 접전에서, 공명도 촉나라 군대만으로는 남만의 야수부대를 처치할 수 없었다. 습격해 오는 범과 표범 등 들짐승들은 1천이 훨씬 넘는 숫자였다.

"자아, 가거라. 짐승들아! 촉나라 군사의 피와 고기를 실컷 먹어라!"

목록왕은 들고 있던 징을 '꽝앙, 꽝앙' 울렸다.

1만 명의 횡렬 부대는 좌우로 갈라지며 뿔피리를 마구 불어댔다.

징과 뿔피리 소리에 의해, 마음대로 움직일 수 있게끔 훈련된 맹수 약 1천200마리가, 대나무 우리 속에서 뛰쳐나오더니 촉군을 향해 산비탈을 쏜살같이 달려내려갔다.

그러나 공명은 눈썹 하나 까딱하지 않았다. 글자 그대로 피에 굶주린 야수떼가 조수처럼 밀어닥치는 모습을 가만히 바라보고 있더니, 문득 백우선을 '탁' 하고 위로 들어 펼쳤다.

좌우에 늘어섰던 10대의 궤짝수레가 요란한 소리를 내며 앞으로 밀려나왔다. 밀려나오면서 문짝이 활짝활짝 열렸다.

순간 하늘을 두 쪽으로 가르며 절벽을 무너뜨릴 듯한 처절한 피리 소리, 북소리가 일어났다. 그 소리의 소용돌이 속에서 괴상야릇한 큰 짐승 100여 마리가 밖으로 달려나왔다.

뿐만 아니라 범과 표범이 그곳으로 밀어닥치자 딱 벌린 입으로 시뻘건 불꽃을 토해 내며 콧구멍으로는 검은 연기를 내뿜었다.

염초와 유황은 공명이 가장 잘 이용하는 전술 재료였다.

괴상한 짐승들을 따르는 정예군 1천 명은 있는 힘을 다해 북을 마구 두들기며 갖가지 피리들을 불어댔다.

그러자 1천200마리의 진짜 야수 쪽이 금방 겁을 먹고 꽁무니를 사리기 시작했다. 엄니를 드러내고 발톱으로 땅바닥을 긁기 시작한 호랑이와 표범들은 그 순간부터 본래의 야성으로 되돌아갔다.

일단 통솔에서 벗어나 자기 본능대로 살고 싶은 충동이 살아나자 그 자리에서 이리저리 뛰다가 갑자기 방향을 바꾸어 만군 진지를 향해 내달았다.

만병들은 기겁을 했다.

"이놈들이!"

"이 멍청이 같은 놈들!"

채찍을 휘둘렀으나 소용이 없었다. 바로 전까지만 해도 그 채찍 소리로 마음대로 부릴 수 있었던 야수들이었다. 이제는 거꾸로 만병들이 물어뜯기고 공격당하고 있다.

결국은 야수들이다. 자기보다 강한 적을 보면 도망치는 것이 본능이다. 또 자신을 길러주고 길들인 주인이라 할지라도 기분에 거슬리면 달려드는 게 맹수의 본능이다.

도저히 수습할 수 없는 생지옥이 벌어지고 말았다.

만병과 야수 사이에 싸움 아닌 싸움이 벌어져 아차하는 사이에 수천이 넘는 시체가 여기저기 땅바닥을 붉게 물들였다.

야수들은 그 길로 깊숙한 산속으로 달아나고 말았다.

그때 벌써 촉군에서는 자룡과 위연을 비롯한 모든 장수들이 군사들을 정돈하고 공명의 다음 지시를 기다리고 있었다.

공명은 야수들의 그림자가 사라진 것을 확인하자 백우선을 높이 들었다가 확 내리쳤다.

우와아!

함성을 올리며 촉군은 성난 파도처럼 돌진했다.

팔납동 군사들로서는 자신의 무기였던 야수들에 의해 진형이 마구 짓밟히고 만 데다가 촉군의 공격을 받게 된 셈이었다.

코끼리 위의 목록왕이 미친 듯이 호통치며 사기를 다시 일으키려 했지만, 이미 어찌 해볼 도리 없는 일이었다.

"에잇! 네놈들 같은 못난 겁쟁이들은 우리 팔납동 부대에서 내쫓고 말겠다. 당장 어디로든 사라져라!"

호통을 친 목록왕은 십여 기만을 거느리고 점점 다가붙는 촉군 진지로 뛰어들어 공명의 목숨을 노리며 달려갔다.

목록왕의 앞을 가로막는 사람은 장의와 마충이었다.

두 장군은 맹획의 부인 축융에게 포로가 되었던 굴욕을 이번 기회에 씻어 보려고 결심했다.

먼저 장의가 말 위로 몸을 곧추세우자, 큰칼을 내리치는 목록왕을 낚아채, 코끼리 위에서 땅바닥으로 내던졌다.

목록왕이 껑충 뛰어 일어나자, 마충이 창을 들고 1 대 1로 상대했다. 장의가 보다못해 도우려 하자 마충은 고개를 저어 이를 거절했다. 장의는 왼쪽 팔을 축융의 표창에 찔려 아직도 마음대로 쓰지 못하고 있었다.

마충으로서는 장의가 목록왕을 코끼리 위에서 떨어뜨리게 한 것만으로 충분했던 것이다.

두 시간쯤 결투가 계속되던 끝에 마충의 창 끝이 목록왕의 가슴을 뚫고 들어갔다.

제정신으로 돌아온 마충과 장의가 주위를 둘러보자, 공명이 타고 있던 사륜거와 촉군 장병의 모습은 전혀 보이지 않았다.

공명은 촉나라 전군을 이끌고 단숨에 은갱동을 친 것이었다.

"승상, 이상합니다. 잠시 거기서 멈추십시오."

공명을 태운 사륜거가 궁전 정문에 서서히 다가갔을 때, 정문 지붕 위에 모습을 나타내어 이렇게 외친 것은 조자룡과 함께 선봉을 맡아 이 궁전으로 들어왔던 위연이었다.

"궁전은 벌써 텅 비어 있겠지?"

공명이 말했다.

"그렇습니다. 그러나 남만의 대왕쯤 되는 맹획이 제대로 한 번 싸우지도 않고 자기의 마지막 거점인 이 궁전을 버리고 도망간다는 것은 도무지 이해가 가지 않습니다. 그놈 같으면 이 궁전을 끝까지 지키며 싸우다 죽을 것으로 생각됩니다……. 이건 어떤 함정일지도 모릅니다. 지금 당장 들어가지 말고 잠시 기다려 주십시오. 정말 겁을 먹고 도망쳤는지 어떤지 조자룡이 뒤를 쫓고 있습니다. 조자룡이 돌아올 때까지 조심하시는 것이……."

그러나 공명은 위연의 충고를 무시하고 사륜거를 문 안으로 몰았다.

"승상!"

위연은 사륜거에서 내려선 공명의 앞을 두 팔을 벌려 가로막았다. 공명은 웃으며 말했다.

"걱정하지 않아도 되오."

"그러나 만일에 이것이 맹획의 간사한 꾀라면……."

맹획의 아내인 축융의 모습이 떠올랐다.

공명은 축융의 여심(女心)을 꿰뚫어보고 있었던 것이다.

"그러나 맹획은 틀림없이 돌아올 거요."

"돌아올 생각으로 일부러 버리고 간 거라면 술을 비롯해 음식이란 음식에는 모두 독이 들어 있지 않을까요? 그리고 궁전 안 곳곳에는 승상의 목숨을 노리는 장치가 되어 있을지도……."

"그런 걱정은 필요 없겠지만 조심을 하는 것이 좋겠지. 그보다도 나로서는 맹획이 어떤 모습으로 돌아올 것인지 그쪽에 더 흥미를 갖고 있소."

공명은 웃으면서 수수께끼 같은 말을 자신에게 들려주듯 말했다.

그로부터 이틀 뒤 이른 아침, 맹획의 처 축융의 친동생인 대래동주의 사자가 항복하는 기를 들고서 말을 타고 달려왔다.

공명이 들어오게 하자 세 번 절하고 말했다.

"저희 주인 대래동주는 도저히 촉나라에 대항할 수 없다는 것을 말하고 맹획에게 항복을 권고했습니다. 그러나 이것이 받아들여지지 않는지라 하는 수 없이 맹획과 부인 축융과 일당 100여 명을 모조리 잡아 묶었습니다. 오늘 오후에는 이곳까지 끌고 오게 될 테니, 부디 맹획의 목숨만은 살려주실 것을 저희 동주께서는 승상께 바라고 있습니다."

"그러지."

공명은 그 자리에서 승낙했다.

이윽고 대래동주가 맹획과 축융을 비롯한 수백 명을 압송하여 은갱동으로 찾아왔다.

공명은 회랑 위에 서서 일동이 모두 뜰에 앉자 오른손에 들고 있던 백우선을 한 번 탁 내리쳤다.

순간, 그늘에 숨어 있던 촉병들이 달려나와 맹획, 축융은 물론 대래동주와 호송병까지 한 사람 남기지 않고 모조리 밧줄로 묶고 말았다. 공명은 계단을 천천히 내려와 맹획 앞에 서자 말했다.

"맹획, 고작 머리를 짜낸 꾀가 이런 어린아이 같은 꾀이고 보면, 그대는 손자의 병법을 읽지도 못한 것 같다. 이 공명이 어떤 상대인지 그것도 모르고 함정에 넣으려 한들 무슨 소용이 있겠는가.
……그대는 두 번이나 자기편에게 배신을 당해 내게 끌려왔으나
목숨을 잃지 않고 풀려 나간 것을 거꾸로 이용해서, 일부러 자기
편에게 배신을 당한 것처럼 꾸며 나를 방심하게 만들 속셈이었겠
지. 다른 사람이면 모르되 그런 얕은 꾀로 이 공명을 속일 수는
없다."
묶인 만병들은 모두 단검을 품고 있었던 것이다.
자기 처남에게 배신당한 것처럼 꾸며 공명을 속이려 했으나, 맹획
은 여지없이 실패하고 말았다.
별안간 맹획이 말없이 입을 딱 벌렸다.
찰나, 공명의 오른손에서 백우선이 날아가 혀를 깨물려는 맹획의
입속으로 들어갔다.
부채를 꽉 깨물고 만 맹획은 그것을 뱉고 부르짖었다.
"어서 죽여라! 더 이상 치욕을 당할 수는 없다!"
"끝까지 굴복을 거절하겠다는 말인가?"
"나는 자진해서 죽을 땅으로 들어온 것이다. 제갈량, 내 목을 치
든가, 아니면 죽음이 있을 뿐이라는 각오 밑에 한 일이란 걸 알아
라. 그러니까 못나게 항복을 할 리가 없지 않겠는가. 내 아내도,
우리 집안 일족도 다 죽을 결심을 하고 있다. 자아, 어서 목을 쳐
라! 이젠 원귀가 되어 네놈을 따라다닐 것이다!"
"여섯 번이나 포로가 되었는데도 아직도 귀순을 않겠다니, 꽤나
고집이 센 사람이군. 그럼 다시 살려 보낸다면 언제쯤에나 촉나라
에 무릎 꿇겠는가?"
맹획은 가만히 눈을 감고 있더니 두 눈을 크게 떴다.
"이 다음 일곱 번째 포로가 되면, 우리 조상의 영혼 앞에 맹세하
고 귀순하겠다."
"본거지인 은갱동을 잃고 만 지금, 어떻게 우리 촉군을 반격할 수

있단 말인가?”

“당신은 모를 거다! 촉군을 무찌를 힘을 가진 왕이 또 한 사람 있다. 나와는 먼 친척이 되고 서로 예물을 교환하는 사이이다. 이 왕의 원조를 받게 되면, 촉군을 내쫓는 것은 문제가 아니란 것을 알아야 할 것이다.”

“맹획, 그대는 일곱 번 붙잡히게 되면 조상의 영혼 앞에 맹세하고 항복한다고 했다. 마지막 하나 남은 왕의 원조를 받아 싸워 패하고도 여전히 항복을 하지 않을 때는, 팔 다리를 다 자른 다음 남중 백성들을 다 불러 모아 그대의 추한 모습을 보여줄 텐데, 그래도 좋은가!”

“큰 소리 치지 마라! 나야말로 너를 우리 백성들 앞에 구경거리로 만들어 주겠다!”

이리하여 맹획은 여섯 번 묶여 와서 여섯 번 용서를 받고 풀려났다. 위연이 맹획을 돌려보내고 막사로 돌아오자, 분이 치미는 태도로 말했다.

“승상, 놈은 일곱 번 붙들려 와도 굴복은 하지 않을 것으로 생각됩니다.”

공명은 주욱 늘어서 있는 장수들을 바라보며 말했다.

“내가 맹획을 여섯 번이나 풀어준 데 대해 불만스런 사람은 두 눈을 감으시오.”

그러자 참모인 장완과 장사(長史)인 비위를 비롯해 장군과 아장들이 모조리 눈을 감았다.

단 한 사람 조자룡만이 빛나는 눈을 크게 뜬 채 깜빡도 하지 않고 있었다.

공명은 자룡에게 물었다.

“장군, 장군만은 맹획이 언제인가는 귀순할 것으로 믿고 있는 거요?”

"승상, 이 조운은 아직 한 번도 승상께서 믿으시는 일이 이뤄지지 않는 것을 본 기억이 없습니다. 촉나라는 승상의 믿음에 의해 지탱되고 있습니다. 만일 그 믿음이 무너지는 날, 촉나라는 망하게 됩니다."

공명은 자룡의 비장한 느낌을 주는 눈길을 말없이 받고 있더니, 문득 학창의 자락을 나부끼며 훌쩍 안으로 들어갔다.

마현이 저녁 준비를 마치고 기다렸다.

공명은 조금 배를 채우고 만안계의 은사 맹절이 준 약을 먹었다. 이 약 덕택으로 공명은 열이 가라앉고 피를 토하지 않게 되었다.

"현아……."

남중 지도를 들여다보면서 공명은 불렀다.

"네에."

"나는 네게 내가 피를 토하는 것을 아무에게도 말하지 말라고 일러 주었었다."

"네에."

"그러나 너는 조 장군에게 말했더구나."

"승상!"

마현은 그 자리에 무릎을 꿇었다.

"괜찮다. 어린 네가 걱정된 나머지 차마 숨겨둘 수가 없어서 조 장군께 말한 마음은 잘 안다. 네가 장군께 말하리라는 것은 내가 짐작하고 있었다."

"승상, 용서하여 주옵소서! 죽을 죄를 지었사옵니다."

"너는 촉나라 오호 장군의 한 분인 마초 장군의 외아들이란 것을 잊지 마라. 아버지의 뜻을 이어받아 장래 촉나라를 지키는 장수가 되어야 한다."

이렇게 말해주고 나자 공명은 조용히 침대에 누웠다. 소년 마현은 침대 옆에 무릎을 꿇고 하늘을 우러러보았다.

'……오오 하느님! 제게 50년의 수명이 있다면 그 중 30년은 승상께 넘겨 주옵소서!'

맹획과 그 일행은 백 리나 떨어져 있는 어느 빈 성채로 들어갔다. 처남인 대래동주를 불러 다짐을 주었다.
"마지막 희망은 오과국(烏戈國) 임금 올돌골(兀突骨)이다. 너는 세 번 사자로서 오과국에 간 일이 있는데, 올돌골은 초인간으로 불릴 만한 사람임에 틀림없겠지?"
오과국까지는 그곳에서 700리 남짓했다. 지금의 베트남 수도인 하노이 근처였을 것으로 짐작된다.
"제가 처음 찾아가 뵈었을 때는 너무도 당당한 거인임에 기가 눌려 목소리도 제대로 내지 못했습니다. 키는 8척이 넘고, 곡식이라고는 일체 먹지 않으며, 살아 있는 원숭이와 뱀과 멧돼지와 그밖의 짐승들만 먹었습니다. 그 살가죽은 비늘이라도 돋친 것처럼 검고 두꺼웠으며, 칼도 화살도 창도 들어가지 않을 것 같았습니다. ……오과국 병사들은 등나무 갑옷을 입었습니다. 보통 등나무가 아니고, 깊숙한 산속 절벽에 매달려 자란 질긴 덩굴을 끊어다가 3년 동안 기름에 담가 둡니다. 그렇게 해서 질기게 한 다음 꺼내어 갑옷을 만듭니다. 이걸 입고 강을 건너면 몸이 가라앉지 않고, 또 물에 적시어도 젖지 않으며, 화살을 쏘아도 들어가지 않습니다. 그래서 오과국 군대를 '등갑군(藤甲軍)'이라 부르는데, 지금껏 패한 일이 없는 것을 자랑으로 삼고 있습니다."
"들짐승 떼를 끌고 온 목록왕도 공명에게 패하고 말았다. 과연 등갑군을 거느린 올돌골이 목록왕보다 더한 힘을 발휘할 수 있을까?"
"목록왕은 길들인 야수에게만 너무 의지하고 있었기 때문에 도리어 제 무덤을 제가 판 격이 되었습니다. 그러나 올돌골은 군사 하나하나에 이르기까지 직접 자기를 위해 목숨을 바치겠다는 맹세를 하게 하고, 싸우다 죽으면 모두 제사를 받들어 준다는 약속을 하고 있기 때문에 그 강한 힘은 목록왕의 팔납동 군사와는 비교할 수 없습니다.”

“좋아! 올돌골을 설득시키기로 하자.”

맹획은 말·소·코끼리 등을 번갈아 타고 버리고 하며, 첩첩 산을 넘고 또 넘어 큰 강기슭을 따라 오과국에 이르렀다.

그때 오과국에는 집이 없고 주민들은 모두 동굴이나 강 위의 배에 살았다. 국왕인 올돌골만이 바위산 꼭대기에 거대한 집을 꾸며 살고 있었다.

맹획이 가파른 바위 비탈에 붙은 돌계단을 올라가자, 대문 안에서 사람으로는 볼 수 없는 거한이 나타났다.

두 눈이 이상하게 툭 불거지고 코는 납작했으며 광대뼈는 툭 튀어 나오고 입술은 쇠혓바닥처럼 두꺼웠다.

벌써 맹획이 찾아온다는 것과 찾아오는 목적이 사자에 의해 보고 되었기 때문에, 올돌골은 아무 말도 않고 괴상한 신상(神像)을 모신 넓은 방으로 맞아들여 술을 대접했다.

맹획이 이야기를 꺼내려고 하자 올돌골은 한쪽 손을 들어 이를 막았다.

“당신 부탁은 벌써 듣고 있소. 나는 전부터 촉나라 제갈량이 이 남쪽 나라로 쳐내려오리라는 것을 알고 있었소. 제갈량 공명의 이름은 멀리 인도에까지 알려져 있소. 그 공명을 무찌르게 되면 오과국 올돌골의 이름은 단번에 올라가게 되겠지. 걱정 말고 내게 모든 걸 맡겨두시오.”

올돌골은 당대로 임금이 된 호걸이었다.

그는 맹획을 도와 공명을 무찌르고 촉나라 군사를 내몰게 되면 남방의 총수가 될 수 있다는 속셈을 가지고 있었다. 맹획에 대한 우정 따위는 조금도 없었다. 만왕을 자기 밑에 두는 쾌감을 맛보고 싶었던 것이다. 운이 좋으면 촉나라로 쳐들어가 촉나라 황제 유선의 목을 앗고 위나라·오나라와 맞설 수도 있다는 큰 야망을 불태우고 있는 것 같았다.

올돌골은 곧 토안(土安)과 해니(奚泥) 두 두목을 불러 명령했다.

"군사들을 모두 집합시켜라!"

바위산 기슭의 넓은 평지에 등갑을 입은 3만 군사가 정렬하는 것을 바라보고 맹획은 기뻐 날뛰었다.

팔납동주 목록왕이 끌고온 만병은 태반이 갑옷도 입지 않은 벌거숭이였고, 군대로서의 통솔도 되지 않았다. 그러나 이 오과국 군사는 첫눈에 벌써 올돌골의 손발처럼 움직일 수 있도록 훈련된 정예군이라는 것을 알 수 있었다.

"도화강(桃花江)에 진을 치도록 하라."

올돌골은 지시했다.

도화강은 동북쪽 백 리 들판을 가로지르고 있었다. 양쪽 언덕에는 복숭아나무가 수없이 심어져 있었다.

강물은 맑고 깨끗했다. 그러나 바닥에는 해묵은 낙엽이 겹겹이 쌓여 층을 이루고 있었다. 이 낙엽이 무서운 독을 내뿜고 있었다. 오과국 사람들은 늘 해독약을 먹고 있기 때문에 도화강 물을 마셔도 중독되는 일이 없었다. 그러나 다른 나라 사람들이 이를 모르고 마시면, 여지없이 곧 피를 토하며 몸부림치다가 죽고 만다.

올돌골은 맹획에게 이 비밀을 밝히고 크게 웃어 보였다.

"공명이 뗏목을 만들어 그것을 촉병이 타고 건너오면 화살을 비처럼 퍼부어 모두 강물로 빠지게 한 다음, 독물을 실컷 마시게 해줄 테니 두고 보시오."

생지옥

삼강성 본영에 있는 공명은, 맹획이 오과국 올돌골이란 국왕의 원조를 받아 등갑군(藤甲軍) 3만을 도화강 가에 포진시키고 있음을 첩자로부터 보고받았다.

"맹획과의 싸움은 이것이 마지막이 될 것이다."

공명은 사륜거에 몸을 싣고 성을 나오자 곧장 도화강으로 향했다. 맞은편 기슭을 바라보니 도저히 사람으로 볼 수 없는 만병의 대부대가 진을 치고 있었다. 들짐승을 거느린 목록왕 군대와는 비교도 안 될 전투 경험을 쌓은 강적이란 것을 첫눈에 공명은 알 수 있었다.

공명은 옆에 서 있는 여개에게 물었다.

"저 오과국 군사들은 이상한 갑옷을 입고 있는데, 무얼로 만든 것일까?"

"토인들을 잡아다 물어보았더니 산속 절벽에 달라붙어 있는 등나무 덩굴을 3년 동안이나 볕에 말리고 기름에 절이고 한 다음, 이를 포개어 엮어 만든 갑옷이라고 합니다. 쇠붙이와는 달라 몸에 두르고 있는 것을 잊을 정도로 가볍고, 또 강하고 질기기 때문에 화살도 창도 들어가지 않는다고 합니다."

"그런 갑옷이 있었던가?"

공명도 역시 처음 알게 되었다.

"승상, 또 우리 군사에게 불리한 것은 이 도화강 물입니다. 오과국 군사들은 해독약을 먹고 있기 때문에 이 물을 마시면 도리어 힘이 솟지만 우리 촉병은 한 모금만 마셔도 금방 몸부림치다 죽는다고 토민들은 충고하고 있습니다……. 오과국의 올돌골을 쳐서 남중을 귀순시키기란 도저히 가망이 없는 일입니다. 맹획을 내쫓은 은갱동을 장수 한 사람에게 지키게 해두고 일단 철수하는 것이 어떨까 합니다……."

여개는 진지한 태도로 권했다.

"뜻은 고마우나 맹획의 마음을 사로잡을 때까지는 성도로 돌아갈 수 없네."

공명은 위연을 불러 오과국 군대가 강을 건너오거든 시험삼아 1만 명의 군대로 싸워 보고 형세가 불리할 것 같으면 곧 퇴각하라고 명했다.

이튿날 오과국 국왕 올돌골이 직접 선두에 서서 도화강을 건너왔다. 위연은 일정한 거리를 유지하며 일제히 화살을 쏘아 보내게 했다.

화살은 모조리 만병의 갑옷에 맞아 튕겨져 떨어지고 말았다.

위연은 시험삼아 돌격을 감행했다. 그러나 창으로 찔러도, 칼로 후려쳐도 만병을 죽일 수는 없었다.

한 시간 동안의 싸움에서 촉군은 1천여 명을 잃고 오과국 군대는 겨우 수십 구의 시체를 남기고 물러갔다.

놀라운 것은 오과국 군대는 마치 고기떼처럼 등갑을 입은 채, 도화강을 유유히 헤엄쳐 돌아가는 것이었다.

십 리를 물러나 본영을 차린 공명은 위연으로부터 자세한 보고를 받자, 그저 말없이 고개만을 끄덕일 뿐이었다.

도화강을 밀고 건너갈 수는 없는 일이었고, 강을 건너 쳐들어오는 오과국 군대와의 싸움에서 이길 수도 없는 처지에 놓인 공명이 과연 어떤 전술을 짜낼 것인지 아무도 상상할 수 없었다.

한밤중 공명은 침상에서 마현을 불렀다.

"밝기 전에 나를 은밀히 찾아오는 사람이 있을 거다. 이상한 모습을 하고 있겠지만 쫓아내서는 안 된다. 남몰래 이리로 데리고 와야 한다."

"예."

먼동이 틀 무렵이었다.

군막 뒤쪽에서 땅을 기듯이 하며 어둠 속을 소리도 없이 다가오는 검은 그림자가 하나 있었다.

지켜보던 마현이 물었다.

"승상께서 부르신 분이십니까?"

"그렇습니다."

검은 그림자는 대답했다.

마현이 안내한 사람은 꾀죄죄한 거지였다.

머리에 쓴 것을 벗자 나타난 얼굴은 맹획의 아내 축융이었다.

공명은 무릎을 꿇은 축융에게 의자를 권하여 앉게 하고, 고개를 숙여 보였다.

"내 부탁을 들어주어서 깊이 감사하오."

밀서를 써서 밀정을 통해 몰래 축융에게 전했었다.

과연 축융이 남편을 배신하고 공명의 본영으로 찾아올 것인지 공명은 그것을 시험해 보았던 것이다.

축융은 찾아왔다.

공명을 바라보는 축융의 두 눈은 불처럼 타오르고 있었다. 그러나 그 시선을 받는 공명은 무표정했다.

"오늘 우리 촉군은 오과국 군사와 싸워 패했소."
공명은 담담한 목소리로 이야기를 꺼냈다.
"애석하지만 도화강을 끼고 장기전을 계속하는 한, 마침내는 우리 촉군이 남만 평정을 단념하고 퇴각할 수밖에 없소. 그래서 하는 수 없이 당신한테 부탁해서 오과국 국왕을 칠 방법을 강구하려 생각했던 거요. 힘을 빌려 주시지 않겠소?"
"제가 할 수 있는 일이라면 무엇이든 하겠습니다. 승상을 위해서라면 기꺼이 목숨이라도 바치겠습니다."
"나는 일곱 번째 맹획을 생포하려 하고 있소. 아니 반드시 생포하고 말 거요."
"……."
"당신에게 부탁하는 이유는 맹획이 당신 남편이기 때문이며, 당신이 나를 도와주는 것은 곧 남편의 목숨을 건지는 결과도 되기 때문이오."
"승상, 제 마음은 벌써 맹획을 떠난 지 오랩니다. 하녀라도 좋으니 저를 승상 옆에 있게 해 주십시오. 그래서 부르심에 응한 것입니다."
"당신은 맹획의 아내요. 내가 만일 당신을 차지하게 되면 맹획은 절대로 촉나라에 항복하지 않을 거요."
축융은 고개를 떨어뜨렸다.
"잘 들어 주시오. 나는 평생 아내도 첩도 두지 않는다고 신명께 맹세한 몸이오. 하녀마저 집에 두지 않았소. 나에 대한 당신의 마음은 알고 있소. 그러나 응할 수는 없소. 당신은 만왕 맹획의 아내로서 살아가야 할 운명을 지닌 여자요."
축융의 두 눈에서 눈물이 떨어졌다.
"나는 맹획이 남중왕의 지위를 유지한 채, 우리 촉나라에 협력해 줄 것을 바라고 있소. 나는 결코 맹획을 죽이고 남중 여러 동을 촉나라 지배 아래 두려는 그런 야심을 품은 건 아니오. 부탁하오! 내 부탁을 꼭 들어주었으면 하오!"

공명은 머리를 숙였다.

축융은 잠시 침묵을 지키고 있더니, 겨우 눈물을 닦고 말했다.

"알았습니다. ……승상의 부탁대로 하겠습니다. 무엇이든 지시를 내리십시오."

"고맙소."

공명은 축융에게 한 가지 꾀를 주어 떠나보냈다.

공명이 여자를 가까이하지 않는 데는 그만한 이유가 있었다.

일찍이 공명은 20년 동안 양양성 밖, 백 리 떨어진 융중(隆中) 땅 와룡강에 초가를 짓고 아내와 동생 균과 함께 살았다.

그 무렵 예주목(牧)이었던 유현덕이 그의 위대한 소문을 듣고 삼고지례(三顧之禮)로 대하여 군사로 맞자 공명은 마침내 몸을 일으켜 집을 나왔던 것이다.

그 때 부인은 자결했다.

공명의 부인은 면남(沔南) 황씨 집 딸이었다. 황씨 집은 양양에서 첫째가는 명문이었다. 아버지 황승언의 처가는 형주자사 유표의 중신인 채씨 집안이었다. 또 유표의 부인이 황승언 부인의 동생이었으니까 공명의 부인은 유표 부인의 이질녀가 되기도 했다.

공명의 부인은 남편이 유현덕의 군사(軍師)로 들어가는 것을 알자, 결국은 유표 집안과 싸워 이를 없애야만 할 것을 내다보고, 남편으로 하여금 자기와 인척 관계로 고민하는 일이 없도록 하기 위해 스스로 목숨을 끊었던 것이다.

그 뒤로 공명은 죽은 아내를 그리며, 절대로 여자를 가까이하지 않았다.

다음 날 아침——. 공명은 여개가 물색한 그곳 선량한 농부들의 안내를 받으며 북쪽 기슭 산속으로 사륜거를 몰았다.

산기슭에서 능선까지는 경사가 완만했다. 그러나 이윽고 길이 가팔라지기 시작해, 공명은 수레에서 내려 걸어서 올라가야만 했다.

뒤따른 사람은 마현 하나뿐이었다.

마현은 공명의 병든 몸을 염려하여 조마조마한 마음으로 뒤를 따라 올라갔다. 산 꼭대기에 선 공명은 사방을 둘러보았다. 그러더니 그 눈길이 어느 계곡으로 날카롭게 쏠렸다.

계곡은 높이 솟은 암벽 밑으로 꾸불꾸불 뱀이 지나가는 것처럼 생겼는데 나무라고는 하나도 없고 좁은 길만 나 있었다.

"저 골짜기는 뭐라고 하는가?"

공명은 안내하는 농부에게 물었다.

"반사곡(盤蛇谷)이라고 합니다. 골짜기를 빠져나가면 삼강성으로 가는 길이 있습니다. 골짜기 앞에는 탑랑전(塔郎甸)이라는 작은 마을이 있습니다."

"음!"

공명은 생각하는 바가 있어 깊숙이 고개를 끄덕였다. 본영으로 돌아온 공명은 곧 마대를 불렀다.

"내가 성도에서 운반해 온 궤짝수레 20대 가운데 빨강 칠한 10대는 이미 썼고, 아직 10대는 그대로 남아 있소. 이것을 장군에게 주리다. 우선 급히 대나무 장대 1천 개를 준비하오. 그리고 군사를 거느리고 북쪽에 있는 반사곡 양쪽 출구를 지키시오."

뒤이어 공명은 조자룡을 불렀다.

"장군은 반사곡 뒤를 돌아, 삼강성에 이르는 길로 통하는 입구를 막아 주시오. 쓰는 물건은 여기에 적혀 있소."

그리고 종이쪽을 건네 주었다.

"알았습니다."

공명의 지시를 받고 나가는 조자룡과 엇갈려 위연이 들어왔다.

"소장에게는 어떤 작전을 주시겠습니까?"

"장군은 열다섯 번 패해 달아나는 작전을 써 주오."

"무슨 말씀이신지요?"

위연은 눈을 크게 떴다.

공명은 조용한 말씨로 설명했다.

"오과국 군사와 이미 싸워 본 것은 장군뿐이오. 적이 얼마나 강한가는 싸워보아서 알았겠지요. 정면으로 맞부딪쳐 이길 수 있는 적이 아니란 것은 나보다 장군이 더 잘 알 거요. 그러니까 장군은 도화강 기슭에 진을 치고 적이 강을 건너오기를 기다렸다가 맞싸우되 연전연패해 달아나도록 해 주오."

"만일 소장이 몇 번째인가에 오과국 군대를 강물로 처넣는다 해도 승상은 칭찬해 주시지 않겠습니까?"

못마땅한 얼굴로 위연은 쏘아붙였다.

공명은 정색하며 선언했다.

"설사 열네번 패하고 열다섯번째 싸워 이긴다 해도 장군은 명령을 어긴 죄로 군법에 의해 처벌받을 거요."

'……두 번이나 세 번쯤 일부러 져 주는 것은 전술상 어쩔 수 없지만, 열다섯 번이나 져 주라고 하다니!'

위연은 속으로 몹시 못마땅했지만 명령인 이상 어쩔 수 없었다.

공명은 장의·장익·마충 등을 각각 불러들여 작전을 지시했다.

모든 지시를 끝낸 공명은, 더는 피로한 빛을 감추지 못하고 침상에 쓰러지고 말았다.

마현은 끝내 혼자 걱정만 하고 있을 수 없어 여개에게로 달려갔다. 여개는 마현에게 공명의 용태를 전해 듣고, 깜짝 놀라 부랴부랴 본영 안으로 승낙없이 들어갔다.

"승상! 제가 만든 '평만지장도'가 없었으면 남중을 평정하는 일은 단념했을 것이 틀림없습니다. 지금은 제가 그 도면을 승상께 바친 것을 후회할 뿐입니다."

"무슨 뜻인가?"

"승상께서 아직도 이대로 이 땅에 머물러 계신다면 건강이 위험해지십니다. 하루라도 빨리 성도로 돌아가셔서 휴양을 취하시지 않으면 안 됩니다. 부디 부탁이옵니다."

여개는 눈물을 글썽이며 말했다.

"여개!"

공명은 벌떡 몸을 일으키자 힘차게 불렀다.

"예!"

"마현의 말을 듣고 당황하는 거겠지만, 그 모습이 보기 흉하다!"

"그, 그러나………."

"그대가 영창태수 왕항을 도와 성을 사수했을 때, 그대는 왕항에게 한 번이라도 성을 버리고 도망치라고 권한 일이 있는가?"

"아닙니다. 그, 그것은……."

"양식이 떨어지면 흙을 먹고라도 사수하자고 태수를 격려했다고 듣고 있는데……."

"그러긴 했습니다만……."

"지금 맹획을 일곱번째 사로잡는 일을 단념하고 성도로 돌아가면, 나는 반드시 후회할 것이다. 그리고 그 때문에 맥이 풀리고 힘을 잃게 되리라. 일을 성공시키고자 결심을 하고 있기 때문에 나는 살아 있는 거다. 또 일을 성공하면 그 기쁨으로 병도 나을 것이다."

"승상!"

"내가 피를 토한 것은 누구에게도 말해서는 안 된다! 만일 입 밖에 내면 그대를 군법으로 다스리겠다!"

"아, 알았소."

여개는 무릎을 꿇었다.

"여개, 나보다도 옆방에서 마현이 사죄하는 뜻에서 자결하려 하고 있는 것을 말리도록 하라.”

여개는 황급히 옆방으로 달려갔다.

어린 마현이 단검으로 목을 막 찌르려 하고 있었다. 아슬아슬하게 그것을 말릴 수 있었던 여개는 길게 한숨을 내쉬며 중얼거렸다.

“승상은 사람이 아니다. 신이다!”

그러나 공명은 신이 아니고 역시 사람이었다.

침대에 누워 가만히 허공을 바라보면서, 공명은 자기 자신에게 중얼대고 있었다.

‘……일곱번 맹획을 생포하더라도 끝내 그가 굴복하지 않을 때는, 그가 보는 앞에서 내가 자결하지 않으면 안 된다! 1만여 명 군사를 개죽음시킨 책임을 져야지.’

한편 오과국 군대 본영에서는 맹획이 국왕 올돌골과 마주앉아 작전을 짜고 있었다.

“공명이란 녀석은 그 교활한 지혜를 헤아릴 수가 없습니다. 내 생각에 싸우는 장소로서는 골짜기나 숲 같은 곳을 절대로 피하는 것이 좋을 것으로 압니다.”

“대왕 말씀이 옳소. 나도 공명이란 사람의 귀신 같은 꾀는 여러 번 들었소. 그 때마다 혀를 내둘렀지요. 그러나 공명은 이 지역에 대해서는 잘 모르고 있을 거요. 싸움에서는 내가 먼저 지형을 이용해서 기습을 감행할 테니 대왕은 뒤를 지켜주십시오.”

“알았소.”

올돌골은 도화강 양쪽 백여 리 지형을 모조리 알고 있었기 때문에 공명을 쳐부술 자신이 있었다.

이윽고 촉군 만여 명이 다시 북쪽 기슭에 진을 쳤다는 보고가 들어왔다.

올돌골은 곧 두 대장에게 등갑군을 이끌게 하고 맞은편 기슭으로 밀고 건너갔다.

위연은 잠시 격돌한 후 재빨리 물러났다.

만병들은 복병을 경계하여 추격은 하지 않았다.

이튿날이 되자 위연은 다시 연안에 진을 폈다.

오과국 군대는 수백 척의 작은 배를 타고 들이닥쳤다.

이를 맞아 치는 위연은 한때 신장같은 활약을 해보였으나, 얼마 후 도저히 당해 내지 못하겠다는 듯이 달아났다.

만군은 10리 남짓 뒤를 쫓았다. 근처에 복병이 있는 것 같지는 않았다. 그래서 그들은 그대로 촉군이 있던 진지를 차지하고 그곳에 머물렀다.

총대장 올돌골이 강을 건너오자, 두 대장은 다같이 말했다.

"위연이란 녀석, 소문과는 달리 목숨을 아끼는 겁쟁이였습니다."

"아니다. 그것도 공명의 술책인지 모른다."

올돌골은 첩자를 놓아 적진을 탐색케 했다. 촉병의 사기가 떨어져 있다는 것을 알자 하루를 지나 무섭게 돌격을 감행했다.

위연은 올돌골과 1대 1의 격투를 벌였다. 그러나 몇 합이 안 되어 틈을 엿보더니 말머리를 돌려 달아나기 시작했다. 촉나라 군사는 갑옷과 무기까지 버리고 대장 위연을 따라 정신없이 달아났다.

올돌골이 20리쯤 추격하자 그곳에 촉군의 진지가 만들어져 있었다. 그러나 위연은 거기에도 들어가지 않고 안개처럼 저쪽으로 자취를 감추었다.

오과국 군대는 마침내 촉군의 두 번째 진지까지 앗고 사기가 충천해 있었다.

다음날 위연이 진지를 탈환하기 위해 반격해 왔다.

그러나 도저히 올돌골이 이끄는 등갑군을 상대할 수 없다는 듯이 달아났다.

도망치는 위연은 속으로——

'……빌어먹을! 이렇게 열다섯 번을 달아나기만 하면 내 명성은 어찌될 것인가. 후세에 겁쟁이였다고 전해질 것이 아닌가.'

분하기 이를 데 없었지만 공명의 절대 명령이니 어쩌는 수가 없었다. 위연은 싸우다가는 도망치고, 반격했다가는 패해 달아나며, 결국 열다섯 번 전투에 패해 일곱 개의 진지를 포기하게 되었다.

이렇게 되자 아무리 맹획의 충고를 받아들여 공명의 귀신 같은 꾀를 조심하던 올돌골도——

'……공명, 두려울 것이 없다!'

승리에 도취되어 교만해졌다.

뒤따라온 맹획도 올돌골의 노도같은 추격에 감탄할 수밖에 없었다.

"이제는 단숨에 촉군을 무찌르고 공명을 사로잡고 말 테다!"

큰소리치는 올돌골에 맹획도 찬성했다.

"공명은 벌써 패했다! 촉병을 하나 남기지 말고 모조리 죽여라!"

오과국 왕 올돌골은 전군에 포고를 내렸다.

그날 올돌골은 큰 코끼리 등에 올라타고 진두를 나아가며 단숨에 촉군을 짓밟아 버리고 사기 충천해 있었다. 머리에는 해와 달을 수놓은 낭수모(狼鬚帽)를 쓰고, 큰몸에는 금은과 구슬로 된 장식물을 여기저기 붙였는데 얼굴과 팔다리에는 붉은 칠을 하고 있었다. 정말 괴상야릇한 모양이었다.

"왔구나!"

열다섯 번 패해 도망치는 굴욕을 감수했던 위연은, 오늘이야말로 이 남만의 괴수에게 본때를 보여줄 테다 하고 벼르고 있었다.

올돌골은 말을 타고 나온 위연을 보자, 만만한 듯 웃음을 던지며 호통쳤다.

"위연 듣거라! 오늘은 네 목이 달아나는 날인 줄 알아라!"

"어서 오너라, 이 괴물!"

위연은 싱긋 웃으며 대꾸했다.

처절한 1 대 1 싸움이 벌어졌다.

위연은 장창을 들고 달려들어 힘껏 내질렀다가 잡아당기는 순간 말머리를 돌려 내려치는 칼을 받아넘겼다.

힘에 있어서는 올돌골이 위였다. 또 코끼리 위에서 내려다보고 싸우는 이점도 갖고 있었다. 그러나 칼과 창이 마주치는 순간, 위연이 왼손에 뽑아든 칼로 올돌골의 한쪽 귀를 베어 버렸다.

"네놈이!"

올돌골은 화가 머리끝까지 치밀었다.

"총공격이다!"

올돌골은 전군에게 외쳤다.

와아앗!

오오옷!

만병은 함성을 지르며 넘치는 바닷물처럼 돌격해 들어갔다.

싸움터는 어느 사이에 옮겨져 반사곡에 이르러 있었다. 위연이 이번은 완전히 쫓겨 후퇴하는 것처럼 보이면서 교묘히 오과국 군대를 골짜기로 유인해들였던 것이다.

올돌골은 좌우편 산에 나무 한 그루 없고 또 복병이 숨을 만한 바위도 없었기 때문에 단숨에 촉군을 쳐부숴 버릴 생각이었다.

"늦추지 마라! 끝까지 추격해라!"

올돌골은 호령하며 코끼리를 내몰았다.

분명히 촉군 쪽이 형세가 불리했다.

만병은 너나없이 때는 지금이란 듯이 먼지를 일으키며 추격해 들어갔다.

위연은 차츰 패한 기색을 보이며 골짜기 안으로 깊이 도망쳤다.

위연이 도망치고 난 골짜기 한가운데에 검은 칠을 한 궤짝수레가 10대 버려져 있었다.

대장 하나가 올돌골에게 알렸다.

"이 길은 촉나라 군량 보급로입니다. 아마 저것은 촉군이 버리고 간 군량일 것입니다."

"음! 공명 이하 전 촉병을 섬멸하는 것도 오늘 안이다!"

올돌골은 힘이 나서 추격했다.

"나를 따르라!"

바야흐로 골짜기 출구에 다다랐을 때였다.

갑자기 요란한 소리를 울리며 산꼭대기에서 큰 돌과 나무들이 가파른 비탈을 굴러 떨어졌다. 삽시간에 돌과 나무들이 올돌골의 앞을 가로막아 출구를 나갈 수 없게 되었다.

"이까짓 바위나 나무 따위 치우면 그만이다."

거느린 군사의 머릿수를 놓고 생각하더라도 그것을 치우는 데 그다지 시간이 걸릴 것 같지는 않았다.

그런데 닫혀 있던 수레의 문짝이 갑자기 '확' 열렸다.

'와아' 하고 몰려나온 것은 섶을 등에 실은, 나무로 만든 괴상한 짐승들이었다.

"뭐야, 어린애 속이는 수작인가! 쳐부숴버려라!"

올돌골이 호통치며 먼저 자신이 타고 있는 코끼리를 몰고 가서 그 코로 후려쳐 넘어뜨리려 했다. 그러자 그 순간을 기다리고 있었다는 듯 양쪽 산꼭대기에서 대나무 장대에 붙들어맨 횃불이 1천여 개나 공중을 날아 떨어졌다.

열 대의 수레 속에서 튀어나온 괴상한 짐승들 몸통에는 화약이 꽉 채워져 있었고 등에는 섶이 짊어져 있었다.

날아 떨어진 횃불은 짐승의 등에 실린 섶에 옮겨 붙었고, 그 불길은 몸통 속에 든 화약을 단번에 폭발시켰다.

오과국 군사들이 자랑하던 등갑은 이 불길을 만나자 거꾸로 그 약점을 드러냈다.

오과국의 등갑은 3년 동안이나 기름에 절게 한 갑옷이다.

아차, 하는 사이 3만여 명의 등갑군은 일시에 불덩어리가 되어 땅바닥을 구르기 시작했다.

출구를 막은 바윗돌 위로 뛰어오른 위연은 큰 소리를 질렀다.

"올돌골, 어떠냐?"

"네놈이!"

"꼴 좋군!"

불길에 타면서도 미쳐 날뛰며 내닫는 코끼리의 기세를 타고 올돌골은 돌격해 들어왔다.

위연은 시윗줄을 힘껏 당겨 화살을 쏘아 보냈다.

화살은 날아 올돌골의 목을 꿰뚫었다.

공명은 산꼭대기에서 눈 아래 벌어진 아비규환의 지옥상을 굽어보고 있더니 자신에게 말했다.

"싸움에 이기기 위해서 이다지도 잔인한 수단을 쓰지 않으면 안 되는가?"

맹획은 오과국 군대 본영에서 승리했다는 소식을 이제나저제나하고 기다리고 있었다.

거기에 축융이 1천 명 남짓한 군사를 이끌고 달려왔다.

"올돌골 왕은 촉군을 추격한 끝에 결국은 반사곡에서 공명을 포위하는 데 성공했어요. 이렇게 된 이상, 대왕이 직접 오셔서 공명에게 밧줄을 거는 것이 좋겠다고 합니다."

"그래, 결국은 해내고 말았구나."

맹획은 기뻐 날뛰었다.

그러나 누가 알았으랴! 아내에게 배신을 당할 줄이야!

축융이 이끌고 온 만병 1천 명은 은갱산에 도망쳐 온 병사들이 아니고 촉군의 포로가 되어 귀순해 있던 군졸들이었다. 공명은 축융에게 이들을 주며 맹획을 유인해오라고 부탁했다. 맹획이 이런 사실을

꿈엔들 생각이나 했으랴.

맹획은 단숨에 반사곡까지 말을 달렸다.

도착해 보니—— 대체 이건 어찌 된 일일까?

새까맣게 탄 오과국 군사들이 땅바닥에 늘비하게 쓰러져 있고, 거기서 풍기는 악취 때문에 금방 숨이 막힐 것만 같았다.

"대관절 어떻게 된 거냐? 올돌골은 어디 있느냐?"

두리번거리던 맹획의 눈에 넘어진 코끼리 옆에 엎어져 있는 주검이 띄었다. 올돌골임에 틀림없었다.

맹획은 망연자실했다.

좌우에서 장의와 마충이 달려드는 순간 '아차' 하고 정신을 차렸으나 때는 이미 늦었다.

"용서하세요."

그 소리와 함께 축융이 뛰어들어 맹획의 겨드랑이 밑으로 손을 넣어 뒤에서 꽉 죄고는 말에서 끌어내렸다.

"아니, 축융, 네가? 배신을 했단 말이냐?"

맹획은 미친 듯이 반항하려 했지만 무슨 소용이 있겠는가. 둘러선 1천 명의 군사는 벌써 자기 부하가 아니고 공명에게 귀순한 사람들인 것이다.

그래도 맹획은 축융을 뿌리치고 칼을 뽑으려 했다.

거기에 달려온 마대가 맹획의 오른손을 몽둥이로 후려쳤다.

드디어 맹획은 일곱 번째로 생포되었다.

그 때 산그늘에서 사륜거가 천천히 다가왔다.

윤건과 학창의에 백우선을 든 공명이 말했다.

"맹획! 하늘은 끝내 그대를 돕지 않으시는구나."

맹획은 흙투성이가 된 얼굴을 들고 공명을 바라보았다. 맑고 시원한 기품을 풍기는 그 모습에 맹획은 처음으로 기가 꽉 눌리며 온몸에서 기운이 쑥 빠졌다.

“내 아내까지 배신하게 만들다니…… 얼마나 무서운 사람인가!”

공명은 맹획의 오랏줄을 풀게 하자 말을 주어 자기 뒤를 따르게 했다.

그를 데리고 간 곳은 은갱동 궁전이었다.

공명은 맹획을 본디의 왕좌에 앉힌 다음 말했다.

“대왕, 내가 쓴 수법은 과연 비열했소. 이 점 깊이 사과합니다. 대왕의 부인을 배신하게 만든 것은 작전상 만부득이한 일이긴 했지만 당신의 가슴은 분노로 불타고 있으리라 믿습니다. 당신이 원한다면 우리 촉군은 다시 삼강성까지 물러나 주겠소. 다시 한 번 군대를 정비하여 사내답게 마지막 승부를 겨룰 생각이라면 굳이 거절은 않겠소.”

“승상!”

맹획은 저도 모르게 왕좌에서 내려와 공명 앞에 무릎을 꿇었다.

“자기에게 반항한 적을 일곱 번 사로잡아 일곱 번 풀어 준 사실은 고금동서에 그 예를 듣지 못했습니다! ……이제 이 맹획에게는 싸울 힘도 용기도 없습니다. 어서 이 목을 쳐 주십시오!”

맹획은 윗옷의 한쪽을 벗고 몸을 드러낸 채 머리를 조아렸다. 이 행위는 항복을 뜻하는 육단(肉袒)이란 것이다.

“그대 목을 칠 생각이면, 처음 붙들었을 때 벌써 쳤을 거요. 우리 촉나라는 남중을 속국으로 만들 생각은 털끝만큼도 없소. 길이길이 형제처럼 사이좋게 지내자는 맹약을 맺고 싶어서 이렇게 멀리 찾아온 거요.”

“이제 깨달았습니다. 이토록 승상께서 관용을 베풀어 주신 이상, 우리 남중은 앞으로 촉나라 황제 폐하에 대해 다시는 적대하지 않겠습니다.”

“다시는 약속을 어기지 않겠다고 맹세해 주기 바라오.”

“자자손손에 이르기까지 승상의 거룩하신 은혜를 전하며 배반하지 않을 것을 맹세합니다."

맹획은 자기 오른손 새끼손가락을 깨물어 피를 내보였다.

그 때 맹획의 등 뒤에 서 있던 축융이 낮게 신음소리를 내며 넘어졌다.

조자룡이 급히 안아일으켜 보니, 입술에서 선혈을 흘리며 눈을 감고 있었다. 혀를 깨문 것이다.

'……가엾게도!'

공명은 침울한 표정으로 만부부당의 여걸의 마지막을 지켜보았다.

"아내를 죽게 만든 것은 이 맹획의 죄입니다."

맹획이 말했다.

이리하여 공명은 온갖 꾀를 쓰며 고심참담한 끝에 마침내 남중을 완전히 귀순시켰다. 맹획에게 옛날의 지위를 주고, 앗은 땅도 다 돌려주었다.

익주, 영창, 장가, 월수(越嶲)의 4군은 평정되었다. 3월에 성도를 출발한 촉군은 7월에 개선했다. 4개월의 원정이었다.

후세 사람들이 이때의 일을 시로 읊었다.

깃털부채에 푸른 관건 쓰고 수레 위에 앉아
묘책으로 일곱 번 사로잡아 맹획을 제압했네
오늘도 남만 땅에선 위엄과 덕 전하려고
높은 언덕에 사당 세워 제갈량 기리네

만두

원정 만리, 개선의 날이 되었다.

돌이켜보면 백난백전(百難百戰), 공명은 아직 목숨이 살아 있는 자신이 기적처럼 여겨졌다. 장사(長史) 비위(費褘)가 철수에 앞서 공명에게 은밀히 건의했다.

"이렇듯 머나먼 오랑캐 땅에 원정하여 공을 세우셨으면서도 누구 하나 촉나라 관인(官人)을 머물러 있게 하지 않음은, 마치 풀을 베고서 거둬들이지 않고 비를 기다리는 거나 같지 않습니까?"

"아니다."

공명은 고개를 저었다.

"그것에는 하나의 이익도 있지만 세 가지 불리함도 있다. 말단 관원이 왕화(王化)의 덕을 그르치는 일이 그 하나, 도읍에서 멀리 떨어져 있어 행정을 게을리하고 사사롭게 권력을 남용하는 일이 그 둘, 또 현지 주민이 마음에 의혹을 품고서 사사로운 말썽을 일으킬 염려가 있는 것이 그 셋이다. 본디의 만왕·만민으로 하여금 다스리게 하는 것보다 좋은 일은 없다. 더욱이 조공의 예만 지키

게 하면 성도로서는 마음 쓰거나 물자를 소비하는 일 없이 이곳을
나라의 바깥 울타리로 삼고 또한 풍부한 생산지로 만들 수도 있지
않겠는가!”

“승상의 깊은 생각에는 과연 소인들이 미치지 못합니다.”

모든 사람들이 진심으로 감탄했다.

촉한군이 돌아간다고 듣자 남중의 백성들은 앞을 다투어 가며 갖
가지 물산과 금은재보를 보내왔다. 그리고 동주 이하 백성들은 스스
로 맹세했다.

“앞으로 해마다 천자께 조공을 거르지 않겠습니다. 자손만대에
걸쳐 결코 배반하지 않겠습니다.”

그리하여 어느 틈엔가 공명을 가리켜 ‘자애로운 아버님 승상, 신
(神) 공명’이라고 우러르며 생사당(生祠堂)을 세워 사철 제물을 올
리고 제사지내기를 끊이지 않았다.

공명과 휘하 삼군은 드디어 개선길에 올랐다.

중군, 좌군, 우군이 공명의 사륜거를 옹위하였고 숱한 깃발과 공
물을 실은 수레들, 기마대, 코끼리 부대, 보병의 행렬이 뒤를 잇고
있는 모습은 남정 때의 장관 못지않았다.

개선 부대를 남만왕 맹획이 그 휘하를 거느리고 노수(瀘水)까지
배웅했다. 반사곡 3만의 적병 분살(焚殺)과 더불어 이 노수에서도
많은 장병을 잃고 적병을 죽였다.

느닷없는 안개가 짙게 끼기 시작하더니 바람이 맹렬히 불기 시작
했다. 도저히 강을 건널 수가 없었다.

공명은 급히 맹획을 불러 물어보았다. 그러자 맹획은 이렇게 말하
는 것이었다.

“강물에 물귀신이 있어 제사를 지내지 않으면 안개도 걷히지 않
고 바람도 자지 않습니다.”

“무엇을 써서 제사를 지내는가?”

공명은 미개족의 미신이라고 덮어놓고 무시하지 않았다. 타국에 가서 그곳 주민을 선무하자면 그들의 풍습을 최대로 존중하고 또 이용해야 하는 것이다.

"예, 그러니까……."

맹획은 손가락을 꼽아가며 대답했다.

"7×7 49의 사람 목과 그밖에 검은 소, 흰 양을 죽여서 제물로 쓰지요. 그러면 바람도 잘뿐더러 물결도 잔잔해집니다. 게다가 풍년도 들지요."

'모처럼 평화를 찾은 이때 죄없는 사람의 목을 베어 제물로 쓸 수 있겠는가…….'

공명은 사륜거를 몰아 몸소 노수의 강기슭까지 가보았다.

과연 걷잡을 수 없는 강풍이었다. 강물이 성난 듯 흰 거품을 물고 으르렁거렸다.

군사들은 그 광경을 보자 새파랗게 질려 덜덜 떨고만 있었다.

공명은 다시 그 고장 사람들을 불러 물어보았다. 그들의 말도 맹획의 말과 별 차이가 없었다.

"승상께서 이곳을 지나시고 나서부터 매일 밤마다 귀신들이 법석을 떨고 있습니다. 해질 녘부터 새벽녘까지 슬피 울고 있습지요. 아무튼 많은 원귀(怨鬼)들이 안개 속에 모여들어 울부짖는 바람에 누구 하나 이 강을 건너지 못한답니다."

공명은 숙연해져서 말했다.

"모두 내 잘못이었다. 앞서 마대가 촉나라 병사 천여 명을 이 강에서 죽게 한 일이 있고, 이 고장의 남만병 시체들도 이 강물에 버리고 갔었지. 그들 원귀들의 한이 맺히고 사무쳐 이런 요변을 일으키고 있을 것이다. 좋아! 오늘밤, 내가 그들에게 제사를 올려주련다."

"그러자면 아무래도……."

토민(土民) 하나가 말했다.

"49명의 사람 목이 필요합니다. 전부터의 관습이지요."

공명은 조용히 고개를 저으면서 말했다.

"귀신들은 본디 사람이 죽어 생긴 것이다. 그 귀신들을 위해 사람을 죽여서야 되겠는가. 나에게 생각이 있으니 맡겨두어라."

공명은 먼저 백정을 시켜 소와 말을 잡게 했다. 보리 가루를 개어 반죽을 하여 사람의 몸 형상으로 빚게 했다. 몸 속에는 쇠고기나 말고기를 넣게 했다. 이것이 만두(饅頭)의 시작이라고 한다.

그날 밤 노수 가에는 제단이 모아지고 만두가 제물로 바쳐졌으며 향이 살라졌다. 49개의 기름접시에 심지를 잠기게 하여 불을 밝히고 초혼(招魂)의 기를 세웠다. 그리고 공명은 간곡한 제문을 지어 동궐(董厥)에게 읽도록 했다.

대한(大漢) 건흥 3년 가을 9월 초하룻날, 무향후 익주목 승상 제갈량이 이곳에서 제를 올리고 남정에 진몰(陣沒)한 촉나라 장병 및 현지 백성의 망령들에게 알리노라! 우리 대한의 황제 폐하는 그 옛날의 성군·패왕 못지않으신 분이니라. 앞서 먼 나라 밖에서 우리의 영토를 침범하는 자가 있고 마치 독있는 전갈의 꼬리처럼 혹은 또 탐욕스런 이리의 마음처럼 포학을 멋대로 부렸노라. 그리하여 폐하의 명을 받들어 크게 남정의 군을 일으켰으며, 이제 흉적들인 저 전갈과 이리들이 남김없이 평정되었도다. 이는 오로지 그대들 종군의 장병들이 모두 중국의 호걸, 사해(四海)의 영웅이고 전군이 일심동체(一心同體) 칠종칠금의 전쟁에 힘쓰고 충군보국(忠君報國)의 뜻을 다 폈기 때문이었노라. 다만 그 가운데서도 행운이 없었던 자는 너희들 물에 떠도는 망혼들뿐이겠는가? 너희들은 불행히도 적의 간사한 꾀에 빠지고 혹은 유시(流矢)에 맞고 혹은 도검(刀劍)에 상처입은 바 되어 허공중에 떠돌고 있다

고는 하나 살아서는 용맹했고 죽어서는 이미 군졸로서의 소임을 다한 것이다. 지금, 대군이 개가를 올리며 돌아가고자 한다. 그대들 영령이여! 내 초혼의 호소를 들으라! 돌아가는 우리의 정기(旌旗)를 뒤쫓아 우리 군마와 더불어 본국 고향으로 돌아가주기 바라노라. 헛되이 물가에서 헤매며 낯선 타향의 귀신이 되지는 말지어다. 나 제갈량은 반드시 천자께 상주하여 너희들 가족에게 반드시 보답이 있도록 하리라. 그리고 또 이곳의 신들이여! 현지인의 망령들이여! 너희들도 또한 평정의 결과 영구히 제향(祭享)될 수 있으리라. 왕화(王化)의 은택(恩澤)은 살아 있는 자에게 미칠 뿐 아니라 죽은 자에게도 미치는 것이다. 이제 이로써 얼마쯤의 성의를 베풀어 너희들을 제하노라. 아무쪼록 와서 먹고 마시기를 바라노라!

동궐의 제문 낭독이 끝났다. 공명이 목을 놓아 한동안 통곡했다.

전군이 숙연한 심정에 잠겨 기침 소리 하나 들리지 않았다. 이윽고 흐느낌 소리가 가볍게 주위 공기를 흔들었다.

맹획 등 서남이 사람들도 훌쩍훌쩍 콧물을 삼켰다.

음산한 안개 속에서 수천의 귀신들 모습이 생생하게 나타났다가 맑은 바람이 부는 가운데 금세 흔적도 없이 사라졌다. 공명은 제물을 남김없이 노수의 물에 던지도록 하였다.

다음 날 노수의 남쪽 기슭에 원정군이 이르렀을 때는 활짝 갠 가을 날씨였다.

전군은 아무런 사고 없이 노수를 건넜다. 장병들의 발걸음은 돌아가고 싶은 마음으로 화살과도 같이 가볍기만 했다. 그들은 노래를 부르며 행군했다.

이윽고 영창(永昌)에 이르렀다. 공명은 왕항(王伉), 여개(呂凱) 두 사람을 이곳에 남겼다. 그곳 4군을 지키게 하기 위해서였다.

"성도까지 승상을 쫓아가고 싶습니다."

맹획도 진정으로 말했으나 공명은 그들 일행도 이곳에서 돌려보냈다. 그리고 새삼 맹획에게 부탁했다.

"부하들을 내 형제같이 아끼고 돌봐주시오. 백성은 내 자식처럼 사랑해 주어야 하오."

"예, 승상의 가르침은 죽더라도⋯⋯."

맹획은 울면서 작별을 아쉬워했다.

대군이 드디어 성도에 다다를 때 후주는 성에서 30리 밖까지 나와서 수레를 내리고 길가에 서서 기다리고 있었다.

공명이 너무도 놀랍고 송구스러워 얼른 수레에서 내려 꿇어 엎드리며 아뢰었다.

"남정에 시간을 끌어 송구하기 이를 데 없나이다."

후주는 그런 공명의 손을 잡고 일어나게 했으며 수레를 함께 타고서 성 안으로 들어갔다. 그러고서 사흘 밤낮을 두고 축하연을 열었지만, 공명은 전몰 장병의 뒷일을 마속에게 일임하고 자기는 승상부에 들어가 며칠 동안 조회에도 참석하지 않았다. 그는 이번의 원정으로 정말 지쳐 있었던 것이다.

공명이 일곱 번 맹획을 사로잡고 일곱 번 놓아주었다는 것이 '칠종칠금(七縱七擒)'으로 유명한 이야기이지만, 소수 민족 사이에서는 '맹획이 일곱 번 공명을 사로잡았다가 놓아 주었다.'고 전혀 정반대 전설이 지금껏 전해지고 있다.

또 현재의 광주시에는 옛 절이 많기로 유명하다. 화탑(花塔)으로 그 이름이 알려진 육용사(六榕寺), 광탑(光塔)으로 유명한 이슬람교의 회성사(懷聖寺) 등이다. 그들 가운데서 가장 역사가 오랜 것이 광효사(光孝寺)이다.

오나라 기도위 우번이 유배되어 남월왕의 옛집에 살았다고 한다. 그때 사람들은 이 저택을 가리켜 우원(虞苑)이라고 했다. 학자로서 우번은 이곳에서 학문을 강의했고 제자 수백 명을 양성했다.

그 뒤 손권은 우번을 다시 창오군(蒼悟郡)의 맹릉(猛陵)이란 곳으로 옮겼다. 창오군은 현재의 광서 장족(壯族) 자치구(自治區)인 계림(桂林) 일대이니만큼 좀더 변경이었다.

우번은 70살로 그곳에서 죽었다. 그의 유족은 사면을 받아 강남으로 돌아올 수가 있었으나 그의 아내는 남편의 옛집을 개축하여 절로 만들었다. 그것이 바로 광효사의 전신(前身)이다.

공명이 성도로 돌아온 이듬해인 건흥 4년(226), 맹획은 남중에서 성도로 나와 승상부로 공명을 찾았다.

공명이 물었다.

"잘 되어가고 있습니까?"

맹획은 지금 서남이 민족 전체의 통치자로서 촉한의 남쪽을 지배하고 있었다.

"예, 승상 덕분에."

제갈공명과 맹획은 남정 이래 형제보다 더 가까운 사이가 되었다. 맹획은 거의 신처럼 공명을 존경하고 있었다.

이런저런 이야기가 있고 난 뒤 공명은 하직하는 그에게 부탁했다.

"앞으로도 잘 부탁하겠소. 촉나라는 남중의 뒷받침이 무엇보다도 소중하니까."

"잘 알겠습니다. 그런데 우번의 소식을 들으셨습니까? 남중의 난이 수습되자 그는 오왕의 견책을 받고 좀더 먼 곳으로 옮겨졌다고 합니다."

"오, 그래요?"

공명은 그 문제를 거론하고 싶지 않은 눈치였다. 그러나 맹획은 말했다.

"승상, 너무 염려하지 마십시오. 앞으로는 남중도 남중의 인간에

의해 미래를 개척할 테니까요. 딴 고장 인간의 책동에 휘둘려 움
직이지 않겠습니다."
공명은 고개를 끄덕였다. 맹획의 진심을 보았기 때문이다.
그 곳에 급사가 달려왔다.
공명은 맹획의 진심을 믿고 있으므로 급사에게 그 자리에서 보고
하도록 했다.
"예, 아뢰옵니다. 위나라의 참칭 황제 조비(曹丕)가 세상을 떠났
다고 하옵니다!"
"호오, 조비가?"
공명은 맑은 눈을 들어 천장을 우러러보았다.

이미 앞에서 말했듯이, 조비는 공명의 놀라운 외교정책에 걸려들
어, 대군을 동원하여 오나라와 싸웠으나 크게 패하고 말았다. 그러
나 국력은 그다지 약해지지 않았다. 다만 오나라와 촉나라를 공략하
기에는 아직 군사력이 약간 부족함을 느꼈을 뿐이다.
조비는 벌써 재위 7년에 이르러 있었다. 조조의 뒤를 이은 그는
뛰어난 지혜와 능력을 지니고 있었다. 큰 나라의 왕자(王者)로서
부족함이 없는 품격을 지니고 있었던 것이다.
특히 조비는 아버지 조조, 동생 조식 정도는 아니지만 문재(文
才)가 뛰어나 그들과 함께 중국 문학사상 삼조(三曹)라 불린다.
생동감(生動感)이 넘치는 조식의 시에 비해 조비의 그것에는 침
정(沈靜)의 아름다움이 있었다. 그는 특히 문예 비평의 선구라고
할「전론(典論)」을 썼다.
조비가 아직 태자로 있을 때, 돌림병이 크게 유행하여 많은 사람
이 죽었다. 조비는 이때 느낀 바가 있어 대리(大理) 벼슬로 있는 평
소 존경하는 왕랑(王朗)에게 다음과 같은 편지를 써보냈다.
사람이 이 세상에 있을 때에는 일곱 자의 몸을 가지고 있더라도

죽고 나면 관 속의 한줌 흙이 되어 버립니다. 만일 영원히 썩어 없어지지 않는 것이 있다면, 그것은 먼저 훌륭한 정치를 하고서 이름을 청사(靑史)에 남기는 일일 게고, 다음은 책을 써 남기는 일이겠지요. 요즈음 해마다 역병이 유행되어 존경할 만한 분들이 숱하게 세상을 떠났습니다. 나 혼자 무사히 병없이 살아남을 수 있다는 보장이 어디에 있겠습니까?

이런 생각에서 조비는 「전론」을 비롯한 100여 편에 이르는 시나 부(賦)를 지었다. 또한 학자들을 태자궁에 모아 토론회를 열고 학문과 예술을 마음껏 논하게 했다.

그런데 「전론」은 오늘날 대부분이 산일(散佚)되어 아깝게도 〈자서(自序)〉와 〈논문〉(글을 논함) 두 편만이 남아 있다. 그 가운데 〈논문〉은 공융(孔融) 등 이른바 '건안 칠자'의 작품을 비평하며 유명한 재기설(才氣說)을 주장하고 있다.

'문은 기(氣)로써 주(主)가 된다.'

'문장의 가장 중요한 요소는 작자의 개성이다.'

조비는 일찍이 건안 22년(217)에 유행된 역병으로 그의 문학적 스승이었고 벗이었던 서간(徐幹), 진림(陳琳), 응창(應瑒), 유정(劉楨) 같은 이를 한꺼번에 잃었다. 이들은 조조를 비롯한 조식들과도 문학의 좋은 동반자였다.

「전론」에는 그들 및 이미 조조에게 죽임을 당한 공융 등에 대한 애석(哀惜)의 정이 되풀이 설명되고 있다.

조비는 사람의 한정된 생명과 문장의 무한한 생명력에 대해 이렇게 말했다.

"생각컨대 문장을 만든다는 것은 나라를 다스리는 일과도 관계되는 큰 사업이며 만세불후(萬世不朽)의 위대한 사업이기도 하다. 사람의 목숨은 반드시 끝나는 데가 있고 영화와 즐거움도 그 몸뚱이와 더불어 끝나고 만다. 이 두 가지는 사람으로써 피할 수 없는 숙명으로 문장의 무한한 생명에는 도저히 따르지 못한다.”

이 글 가운데 ‘문장……나라를 다스리는……큰 사업’이란 글귀는 매우 중요한 의미를 가지고 있었다.

원문대로 소개한다면 문장은 ‘경국대업(經國大業)’이 되는 것이다. 잘 알다시피 유교의 가르침을 본받은 선비로서의 정치적 이상은 덕(德)으로써 나라를 다스리는 일이었다. 조비는 이 상식을 만 걸음 더 진전시켜 문예의 정치적 유효성(有效性)을 규정했던 것이다.

그런 정치적 의미를 떠나서도 조비가 「전론」을 통해 문학은 불후하다고 주장한 것은 재미있는 일이다. 그것은 바로 ‘예술은 길고 인생은 짧다’는 생각과 맥락을 같이하고 있기 때문이다.

또 그는 「전론」에서 앞서 나온 서간에 대해 이렇게 평한다.

‘옛날부터 문인은 상식에서 벗어난 자가 많고 의연히 인륜(人倫)을 지켜 끝끝내 뜻을 바꾸지 않은 자란 거의 없다. 그런데 서간만은 글과 실질(實質)을 아울러 갖추고 염담과욕(恬淡寡慾), 저 기산에 숨어 산 허유(許由)의 뜻을 품고 있었다. 빈빈군자(彬彬君子)라 할 수 있으리라. 그의 저서 「중편(中篇)」 20편은 능히 일가언(一家言)을 이룬 것으로 글뜻이 청아하고 단정하며 뒷세상에 오래도록 전해질 만한 가치를 지니고 있다. 그리하여 그는 불후의 인물인 것이다.’

빈빈군자란 「논어」에서 나온 말이다. 즉 「논어」에서 ‘실질이 글을 앞서게 되면 조야(粗野)하게 되며, 글이 실질을 앞서게 되면 사(史)처럼 딱딱하고 공소(空疎)한 것이 되어 버린다. 문질(文質)이 빈빈(彬彬 : 문채와 바탕이 갖추어져 있는 것) 해야 비로소 군자라 할 수 있다’는 찬사이다.

서간은 본디 동해군(東海郡)의 명문에서 태어났는데, 어려서부터 이미 수십만 구절의 글을 외었고 오경을 배웠을 때에는 침식을 잃을 정도였다고 한다.

당시 청류파 지식인들은 정치 비판을 서슴지 않으며 저마다 정치 비판에 기세를 올리고 있었지만 서간만은 오직 학문과 사색에 몰두하고 있었다.

따라서 그는 '건안 칠자' 가운데 예외적인 존재로서 문인이라기보다 사상가라고 부를 수 있는 인물이었다.

천재인 서간은 당시 사공(司空)이었던 조조의 인도를 받아 관계에 나왔고 뒤에는 조비와 절친한 사이가 되었다.

그런데 그는 도무지 욕심이 없는 사람으로, 마치 '도(道)' 자체인 것처럼 품행에는 털끝만치도 나무랄 데가 없었다. 그러면서도 두뇌가 명석하고, 박문다식해서 붓을 잡았다 하면 곧 문장이 되었다.

세속 인간들이 바라는 관위나 봉록 따위는 안중에 없었고 성공이라는 것에 마음을 빼앗기는 일도 없었다. 언젠가 상애(上艾)의 현지사로 임명됐지만 병을 핑계대고 부임하지 않았다.

그래서 조비가 서간에게 물었다.

"도대체 자네는 어떤 사람을 부럽다고 생각하는가?"

"될 수만 있다면 한빈(寒貧)이 되고 싶습니다."

"한빈? 그는 사람 이름인가?"

한빈은 춥고 배고플 만큼 가난하다는 뜻이다. 조비가 되물은 것도 무리는 아니었다.

"예, 이름은 아니지만 남들이 그렇게 부르고 있습니다."

한빈은 안정군(安定郡) 출신으로 성이 석(石), 자는 덕림(德林)이라는 어엿한 성명이 있었다.

"그래, 그는 어떤 사람인가?"

"건안 초 장안에 살고 있었지요. 당시 장안에서는 난문박(欒文博)이란 노학자가 수천 명 제자를 두고 있었는데, 덕림은 그 제자가 되었습니다. 처음에는 「시경」, 「서경」 공부에 힘쓰다가 이윽고 종묘(宗廟) 의식 연구에 흥미를 가졌습니다. 그러고 그는 수많은 제자 중에서 가장 말수가 적은 사나이로 알려져 있었습니다.”
“음, 그 정도라면 세상에 흔히 있음직한 사나이가 아닌가?”
“이윽고 건안 16년 관중(關中)에서 난리가 일어나 남쪽인 한중으
로 갔습니다. 그때부터 먹고 사는 일도 아내를 맞는 일도 모두 잊
어버리고 늘 「노자」 5천 자를 읽고 또한 방술(方術)에 관한 온갖
책을 섭렵했다고 합니다. 그러다가 건안 25년(220) 한중이 촉나
라 손에 들어가자 피난민을 따라 다시 장안으로 돌아왔지요.”
“그래서?”
“그때부터 사람이 얼빠진 것처럼 되어 사람들과의 교제를 모두
끊어 버렸습니다. 거친 음식을 먹고 추위와 더위도 아랑곳하지 않
을 뿐 아니라 언제나 누덕누덕 기운 옷을 입고 다녔습니다.”
“기인(奇人)이로군.”
“조금만 더 참고 들으십시오.”
서간은 이야기를 계속했다.
“걸음도 휘청거리는 것이 금방 쓰러질 것만 같고, 눈은 어디를 보
고 있는지 초점이 잡혀 있지 않았습니다. 빈민가의 오두막에서 혼
자 살고 있었는데 찾아오는 친척도 없었습니다. 가엾이 여기고 옷
과 밥을 가져다 주어도 받는 일이 없었습니다.”
“그래, 그럼 관아에서는 대체 뭣들 하고 있는가? 그런 일을 보고
도 가만히 있단 말인가!”
“예, 관아에서는 덕림이 가난한 홀아비라 해서 하루에 다섯 홉의
쌀을 지급했지요. 하지만 그것만으로는 모자라기 때문에 때때로
구걸을 다녔습니다. 어쩌다가 많이 주는 사람도 있었으나 필요한
것 이상은 받지 않았습니다. 또 사람들이 이름을 물어도 결코 대
답하지 않았지요. 그 때문에 사람들이 어느덧 그를 가리켜 ‘한빈’
이라는 이름을 지어 부르게 되었던 겁니다.”
조비는 시무룩하니 말이 없었다. 서간은 개의치 않고 말을 계속했다.

"전부터 안면이 있는 관원이 그 앞을 지나가게 되면 덕림은 말없이 무릎을 꿇고서 머리를 숙였습니다. 이런 일로 그가 천치는 아니라고 사람들이 생각했지요. 거기장군 곽회(郭淮)가 자기의 넓은 도량을 과시할 속셈으로 덕림을 불러 그 소원을 물었지만 역시 대답하지 않았다고 합니다. 부득이 말린 고기와 말린 밥, 그리고 의복을 주기로 했는데 덕림은 말린 고기 한 덩어리와 말린 밥 한 되를 받았을 뿐 의복은 받으려 하지 않았습니다."

조비는 마침내 씹어뱉듯이 말했다.

"그런 한빈을, 자네는 대체 무슨 까닭에 본받으려 하는가? 좋게 말하면 기인이지만 한낱 거렁뱅이에 미치광이가 아닌가?"

그러자 서간은 말했다.

"전하! 한빈에게는 자유가 있습니다. 천지 우주에 무엇하나 거리낄 것 없는 자유가 소중한 것이라고 저는 늘 생각하고 있습니다."

이 대답에는 조비도 더 할말이 없었다. 그리하여 그는 서간을 평하여 '허유의 뜻을 품고 있다.'고 썼던 것이다.

조비는 이렇듯 다감한 성정(性情)을 가지고 있는 한편 몹시 현실적인 면도 있었다. 성격은 조조를 닮아 가혹했지만 아깝게도 큰 도량은 없었다.

조조가 정치가라 한다면 조비는 행정 관료형이라고나 할까?

그것은 다음의 일화로서도 알 수 있다.

언젠가 문제는 기주의 10만 호를 하남으로 옮겨 살게 하려 했다.

그 무렵 하남에선 메뚜기가 많이 발생하여 흉년이 들고 백성이 시달리고 있어 가신들이 모두 이주 계획에 반대했다. 그러나 문제는 어디까지나 감행할 의사였다.

이때 신비(辛毗)를 비롯한 백관들이 알현을 청했다. 문제는 그들의 상주 내용이 보나마나 뻔했기 때문에 처음부터 노여운 빛을 띠고 그들과 만났다.

그러자 신하들이 겁을 내어 감히 말을 꺼내지 못했다.

이때 신비가 앞으로 나아갔다. 신비는 자를 좌치(佐治)라 하며 영천(潁川) 양적(陽翟) 사람으로, 처음에 원소의 가신이었으나 나중에 조조를 섬겼고 강직하기로 이름이 났었다.

"황공하오나 아뢰옵니다. 이번의 이주 계획에 대해 폐하의 생각을 들려 주십시오."

"짐의 생각이 틀렸다는 것이냐?"

"그렇습니다."

"네가 알 일이 아니야."

"이상한 말씀을 다하십니다. 불초, 제가 재주 없다고는 하나 폐하의 분부로 측근 자리를 더럽히고 정책 결정의 의논을 해 왔습니다. 그런 제가 알 바 아니라니 어인 말씀이십니까? 제가 말씀드리는 것은 사사로운 일이 아닙니다. 모든 것이 국가의 중대사이옵니다. 저에게 화를 내시다니 도무지 이해가 되지 않습니다."

문제는 불쾌하다는 듯이 자리에서 일어섰다. 신비는 뒤쫓아가 옷자락을 잡고 다시 말하려고 했으나 문제는 뿌리치고 내전으로 들어가 버렸다.

그러나 잠시 뒤 문제가 다시 나와 신비에게 말했다.

"좀전의 경의 말은 좀 지나쳤다고 생각되는데 어떤가?"

"아닙니다. 이주를 강행하시면 인심을 잃을 뿐 아니라 그자들을 굶어 죽게 만들 것입니다."

문제는 결국 당초 계획의 반 수만을 이주시키기로 했다.

삶과 죽음

　오나라 손권이 신하를 맹세하며 위나라 비위를 맞추었는데, 등지의 활약으로 손권이 다시 촉나라와 손을 잡자 조비는 크게 성을 내고 황초 5년과 이듬해인 6년 두 번에 걸쳐 대군을 일으켰다.
　그러나 두 번 다 장강의 천험에 가로막혀 눈물을 머금고서 군을 돌리지 않을 수 없었다.
　어쩌면 이때의 심로(心勞)가 병의 원인이 되었는지도 모른다.
　정사(正史)에는 짤막하게 기록돼 있다.

　황초 7년(225) 정월 위나라 문제가 허창에 갔을 때 허창성 남문이 아무런 원인도 없이 무너졌다.
　허창의 남문이 무너지자 조비는 불길한 예감이 들어 그대로 수레를 돌려 낙양으로 돌아왔다.
　3월, 구화대를 신축했다.
　5월, 문제가 중태에 빠졌다⋯⋯.
　5월은 한여름이다. 이 해 여름은 특히 더웠다.

문제 조비는 낙양 가복전(嘉福殿) 안의 병상에 누워 있었다. 그는 가슴을 터놓도록 하여 괴로운 듯이 가쁜 숨을 몰아쉬고 있었다. 고열 때문에 온몸에서 땀이 솟고 있다.

두 명의 궁녀가 쉴새없이 부채질을 해댔지만 조비는 무덥고 답답하기만 하여 연방 신음소리를 냈다.

땀에 젖은 가슴이 크게 물결치고 있었다.

"예를 불러라!"

조비는 갑자기 또렷한 목소리로 외쳤다. 조예(曹叡)는 그의 장남이다.

조비가 19세 때 원희의 아내 견씨를 앗았는데 21세 때 견씨에게서 난 아들이 조예였다.

"예, 이제 곧……."

내시는 무릎꿇어 절하고 나자 급히 방에서 나갔었다.

바로 그 봄 2월 일이었다.

조비는 아들 예를 데리고 사냥을 나갔다.

언덕과 언덕 사이에서 기다리고 있느라니, 이윽고 몰이꾼에게 쫓긴 새끼 딸린 사슴이 달려나왔다. 조비는 화살을 메겨 시위 소리도 높게 어미사슴 쪽을 보기좋게 쏘아 맞히었다. 새끼사슴은 풀밭을 가로질러 조예의 말 앞을 스치고 지나갔다.

그러나 조예는 활에 화살을 메기려 하지 않았다.

조비가 소리쳤다.

"왜 쏘지 않느냐?"

조예는 고개를 저으며 대답했다.

"어미사슴은 쏘아 죽여도 상관이 없지만, 새끼사슴은 장차 어버이사슴이 될 소임이 있지 않사옵니까."

"으음!"

조비는 고개를 끄덕였다.

조예의 그런 대답은 뼈있는 풍자이기도 했다.

그의 어머니 견 부인은, 조비가 사랑하는 첩에 의해 살해되었던 것이다. 애첩은 안평군 광종(廣宗)의 명문인 곽영(郭永)의 딸로 곽 귀비였다.

곽 귀비는 기어코 견 부인을 없앤 다음 자신이 황후가 되어 보겠다는 야심을 품었다. 그리하여 중신 중 한 사람인 장도(張韜)를 자기편으로 끌어들여 계략을 꾸몄다.

장도는 견 부인이 거처하는 내전, 황제를 모시는 침실에서 오동나무로 만든 인형이 발견됐다고 속이고서 그것을 조비에게 올렸다. 그 인형에는 조비의 생년월일과 난 시각이 적혀 있고, 무수한 바늘이 가슴과 배에 찔려 있었다.

결국 견 부인은 조비가 곽 귀비만을 사랑하는 데 질투와 분노를 느낀 나머지 이런 저주로 남편인 천자를 죽게 만들려 했고, 그로 인해 조비가 자주 병상에 눕게 된 것으로 결론이 지어졌다.

조비는 이를 믿고 견 부인을 죽인 다음 곽 귀비를 황후에 앉혔다.

표면적 이유는 이와 같은 것이었으나, 앞에서도 말했듯 사실은 달랐다. 조비의 동생 조식은 형수 견씨를 은밀히 사모하고 있었다. 견씨도 조식에게 남다른 호의를 가졌고 극비의 정보를 가르쳐 주어 몸의 안전을 꾀하게 했다. 조비는 그것을 눈치채고 견씨를 죽여 버린 것이다. 이것이 진실이다.

병상의 조비는 다시 신음과 가쁜 숨을 계속 몰아쉬었다. 고열은 때때로 그의 의식을 앗아갔다. 그리하여 신음과 가쁜 숨소리 사이사이에 그는 헛소리를 했다.

"용서하시오…… 용서하시오."

누구에게 용서를 빌고 있는 것일까? 사람들은 그것을 5년 전에 살해된 아내 견락일 것이라고 상상했다.

하지만 높은 열에 시달리는 조비가 그 혼탁한 머리속에 떠올린 것

은 죽은 아내의 모습 같은 것은 아니었다.

푸른 풀밭이 희미하게 그의 머릿속에 떠오른다. 그 희미해지는 광경은 말을 타고 질주할 때, 눈에 비치는 초원이나 숲의 모양과 비슷했다. 푸른 빛 속에 희미하게 갈색의 점이 두 개 떠올라 있다. 하나는 크고 하나는 작다.

조비는 오른팔을 움직였다. 어깨 언저리로 주먹을 가져가려 한다.

내시가 물었다.

"폐하, 무엇이옵니까?"

조비가 무엇인가 요구하고 있다고 생각했던 것이다.

하지만 조비는 그 흐려진 의식 속에서 자꾸 활시위를 당기려 했던 것이다. 두 개의 갈색 점은 사냥감인 사슴이었다.

조비는 조예가 한 말에 충격을 받았던 것이다.

20세인 조예는 말했다.

"폐하는 어미사슴을 죽였습니다. 이제 그만하면 되지 않습니까? 저는 어미를 잃은 새끼사슴을 차마 죽일 수가 없사옵니다."

그때 조비는 고개를 끄덕였지만 어찌 조예의 말뜻을 모를 리가 있겠는가! 더욱이 조비는 뛰어난 감성을 지닌 시인이다!

"그런가! 그럼 되었다."

조비는 손에 잡았던 활을 버렸다. 어떠한 일에도 냉정하게 대처해 온 조비로서는 드문 행동이었다.

눈썹 하나 까딱하지 않고 한나라 천하를 빼앗은 그였다. 그 차가움을 아버지 조조에게 인정받아 후계자로 선정되었던 것이다. 현실주의의 화신(化身)과 같은 조조조차 자기 손으로 400년의 역사를 가진 한나라 천하를 앗는 것을 주저했다.

그러나 조비도 인간이었다. 아니 예사 사람 이상으로 감수성이 강했다. 확실히 대담한 데가 있어 낡은 풍습이나 금기(禁忌)를 태연히 깨기도 했다. 그러한 것을 경멸하고 있었기 때문이었다. 다만 차

가운 면만은 그의 연기가 실제보다도 훨씬 크게 보이게 하였다. 아버지가 후계자 선정 기준을 냉혹함에 둘 것이라고 알아차렸기 때문이다.

활을 내던진 뒤 그는 발로 말 배를 걷어차 모래먼지를 일으키며 질주해 가버렸다. 자기의 감상을 부끄러워했던 것이다.

말을 달리면서 그는 견씨의 모습을 떠올렸다.

'죽일 것까지는 없었나?'

현재 조비에게는 아홉 명의 황자가 있다. 아홉 명 모두 어머니가 다르다. 그런데 정작 곽후에게는 자식이 태어나지 않았다.

황후에게 자식이 없는 이상 후계자로서는 9명의 황자가 똑같은 권리를 가지고 있는 셈이다.

'천천히 그들의 자질을 관찰한 뒤 후계자를 선정하자. 서두를 것은 없다.'

조비는 그렇게 생각하고 있었다. 맏이인 조예는 20세에 지나지 않는다. 모두들 아직도 어리다. 자질을 판정하기는 너무 이르다. 그러므로 황태자를 책봉하지 않고 있었던 것이다.

서두를 것은 없다고 생각했으나 그게 아닌 것 같다. 자기의 높은 열이 예사로운 것이 아님을 조비는 깨달았다.

'낫는다 하더라도 황태자를 책봉하고 만일에 대비해 두자! 그러자면 역시 조예다.'

그가 조예를 부른 것은 황태자로 세우기 위해서였다.

조비가 헛소리로 '용서하라…….'고 한 말은 어미사슴이 죽고 없는 새끼사슴을 쏘라고 명한 자기의 비정한 말을 새삼 아들에게 비는 말이었던 것이다.

병상 곁에 시립하고 있던 중신들은 서로 얼굴을 마주 보았다.

문제는 이제까지 그 누구에게도 잘못했다고 빈 적이 없었다. '윤언(綸言)은 땀과 같다.' 하여 일단 황제가 입에 올린 말은 정정할 수도 없는 것으로 되어 있다.

조비는 황제였기 때문에 그러했지만, 그 인간으로서의 성격이 그러하기도 했다.

그런 조비의 입에서 '용서하라…….'는 말이 나왔다.

정상이 아니다.——인간은 죽을 때 예사롭지 않은 일면을 보인다고 한다.

'죽는가?'

중신들은 그렇게 생각했다.

예사롭지 않은 일은 이밖에도 또 있었다.

옹구(雍丘)는 지금의 하남성 개봉시(開封市) 근처이다. 조식은 옹구왕으로서 그곳에 봉해져 있었다. 정의(丁儀) 형제나 양수(楊修) 등 그의 심복은 모두 살해되거나 날개가 잘린 새가 되었다.

그런데도 조정에서는 조식을 경계하여 감시인을 두고 지키게 했다. 왕이란 이름뿐으로 봉록(俸祿)도 아주 적었다.

'필부나 다름없다.'

사서에도 기록돼 있지만, 옹구왕 조식의 실상은 평민 이하였다. 감국알자(監國謁者)라는 조정에서 파견한 감시인이 눈을 번뜩이고 있기 때문이다.

이 시대 왕후(王侯)는 비록 평민이 되어 좀더 자유로운 몸이 되기를 원하더라도 황족의 신분에서 벗어나는 것이 허락되지 않았다.

"호오, 이렇게도 심한고!"

지난해 12월 오나라 원정에서 돌아오다가 옹구에 들른 문제(文帝)인 조비는 동생 조식이 놓여 있는 환경을 보고 놀랐다. 그는 식읍(食邑) 500호를 늘려주었다.

이것도 지금 생각한다면 평소의 조비답지 않은 결정이었다.

마침내 조비는, 중신 세 사람을 침전으로 불렀다.

대장군 조진(曹眞).

진동 대장군 진군(陳群).

무군 대장군 사마의(司馬懿).

늘어앉은 세 사람에게 조비는 말했다.

"내 병은 불치의 병으로 도저히 다시 일어날 가망이 없소."

"그런 약하신 마음을 가지셔서는 아니 되옵니다!"

"신들은 힘을 합쳐 천하를 통합하여 폐하를 통일된 이 땅의 황제로 모시려 하옵니다."

"부디 백 살까지 장수를 누리시옵소서!"

조진·진군·사마의는 저마다 충성심을 드러내며 위로했다.

조비는 쓸쓸히 미소를 짓고 말했다.

"경들은 이미 내가 명맥이 다한 것을 알고 있소. 나는 이미 5년 전부터 오늘이 올 것을 알고 있었소."

거기에 정동대장군 조휴(曹休)가 황급히 들어왔다. 오나라와의 국경에서 밤낮을 가리지 않고 달려온 것이다.

조비는 네 사람을 바라보며——

"경들은 우리 위나라를 떠받치고 있는 주춧돌이오. 경들이 마음을 하나로 합쳐 예를 보좌해 준다면 나라는 백 년 뒤까지 무사할 것이오. 부탁하오!"

그렇게 말한 조비는 머리맡에 서 있는 예에게——

"예는 잘 듣거라. 오나라에는 손권이란 영걸이 있고, 육손이란 지혜로운 장수가 받들고 있다. 또 촉나라 황제 유선은 보잘것없는 사람이지만, 제갈량은 고금동서에 그 예를 볼 수 없는 뛰어난 재주를 지닌 사람이니라. 겨우 20세인 네가 위나라를 지켜 나가려면 여기 있는 네 장군의 보좌를 받지 않으면 안 된다. 이들을 신임하여 내정과 군무에 마음을 쏟아야 할 것이다."

이렇게 유언을 마친 뒤, 조비는 조용히 눈을 감았다.

조비의 그때 나이 40세였다.

옹구는 도읍 낙양에서 그리 멀지는 않은 곳이다. 문제의 죽음은 역마를 탄 급사에 의해 이틀 뒤에 조식에게 알려졌다.

아버지의 후계자 자리를 놓고서 격렬히 다투었던 형이 죽은 것이다. 조식은 후계자 다툼에서 밀려나 이 메마른 땅 옹구의 제후로 봉해졌다. 그것은 유형이라 해도 좋았다.

그러나 승자였던 형은 생물학적인 생명을 유지하는 싸움에서는 동생에게 패했던 것이다.

조식은 형에 대해 불쾌한 추억이 적지 않았지만, 마음속으로는 언제나 존경하고 있었다.

소식을 들었을 때 그의 눈에서는 하염없이 눈물이 흘렀다. 사자가 물러간 뒤 조식은 소리내어 엉엉 울었다.

감국알자 방보(防輔)가 물었다.

"왜 사자 앞에서 통곡하시지 않으셨습니까?"

황제의 동생이 통곡했다는 소식이 조정에 알려지면 그만큼 이제부터의 입장이 유리해질 것이 아니냐는 물음이었다.

"처음엔 너무나 슬퍼 울음조차 나오지 않았소."

형의 죽음을 슬퍼하여 그가 지은 추도문이 남아 있다.

황초 7년 5월 7일, 대행황제(大行皇帝 : 아직 시호가 정해지지 않았을 때의 황제 칭호)께서 붕어하시다. 아아, 슬프도다. 이때 하늘이 울리고 땅은 놀랐으며, 산은 무너지고 이슬이 내렸도다!

이런 문장으로 시작된 글은 간절하게 슬픔을 나타내고 있다. 하지만 이 추도문의 밑바닥에는 피를 나눈 형제이면서 골육의 정을 노골적으로 나타내지 못하는 비애가 숨겨져 있었다.

문제가 임종에 즈음하여 뒷일을 부탁한 공신들 가운데 조식의 이름은 없었다.

오히려 조예가 즉위하고 나서 조식의 처리 문제로 말이 많았던 것 같다. 기록을 보면 조식은 조비가 죽은 해 준의(浚儀)라는 곳으로 옮겨졌다. 이듬해 다시 옹구로 돌아왔으나 그 이듬해 또 동아(東阿)로 옮겨졌다.

언젠가 그가 읊었던 시를 보면 '우차편'의 뿌리없는 쑥꽃 모양 이리저리 옮겨지는 신세였다.

태화(太和) 5년(231) 12월, 이듬해 정월을 기해 낙양으로 오라는 지시를 받았다.

이 무렵 조식은 천자에게 알현하기를 여러 번 청했다. 국정에 대해 친히 의견을 말하고 가능하다면 묘당에 서고 싶었던 것이다.

그러나 천자의 허락은 끝내 내리지 않았다. 조카인 조예가 거절한 것이 아니라 측근 중신들이 막았으리라.

조식은 영지로 돌아갔고 그 뒤로는 조정에 복귀할 희망을 버렸다.

그때는 제후의 나라에 대한 단속이 엄하여 왕부에 딸린 관원은 모두 그 고장 사람들로 겨우 글씨를 쓸 수 있을 정도였고, 군졸도 허리가 구부러진 늙은이들뿐으로 200명이 넘지 않았다.

더욱이 조식은 지난달 국법에 저촉되었다는 이유로 다른 제후의 반쯤밖에 대우를 받지 못했고 항상 옮겨지는 신세였다. 그는 41세로 병을 얻어 세상을 떠났지만 그의 문학만은 시대를 초월하여 영원히 남았다.

매인가 승냥이인가

"후궁의 숙원(淑媛), 소의(昭儀), 귀인(貴人) 들을 당장 자기집
으로 돌려보내라."

문제의 목숨이 떨어지기 전, 의식이 있을 때 남긴 마지막 말이 이
것이었다. 숙원, 소의, 귀인…… 이것은 모두 후궁 여자들의 위계
를 나타내는 칭호이다.

조조는 자기가 거느린 비첩(妃妾)을 후(后)·부인(夫人)·소의·첩
여(婕妤)·용화(容華)·미인(美人)의 여섯 계급으로 나누었다.

문제는 여기에 다시 귀빈(貴嬪)·숙원(淑媛)·수용(脩容)·순성(順
成)·양인(良人)을 덧붙였다.

조조의 후궁보다 조비의 후궁이 더 규모가 큰 셈이었다.

이런 이야기가 있다.

조조가 죽자 조비는 아버지의 후궁들을 모두 자기의 후궁으로 삼았
다. 그 조비가 죽음의 병석에 눕자 모후인 변 태후가 병문안을 갔다.

변 태후가 보니 궁전 여자들이 모두 조조에게 총애받던 낯익은 여
자들뿐이라 물었다.

“언제부터 여기 와 있었느냐?”

“무제(武帝 : 조조)가 돌아가신 날부터입니다.”

어머니 변 태후는 너무도 기가 막혀 말이 나오지 않았다. 마침내 변 태후는 조비에게 쏘아붙였다.

“개나 쥐도 네가 먹다 남긴 찌꺼기는 먹지 않으리라. 죽게 된 것
도 당연해!”

이래서 조비가 죽었을 때도 눈물 한 방울 흘리지 않았다고 한다.

그러나 이것은 한나라를 찬탈한 조비를 악인으로 만들기 위해 후세 사람이 만든 이야기이다.

조비는 자기가 죽고 난 뒤 후궁 여자들을 해방시킬 만큼 인간미가 있었다.

문제의 뒤를 이어 조예가 황제로 등극하니, 곧 명제(明帝)이다. 조예는, 자를 원중(元仲)이라 했다. 조조는 조예가 태어났을 때부터 그를 귀여워하여 언제나 그 옆에서 놓아주지 않았다. 조예는 대여섯 살 때부터 신동(神童)이라 할 만큼 재주가 뛰어났기 때문이다.

조조는 입버릇처럼 말했다.

“나의 제업(帝業)의 다음 다음은 너란다!”

그리고 조정의 연회나 회의 때 반드시 시신과 더불어 자기 측근에 있도록 했다.

조예는 독서를 끼니보다 좋아했고 마침내 넓은 지식의 소유자가 되었다. 특히 법률에 대해 깊은 관심을 가졌다.

그러나 소년 시절은 불행했다. 어머니 견락이 조비의 노여움을 사서 살해되었기 때문이다.

15세 때 겨우 무덕후(武德侯)에 임명되고 황초 2년에 제왕(齊王), 이듬해 평원왕(平原王)이 되었다. 그러나 황태자는 좀처럼 되지 못했다.

황초 7년 5월, 문제의 임종이 가까워서야 비로소 황태자가 되었고, 곧바로 천자로 등극했다.

그런데 조정 문무 백관들은 이제까지 조예와 별 접촉이 없었기 때문에 즉위 후 황제의 사람됨을 알고 싶어했다.

시중 유엽(劉曄)이 단 혼자 부름을 받아 오랜 동안 이야기를 나누었다. 사람들은 유엽이 나오기를 기다렸다가 일제히 물었다.

"어떠했습니까?"

그러자 유엽은 혀를 내두르며 말했다.

"진시황제, 한무제와 어깨를 겨룰 분이라고 생각되지만 재략(才略)은 좀 뒤질 겁니다."

문제는 6월, 수양릉(首陽陵)에 매장되었다. 국장이 있었던 날 조예는 수양산까지 따라가려 했지만 조진이나 진군이 간하는 바람에 단념했다.

이 점에 대해 조예는 후세의 비판을 받았다. 아버지 장례식에 참가하지 않은 것은 불효라는 것이다.

그러나 조진 등은 이런 이유를 들어 반대했다.

"예년에 볼 수 없는 혹서(酷暑)이옵니다. 옥체에 만일의 일이 있어서는 아니되옵니다. 폐하는 위나라에 소중한 분이시옵니다. 아무쪼록 자애하시기 바라옵니다."

그러나 불효는커녕 조예는 한 달이 넘는 국장 기간 동안 너무나 애통해한 나머지 건강이 극도로 나빠졌다.

조예는 즉위한 뒤 어머니의 원수를 갚았다.

그는 눈물이 글썽해져서 곽후에게 어머니 견씨가 죽었을 때의 사정을 이야기해달라고 끈질기게 졸랐다.

곽후는 마침내 이렇게 말했다.

"선황께서 몸소 죽이셨소. 그런데 지금 저를 들볶는다는 것은 이치에 닿지 않소. 사람의 자식으로서 이제 와서 새삼 돌아가신 선황을 채찍질하고 전의 어머님을 위해 죄도 없는 모후(母后)를 죽이는 일이 용서될 수 있겠소?”

곽후는 조비의 명령으로 어렸을 때 조예를 돌봐주었다. 그러나 조예는 마침내 곽후를 죽였다. 가신에게 명하여 견씨 부인 때와 똑같이 하라고 명했다. 시체의 머리를 풀어헤쳐 얼굴을 가리게 하고 그 입 안 가득 등겨를 채워 넣게 한 것이다.

이어 조예는 직접 정사를 처리했다.

종요(鍾繇)를 고문역인 태부로 삼고, 조진을 총대장군으로 삼는 한편, 조휴를 대사마로 하고, 화흠(華歆)을 태위, 왕랑(王朗)을 사도, 진군을 사공, 그리고 사마의를 표기대장군에 임명했다.

이때 사마의는 옹주와 양주를 지키는 장군이 비어 있었기 때문에 자청했다.

“될 수 있으면 이 두 고을의 병마권을 신에게 맡겨 주시기 바랍니다.”

조예는 사마의가 모든 장군들 가운데서 가장 뛰어난 인물이라고 아버지 조비로부터 듣고 있었기 때문에 곧 그를 옹주·양주 두 고을의 병마제독에 임명했다.

장안을 중심으로 하는 옹주는 촉나라와 국경을 맞대고 있다. 양주는 멀리 서쪽(지금의 몽골)에 있기는 했으나 이곳 군대는 강하기로 유명했다.

사마의가 옹·양 두 주의 제독이 되었다는 소식은 첩자에 의해 곧 촉나라 성도로 보고되었다.

그날 와룡호에서 낚싯줄을 드리우고 있던 공명은 말을 달려온 참군 마속으로부터 이 내용을 듣게 되었다.

공명은 마속의 눈길을 등 뒤로 받으며 침묵을 지키고 있더니, 갑자기 낚싯대를 채 올렸다.

걸려 올라온 것은 엄청나게 큰 잉어였다.

“승상!”

마속은 공명의 침묵에 몸이 달아서 불렀다.

"마 장군. 사마의는 이 잉어처럼 쉽게 사로잡힐 사람은 아니오. 그러나 그는 너무 서둘러 공을 세우려 하고 있는 것 같소."

"무슨 말씀이신지?"

"중달은 이 한두 해 안에라도 단숨에 우리 촉나라로 쳐들어와 이 공명을 무찌를 생각이겠지만, 아직은 너무 일러."

마속은 힘차게 말했다.

"그럼 거꾸로 그가 아직 강한 군대를 갖추기 전에 이쪽에서 공격을 가하는 것이 어떨까 싶습니다."

"마속."

"예."

"그대는 참군의 직책에 있지 않은가? 싸우지 않고 사마중달을 옹·양 두 주의 병마제독에서 쫓겨나게 할 계책은 생각해 낼 수 없는가?"

공명의 맑고 조용한 목소리에 마속은 문득 잠에서 깬 느낌이었다.

촉나라는 남만을 평정하고 돌아왔기 때문에 장수나 군사가 다같이 아직 피로가 가시지 않은 상태였다.

앞으로 1년 남짓 휴양이 절대 필요했다. 또 20세 미만인 청소년들을 훈련시켜 강한 군사로 만들어내야 했다.

"승상, 조예를 속여 사마의를 죽이게 만드는 것이 좋지 않을까요?"

"조예는 아직 20세이긴 하지만, 아주 총명하다고 들었다. 그러니까 사마의가 어느 정도의 인물인지는 알고 있을 것이다. 설사 속인다 해도 사마의를 죽이기까지는 하지 않겠지. 어쨌거나 사마의 중달을 지금의 제독 자리에서 물러나게 하는 것이 우리가 당장 해야 할 일이야."

"알겠습니다. 묘안을 짜 보겠습니다."

마속은 흥분한 목소리로 대답했다.

그로부터 한 달 남짓 지난 어느 날이었다.

위나라 도읍 낙양에서 수백 리 떨어진 업성(鄴城) 시내 한복판의 넓은 터에 밤 사이에 방이 나붙었다.

거기에는 다음과 같은 격문이 적혀 있었다.

표기대장군, 옹주·양주 병마제독 사마의는 삼가 천하에 포고하노라.

옛날 태조 무황제(武皇帝 : ^조_조)께서 나라를 세우신 뒤 진사왕(陳思王 : ^조_식)에게 뒤를 물려주려 하셨다. 그렇건만 간신의 참소에 의해 오래도록 세상에 묻혀 사신다. 지금 대위(大位)는 평원왕에게로 넘어가 있는데, 그는 아직 나이 어리고 덕이 없어 천하를 다스릴 사람이 못된다. 이런 어린아이가 대위를 더럽히고 있는 것은 태조의 유지에 어긋나는 일이다. 그러므로 나는 천명과 인심에 순응하여 군사를 일으켜 만백성의 소망에 부응하려 한다. 모든 백성들은 모름지기 새임금을 우러러 받들라. 따르지 않는 사람은 구족을 멸하리라.

이 얼마다 대담무쌍한 반역의 포고인가.

이 방은, 곧 낙양의 조예에게 올려졌다.

조예는 놀라 중신들을 불러 모았다.

"이것이 과연 사마의가 쓴 격문일까?"

중신들의 기색을 살폈다.

태위 화흠이 잘됐다는 표정으로 대답했다.

"지금 생각나는 것은 일찍이 태조 무황제께서 하신 말씀이옵니다. '사마중달은 너무 권모술수에 능하고 사람을 보는 눈초리가 먹이를 노리는 매나 승냥이를 닮았다. 그에게 병마의 대권을 맡겨서는 안 될 것이다. 뒤에 반드시 나라를 앗을 야망을 품게 될 것이다.'라고 하셨사옵니다. 그가 옹주와 양주의 수비를 자청하여 병마제독에 오르게 된 것도 실은 모반할 속셈에서 나온 것으로 생각되옵니다. 당장 이를 무찌르도록 하옵소서!"

뒤이어 사도 왕랑도 분명히 말했다.

"사마의는 어릴 때부터 병법을 배우고 군략을 닦아 군사(軍事)에 능통하여 제갈량보다 낫다고 항상 자부하고 있습니다. 이런 사람이 분수 밖의 야망을 품는 것은 당연한 결과인 줄 아옵니다."

소년 황제는 아무리 총명하다 해도 두 대신들이 똑같은 의견을 말하게 되자——

'……그럴까?'

의심이 갈 수밖에 없었다.

"경은 어떻소?"

조예는 대장군 조진에게 물었다.

"신은 두 분 대신의 의견과는 다르옵니다. 문황제(文皇帝 : 曹丕)께서 임종 때, 신 등 네 사람에게 폐하의 일을 부탁한다고 유언하신 것은, 사마중달도 또한 충성스러운 신하란 것을 아셨기 때문일 것이옵니다. 과연 중달이 그런 방을 붙였는지 그 진위를 아직 확인하지 못한 지금, 단순히 방만을 가지고 그를 역적으로 단정하는 것은 너무 이르지 않을까 생각하옵니다. 만일 폐하께서 친히 군사를 이끌고 그를 치게 되시면, 이는 도리어 그를 반역하도록 내모는 결과가 될 것이옵니다. 이 방은 어쩌면 오나라나 촉나라에서 우리 임금과 신하를 이간시켜 놓고 그 틈을 노려 쳐들어올 책략으로 꾸민 일인지도 모를 일이옵니다. 그러므로 가볍게 중달을 무찌르는 일만은 보류하는 것이 옳은 줄 아옵니다."

"그럼 어떻게 하는 것이 좋겠소?"

"다음과 같은 옛이야기가 있사옵니다. 한나라 고조가 천하를 평정한 뒤, 초왕 한신(韓信)이 모반했다는 비밀보고가 있었사옵니다. 고조는 진평(陳平)과 상의한 끝에 운몽(雲夢)이란 곳으로 놀러 나가, 그리로 제후들을 불러 모았사옵니다. 아무것도 모르고 온 한신을 잡고 보니, 그가 모반했다는 밀고는 전혀 거짓이었다는 것이 드러났사옵니다. 그러니까 폐하께서 안읍(安邑)으로 행차를 하시게 되면 사마의는 반드시 나와 맞을 것이옵니다. 그 태도를 보아 판단하는 것이 어떻겠사옵니까?"

"그게 좋겠군."

조예는 조진에게 낙양에 남아 나라 일을 보살피게 해두고, 어림군 10만을 거느리고서 안읍까지 갔다.

사마의는 자신에게 반역의 누명이 쓰여 있는 줄은 꿈에도 생각지 못하고 천자의 행차를 맞기 위해, 훈련된 군사 10여만을 이끌고 옹주 장안을 떠났다.

대군을 이끌고 마중나온다는 보고가 안읍에 도착하자, 군신들은 사마의의 모반이 틀림없다고 단정했다.

"신이 사마의를 무찌르겠습니다."

대사마 조휴는 10만 어림군에게 명령을 내리자, 군사들은 조수처럼 밀고 달려갔다.

한편 사마의 쪽에서는 한 발 앞서 가던 부하가 황급히 말을 달려 돌아와 보고했다.

"어찌된 일일까요? 대사마 조 장군께서 몹시 성난 모습을 하고 달려오고 있습니다!"

"글쎄?"

사마의는 고개를 갸웃했다.

어찌됐거나 사마의는 거느린 군사들을 길 옆에 엎드리게 하고 기다렸다. 거기에 도착한 조휴가 성난 목소리로 드높이 꾸짖었다.

"중달! 선제로부터 유조를 받은 몸으로서 반역을 꾀하다니, 무슨 짓인가!"
"도대체 무슨 말씀을 하십니까?"
사마의는 어이가 없어 조휴를 쳐다보았다.

길 옆에 무릎을 꿇은 사마중달은 날카로운 눈길을 들어 올리며 소리쳤다.
"대사마! 우리 위나라에 이 사마의를 빼고 군략에 능통한 사람이 한 명이라도 있습니까?"
"그게 무슨 뜻인가?"
조휴는 얼굴을 실룩거렸다.
"이 격문이 촉나라 첩자의 이간책이란 것을 내다본 사람이 대궐 안에 한 사람도 없다는 것은 너무도 한심합니다. 필시 제갈공명이 직접 손을 쓰지 않고서 우리 군신 사이를 떼어놓으려고 꾀한 것이 틀림없습니다. ……내가 직접 배알하여 폐하께 알리겠습니다."
사마의는 거느린 군사를 그곳에 기다리게 해두고, 혼자 말을 달려 안읍 행궁으로 가서 나이어린 황제 앞에 머리를 조아렸다.
"폐하께옵서는 아직 나이 젊으시므로 가까이 모시는 신하들의 의견에 따르시는 것이 당연한 일인 줄 아옵니다. 그러나 신 사마의는 선제의 유촉을 받은 신하의 한 사람이옵니다. 신이 어찌 두 마음을 품으오리까! 이것은 촉나라 승상 제갈량의 간계임이 틀림없사옵니다. 신에게 2년의 세월을 주시면 반드시 촉나라를 무찌른 다음 곧 오나라까지 쳐 없애겠사옵니다. 바라옵건대 의심을 거두어 주옵소서."
그러나 천자는 좋다 나쁘다는 대답이 없었다.
태위 화흠이 의견을 말했다.
"중달은 이렇게 말하고 있지만, 태도와 말로는 어떻게든지 충성을 보일 수 있는 일입니다. 참으로 중달이 촉나라와 오나라를 쳐

없앨 결심을 하고 폐하의 은혜에 보답할 충성을 품고 있다면 뒷날을 기다려도 늦지는 않을 것입니다. 지금은 중달에게 대군을 맡길 때가 아닌 줄로 아옵니다."

왕랑도, 조휴도 그 의견에 찬성했다.

대장군 조진만은 사마의를 의심하지 않았지만 그도 굳이 이 결정에 반대하고 나서지는 않았다.

이리하여 사마의는 결국 옹·양 두 주의 병마제독에서 물러나게 되었다. 그 자리에는 조휴가 들어앉았다.

죄수처럼 경비병의 호위 속에 낙양으로 돌아오면서 사마의는 탄식했다.

'……공명은 이 소식을 들으면 잘됐다 하고 속으로 웃겠지. 아마 지금이다 하고 공명은 위나라로 쳐들어올지도 모른다.'

한편 이해 8월 손권이 병을 움직여 강하(江夏)를 공격했다.

손권의 계산으로는 조비가 죽어 위나라에 큰 혼란이 있다고 본 것이다.

이때 강하태수는 문빙(文聘)이었다.

문빙은 본디 유표의 부하였다. 유표가 죽고 아들인 유종이, 침공해 온 조조에게 항복했을 때 문빙은 행동을 함께 하지 않았다.

조조가 한수(漢水)를 건너자 겨우 모습을 나타냈다.

조조는 그에게 힐문했다.

"중업(仲業), 늦지 않은가? 어째서 늦었는가?"

항복이 늦었다는 뜻이다.

"형주의 유씨를 보필하지 못하여 양양을 잃었지만, 어떻게든 돌이켜 보려고 여러 가지로 힘써 보았기 때문입니다. ……지금은 만 가지 계책이 다 틀어져 이렇게 장군을 찾아왔습니다."

문빙은 정직하게 말했다.

말하자면 어디까지나 당신에게 저항하려 했다고 말한 것이다.

조조는 그 정직한 성품을 사랑했고 그 뒤로 요직에 등용했다. 관우 토벌에도 전공이 있어 토역장군(討逆將軍)이라는 칭호를 받았다. 그 뒤 강하태수로 나갔다. 오나라와의 국경 가까운 곳으로 최전선 군사령관직이다. 그에 대한 조조나 조비의 신임이 얼마나 두터웠는지 알 만하다.

조예도 문빙을 신임했다. 과연 문빙은 손권군을 격퇴하고 강하를 굳게 지켜냈다.

손권은 강하뿐 아니라 양양 방면에도 병을 보냈다. 오나라 장수는 제갈근과 장패(臧霸)였다.

이때 사마의는 이 방면에 파견되어 있었다. 그는 크게 오군을 무찌르고 장패의 목을 베었다. 제갈근은 패주했다. 사마의는 이 전승으로 자기의 결백을 증명하고 조예의 신임을 다시 받게 되었다.

명제는 이렇듯 아버지 조비가 죽은 첫해를 무사히 넘기고 이듬해 정월 태화(太和)라고 개원했다.

한편 촉나라 서울 성도에서는 제갈공명이 승상부 안쪽에 있는 초당에서 늘 고독한 나날을 보내고 있었다. 와룡호에서 낚싯줄을 드리우는 일도 드물어졌다. 그것은 가슴병을 치료하는 한편, 내정에 심혈을 기울이고 있었기 때문이다.

촉나라에는 그 즈음 문무 모든 분야에 뛰어난 인재들이 즐비했다.

건흥 5년(227) 정월, 제갈량은 일대 인사를 단행했다.

시중(侍中)으로는 곽유지(郭攸之)·동윤(董允)·비위(費褘)
어림군대장에 향총(向寵). 참군에 장완(蔣琬)
승상부의 보좌관직인 장사(長史)에 장예(張裔)
간의대부에 두경(杜瓊)

상서에 두미(杜微)와 양홍(楊洪)
좨주(祭酒)에 맹광(孟光)과 내민(來敏)
박사에 윤묵(尹默)과 이선(李譔)
비서에 극정(郤正)과 비시(費詩)
태사에 초주(譙周)

이상이 내정을 관장하는 주된 문관 인사였다.
무관 인사는 다음과 같았다.

양주자사 위연
전군도독 장익
아문장(牙門將) 왕평
후군영병사 이회(李恢), 그 부장(副將)에 여의(呂義)
좌군영병사 마대, 그 부장에 요화(廖化)
우군영병사 마충과 장의
행군중사 유염(劉琰)
중감군(中監軍) 등지(鄧芝)
중참군 마속·원침(袁綝)·오의(吳懿)·고상(高翔)·오반(吳班)·양
의(楊儀)·유파(劉巴)
전호군 허윤(許允)
좌호군 유민(劉敏)
우호군 상관옹(上官雝)
행참군 호제(胡濟)·염안(閻晏)·찬습(爨習)·두의(杜義)
종사 번기(樊岐)
전군서기 번건(樊建)
승상령사(丞相令史) 동궐(董厥)
장전좌호사(帳前左護使) 관흥(關興)

장전우호사 장포(張苞)

공명이 문무백관들에 대한 인사를 공표하자 막하에서 큰 소리가 울렸다.

"승상, 한 사람만은 잊은 것이 아닙니까?"

그것은 조자룡이었다.

유현덕이 군사를 일으켰을 때부터 생사를 함께 해 온 무장 중 살아남은 단 하나의 용장이다.

공명은 웃으며 대답했다.

"장군, 만일 이 공명이 내일이라도 이 세상을 뜨는 일이 있다면 누가 나를 대신해서 폐하를 도와드리겠소. 그야 물론 장군이 아니겠소."

얼굴은 웃고 있으나 말만은 엄숙했다.

"아아!"

자룡은 무심중 고개를 숙였다.

밤이 되어 승상부로 돌아온 공명은 혼자 초당 책상 앞에 앉았다. 공명의 표정은 대궐에 있을 때와는 딴 사람처럼 어두웠다.

'……승상의 자리는 나를 대신할 자룡이 있다. 그러나 중군을 이끌고 위나라나 오나라 대군과 승부를 겨룰 수 있는 총대장감이 오늘 임명한 장군들 가운데 있을까? 위연? 아니지, 장익? 그도 아니다! 왕평·이회·여의·요화·유염…… 삼군을 자유자재로 움직일 수 있는 그릇은 못된다. 그래도 그 중 마속이 돋보이기는 하나, 그는 자신의 공을 세우기 위해서는 동료를 무시해 버리는 나쁜 버릇이 있다. 도저히 전군의 지휘를 맡길 수는 없다.'

문무관을 훌륭히 갖추었다고는 하지만 제갈공명에 견줄 만한 총지휘자가 없었던 것이다. 위나라에는 사마의가 있고, 오나라에는 육손이 있다.

이 둘과 싸워 이길 만한 인물이 촉나라에는 없는 것이다.

'……만일 내가 위나라를 쳐서 없애기 전에 쓰러진다면 촉나라는 어찌될 것인가?'

그 결과는 뻔했다.

"승상."

회랑에서 부르는 소리에 공명은 어두운 생각에서 깨어났다.

조자룡이 갑자기 찾아온 것이다.

"방해가 안 될는지요?"

"잘 오셨소."

두 사람은 마주앉았다.

자룡은 가만히 공명을 바라보며 물었다.

"드릴 말씀이 있습니다. 승상께서는 언제 위나라를 치실 작정이십니까? 언제 출전을 포기하게 되는지요?"

이 지성스런 장군은 일찍이 한 번도 공명에게 주제넘는 질문을 한 일이 없었다. 언제나 겸손했고, 어떤 명령이라도 거역한 일이 없었다. 지시만 떨어지면 설사 그곳이 죽을 곳이라 해도 묵묵히 달려가 귀신같이 활약했다.

공명은 대답하지 않았다.

희미한 등잔불 속에서 공명은 조자룡의 좌우에 희미한 사람 그림자가 떠오르는 것을 문득 보았다.

'……오오!'

공명은 마음속으로 외쳤다.

'관우, 장비, 황충, 마초.'

촉나라를 세우기 위해 자신을 돌보지 않고 사력을 다해 귀신보다 더한 활약을 한 오호대장(五虎大將) 중 이 세상을 떠난 네 사람이 지금 수호신이 되어 나타난 것이다.

"장군. 우리 촉나라 오호대장 가운데 지금 살아 있는 분은 장군 혼자로군요."

자룡은 고개를 끄덕이며 말했다.

"그렇습니다. 저 혼자 남았습니다. 그러나 지금 승상 밑에는 위연을 비롯해 쟁쟁한 장수들이 있습니다. 그리고 또 관흥·장포와 같은 젊은 무장들이 그 아버님의 이름을 부끄럽지 않게 용맹을 보이고 있습니다."

"장군은 위나라를 쳐서 없앨 때가 왔다고 보오?"

공명이 물었다.

"지금이 바로 좋은 시기인 줄 압니다. 소장은 승상께서 출전 포고하는 날을 오늘인가 내일인가 하며 기다리고 있습니다. 그런데 전혀 소식이 없기 때문에 조바심이 나서 안절부절 못하던 중, 오늘 문무백관에게 저마다 직책을 맡기시는 걸 보고, 마침내 위나라 정벌군을 일으키는 줄로 생각했습니다."

공명은 잠시 침묵을 지키다 물었다.

"장군, 우리는 싸움터에 시체를 버릴 운명을 타고난 사람이지만, 앞으로 몇 해나 더 살 수 있을지 수명을 헤아릴 수 있겠소?"

자룡은 얼른 대답을 못한 채 공명을 마주 바라보았다.

"언젠가 와룡호에서 돌아오던 도중 내가 장군께 물은 적이 있었지요. 지금 폐하에 대해 장군은 어떻게 생각하느냐고."

"예, 그랬습니다."

"그때 장군은, 폐하는 아직 나이가 어리니까 승상의 보필과 교육 여하에 따라서 영걸이 될 수 있을 거라 생각한다고 대답하였소. 그러나 장군은 실상 마음에도 없는 말을 한 것 아니오? ……장군, 장군에게만은 내가 솔직히 말하리다. 우리 둘이 죽고 난 다음 촉나라는 30년을 더 보존하기 어려울 거요."

후주 유선은 현덕에 비하면 그저 평범한 인물에 불과했다. 그런 천자를 받들고 중원을 정복하여 옛 서울 낙양에 새로운 한나라 조정을 세운다는 것이 얼마나 어려운 일이겠는가.

공명은 벌써 알고 있었다.

이번에 조비의 뒤를 이어 3대째 위나라 황제가 된 조예는 나이 겨우 20세이지만 아주 총명하다는 것을 알고 있었다. 그야말로 장래의 큰 그릇으로 생각되었다.

"장군."

"예?"

"우리 폐하께서 위나라를 무찔러 없애고 낙양에 행차하시는 그날까지 장군도 그리고 나도 살아 있었으면 하오."

"승상!"

자룡은 그런 불길한 소리에 무심코 큰소리를 질렀다.

그때였다.

남쪽 창문 밖에서 사람의 기척이 났다.

"괜찮다."

공명이 소리치자 봉서가 하나 던져졌다. 공명이 위나라에 보냈던 첩자가 돌아온 것이다. 공명은 그것을 집어들고 펴 보았다.

읽고 난 공명은 조용히 말했다.

"장군, 출전이 머지않은 것 같소."

"오오! 출전!"

"옹주·양주 병마제독으로 있던 사마중달이 반역을 꾀한다는 혐의를 받고 관직에서 쫓겨나 낙양에 머물다가 지금은 형주에 가 있다고 하는구려. 이 기회에 위나라를 치는 겁니다."

공명은 힘찬 목소리로 분명히 말했다.

조자룡이 기뻐하며 물러간 뒤, 공명은 두 시간 남짓 더 책상에 기대어 깊은 생각에 잠겼다.

중원으로 군사를 거느리고 나가 어떤 전략으로 위나라 군사를 칠 것인가! 공명의 머릿속에는 차례로 갖가지 전략과 전술이 떠올랐다. 그러나 어느 것도 만족스럽지 않았다.

그러던 중 공명은 문득 한 사람의 잘생긴 젊은이의 모습을 생각해 냈다.

3년 전 봄이었다. 와룡호에 낚싯줄을 드리우고 있는 공명을 노렸던 자객——천수군 기현 출신으로 천수군(天水郡) 태수 마준의 가신인 강유(姜維), 자는 백약(伯約)이라고 밝힌 젊은이였다.

'그렇다!'

공명은 혼자 고개를 크게 끄덕여 보였다.

——공명이 지금까지 만난 사람 가운데, 첫눈에 이 사람이면 장차 대군을 이끌고 귀신같은 전략을 쓸 수 있을 큰 그릇이 될 것이라고 직감한 것은 오직 그 강유뿐이었다.

뿐만 아니라 공명은 그 젊은이가 언젠가는 위나라를 버리고 촉나라 장수가 되리라고 예감했었다.

'책략으로 그 강유로 하여금 위나라를 버리게 한 다음, 이 공명의 뒷일을 부탁할 수 있는 사람으로 만들 수 없을까?'

3년 전 자기 생명을 노린 강유를 용서하고 놓아준 은혜를 그가 잊지는 않았을 것이다.

그렇다고 밀서 한 통 보내는 정도로 강유가 위나라를 버리고 촉나라 신하가 되지는 않을 것이다.

공명은 책상 위에 있는 은방울을 울렸다.

뜰 끝에서 대답이 들렸다.

"예, 대령했습니다."

사마의가 파면된 것을 적은 밀서를 가지고 돌아온 첩자였다.

"너는 지금 곧 천수군으로 달려가라."

"예에?"

"태수 마준의 휘하에 강유라는 청년이 있다. 그의 신분과 가정 형

편과 지금 어떤 지위에 있는가를 자세하게 조사해 오너라.”
“알았습니다.”
“급하다.”
“닷새 뒤에는 반드시 돌아오겠습니다.”
첩자는 달빛이 비추는 밤길을 천수군을 향해 쏜살처럼 달렸다.

출사표(出師表)

호북성의 서북부는 하남(河南), 섬서(陝西), 사천(四川)의 세 성이 경계선을 잇대고 있는 지방이다. 지금은 죽산현(竹山縣)이라고 되어 있지만 그때에는 그 일대를 상용군(上庸郡)이라고 했다.

상용은 본래 맹달(孟達)이 다스렸다.

맹달은 본디 촉나라 유장의 가신으로, 유장이 한중 토벌을 위해 유비 현덕을 맞아들일 때 그 사자로 갔었다. 그때 부사(副使)는 이미 죽은 법정이었다.

관우가 오·위 연합군의 공격을 받아 번성에서 고전하고 있을 때 맹달은 구원 요청을 외면했다.

"이 일대의 주민은 새로이 귀순한 자들이어서 병을 다른 곳으로 옮기면 동요되어 다시 배반할지 모른다."

이런 이유로 맹달은 움직이지 않았다. 만일 이때 맹달이 구원병을 보냈다면 관우는 패하더라도 목숨만은 건졌을지도 모른다.

그런데 문제는 관우에 관한 것이라 유비가 냉정을 잃은 데서 발단되었다. 그것은 무모한 복수전을 일으켜 패배하는 결과로 이어졌다.

맹달은, 유비가 격노했다는 것을 알자 부하를 이끌고 위나라에 항복했다.

이리하여 촉한은 상용을 잃었고 위나라는 힘들이지 않고 그것을 손에 넣었다.

맹달은 미남자였다. 위나라 문제 조비는 남색(男色) 취미도 있어 맹달을 파격적으로 건무장군(建武將軍) 평양정후(平陽亭侯)에 봉한 후 방릉(房陵)·상룡·서성(西城)의 군을 합쳐 설치한 신성군(新城郡)의 태수로 임명했다.

투항자를 우대하는 것은 조조 시대부터 위나라 정책이었지만 맹달의 영달은 상식을 벗어난 것이었다.

맹달은 문제의 총애를 한몸에 받았다.

총신은 남의 시기를 받기 쉽다. 맹달은 민감했기 때문에 그것을 잘 알고 있었다.

문제가 죽자 맹달은 새삼 가시방석에 앉은 느낌이 들었다. 그는 위나라의 가신이라기보다 문제 개인의 부하라고 할 존재였다.

문제가 죽고 난 지금 과연 세 군을 합친 광대한 영토를 무사히 유지할 수 있을까?

"앞날이 불안하구나."

맹달은 남모를 한숨을 내쉬고 있었다.

아득하게 떨어진 성도에서 제갈공명은 맹달의 한숨섞인 소리를 들을 수 있었다. 물론 마음의 귀로 들었던 것이다.

공명에게는 불구대천의 원수인 위나라에 관한 정보가 자세히 수집되고 있었다. 그것을 분석하자 맹달의 마음 움직임을 세세히 알 수 있었던 것이다.

공명은 맹달에게 편지를 보냈다.

장군이 건안 24년 싸움에서 번성에 구원군을 보내지 않았던 것

은 공평하게 보아 병법의 정도(正道)라고 생각합니다. 적은 위·
오의 연합군이었던만큼 가령 장군이 상용의 전군을 이끌고 구원
하러 달려가도 이기기는커녕 관운장을 구출할 수도 없었겠지요.
더욱이 상용을 비우게 되면 반드시 그 틈을 노려 고장의 호족이나
산적 무리 따위에게 성을 앗겼을 거라고 생각됩니다. 그러므로 상
용의 군을 움직이지 않은 장군의 판단은 매우 정확했다고 하지 않
을 수 없습니다.

관운장 전사 후 장군께서 위나라에 항복한 일에 대해 우리 촉나
라에서도 뜻밖에 동정론(同情論)이 많다는 걸 알고 계신지요? 아
무튼 선제(先帝)와 관운장은 의는 군신이지만 정은 형제 이상이
었소. 선제께서는 동생을 잃은 비탄으로 잠시도 침착하게 계실 수
없었던 것입니다. 격노한 끝에 장군을 주살할 거라는 것은 누구라
도 추측할 수 있었습니다. 재난을 피하는 것은 현인이 택하는 길
입니다. 옳은 판단 아래 행동했고 그것도 목숨을 앗기게 되는만큼
장군이 촉나라를 이탈한 것은 당연했습니다. 또한 이 난세에서는
한두 군데의 영지로 자립하기란 불가능합니다. 어느 쪽이든 큰 진
영의 산하에 들어가야 합니다. 위치 관계로 장군이 위나라를 택할
수밖에 없었던 것은 누구나가 알고 있는 일입니다.

위나라에 속한 뒤에 장군은 조비의 신임을 얻었습니다. 아니,
솔직히 말해서 그것은 신임이라 하기보다 총애였습니다. 그 때문
에 위계(位階)는 올라갔지만 위나라 가신들의 질투를 샀다는 것
은 현명하신 장군이라 일찍부터 눈치채고 계셨으리라 짐작합니다.

어떻게 하시렵니까?

일은 군주 한 사람의, 인간으로서의 애증(愛憎)에서 비롯되었
습니다. 장군을 사랑한 위나라 조비는 이미 죽었고 당신을 미워한
촉나라 선제도 이 세상 분이 아닙니다. 장군은 위나라에서 사랑을
잃고 촉나라에선 미움을 잃은 것입니다.

장군을 맞아들이는 데 있어 우리 촉나라에는 아무런 장애도 없습니다. 언제라도 장군을 받아들일 수 있습니다. 어쩔 수 없는 사정으로 집을 나간 가족을 따뜻하게 다시 맞아들이듯.

위나라 속사정이 성도에 있는 저의 귀에도 곧잘 들려옵니다. 좋고 싫어하는 감정이 남다르게 심했던 조비의 인사 배치는 아들 대에 이르러 뿌리부터 뒤바뀌고 말겠지요. 새로이 귀순한 장군의 이례적 영달은 조씨 누대의 가신들 눈에는 악으로 비치겠지요. 그들은 선대 조비의 인사를 잘못이라고 지적하기를 꺼려 하고 그 대신 등용된 장군의 존재를 악이라 하며 비난 공격의 화살을 보낼 것이 틀림없습니다.

장군은 머지않아 그들의 욕설과 분노에 둘러싸이고 말 것입니다. 그와 같은 상태 속에서 장군의 생명이 언제까지 안전할 수 있을까요? 아무도 보장하지 못합니다. 이 점 깊이 생각하십시오. 거듭 말하겠습니다. 선제가 세상을 떠난 지금의 촉나라는 활짝 대문을 열고 오랜 동안 소식 모르던 가족 하나를 맞듯 환호성을 올리며 장군을 맞이할 것입니다. 장군은 선대부터 촉나라 가신이었습니다. 친한 친구나 친척이 촉나라에 많이 있습니다. 그들도 장군의 복귀를 진심으로 바라고 또한 기다리고 있습니다.

공명은 피로가 한꺼번에 밀어닥쳐, 일어서는 순간 몸이 휘청했다. 현기증도 덮쳤다.

'……넘어져서는 안 된다!'

'……관운장, 장익덕……바라건대 나를 지켜 주오. 앞으로 10년만 더 살아 있게 해주오!'

공명의 이런 긴 편지를 앞에 펴놓은 채 맹달은 깊은 생각에 빠졌다. 그의 아버지 맹타(孟他)는 양주(涼州)에서 촉나라로 옮겨 유언

(劉焉)을 섬겼다. 그리하여 그는 유언의 아들 유장을 섬겼고 유장에게서 촉나라를 물려받은 유비 아래 속하게 되었던 것이다.

새로이 촉나라에 온 유비의 가신들보다는 이 고장에서 훨씬 고참이었다. 따라서 친구, 친척, 아는 이가 많다. 그 하나 하나의 얼굴이 떠오른다.

맹달이 팔짱을 끼고 있을 때에, 낙양에서 심복 부하가 돌아와 새 조정의 움직임을 보고했다.

"신성에 대한 평판은 별로 좋지 않습니다. 시샘하는 자가 많은 터라……."

"그럴 테지. 누대로 내려온 가신이면서도 선제로부터 소외당해 평소 불만을 품고 있던 자도 많았으니까……."

맹달은 불쾌한 보고를 들으면서 눈길을 물끄러미 공명의 편지에 떨어뜨렸다.

'……장군의 복귀를 진심으로…….'

이런 글귀가 맹달의 눈에 아른거렸다.

낙양의 분위기는 맹달이 예상했던 것보다 훨씬 나빴다.

"그게 무엇이옵니까?"

주인이 눈길을 떨어뜨리고 있는 것을 보고 낙양에서 돌아온 심복이 물었다.

"성도에서 편지가 왔다."

"성도의 어느 분에게서요?"

"공명일세."

"호오, 승상님의…… 대체 어떤 내용이옵니까?"

"읽어보게."

맹달은 편지를 밀어주었다.

"복귀 권유를 해왔어. 이 편지에 대해 그렇지 않아도 자네하고 의논하고 싶었네."

심복 부하는 책상으로 다가와서 공명의 편지를 읽었다.
맹달은 그가 읽고 나기를 기다렸다가 물었다.
"어떻게 하면 좋겠나?"
"저에게 맡겨 주십시오."
심복 부하는 얼굴을 들자 진지한 표정으로 말했다.
맹달은 크게 끄덕였다.

앞에서도 말했지만 조비가 죽은 해, 오나라는 몇 차례 위나라를 집적거렸다. 결국 그때마다 격퇴당했을 뿐이다. 그러나 촉은 쥐죽은 듯이 잠잠했었다.
——이 기회를 틈타!
속전론도 있었지만 승상인 제갈공명이 그것을 눌렀다.
"조비가 죽었다고는 하나 위나라가 초강대국임에는 변함이 없다. 경거망동하면 상처를 입는 것은 우리 쪽이다."
공명의 말처럼 경솔히 쳐나간 오나라는 그때마다 적지 않은 손실을 입었다.
그동안 촉나라는 닥쳐올 위나라와의 전쟁을 위해 준비를 갖추는 데 전념했던 것이다. 준비는 비단 군사상의 문제뿐이 아니다. 외교와 모략, 첩보도 포함돼 있었다. 오나라와의 관계를 잘해 두지 않으면 안 된다. 외교와 함께 모략전 준비도 게을리하지 않았다.
신성의 맹달에게 권유 편지를 보낸 것도 이런 모략전의 하나였다.
드디어 제갈공명은 유선 황제에게 올리는 출사표(出師表)를 썼다. 제갈공명이 피로한 몸을 이끌고 새로운 결심으로 심혈을 기울여 쓴 출사표!

신(臣) 양은 삼가 아뢰옵니다.
선제(先帝)게옵서 창업을 못다 이루신 채 중도에서 돌아가시고 이제 천하는 삼분(三分)되어 익주(益州)는 피폐하니, 이는 진실로 나라의 흥망이 달린 위급한 때이옵니다. 그러하오나 모시는 신하가 안에서 게으르지 않삽고 충성되고 뜻있는 선비가 밖에서 자기 한 몸을 잊음은 다 선제께 받자온 남다른 돌보심을 폐하게 갚고자 함이옵니다. 진실로 어진 이의 말에 귀를 기울이시와 선제의 유덕을 빛나게 하시고 뜻있는 선비의 기운을 넓히실 것이요, 함부로 스스로를 낮추어서 부질없는 비유를 들며 의를 잃음으로써 충성스러운 간언을 막으시면 아니 될 것이옵니다. 대궐과 승상부는 다 한 덩어리이니, 어진 이를 올리고 잘못된 사람을 벌함에 마땅히 같고 다름이 없게 하시옵소서. 농간을 부리고 죄를 범하는 자가 있거나 충성되고 착한 일을 하는 이가 있을 때에는 마땅히 유사(有司)에게 분부하사 그를 형벌하고 상 줌으로써 폐하의 공평하고 밝은 다스림을 밝히셔야 하오며, 편벽되어 한쪽에 기울어져 안팎의 법을 다르게 하여서는 아니 될 것이옵니다. 시중(侍中)·시랑(侍郎)의 곽유지(郭攸之)·비의(費顗)·동윤(董允) 등은 모두 어질고 알찬 사람들이라 뜻이 밝고 생각이 순하므로 선제께옵서 이를 뽑으시어 폐하께 올리셨사옵니다. 궁중의 일은, 일의 크고 작음을 가릴 것 없이 물으신 다음에 행하시오면 반드시 능히 모자람을 돕고, 새는 것을 막아 실로 널리 이익됨이 있을 것이옵니다. 장군 향총(向寵)은 성품이 밝고 행실이 바르며 군사에 통하여, 지난날 처음 쓰실 때 선제께옵서 일컬으시기를 능하다 하신지라, 이로써 중의(衆議)가 향총을 천거하여 도독(都督)을 삼은 것이오니, 군사에 관한 일은 일의 크고 작음을 가릴 것 없이 모두 물어보시면 반드시 능히 행진(行陣)을 화목케 하고 우열이 바름을 얻게 되리라 생각하옵나이다. 어진 신하를 가까이 하고 소인을 멀리함이 곧 전한(前漢)을 흥륭케 했고, 소인을 가까이 하고 어진 신하를 멀리함이 후한(後漢)을 쇠잔케 하였으며, 선제께옵서 매양

신과 더불어 이 일을 말씀하옵실 때, 일찍이 환제(桓帝)·영제(靈帝)를 탄식 통탄하옵시지 않으신 날이 없었나이다. 시중(侍中 : 郭攸之·費褘), 상서(尙書 : 陳震), 장사(長史 : 張裔), 참군(參軍 : 蔣琬)은 모두가 곧고 바른 사절(死節)의 신(臣)이오니, 바라옵건대 폐하께옵서는 이들을 믿사옵고 가까이 하옵시면, 곧 한실(漢室)의 흥륭을 가히 손꼽아 기다릴 수 있으실 것이옵니다.

신은 본디 한낱 백성이라, 몸소 남양 땅에서 밭을 갈아 어지러운 세상에 생명이나 구차이 보전하려 했삽고, 제후에게 알려져서 영달이 오기를 바라지 않았삽더니 선제께옵서 신의 낮고 더러움을 가리지 않으시옵고 황공하옵게도 스스로 몸을 굽히시와 초려로 세 번이나 신을 찾으시고 당세의 일을 신에게 하문하시옵는지라 감격한 나머지 드디어 선제를 위하여 몸을 바치기로 결심하였사옵니다. 기우는 때를 만나, 싸움에 패한 시기에 책임을 맡고 위태롭고 어려운 사이에 명을 받자온 이래로 스물하고도 또 한 해라, 선제께옵서 신이 조심하고 삼감을 아옵시는지라, 돌아가실 때 신에게 큰일을 부탁하옵시니, 명을 받자온 뒤로 밤낮으로 근심하고 탄식하옴은 부탁하심을 보람없이 하여 선제의 밝으심을 상할까 두렵사와 3월에 노수(瀘水)를 건너 깊이 불모의 땅까지 들어갔삽더니, 이제 남쪽이 이미 평정되옵고 병장기가 또한 넉넉한지라, 마땅히 삼군을 이끌고 북쪽으로 중원을 평정할까 하옵나이다. 힘 자라는 데까지 어리석은 이 몸을 채찍질하여 간흉을 무찌르고 한실(漢室)을 다시 일으켜서 옛도읍에 돌아가고자 하오니, 이는 신이 선제께 보답하옵고 폐하께 충성을 바치는 길이옵기 때문이옵나이다. 손해와 이익을 헤아려서 충언(忠言)을 다 아뢰옴은 곧 곽유지·비위·동윤 등의 맡은 바이옵니다. 바라옵건대 폐하께옵서는 도적을 치고 나라를 일으키는 소임을 신에게 맡기사, 이를 이루지 못하면 신의 죄를 다스리시와 선제의 영 앞에 고하옵고 유지·의·윤 등의 허물을 꾸짖으시옵고 그로써 그 게으름을 밝히시옵소서. 폐하께옵서도 또한 마땅히 스스로 하셔야 할 착한 길을 물으시옵고, 옳은 말을 받아들이시기 힘쓰시와, 깊이 선제의 유조를 따르시옵소서. 신은 은혜를 받자온 감격을 이기지 못하여, 이제 멀리 떠남에 있어서 글을 올리려 하옴에 눈물이 앞을 가리어 이를 바를 알지 못하옵나이다.

이 출사표는 너무나도 유명하다.

'표(表)'는 신하가 주군에게 사리를 밝혀 올리는 글이란 뜻이다.

이것은 공표되는 것이 원칙인 바, 이 점에서 극비로 처리되는 주(奏)와는 다르다.

출사표에는 공명의 모든 것이 들어 있었다. 이 출사표는 예부터 읽고서 울지 않는 자는 사람이 아니라고 일컬어질 정도였다.

후주 유선(劉禪)도 이제 20세가 되었다. 이미 어린 주군이라고는 할 수 없었다. 하지만 인간적으로 문제가 있는 인물이었다.

아버지가 너무 위대한 탓이었는지 그는 자신감이 결여되어 있었다. 그 자신 없음을 은폐하기 위해 되지도 않는 말로 상황을 얼버무리는 일이 많았다.

강적 위나라와 싸우는 마당이다. 총사령관 제갈공명은 어쩌면 살아서 돌아올 수 없을지도 모른다.

따라서 이 출사표는 황제에게 올리는 공명의 유언이기도 했다. 황제가 정신을 차리지 않으면 큰일이다.

'……신은 은혜를 받자온 감격을 이기지 못하여 이제 멀리 떠남에 있어서 글을 올리려 하옴에 눈물이 앞을 가리어 이를 바를 알지 못하옵니다.'

출사표는 위의 말로 맺어지고 있다. 공명은 불초 청년 황제가 걱정되어 견딜 수 없었던 것이다.

　2천 년 뒤까지 계속 읽히며 전해져온 이 〈출사표〉는 건흥 5년 3월 10일 새벽녘에야 다 씌었다.
　붓을 놓고 공명은 두 눈을 감았다.
　‘글을 올리려 하옴에 눈물이 앞을 가리어’라고 쓰고 있지만, 그 감은 눈꺼풀 속은 메말라 있어 눈물이 흘러나오지 않았다.
　공명은 가슴 속으로 울고 있었던 것이다.
　“승상……”
　칸막이 저쪽에서 마현이 조심스럽게 불렀다.
　“왜 그러느냐?”
　“차를 올릴까요?”
　마현은 하룻밤 내내 그곳에 앉아 있으면서, 공명이 무엇인가 쓰고 있다는 것을 알고, 그 일이 끝나기만을 기다리고 있었던 것이다.
　“한 잔 마실까.”
　“예에!”
　마현이 정성들인 차를 가지고 와서 탁자에 놓자, 공명은 한 모금 마시고 나서 말했다.
　“이렇게 맛있는 차는 처음인 것 같구나.”
　“황공하신 말씀이십니다.”
　“네 덕택에 나는 차 잘 달이는 첩이 없어도 되겠어.”
　“승상님! 소원이 한 가지 있습니다.”
　“뭐냐?”
　“저를 군졸의 한 사람으로 북벌군에 참가케 해 주십시오.”
　마현의 아버지 마초는 촉나라 오호대장의 한 사람이었고 일찍이 가맹관에서 조조를 궁지로 몰아넣었던 만부부당의 용장이었다.
　마현은 죽은 아버지와 같은 장군이 되겠다는 결심을 하고 있는 것이 틀림없었다.
　“너는 올해 몇 살이지?”

"열여섯 살입니다."

공명은 감개무량한 눈길을 허공으로 보냈다.

"……내가 열여섯 살 때는 일곱 마리의 산양을 이끌고 이 나라 저 나라를 떠돌아다녔다. 그렇지. ……내가 처음 떠돌이가 된 것은 아홉 살 때였단다."

마현은 눈도 깜빡이지 않고 공명의 옆얼굴을 지켜보았다.

이윽고 공명은 말했다.

"마현아, 너는 이번 출전하는 군사에 가담하는 대신 이 성도를 떠나는 것이 좋겠다."

"네에……?"

"위나와 오나라를 돌아다니며 골고루 구경하고 3년 뒤에 돌아오너라."

"네에!"

마현은 무릎을 꿇고 엎드렸다.

공명은 마현을 내보낸 다음 잠시 책상에 기대어 눈을 붙이고 나서 지도를 펼쳤다. 일찍부터 머릿속에 그려 온 북벌 군략을 마침내 실행할 때가 온 것이다.

그러나 지도를 들여다보면 볼수록 이 싸움이 얼마나 어려운 것인가를 공명은 새삼 느꼈다.

공명의 전략은 먼저 한중으로 나아가는 것이다. 한중에서 장안으로 승리의 군대를 진주시키고 거기서 대뜸 낙양을 공략한다.

이 전략은 글자 그대로 공명이 자기 목숨을 건 일생 일대의 싸움이었다.

이중 첩자

이튿날 아침 공명은 입궐하여 '출사표'를 젊은 황제 유선에게 올렸다.

다 읽고 난 유선은 공명의 그 같은 결의에 대해 늠름한 태도를 보이는 대신 몹시 불안한 표정을 지었다.

마치 어머니를 떠나보내는 어린아이 같은 그런 표정이었다.

"상부(相父)……."

유선은 어깨를 움츠리면서 말했다.

"남만을 정벌하고 피로도 채 가시기 전에 위나라와 싸운다는 것은 너무 무리가 아니겠소?"

"이 시기를 놓치면 더욱 위나라를 치기가 힘들게 되옵니다."

공명은 조용하나 움직일 수 없는 굳센 의지가 깃들어 있는 목소리로 대답했다.

그러자 태사 초주(譙周)가 앞으로 나왔다.

"승상, 제가 지난 밤 천문을 보았던바, 북쪽에 왕성한 기운이 뻗쳐 있고, 위나라 임금의 별이 밝게 빛나고 있었습니다. 지금 공격

하는 것은 일단 보류하는 것이 좋을 줄 압니다. ……승상은 누구
보다도 천문에 밝으실 텐데 어이하여 무리한 출정을 하시려는 건
지, 그 점을 이해하기 어렵습니다."

그 충고를 듣자 공명은 웃고 나서 말했다.

"하늘의 운은 나날이 변하오. 어제 좋지 못한 것이 오늘은 좋게
변할 수도 있소. 태사가 지금 말한 대로 어젯밤은 위나라의 기운
이 왕성했었소. 그러나 오늘밤에 다시 천문을 보시오. 과연 위나
라 조예의 별이 여전히 빛나고 있는지 어떤지……."

초주는 대꾸를 못했다.

공명은 유선을 향해 아뢰었다.

"신은 군을 한중으로 진주시킨 다음, 적의 동향을 살피고 하늘의
운을 헤아린 다음 단숨에 관중으로 쳐들어갈 생각이옵니다."

단호한 태도는 문무백관들로 하여금 감히 반대 의사를 말할 수 없
게 만들었다.

승상부로 돌아올 때 공명은 조자룡과 함께 왔다.

조용한 방에 둘이 마주앉자 공명은 자룡에게 처음으로 한 가지 비
밀을 털어놓았다.

"어제도 말했지만 거듭 부탁하오. 만일 내가 죽거든 장군께서 승
상이 되어 주시오."

"승상, 무슨 그런 말씀을! 이 조운은 싸움터를 돌아다녔을 뿐 나
라를 다스리는 재주는 전혀 없습니다. 승상 자리는 도저히 감당할
수 없습니다. 선제께서 돌아가실 때 승상으로 하여금 황태자를 보
좌케 하고 이엄(李嚴)이 돕도록 했으면 하셨습니다. 이엄이야말
로 승상이 될 기량을 가진 사람입니다."

앞에서도 말했듯 출사표는 널리 공표되었다. 그리하여 황제에의
충고뿐 아니라 출정 병사를 분기시켰다.

표를 읽은 장병들은 하나같이 눈물을 흘렸다. 공명은 그 눈물을 전투에서의 힘의 원천(源泉)으로 삼으려 했다.

문장은 경국(經國)의 대업(大業)——이것은 조조의 신념이었지만, 공명도 문장이 지닌 힘을 믿었다.

남방을 개척하기는 했지만 촉나라는 아직 국력이 풍부하다고는 할 수 없었다.

인재도 위나라나 오나라에 비해 훨씬 모자라는 것 같았다.

그것을 보충하기 위해 가지고 있는 힘을 두 곱, 세 곱으로 발휘해야 한다.

그러자면 단결해야 한다.

공명의 출사표는 촉한의 단결을 꾀하는 데 그 목적이 있었다.

그러나 모든 사람이 눈물을 흘리며 감격한 것은 아니었다.

출사표를 읽고 노골적으로 불쾌한 표정을 나타낸 사나이도 있었다. 조운이 지적한 이엄도 그 하나였다.

이엄은 본디 유표의 부하 장수로, 공명이 조조를 대패시킨 적벽대전이 있기 전에 촉나라로 들어와 유장의 태부가 된 사람이었다.

유현덕이 유장을 밀어내고 촉나라 황제가 되자, 이엄은 공명과 거의 같은 지위에 올랐다.

지금 이엄은 영안태수 자리에 있다.

"과연 이엄은 승상이 될 자질과 재주를 가지고 있소. 그러나 한 가지 결점이 있소."

"결점이라면?"

"폐하에 대한 충성심이 부족하다는 것이오. 장군은 이 점을 분명히 알아두시오."

공명은 단호하게 말했다.

공명이 등지를 오나라로 보내 초나라와 동맹을 맺으려 하고 있을 무렵이었다.

이엄이 영안에서 성도로 와서 승상부를 찾았을 때였다. 그는 뜻밖에도 천연스럽게 권한 일이 있었다.

"승상, 이제 그만 구석(九錫)을 받으시고 왕(王)이 되시는 것이 어떻습니까?"

'구석'이란 천자가 대신에게 최대의 대우를 하기 위해 내리는 수레와 말·옷·악기·활·화살·의장병 등 9가지 특권을 말한다.

또 왕이란 천자의 한 단계 아래 신분을 뜻한다.

조조는 구석을 받고 왕이 되어, 후한 헌제를 유명무실한 존재로 만들고 중원의 패자로서 왕궁을 황제의 궁처럼 지었던 것이다.

이엄은 알고 있었다.

유현덕이 죽기 전에 공명에게 한 유언을——

'승상, 경의 큰 재주는 위왕 조조보다 10배나 더 하오. 앞으로 10년만 있으면 경은 천하를 통일할 수도 있을 것이오. 그러나 황태자 선은 천하를 다스릴 재질이 못되오. 승상은 태자가 보좌할 가치가 없다고 생각되거든 신을 대신하여 직접 촉나라의 임금이 되어 주시오.'

물론 공명은 현덕의 그 같은 말에 더욱 감격하여, 유선을 천자로 받들고 자신은 그 심복으로서 전력을 기울일 것을 맹세했었다.

이엄은 현덕이 그렇게까지 유언을 했기 때문에 공명이 유선을 대신해 천자가 되어도 아무 상관이 없다고 생각했던 것이다.

물론 이엄은 처음부터 유현덕의 부하는 아니었으므로 유선에 대한 충성심은 엷을 수밖에 없었다.

그러나 그때 공명은 불쾌하게 여겼다. 또 이렇게도 생각했다.

'……내가 죽은 뒤 이엄에게 승상의 자리를 주어서는 안 되겠다. 이엄이 승상에 앉게 되면 언젠가는 반드시 구석을 받고 왕이 되고, 이윽고 유선을 황제의 자리에서 끌어내릴 것이 틀림없다.'

공명은 이엄이 출사표를 읽고 불만을 가지리라는 것도 짐작하고 있었다.

영안, 즉 백제성에서 유비가 죽었을 때 임종의 자리에 있었던 것은 제갈공명과 이엄이었다.

"나는 선제로부터 뒷일을 부탁받았다!"

이엄은 입버릇처럼 이렇게 자랑하고 다녔다.

그의 자랑은 이 한 가지에 모여 있었다. 그런 이엄이 공명의 출사표에서 자기 이름이 빠져 있음을 보고 분개했을 것은 당연하다.

"더욱이 훨씬 후배인 곽유지·비위·동윤 따위에게 성도의 뒷일을 부탁하다니! 공명은 나를 무시하는 게 아닌가?"

공명은 이런 이야기를 조자룡에게 말한 뒤 부탁했다.

"장군, 이번 북벌에서 장군만은 꼭 살아 남기를 내가 바라는 것은 그 때문이란 걸 아셔야 하오."

"승상이야말로 백 살까지 살지 않으시면 안 됩니다."

"아쉬운 대로 앞으로 10년만 더 살았으면 좋겠는데, 그렇게 될 수는 없을 거요."

"무슨 그런 말씀을! 위나라를 치는 마당에 어찌 그런 불길한 말씀을 하십니까!"

"그렇군. 실언을 취소하겠소."

"승상, 약속하겠습니다. 이 조운은 반드시 살아서 성도로 돌아오겠으니 이번 북벌에 꼭 참전하게 해 주십시오."

자룡은 깊이 머리를 숙였다.

현덕의 휘하로 들어온 뒤 싸움터에서 적에게 등을 보인 일이 없고, 항상 앞장서서 적진으로 뛰어들어 신장 같은 무서운 활약을 해 온 자룡이었다. 싸움터에서 죽는 것이야말로 사나이의 자랑이라고 생각해 왔던 것이다. 그러므로 촉나라의 흥망을 걸고 있는 이번 싸

움에 참가하지 못한다는 것은 죽으라고 하는 것보다 더 쓰라린 일이
었다.

"승상, 끝내 참가시키지 않으신다면, 지금 여기서 머리를 저 돌벽
에 부딪쳐 죽고 말겠습니다."

"그토록 원하신다면 선봉을 이끌고 가는 것이 좋겠지요."

"알겠습니다."

자룡은 기뻐 어쩔 줄을 몰랐다.

그때 칸막이 저쪽에서 등지가 모습을 나타냈다.

'……그렇다. 이 사람이야말로 자룡을 돕는 참모로 적격이다.'

건흥 5년 봄 3월.

촉한은 드디어 선봉 부대로 정병 5천이 뽑히고 조자룡을 총지휘
관, 등지를 부지휘관으로 임명한 다음 부장 10명을 딸려 성도를 출
발시켰다.

후주 유선은 북문 밖 10리까지 나와 배웅했다.

공명은 출사표에 밝혔던 대로 성도에는 장사(長史) 장예(張裔),
참군 장완(蔣琬)을 남겼다. 시랑 비위도 남아 주로 오나라와의 외
교를 맡게 했다.

영평태수 이엄도 불려 왔지만 그는 강주(江州 : 重慶)의 수비대장
에 임명되었다. 강주는 촉한의 부도(副都)로서 성도보다는 못하지
만 중요한 곳이었다. 공명으로서는 그런대로 이엄을 대접한 셈이다.

이어 제갈공명은 주력부대를 이끌고서 성도를 출발했다. 그 병력
은 약 7만이었다.

무수한 싸움을 치러 온 공명이지만 일찍이 한 번도 이것이 마지막
이라는 생각을 해본 적은 없었다.

이제 처음으로——

'……승리가 아니면 죽음이다.'

이런 비장한 결심으로 흥망의 결전에 임하는 것이었다.

공명은 승상기를 올린 검은 사륜거로 떠났다.

들판을 덮은 촉나라 붉은 깃발이 봄바람에 나부끼고, 숲을 이룬 창들이 햇빛에 번쩍였다.

행군하는 발소리는 대지를 울렸고 그 소리에 풀밭에서 들새들은 놀라 날아오르고, 짐승들은 도망쳐 달아났다.

공명의 맑고 차가운 두 눈은 깜박이지도 않고 가는 방향을 바라볼 뿐이었다.

공명에게는 '필승의 비책'이 있었다. 그러기에 출사표를 올리고 당당히 북벌의 군을 일으킨 것이다.

그 비책은 맹달의 배반이다.

맹달이 있는 신성군의 상용은 요충이다. 상용에서 한수(漢水)를 거슬러 올라가면 한중 땅이고 하류로 내려가면 양양이 손 뻗치면 닿을 곳에 있다. 치열한 쟁탈전을 피할 수 없는 곳이다.

공명은 반드시 맹달의 마음이 흔들려 위나라를 배반하고 촉나라로 넘어올 것으로 믿어 의심치 않았다.

그러나 만일의 경우도 있다. 공명은 맹달의 결단을 재촉하기 위해 이중 모략을 썼다. 부하 장수 곽모(郭模)를 위나라 위흥태수(魏興太守) 신의(申儀)에게 보내 맹달이 배반할 움직임이 있다고 넌지시 누설케 했다.

신의는 크게 놀라 급사를 조정에 보냈다.

"호오, 그것은 매우 재미있군그래. 맹달이 그런 물건을 보냈단 말이지?"

사마의 중달은 의자에 걸터앉아 수염을 쓰다듬으면서 말했다.

그의 수염은 관우의 그것처럼 훌륭하지는 못하다. 촘촘하지는 않아도 꽤나 길었다. 또 관우의 수염은 빳빳했으나 사마중달의 수염은 비단결처럼 부드러웠다.

"사실은 제가 그렇게 권했습니다."

중달 앞에 서 있는 사나이는 대답했다.

"머리를 썼군그래. 옥결(玉玦)과 직성(織成)의 장선(障扇), 그리고 소합향(蘇合香)이라고!"

사마중달은 고개를 끄덕이면서 웃었다.

옥돌로 만든 결(玦)은 고리 모양인데 한 부분이 이지러져 있다. 이어져 있지 않았다.

결(玦)은 결(決)과 발음이 같고 결단을 나타낸다.

'홍문(鴻門)의 모임'에서 범증(范增)이 항우(項羽)에게 자기가 차고 있는 옥결을 세 번 들어 올리며 '유방을 베라!'고 결단을 재촉한 옛일은 유명하다.

또 직성의 장선은 수를 놓은 긴 자루의 부채인데 성(成), 다시 말해서 계획도 준비도 이미 성사되었음을 뜻한다.

소합향은 남방의 식물로서 만든 향료였다. 그 이름에 들어가 있는 합(合)은 연합 혹은 합일(合一) 즉, 성공의 의미가 있었다.

'결단을 내렸소. 위나라에서 촉나라로 돌아서리다. 그 계획은 이미 이루어졌소. 일의 성취는 틀림이 없습니다.'

맹달은 세 가지 선물로써 제갈공명에게 이런 암호 통신을 한 셈이었다.

"되도록 장난기가 많을수록 좋지요. 비밀놀이를 하고 있으면 비밀은 자연히 누설되게 마련이니까요."

"그야 그렇지, 어딘지 부자연하니까. 그런데 증거는?"

"예, 그것도 여기에……."

그 사나이는 품 안에서 종이에 싼 것을 꺼냈다. 사마중달은 그것을 받아 노려보면서 눈빛이 날카로워졌다.

"호오, 밀서로군."

“사본입니다만…….”

“사본이라도 좋다!”

사마중달은 의자에서 일어섰다.

거듭 말하지만 신성은 한중과 형주의 중간에 있다. 한중에서 중원을 엿보자면 신성, 즉 상용 땅을 지나는 것이 가장 좋은 진격로가 된다.

공명은 지금 한중으로 향하고 있다. 촉한이 중원의 위나라와 싸우자면 이 땅을 점령하면 유리하다. 반대로 위나라가 종전대로 신성을 장악하고 있으면 촉군의 행동은 제한을 받게 된다.

어느 쪽이든 무슨 일이 있더라도 신성을 확보하고 싶은 것이다. 맹달이 그 신성에 있다. 맹달은 8년 전 촉에서 위나라로 돌아섰다. 지금 신성은 위나라의 지배 아래 있다.

그런데 지금 촉의 공명이 맹달을 다시 촉나라로 끌어들이려 하고 있다. 맹달은 조비가 죽고 나자 위나라에서 보호자를 잃었다. 또 그와 친했던 환계(桓階)나 하후상(夏侯尚) 같은 친구도 이미 죽었다.

그리고 지금은 반대로 촉나라에 친척이나 친구가 많다. 그런 참인데 공명의 꾐이 있었다.

결단, 준비 완료, 연합——맹달은 망설이다가 마침내 이런 뜻을 나타내는 세 가지 선물을 공명에게 보냈다. 극비리에 보냈음은 말할 것도 없다.

그렇건만 사마중달에게 알려지고 말았다.

지금 사마중달 앞에 서서 맹달의 배반을 보고하는 사나이는 누구인가? 그는 맹달의 심복으로서 쉴새없이 낙양에 잠입하여 정보를 수집해 오는 첩자였던 것이다. 맹달을 위해 낙양을 드나들고 있는 사이 어느덧 사마중달의 진영으로 돌아서서 이중 첩자 노릇을 하고 있었던 것이다.

그자가 맹달에게——

"저한테 맡겨달라!"

이렇게 자청하고 나서 세 가지 선물을 보내는 데서 한 몫 본 뒤 형주의 완성(宛城)에 들러 밀고하고 있는 것이다. 완성에는 표기장군으로 승진된 위나라의 명장 사마중달이 주둔하고 있다.

공명의 모략에 의해 옹주·양주의 도독 자리에서 쫓겨난 사마중달이 완성에서 공명의 치명적인 작전 기밀을 입수했다는 것은 참으로 얄궂은 하늘의 장난이다.

그것이야 어쨌든 위나라와 촉나라가 싸울 때 신성이 중요한 전략 기지가 된다는 것은 사마중달도 너무도 잘 알고 있었다. 신성을 확보해야 하는데 그곳 주인 맹달이 아무래도 흔들리고 있는 것 같다. 애당초 촉을 배반하고 외모로써 조비에게 총애받은 인물이다.

'신뢰할 수 있을까? 믿음직하지 못하다. 직할 부대로 신성을 장악하지 않으면 안 된다.'

그런 참인데 맹달의 반역에 대한 정보가 들어온 것이다…….

사마중달은 말했다.

"잘 했다. 상금을 준비해 둘 테니 내일 또 오너라!"

"고맙습니다."

절을 하고 그 이중 첩자는 사마중달의 영문을 나왔다. 극비 보고라 밤을 택했다.

그날 밤은 달이 없었지만 하늘 가득 별이 총총했고 그 별이 금세라도 땅으로 쏟아질 것만 같았다.

"아름다운 별이야."

이중 첩자는 하늘을 우러르고서 급한 걸음으로 흰 토담길을 따라 걸었다. 하나의 큰 일을 해냈다 싶어 그는 마음을 턱 놓고 있었다.

"기다려!"

느닷없이 뒤에서 누군가가 불렀다. 첩자는 놀라 뒤를 돌아보았다.

"아니, 당신은?"

첩자는 그곳에서, 신성의 맹달 저택에서 곧잘 얼굴을 마주친 적이 있는 무술사범의 얼굴을 발견했다. 한 손에 칼을 뽑아들고 있었다.

"요즘 네놈이 수상쩍다 하시면서 맹달님이 나에게 뒷조사를 명하셨다. 신성의 비밀을 사마중달께 일러 바쳤지? 이놈! 용서 못할 놈이다!"

무술사범은 외치자마자 칼을 옆으로 후렸다. 피가 흰 토담에 포물선을 그렸다.

피묻은 칼을 풀숲에 버리자 무술사범은 곧장 달렸다. 조금 떨어진 숲 속에 말이 매어져 있었다. 그는 그것을 집어타자 신성을 향해 채찍을 휘둘렀다.

완성은 지금의 하남성 남양(南陽)이다. 거기에서부터 신성까지 1천200리 남짓한 거리이다. 무술 사범은 반나절마다 말을 갈아타면서 사흘 만에 상용에 닿았다.

"사마중달이 알았다고?"

맹달은 입술을 일그러뜨렸다. 가장 무서운 사나이에게 알려졌다. 그러나 맹달은 마음을 억지로 진정시키며 말했다.

"아무리 중달이라고는 하나 황제 허락도 없이 한편인 태수를 공격하지는 못하겠지. 우선은 낙양에 가서 허락을 받을 거다. 그래 틀림없이 그렇게 할 거야! 완성엔 병력도 적다. 어쨌든 낙양에서 군을 편성하여 이리로 몰려오리라. 서두른다 해도 한 달은 걸린다. 그때까지 준비를 갖춰두자. 촉나라에 복귀하기로 작정한 이상 이런 일이 있을 것도 예상했었지. 그러나 촉의 제갈공명에게 급사를 보내어 구원을 청하기로 하자."

맹달은 곧 편지를 썼다.

사마의가 있는 완성에서 낙양까지 800리, 이 상용까지 1천200리나 됩니다. 나의 거병(擧兵) 소식을 듣게 되면 그는 먼저 위나라 황제에게 상주문을 보낼 것인바 왕복에 한 달은 걸립니다. 그 사이 우리 쪽 방비는 완전히 갖춰지고 각 부대의 진도 정비되겠지요. 그러나 만일의 경우도 있으니 승상은 구원병을 보내 주시기 바랍니다.

그런데 무술사범이 상용에 달려온 닷새 뒤——
"위나라 대군이 나타났습니다!"
이런 보고가 있었다.
"설마?"
맹달은 뒷말을 잇지 못했다.
"아닙니다. 참말입니다. 사마중달의 깃발이 나부끼고 있습니다."
'너무도 빠르다!'
맹달은 입술을 깨물었다.
"그럴 리가 없어!"
그러나 사마중달은 맹달이 생각했던 것처럼 낙양에 보고하는 절차를 거치지 않았다. 긴급할 때에는 황제의 윤허를 기다릴 것도 없이 군을 움직여도 되었다.
더욱이 공명의 출사표는 위나라 첩자에 의해 알려져 있었고 완성엔 병력이 증파돼 있었다. 그러므로 낙양까지 가지 않아도 곧 원정군을 편성할 수 있었다.
진수(陳壽)의 〈삼국지〉를 보면 이야기가 조금 다르다. 일이 누설된 것을 안 촉나라 장수 곽모가 신의에게 넌지시 맹달의 배반을 누설했고, 놀란 신의가 그 사실을 조정에 보고했으므로 맹달은 곧 기병하려 했다.
초조한 것은 사마의였다.
지금 맹달이 반란을 일으키면 대응하기가 힘들다. 그래서 그는 시간을 벌기 위해 맹달에게 친서를 보냈다.

장군은 일찍이 유비를 버리고 우리 쪽에 몸을 의탁하였소. 위나라가 장군에게 최전선 방어를 맡기고 촉나라 공략의 큰 임무를 준 것은 장군에의 믿음에 손톱만큼의 의심도 없기 때문입니다. 촉나라 사람은 지식인·필부를 막론하고 이를 갈며 장군을 미워하고 있습니다. 제갈량이 아직 공격을 가하고 있지 않은 것은 공격하려 해도 방법이 없기 때문입니다. 곽모가 장군의 모반을 말했던 것 같은데 그토록 중대한 일을 제갈량이 가볍게 누설할 것인지, 상식으로 판단해도 알 일이 아닙니까?

행동을 일으키기 전에 먼저 친서를 보내어 상대편을 방심토록 해놓고 그 틈을 타 전광석화처럼 행동을 일으킨다──이런 행동 원칙은 사마중달 전법의 하나였다.

친서를 받아본 맹달이 기뻐하며 결행을 미루고 있는 동안 사마의는 은밀히 토벌군을 출발시켰다.

"맹달은 오나라·촉나라와 손잡고 있습니다. 잠시 형세를 관망하고 나서 치는 것이 어떻습니까?"

부장들이 건의했지만 사마중달은 단호히 물리쳤다.

"맹달이란 놈, 신의라곤 눈꼽만치도 없는 사나이야. 지금 놈은 어느 쪽에 붙을까 망설이고 있다. 태도를 정하기 전에 단호히 처리해야 한다!"

이리하여 밤낮을 가리지 않고 강행군한 사마중달의 군은 8일 만에 맹달이 있는 상용의 교외까지 이르렀다.

이것을 안 제갈공명은 구원부대를 서성현(西城縣)의 안교(安橋)·목관새(木關塞)로 보냈지만 사마중달의 별군이 이것을 가로막아 상용에는 얼씬도 못하게 했다.

상용성은 세 방면이 강으로 둘러싸여 있었다. 맹달은 성 둘레 강기슭에 녹채(鹿砦)를 설치하여 방비를 굳혔다. 사마중달은 도하작전을 감행하고 녹채를 제거하여 단숨에 성벽 아래까지 육박했다.

포위하고 맹렬한 공격을 하기 16일, 맹달의 생질인 등현(鄧賢)과 부장 이보(李輔)가 견디다 못해 성문을 열고서 항복했다.

사마중달은 맹달의 목을 베어 급사를 시켜 낙양으로 보냈다. 포로 1만 남짓, 그는 수비병을 남기고 대오도 당당히 완성으로 돌아갔다.

위나라 태화(太和) 2년(228) 정월의 일이었다.

애당초 동서에서 위나라를 협격한다는 것이 제갈공명의 기본 전략 구상이었다.

서쪽으로 진격하는 촉한군의 공격이 소기의 효과를 거두기 위해서는 동부 전선의 활발한 공세가 빼놓을 수 없는 조건이었다.

그것을 공명은 동맹국인 오나라에 기대하고 있었다. 그러나 오나라는 결국 동맹국일 뿐 꼭 촉나라의 뜻대로 움직여 주리라고 기대할 수는 없다.

그래서 맹달을 포섭하여 동부전선에 촉한군의 거점을 확보한다는 것이 공명의 전략 목표였다.

그런 맹달 복귀 공작이 사마중달의 번갯불 같은 작전 앞에 물거품이 되어 버렸다. 공명의 북벌 전략 구상은 시작부터 큰 수정을 하지 않을 수 없게 되었다.

하룻강아지

국경에 배치된 위나라 수비군 탐색대가 공명의 한중 진격을 탐지하지 않을 리가 없었다.

즉시 파발마가 낙양으로 달렸다.

조예가 점심상을 받고 있을 때, 얼굴빛이 변한 근시가 황급히 들어왔다.

“폐하! 변방에서 파발마가 급보를 보내왔사옵니다. 촉나라 승상 제갈량이 촉나라 전 군사를 거느리고 한중으로 들어오는 중이라 합니다. 선봉장은 조운이라고 하는데, 단숨에 국경으로 밀려들게 될 것이라 하옵니다.”

이를 들은 조예는 가슴이 떨렸다.

곧 문무백관을 소집하였다.

“누가 군사를 이끌고 달려가 촉나라 침략군을 내쫓을 것인가!”

조예의 이같은 물음에 대해, 곧 대답하고 일어나는 사람이 없었다. 제갈량을 상대로 싸울 자신을 가진 장수는 없었다.

당당히 맞서 싸우기에는 상대가 너무 무서웠던 것이다.

조금 뒤 이제 스물너댓밖에 안 돼 보이는 무장 하나가 앞으로 나섰다.

"폐하 신에게 선봉을 맡겨 주십시오."

그것은 하후연의 아들 하후무(夏侯楙)였다. 자는 자림(子林)으로 어린아이 때부터 하후연의 양자였다.

하후연은 지난 날 한중 싸움에서 촉나라 오호대장의 한 사람인 황충에게 목숨을 잃고 말았다. 조조는 고아가 된 하후무를 불쌍하게 여겨 자기 딸 청하(清河) 공주의 남편으로 삼았다. 이로 인해 그는 일약 내직으로 발탁되어 지금은 어엿한 중신의 한 사람이 되어 있었다. 그는 군사의 권력을 쥐고는 있었지만 아직 한 번도 싸움터에 나가 싸운 일은 없었다. 성격이 음험한 야심가였고, 또 인색하기로 유명했다.

그런 하후무가 공명을 상대로 싸우겠다는 것은 하룻강아지 범 무서운 줄 모른다는 꼴이었다.

"신의 아비는 한중에서 전사했습니다. 신은 그 원수를 갚으려 하옵니다. 이 한 목숨 이미 폐하께 바친 것이오니 이 기회에 충성을 다하는 한편 아비의 원수를 갚고자 하옵니다. 바라옵건대 관서(關西)의 군사를 거느리고 출전하여 촉나라 군사를 섬멸케 하여 주옵소서."

청산유수 같은 그의 말에 이끌려 조예는 고개를 끄덕였다.

"알았다. 그럼 그대를 대도독에 임명하리라."

그 말을 듣자 사도 왕랑이 앞으로 나왔다.

"폐하, 잠깐만 기다려 주옵소서. 아직 한 번도 전투 경험이 없는 사람에게 갑자기 대도독의 중책을 맡기는 것은 적절치 않다고 생각되옵니다. 상대는 보통 장수가 아니옵니다. 일찍이 그 예를 볼 수 없는 지략과 전술에 뛰어난 제갈량이 총지휘를 하고 있사옵니다. 제갈량을 상대하는 데는 그만한 지략을 가진 사람이 아니면 안 될 줄 아옵니다."

결사적인 태도로 간했다.

그러자 하후무가 한 걸음 더 앞으로 나와 큰소리쳤다.

"폐하, 왕 사도께서 지금 한 말은 마치 제갈량과 내통하여 위나라를 배신하려 하는 것 같사옵니다. 왕 사도는 신을 나이 어리다고 업신여기고 있는지 모르겠습니다만, 신은 어릴 때부터 아비에게 군략을 배워 작전에 능통합니다. 신, 제갈량과 싸워 그를 사로잡지 못하면 살아서 돌아오지 않을 결심이옵니다."

호언장담이란 바로 이런 것을 두고 이르는 말이다. 그러나 그 자리에 모인 무장 가운데 공명과 싸워 이길 자신을 가진 사람은 한 사람도 없었다. 이 때문에 하후무가 큰소리치는 것을 보고도 꿀먹은 벙어리처럼 잠자코 있을 뿐이었다.

스물한 살밖에 안 된 황제는 하후무의 그 기개를 장하게 여기고 마침내 명했다.

"어디 한 번 제갈량을 사로잡아 보아라."

"성은이 망극하옵니다. 신이 반드시 폐하의 앞에 제갈량을 끌고 오겠사옵니다."

흰 대장기 잡고 군사를 거느리는데
어찌하여 젊은이에게 병권을 맡기는가

그 무렵 공명은 면양(沔陽)에 도착해 있었다. 거기에는 병사한 오호대장의 한 사람인 마초의 무덤이 있었다. 공명은 마초의 사촌 동생 마대에게 명하여 무덤 앞에 제사를 올리게 하고, 자신도 직접 참배하여 제문을 읽었다.

장군, 장군의 아들 현은 장군에 못지않은 인물이 될 것이니, 부디 안심하십시오.

마현은 지금 떠돌이 거지처럼 위나라와 오나라 곳곳을 돌며 첩자 임무를 수행하고 있는 중이었다.

공명이 본영에 돌아오자, 위나라에서는 하후무란 젊은 사람을 대도독에 임명하여 관서의 수십만 군사로써 맞아싸우게 하려 한다는 급보가 들어와 있었다.

"하후무란 어떤 사람인지 알고 있는 사람은 없소?"

공명은 장수들을 둘러보았다.

"소장이 알고 있습니다."

위연이었다.

"그 어린 것은 다만 세도가문에서 자랐다는 이유만으로 병권을 쥐고 있는 데 지나지 않습니다. 아직 한 번도 싸움터에 나간 적이 없는 허풍선이로 알고 있습니다. 그는 소장에게 정병 5천을 주시면 포중(褒中)에서 진령(秦嶺)을 따라 동으로 올라가며, 자오곡(子午谷)에서 북쪽으로 쳐나가 곧장 장안을 찔러 보이겠습니다. 오래 걸려도 열흘이면 넉넉할 것으로 생각합니다. 소장이 쳐들어온다는 말을 들으면, 하후무는 당황해서 성을 버리고 군량이 있는 횡문(橫門)으로 철수할 것이 뻔합니다. 그때 소장은 동쪽으로 쳐들어가 놈을 무서워 떨게 만들겠습니다. 승상께서는 중군을 야곡(斜谷)으로 이끌고 나오시면 함양(咸陽) 서쪽은 순식간에 우리 손아귀에 들어올 수 있을 것으로 확신합니다."

그 전략을 듣고 공명은 가볍게 고개를 저었다.

"장군의 생각은 완전한 작전이라고는 할 수 없소. 만일 중원에 지모 있는 장수가 한 사람도 없다면 그 작전은 성공할 수 있겠지요. 그러나 만일 누군가 산길을 막아 버리게 되면, 장군 이하 5천 군사는 오도가도 못하게 될 염려가 있소. 하후무란 사람이 과연 장군의 용맹에 겁을 먹을지 어떨지도 모르는 일이고……."

그 말에 위연은 얼굴이 붉어졌다.

"승상! 이 위연의 말을 믿지 않으시니 답답합니다. 승상께서 야곡으로 나가게 되면 적은 반드시 관중의 군사를 총동원하여 도중에서 기다리게 될 것입니다."

"그럼 나는 농우(隴右)로부터 평탄한 길을 곧장 나아가겠소. 결코 패하지는 않을 거요."

공명은 아주 평범한 진격 방법을 분명히 밝혔다.

정공법(正攻法)인 것처럼 보이되 실은 그것이 적을 깜짝 놀라게 하는 뜻밖의 작전이 되기도 하고, 이상한 전술인 것처럼 보이지만 실은 그것이 당당한 정공법이 되기도 한다. 또 무슨 계략을 쓰고 있는 것처럼 보이지만 실은 아무 계략도 아닌 경우가 있다. 공명의 머릿속에서 나오는 병법은 적을 속이는 동시에 이쪽에서도 전혀 짐작이 가지 않는 그런 것이었다.

공명이 평탄한 큰길을 지나 농우로부터 관중으로 들어가려는 것은 누구나 생각할 수 있는 자못 평범한 전략이었다.

위연 같은 맹장으로서는 몹시 불만이었다.

그 옛날 한 고조 유방(劉邦)은 한신과 더불어 같은 한중에서 쳐나갈 때 군대를 둘로 나누어 곧장 진격함으로써 관중을 점령하는 데 성공했었다.

위연으로서는 이 한신처럼 단숨에 장안을 점령하고 싶었다. 하후무란 철부지는 한번 싸운 경험도 없이 거만하고 줏대도 없으며, 말만 번드레하게 하는 사람이란 것을 잘 알고 있었기 때문이다.

위연이 볼 때 공명이 택한 전법은 틀림없는 것이기는 하지만 마음에 차지는 않았다.

다시 말해서 공명은, 위연의 계책을 위험한 도박이다, 그것보다 평탄한 길을 택하는 편이 낫다, 아무런 어려움 없이 농우를 점령할 수 있어 틀림없이 이길 수 있다──이렇게 생각하고 위연의 건의를 물리친 것이다.

여기에는 물론 복합적인 이유도 있었으리라.

한중은 지금이야 촉한의 영토이지만 오랫동안 오두미도가 지배하고 있던 종교 왕국이었다. 주민은 경건한 도교(道敎) 신자들이다. 이 고장의 오두미도는 30년 전에 비하면 눈에 띌 만큼 불교와 비슷해져 있었다. 밖에 있으면서 불교와 접촉한 교모 소용이 불교의 교리를 쉴새없이 한중의 본부에 알리고 있었던 것이다. 한중에선 소용의 아들 장로가 그것을 오두미도의 교리에 맞게 적당히 받아들이고 있었다.

종교 왕국이던 한중은 이제 군사 기지로 탈바꿈했다.

한중이란 지명은 한수 가에 있다고 해서 붙여진 이름이다.

한수를 따라 내려가면 신성군에 이른다. 그곳부터 중원을 향해 낙양으로 쳐들어가는 진격로가 있다. 하지만 그 진격로는 맹달의 죽음으로 더 기대할 수 없게 되었다.

남은 진격로는 한중에서 북상하여 위수(渭水) 선으로 나가고 동진하는 것뿐이다.

문제는 어느 지점에서 위수로 나가느냐였다.

동쪽을 치느니만큼 되도록 동쪽 가까운 길을 나가야 한다는 주장이 나오게 된다. 그런데 한중 북쪽에는 진령산맥이 동서로 달리고 있어 위수로 나가자면 어느 골짜기든지 지나야만 되었다.

'어느 계곡으로 나올 것인가?'

위나라 첩자도 촉한군의 움직임을 탐색하지 않을 리가 없다.

그런데 사마(司馬)직에 있는 위연(魏延)이 적극적인 전법을 주장했던 것이다.

위연은 형주에서부터 유비군에 참가한 뒤 전장에서 많은 공을 세웠고 진북장군(鎭北將軍)이 되어 있었다. 그는 조운 자룡이 있지만

관우와 장비가 죽고 없는 지금, 촉나라 군을 혼자서 짊어지고 있다
는 자부심을 갖고 있었다.

진령산맥에는 크고 작은 계곡이 많았지만 대군이 지날 수 있는 곳
은 한정돼 있었다.

1만의 병력이 지날 수 있는 계곡, 5천의 병력밖에 지날 수 없는
계곡, 2천의 병력이 가까스로 지나갈 수 있는 계곡도 있었다.

위연의 주장을 다시 간추린다면 이런 것이다.

"저에게 정병 5천을 주십시오. 자오곡으로 나가 열흘 안에 장안
을 찔러 보이겠습니다."

자오곡은 그리 넓지는 않았다. 그 대신 동쪽에 있어 그곳을 지나
면 위연이 말하듯 장안은 바로 눈앞이다.

"그 동안에 승상은 야곡을 지나 장안으로 향해 주십시오. 거기에
서 군이 합류한다면 관중을 평정하기는 쉽습니다."

야곡은 큰 계곡이라 대군이 지날 수 있지만 자오곡보다 훨씬 서쪽
에 있었다.

말하자면 위연은 일거에 승리를 움켜쥐려는 승부수를 띄우자는
것이었다. 그러나 공명은 그것을 도박이라고 보고 찬성하지 않았다.
공명의 계책은 무엇보다 견실을 앞세우는 작전이었다.

그는 속으로 혀를 찼다. 소수 정예를 이끌고 동쪽에 가까운 좁은
계곡을 통해 위수 가로 나가는 작전은 누구라도 생각함직한 것이다.

따라서 위군도 그런 가능성은 알고 있어 대비가 충분할 것이 아닌
가?

좁은 골짜기 출구에서는 자루를 씌우듯 간단히 적군을 그물 속에
몰아넣을 수 있다. 위험한 작전이라 하지 않을 수 없다.

"안전한 작전을 생각하자. 우리 촉군은 병력이 적고 식량, 무기도
충분치 못하다. 위험을 무릅쓸 만한 여유가 없다."

위연은 공명의 이 말에 두고두고 불만을 가졌다. 그는 측근에게

곧잘 이런 말을 했다고 한다.

"승상은 접쟁이다!"

공명은 위연의 제의를 물리치고 나서 자룡을 불렀다.

"장군에게 힘든 일을 하나 부탁해야겠소. 하후무는 장안에서 각처 대장들을 모아 대군을 편성할 것이 틀림없소. 여기 가담하는 대장들 중에 우리가 무서워해야 할 적은 서강(西羌)의 한덕(韓德)일 거요."

"한덕의 이름은 이미 들어서 알고 있습니다. 개산대부(開山大斧)라는 큰 도끼를 잘 쓰는 만부부당의 용장이라고 소문이 높습니다."

"아마 그 한덕이 선봉이 되어 싸울 것으로 생각되오. 장군이 그 한덕을 해치워 주시오."

"알았습니다. 좋은 소식을 기다려 주십시오."

조자룡은 1천 기를 이끌고 곧장 진격해 갔다.

공명의 예상은 적중했다.

장안에 도착한 하후무는 20여만 군사를 집합시켰다. 그 중에서도 이채를 띤 것은 서강 각처에서 규합한 6만을 이끌고 달려온 한덕이었다. 만부부당으로 불리는 이 용장은 또 믿음직스러운 네 아들들도 데리고 왔다.

맏이는 한영(韓瑛).

둘째는 한요(韓瑤).

셋째는 한경(韓瓊).

넷째는 한기(韓琪).

다같이 활·말·창·칼 등 기술을 닦고 쌓았다.

하후무는 그 자리에서 한덕에게 선봉을 명했다.

이리하여 후세까지 길이 그 용맹을 남긴 조자룡과 위나라 첫째가는 용장으로 자타가 인정하는 한덕은 봉명산(鳳鳴山)에서 격돌하게 되었다.

산기슭에서 서로 대치하자, 한덕은 네 아들을 좌우로 나란히 늘어 세워 함께 말을 달려 나왔다.

"촉나라 간악한 무리들아, 우리 위나라와 대적해서 이길 것 같으냐! 참으로 가소롭다!"

"네가 한 말을 그대로 네게 돌려주겠다!"

오호대장 중 혼자 살아남은 조자룡은 그의 신출귀몰하는 창술을 마음껏 자랑해 보일 생각으로 말을 힘차게 내몰았다.

공을 시새우는 네 아들 중 먼저 맏이인 한영이 말을 달려나왔다.

"소자가 해치우겠습니다!"

그의 무기는 자룡의 것보다 훨씬 길고 굵은 창이었다.

그러나 자룡이 '확!' 찌르고 들어가는 순간 어처구니없이 허공으로 휘말려 올라갔다. 그뿐인가, 그와 동시에 한영은 목을 찔려 땅바닥으로 굴러떨어지고 말았다.

"네놈이!"

다음에 말을 달려나온 것은 둘째인 한요였다.

칼날이 여섯 자나 되는 큰칼을 휘두르며 뛰어들었다. 그러나 도저히 자룡의 창을 당해내지는 못했다.

형이 위태롭다고 본 한경이 방천극을 휘두르며 옆에서 쳐들어왔다. 한요는 겨우 조자룡의 창에서 벗어날 수 있었다.

두 젊은 장수를 상대하면서도 자룡은 조금도 틈을 보이지 않았다. 나이 쉰이 다 된 것으로는 도저히 믿을 수 없는 번개 같은 창술로 오히려 여유를 보여 주고 있었다. 그걸 바라보는 한덕이 명령했다.

"기야, 너도 함께 싸워라!"

"알았습니다!"

넷째는 양손에 한쌍의 일월도(日月刀)를 들고 말을 달렸다.

삼면에서 큰칼과 방천극과 일월도의 공격을 받으면서도 자룡은 끄덕도 하지 않았다. 오히려 즐거운 듯이 종횡무진으로 창을 휘둘렀다. 찌르고 휘두르고 치며 젊은 세 상대를 가지고 놀 듯했다.

삼형제가 기를 쓰고 덤볐으나 그들의 무기는 이리저리 허공을 가를 뿐이었다.

그러는 가운데 이윽고──

"으앗!"

한기가 가슴을 맞고 말에서 떨어졌다.

그때 한덕의 총지휘 아래 서강병이 조수처럼 밀어닥쳤다.

전법과 전술에 능한 자룡은 재빠르게 말머리를 돌려 질풍처럼 물러갔다.

"게 섰거라!"

한경이 방천극을 허리로 돌리고 활과 화살을 들어 잇따라 쏘아댔다.

휘익!

휘익!

휘익!

휘익!

화살 나는 소리에 몸을 이리저리 틀면서 자룡은 화살이 날아오는 대로 창으로 쳐서 떨어뜨렸다.

"빌어먹을!"

한경은 다시 방천극을 집어들자 파도를 타듯 자룡을 뒤쫓았다.

순간 자룡을 뒤따르던 군사 하나가 시위 소리도 높게 화살을 쏘았다.

화살은 한경의 이마에 정통으로 가 꽂혔다.

"조운이란 놈! 네놈을 죽이고야 말겠다!"

한요는 분이 치솟아 제정신이 아니었다. 칼을 뽑아들자 똑바로 쳐들고 조운을 향해 미친 듯 말을 몰았다.

말과 말이 엇갈리며 지나갔다.

그와 동시에 자룡의 창끝에 배가 꿰뚫린 한요는, 허공에서 춤추듯 말 위에서 몇 걸음 저만큼 나가 떨어졌다.

"세상에 이럴 수가!"

네 아들을 아차 하는 사이에 잃은 한덕은 악몽이라도 꾸고 있는 듯 넋을 잃었다.

만부부당의 용맹조차 까맣게 잊고 서 있는 주장을 본 부하 하나가 기지를 발휘했다.

"일단 물러났다가……."

부하는 말궁둥이를 창으로 찔렀다. 그러자 말은 장대처럼 곧추섰다가 그대로 미친 듯이 달아났다.

서강 군대는 대장의 퇴각을 보자, 금방 사기가 꺾이어 다투어가며 달아나기 시작했다.

후세 사람이 시를 지어 찬탄했다.

그리웠도다, 그 옛날 상산의 조자룡
일흔 나이에 뛰어난 공훈 세웠네
홀로 네 장수 베고 적진을 휩쓰니
당양에서 주인 구하던 바로 그 영웅이구나!

그때를 놓치지 않고 등지가 호령을 내렸다.

"쏘아라!"

촉군은 달아나는 적을 향해 화살을 소나기처럼 퍼부었다.

대승리였다.

"장군!"

등지가 감격에 찬 목소리로 자룡을 불렀다.

"정말 신장 같으시군요. 왕년에 당양 장판교에서 어린 공자를 품 속에 품으시고 혼자서 조조 백만 대군의 포위를 뚫고 나온 용기와 솜씨가 조금도 녹슬지 않았습니다."

“싸움은 이제부터야!”

자룡은 아무것도 아니라는 듯이 말했다.

승전보는 양평관 백마산(白馬山) 기슭에 있는 본영으로 전해졌다. 눈썹 하나 까딱 않고 끝까지 듣고 있던 공명은 혼자 말하듯 중얼거렸다.

“조 장군은 필시 승세를 타고 깊이 들어갈 것이고, 적은 총대장 하후무가 직접 공격해 오겠지.”

공명이 말했듯 조자룡은 군사를 이끌고 봉명산을 넘었다.

한덕은 그곳 숲속에 숨어 기다리고 있었다.

아들 넷을 한꺼번에 잃고 만 절망과 분노로 한덕은 악귀 같은 모습이 되어 있었다.

“조운! 1대 1로 싸우자! 죽음을 각오하라!”

벼락같이 소리를 지르며 개산대부 큰도끼를 휘둘렀다.

“딱하지만 이건 엄연한 싸움이다! 너도 자식을 따라 저세상으로 가려느냐!”

“잔소리 마라! 너 같은 백발 늙은이 하나 당하지 못할 한덕이 아니다!”

큰도끼와 긴 창이 허공을 가르며 울렸다.

그러나 싸움은 그리 오래 가지 않았다.

자룡의 번개 같은 창끝을 한덕이 개산대부를 휘둘러 받기는 했으나, 두 눈썹 사이를 찔려 눈을 부릅뜬 채 죽고 말았다.

“이 기회에 하후무의 본진을 습격해야겠소!”

자룡은 땅바닥에 굴러떨어진 한덕에게는 눈도 돌리지 않고 급히 등지에게 말했다.

“장군, 더 이상의 진격은 승상의 지시를 받은 뒤에 하는 것이 어떻습니까?”

등지의 충고에 자룡은 웃으며 대답했다.

"나는 승상에게 꼭 살아서 돌아온다고 약속했소. 목숨이 위태로워지면 즉시 나는 듯이 도망쳐 돌아올 거요."

"그럼 장군을 따르기로 하겠습니다."

등지도 동의했다.

한편 위군 본영에서는 하후무가 어떻게 맞아 싸울 것인가를 상의하고 있었다. 한덕이 전사했다는 급보를 받고 다시금 조자룡의 신장 같은 용맹과 무술이 예나 다름 없다는 것을 알았기 때문이다.

당양 장판교에서의 자룡의 활약은 결코 과장된 무용담이 아니었던 것이다.

"조운을 죽이지 않고는 도저히 촉군을 이길 수 없다. 무슨 방법이 없을까?"

장수들 입에서 갖가지 계략이 나왔다.

맨 끝에 참군인 정무(程武)가 입을 열었다. 정무는 위나라 건국의 원훈인 정욱의 맏아들이다.

"조운은 과연 고금에 그 예를 볼 수 없는 용장이기는 합니다. 그러나 계략에는 서투르다고 듣고 있습니다. 그러니까 도독께서 직접 출전하여 유인해 들인 다음, 좌우 산 속에 있는 복병들로 일시에 쳐나가 퇴로를 끊게 되면 사로잡을 수도 있을 줄 압니다."

"계략대로 조운이 그물에 걸려들어올까?"

"조운은 언제나 선봉에 서서 돌격해 오는 사람이므로 포위하기는 그리 어렵지 않을 것입니다. 그런데 조운은 혼자서도 백만 대군의 포위를 뚫는 힘과 재주를 가지고 있기 때문에 공격하는 무기만은 가능한 한 완벽하게 갖춰야 할 것입니다."

"알았다!"

하후무는 왼쪽 숲에 동희(董禧)가 지휘하는 3만군을 숨게 했다. 오른쪽 산중턱에 있는 바위라는 바위 뒤에는 모두 설칙(薛則)이 이

끄는 2만 군사를 숨도록 했다.

그 이튿날 아침, 하후무는 황금으로 만든 투구를 쓰고 흰 말에 올라 본영을 나섰다. 징과 북을 울리고 깃발을 바람에 나부끼며 촉군을 향해 나아갔다.

멀리 거리를 두고 이를 바라본 등지가 말했다.

"장군, 적의 대도독 기가 세워져 있습니다. 총대장이 적접 나오는 것으로 보아 뭔가 계책이 있음에 틀림없습니다."

자룡은 웃었다.

"철부지를 상대로 기가 꺾여서야 이 조자룡의 이름이 남부끄럽지 않겠소! 이 싸움으로 끝장을 내고 말 테요!"

그렇게 말하고는 훌쩍 말에 올라탔다.

먼저 자룡을 맞아 싸운 것은 위나라 대장 반수(潘遂)였다.

자룡과 3합을 채 싸우지 않고 반수는 얼른 말머리를 돌리더니 달아나기 시작했다.

자룡이 뒤를 쫓자 여기저기서 10명의 대장이 뛰어나왔다.

"네놈들은 이 자룡의 상대가 못된다!"

자룡의 창끝은 순식간에 네 사람을 말에서 떨어지게 했다.

남은 장수들은 혼비백산하여 달아났다.

순간 사방에서 '와아!' 함성이 터져 나왔다.

"복병이 있는 것은 알고 있다."

자룡이 기세를 부렸다.

등지가 외쳤다.

"퇴각! 일단 물러나라!"

그러나 아차 하는 사이에 조운과 등지 사이로, 왼쪽에서는 동희, 오른쪽에서는 설칙이 3만과 2만의 군사를 호령하며 성난 파도처럼 밀어닥쳤다.

조자룡의 앞쪽에서는 반수가 군사를 지휘하여 활을 쏘게 했다. 이런 위험한 경우를 수없이 경험한 자룡은 혈로를 열 방향을 직감하고 그리로 향해 말을 달렸다.

그러자 가는 쪽 산 꼭대기에서 큰 바위와 나무들이 무수히 굴러 내려왔다.

되돌아서려고 하자, 아직 잎이 돋지 않은 잡목숲에 불이 붙어 검은 연기가 치솟았다.

'이제 보니 나를 사로잡을 생각이군!'

조자룡은 혀를 차며 속으로 빌었다.

'……승상, 약속을 어기게 될지도 모르겠소. 그때에는 용서해 주십시오.'

죽는 것은 조금도 두렵지 않았다. 차라리 관운장과 장비가 기다리고 있는 저 세상으로 일찌감치 가고 싶은 생각마저 드는 자룡이었다.

"조운, 빨리 항복하라!"

"위나라는 당신을 대장군으로 정중히 모실 생각이 있다."

이렇게 외치는 소리가 여기저기서 들려왔다.

자룡은 말에서 내려 옆에 있는 바위 위에 앉자, 태연히 팔짱을 끼고 두 눈을 감았다.

그로부터 약 한 시간이 지났다.

위나라 군사는 바위 위에 홀로 앉은 조운 자룡을 포위한 채 쥐죽은 듯 조용하게 움직이지 않았다. 항복하기를 권하는 외침도 들려오지 않았다.

사나운 호랑이를 잡으려는 사냥꾼처럼 모습을 나타내지 않고 소리를 죽이고 한 발 한 발 다가오고 있는 모양이었다.

"기다리기에 지쳤는걸."

조운은 천천히 몸을 일으켰다.

바로 그때였다.

동북 방면에서 함성이 올랐다.

와아아!

"왔는가!"

조운이 손을 들어 이마에 대고 그쪽을 멀리 바라보았다. 뜻밖에도 위나라 군사들이 마치 개미새끼 흩어지듯이 사방으로 달아나기 시작하지 않는가!

"오오! 우리편이 도우러 왔는가!"

틀림없이 위나라 군사들을 쫓아 버리고 앞장서서 나타난 것은 8척 장팔 점강모(丈八點鋼矛)를 비껴든 젊은 무장 장포였다.

"훌륭한 무사의 모습이다! 돌아가신 아버님 익덕을 그대로 빼닮았구나!"

조운은 눈시울이 뜨거워짐을 느꼈다.

장포는 말등에 머리 한 개를 비끌어매고 있었다.

"장포! 용케도 나를 도우러 와 주었구나!"

"승상의 명령을 받들어 5천 기를 이끌고 달려왔습니다. 오는 도중 위나라 군사가 가로막으려고 하기에 그 대장 설칙의 목을 베었지요."

싱글벙글 웃으면서 보고하는 젊은 그 얼굴 모습은 참으로 돌아간 아버지 익덕을 그대로 떠다 옮긴 것 같았다.

"그럼 적진을 돌파하기로 할까."

조운과 장포가 말머리를 나란히 하고 서북 방면을 향해 말을 몰려고 했을 때, 앞쪽 숲으로부터 우르르 위나라 군사가 어지러이 도망쳐 나왔다.

이들을 뒤쫓아 달려나오는 한 장부의 오른손에는 청룡언월도가 높이 들려 있고, 왼손에는 머리 하나가 쥐어져 있었다.

"오오! 저건 관흥이로군!"

고금을 통해 더없이 뛰어났던 충용무쌍한 명장 관우 운장! 그가 남겨놓고 간 아들 관흥 또한 그 아버지가 다시 나타났는가, 생각될 정도로 활달하고 용감했다.

관흥은 조운 앞으로 말을 몰아와서 말했다.

"저는 승상의 분부로 5천 기를 이끌고 가세하러 왔습니다. 이것은 위나라 대장 동희의 목입니다. 승상께서 바로 뒤따라 오실 것입니다."

"이런 송구할 데가 있나. 승상께서는 이 조운 자룡이 앞뒤도 가리지 않고 저돌맹진(猪突猛進)하는 결점을 꿰뚫어 보시고 그대들의 구원을 미리 계획하시었다. 참으로 부끄럽기 이를 데 없구나. 이렇게 된 이상 젊은 그대들과 함께 하후무를 공격하여 반드시 토멸하리라!"

"잘 알겠습니다. 그럼 저희들 둘이 선봉이 되어 공격하겠습니다."

관흥과 장포는 수하 군세를 이끌고 순식간에 멀어져 갔다.

조운은 감개가 무량하여 그 뒷모습을 눈으로 배웅하였다. 그는 좌우를 따르는 자들에게 말했다.

"저 젊은 두 무장으로 말하자면 운장과 익덕, 두 장군께서 나에게 보내 준 사람이라고 하겠다. 그렇다면 그들에게 이 조운이 아직 늙지 않았노라 하는 활약을 보여야만 할 것이다. 가자!"

그리고 힘차게 말채찍을 휘둘렀다.

멍텅구리

　이날 땅거미가 질 무렵 조운과 관흥, 그리고 장포에 등지가 가세한 사방의 촉군들은 둑을 무너뜨린 홍수처럼 위군을 맹렬히 공격했다. 싸움터에는 눈 깜짝할 사이에 수천 구의 시체가 첩첩이 쌓였다.

　본디부터 전술에 대해 경험이 없는 하후무는 일단 자기편 군세가 모조리 허물어지자, 다시 대열을 수습할 방법을 찾지 못하고 정신없이 달아나는 것만이 고작이었다.

　남안(南安) 성 안으로 도망쳐 들어갔을 때는 막하의 부장과 대장 백여 기뿐이었고, 병사들의 태반은 사방으로 흩어져 버렸다.

　조운 등 네 부대는 남안성으로 공격해 들어갔다. 성은 해자가 깊고 성벽이 높아 난공불락이었다. 이를 깨뜨려 함락시킨다는 것은 도저히 불가능할 것 같았다.

　헛되이 열흘이 지났다.

　거기에 공명이 몸소 중군을 이끌고 이르렀다.

　조운으로부터 연일 맹렬히 공격하고 있다는 보고를 받고 나서 공명은 사륜거를 몰아 성 둘레를 한바퀴 돌아보았다.

본진으로 돌아온 공명은 기다리던 모든 장수들에게 지시했다.

"이 남안성은 보통 공격으로는 도저히 떨어뜨릴 수 없소. 우리의 목적은 이 성을 떨어뜨리는 것이 아니라, 중원에서 위나라 군사를 전멸시키는 데 있소. 그대들이 부질없이 공격을 되풀이하고 있는 사이 적이 한중(漢中)을 공격하게 되면 우리의 계획은 수포로 돌아가오."

그러자 등지가 건의했다.

"승상, 하후무는 도량도 없고 지능도 없는 한낱 풋내기라고는 하지만, 위제(魏帝)의 부마(駙馬)이오니 무슨 일이 있어도 토벌해야만 합니다."

부마란 한나라 무제가 타는 말의 부마(副馬 : 예비말)를 맡아 보게 한 장교, 즉 부마도위(駙馬都尉)를 일컫던 것이지만, 위나라에서는 황녀(皇女)의 남편되는 자를 일컫는 칭호가 되어 있었다.

공명은 빙그레 웃고 대답했다.

"나는 이 성이 난공불락임을 자랑하기 때문에 공격하여 빼앗기를 단념한다고 말하는 것이 아니오. 빼앗는 데는 빼앗을 수단을 쓸 필요가 있다는 말이오."

일동은 기대에 차서 눈을 반짝이며 공명의 다음 말을 기다렸다.

공명은 말했다.

"이 남안군은 서쪽이 천수군(天水郡)에 접해 있고, 북은 안정군(安定郡)과 이웃하고 있소. 천수군의 태수는 마준(馬遵), 안정군의 태수는 최량(崔諒)이라고 들었는데 틀림없으렷다?"

"틀림없습니다."

참모가 대답하고, 이 두 태수에 관한 조서를 내놓았다.

공명은 두 통의 조서를 훑어보았다.

"최량에게 계책을 쓰면 이 남안성을 함락시킬 수 있을까요?"

등지가 물었다.

"모르긴 해도 아마 성공할 것이오."

그러나 공명은 어떤 계책을 쓸 것인지, 또 최량이 그 계책에 걸려들었을 때 어떻게 남안성을 공략할 것인지를 모든 장수들에게 털어놓고 말하려고 하지 않았다.

적의 첩자가 반드시 어디엔가 숨어서 귀를 기울이고 있다는 것을 공명은 알고 있었고, 또 여러 장수 가운데 이미 위나라와 내통하고 있는 자가 있을지도 모른다는 의심도 품고 있었기 때문이었다.

공명이 천수군과 안정군에 관심을 가진 데에는 그만한 까닭이 있었다.

'작은 병력으로 어떻게 하면 위나라 대군과 싸울까?'

공명은 자나깨나 이런 원대한 작전을 생각했다. 국지전에서 승리를 거두고 적장의 목을 베는 일도 중요하지만 항상 대세를 살펴야 한다.

따라서 공명이 생각한 것은 남안, 천수, 안정과 같은 지금의 감숙성(甘肅省) 남부 여러 지방의 호족들을 끌어들이자는 공작이었다. 앞서 공명이 위연의 건의를 물리친 데에도 사실은 이런 속셈이 깔려 있었다.

"되도록 서쪽으로 진출한다!"

동쪽을 치는 데 있어 이런 목표는 뜻밖의 작전이었다. 하지만 공명으로서는 위나라의 의표를 찌를 수밖에 없었다. 정면으로 부딪치면 승산이 없다.

공명이 서쪽 계곡으로 나가는 것을 알면 위군은 이를 요격하기 위해 병을 당연히 서쪽으로 보낸다. 그만큼 위군은 병참선이 길어지고 허리가 약해진다.

더욱이 공명이 계산하듯 천수와 안정의 호족을 끌어들일 수만 있다면, 촉군은 싸움터 가까운 지방에서 현지 병력을 얻는다는 강점이

있었다. 그러나 공작이 성공되기 전에는 공작의 목표를 밝힐 수는
없었다.

안정군의 태수 최량은 촉군이 하후무가 도망쳐 들어간 남안성을
열 겹 스무 겹 에워싸고 있다는 급보를 이미 접하고 있었다.
"구원하러 가야만 하겠는데……."
급히 4천 가량의 군사를 갖추기는 했으나, 어떻게 촉군을 공격하
면 좋을지 그 방법이 생각나지 않아 출진을 망설이고 있었다.
그럴 때 몇 명의 부하를 거느린 한 장수가 남으로 곧장 달려왔다.
"나는 하후 도독의 막하에 있는 부장의 한 사람으로 배서(裵緒)
라 하오. 남안성이 촉나라 군세에 의해 포위되어 있다는 것은 태
수께서도 아실 것이오. 태수께 안내를 바라오!"
성문 앞에서 소리를 질렀다.
최량이 불러들이자, 배서라고 이름을 밝힌 부장은 말했다.
"태수께선 대체 무엇을 망설이십니까? 남안성은 위급이 닥쳐 대
도독께서는 천수와 안정 양군에서 구원병이 오기를 기다리는 봉
화를 밤낮으로 올리고 계십니다. 그러나 아무리 기다려도 구원의
낌새가 없어, 마침내 제가 겹겹이 친 포위망을 뚫고 달려왔습니
다. 하루, 아니 일초라도 빨리 촉군의 배후를 기습하여 주시기 바
랍니다. 대도독께서는 안팎으로 호응하여 성문을 열고 쳐나올 생
각이십니다."
"하후 도독의 문서를 가지셨소?"
최량은 일단 의심하여 물었다.
배서는 품안에서 땀이 배어 찌든 서장을 꺼내어 죽 펼쳐 보이더니
말했다.
"이 문서는 천수군의 마 태수께도 보여드려야만 합니다."
그는 다시 얼른 품안에 넣고 말했다.

“바꾸어 탈 말을 부탁드립니다.”

배서가 필사적으로 서두르는 것은 최량도 이해할 수 있었다.

최량은 배서가 사라져 버리자 깊은 생각에 빠졌다.

“사자의 말대로 구원하러 가야겠는데 막상 어떻게 기습할 것인
지? 아무튼 적은 제갈량이 지휘하고 있으니 함부로 공격하다가는
거꾸로 궤멸되고 말지도 모른다.”

여전히 꾸물꾸물 망설였다.

그로부터 사흘 뒤에 위나라의 첩자라고 하는 자가 말을 몰고 달려
와서 알렸다.

“천수군 태수는 이미 군세를 남안(南安)으로 출진시켰습니다.”

최량은 하는 수 없이 출진을 결심했다. 만약 이대로 움직이지 않
고 있다가 남안성을 촉군에게 빼앗긴다면 안정군의 태수가 구원하
지 않았기 때문이라고 할 것이 틀림없다. 위제로부터 틀림없이 참형
을 선고받을 것이다.

최량은 성 안에 문관만을 남겨 놓고 성을 나섰다. 안정의 군사는
일로(一路) 남안을 향해 급히 큰길을 나아갔다.

그러자 아득히 먼 앞쪽에 하늘로 치솟는 불길이 바라보였다.

구원을 청하는 봉화를, 남안군 어느 산꼭대기에서 올리는 것이 틀
림없었다.

“급하다!”

최량은 자기가 도착했을 때 이미 함락되어 있다면, 자기도 촉군에
패배하든가 달아났다가 위제의 격한 노여움을 사든가 둘 중에 그 어
느 쪽이 될 것이 명백하므로 마음이 다급했다.

20리쯤 달렸을까?

별안간 앞과 뒤에서 일시에 함성이 터졌다.

“아차, 남안은 이미 함락되었구나! 우리는 매복한 촉군 군사의
습격을 받은 것이다!”

최량은 이를 부드득 갈았다.

앞쪽에서 돌격해온 것은 관흥이었다.

배후를 가로막은 것은 장포였다.

불의의 습격을 받은 최량은 죽어라 하고 사잇길로 도망쳐 들어갔다. 뒤를 따르는 것은 겨우 70여 명의 부하였다.

물론 자신의 영토이므로 사잇길에서 사잇길로 빠져도 방향을 잃지는 않았다.

자기 성이 보이는 지점까지 도망쳐 와서 겨우 안도의 숨을 쉰 최량은 혼자 중얼거렸다.

"천수군의 마군도 하후 도독과 함께 사로잡히거나 전사했거나, 어느 한쪽이겠지. 도성에는 그럴 듯하게 보고하면 된다."

그러나 해자 가까지 달려온 최량을 기다리고 있는 것은 휘하의 문관이 아니었다. 망루 위에는 거한의 낯선 무장이 우뚝 서 있었다.

"누, 누구냐? 어떤 놈이냐?"

"나는 '촉나라에 그 사람 있다.'라고 알려진 위연이다! 빨리 항복하라!"

기겁을 한 최량은 말머리를 돌려 걸음아 날 살려라 쏜살같이 달아나기 시작했다.

최량은 천수군으로 달아났다가 모습을 변장하고 도성으로 올라가리라 생각하고 사잇길을 따라갔다. 그러나 그 도주로를 택한 것은 너무나도 우둔한 선택이었다.

상대는 공명이다.

조조까지도 마음대로 희롱한 대군사(大軍師)가 아닌가. 최량이 성을 빼앗기게 되면 어떻게 달아날 것인지, 너무나도 환하게 예측하고 있었다.

한 마장도 채 달리기 전에 홀연히 앞길을 가로막는 것은 까만 사륜거와 촉나라의 큰 깃발이었다.

사륜거에는 윤건에 백우선, 학창의 차림으로 단정히 앉아 있는 청아한 모습의 공명이었다. 공명을 흘끗 본 순간 최량은 무의식중에 말에서 뛰어내려 힘없이 그 자리에 털썩 주저앉았다.

관흥과 장포가 나타나 좌우에서 최량의 팔을 움켜쥐고 공명 앞으로 끌어다 앉혔다.

"올라타오."

공명은 조용한 목소리로 자신의 곁자리에 앉으라고 권했다.

빈객의 예우를 받게 된 최량은 어리벙벙했다.

"나는 항복한 그대를 포로로서 다루지는 않겠소."

공명의 이런 말을 듣고 최량은 겁먹은 태도로 그 곁에 올라탔다.

본진으로 들어간 공명은 최량에게 자리를 내주며 물었다.

"그대는 남안군의 태수와는 잘 아는 사이오?"

"네! 남안태수는 저희들이 존경하고 있는 양부(楊阜)공의 사촌동생이신 양릉(楊陵)이며, 이웃 군으로서의 정리로 친히 지내고 있습니다."

"그렇다면 수고롭겠지만 이제부터 남안으로 가서 양릉을 만나 하후무를 사로잡는 데 공을 세우도록 설득해 줄 수 없겠소?"

공명은 담담한 말투로 부탁했다.

"저를 놓아주시겠다는 말씀이십니까?"

"그대의 인품을 보고 부탁하는 것이오."

공명이 말했다.

최량은 마음이 놓였다.

"저를 믿어 주신다면 의뢰하시는 뜻에 응하겠습니다. 그러나 남안성에 촉군이 바짝 다가서 있는 상황에서는 설득이 되지 않을 것입니다. 일단 군세를 물려주실 수는 없으시겠습니까?"

"알았소."

공명은 즉시 포고를 내려 촉군을 수십 리 뒤로 물러나게 했다.

위연은 이것을 매우 불만스럽게 생각했다.

"승상, 저 최량이라고 하는 사나이, 과연 승상의 말씀에 따를까요?"

"글쎄……. 그건 어떨지 모르겠소."

공명의 대답은 뜻밖이었다.

"승상……."

등지가 자신을 갖고 말했다.

"제가 관찰한바 그 사나이는 반드시 배반할 것으로 생각합니다."

"진심으로 항복한 것이 아니라는 말이오?"

"그렇습니다."

"그 말이 맞소. 최량은 우리 편으로 만들 수 없는 자라고 나도 보았소."

"그렇다면 어찌하여 놓아 주셨습니까?"

"글쎄 두고 보면 알 일이오."

공명은 아무렇지도 않게 대답하는 것이었다.

남안군으로 가서 태수 양릉을 설득하여 하후무를 배반케 할 것을 공명에게 맹세한 안정군 태수 최량은 홀로 말에 올라 큰길을 쏜살같이 달려갔다.

공명이 손수 기른 첩자가 당연히 뒤를 밟아오고 있다는 것은 쉽게 추측할 수 있었다. 최량은 어찌 되었거나 공명에게 맹세한 일을 실행하지 않을 수 없었다.

남안성에 도착한 최량은 양릉과 마주앉자 공명의 뜻을 전했다.

양릉은 기골(氣骨)이 있는 무장이었다.

"최량공, 그대가 공명이라는 대군사에게 굴복한 것은 어쩔 수 없는 일이었다고 납득할 수 있소. 그러나 우리는 위왕으로부터 크나큰 은혜를 입은 자들이오. 지금 위나라를 배반하고 촉나라에 항복한다면 후대에 이르기까지 비겁한 자라는 오명을 남기게 되오.”

“그럼 어찌하면 좋겠소?”

“이렇게 된 이상 대도독을 뵙고 있는 그대로 자세히 보고한 다음 나의 책략을 말씀드리기로 합시다.”

“책략이란?”

“될지 안될지 모르지만, 이 양릉의 작은 가슴 속에서 우러난 건곤 일척(乾坤一擲)의 생각에 따라주기 바라오. 비록 패하더라도 상대는 제갈공명이오. 우리의 치욕이 되지는 않을 것이오.”

양릉은 최량과 함께 위나라의 중군 본진을 향해 곧장 달렸다.

총수 하후무를 만나본 양릉은 모든 사태를 다 털어놓은 다음 청원했다.

“저에게 공명을 상대로 생사의 대승부를 겨룰 모계를 쓸 수 있도록 승낙하여 주십시오.”

“그 모계란 무엇이오?”

“제가 위나라를 배신하고 촉나라에 항복하겠다면서 거짓으로 말한 뒤 성문을 열고 촉나라의 군세를 맞아들여 이를 성 안에서 단숨에 무찌르겠습니다.”

“그 용기가 참으로 가상하구려. 해보오.”

총수 하후무는 매우 마음에 들어했다.

빈틈없이 준비를 갖추자, 최량은 시치미를 뗀 얼굴로 안정군에 돌아왔다.

“남안군의 태수 양릉은 제가 필사적으로 설득하자 마침내 결심을 하여 하후무를 배신하고 성문을 열겠다고 굳게 약속했습니다. 양릉은 일단 결심하자 하후무를 사로잡아 승상의 면전에 끌어낼 계략을 생각해 냈습니다만 아무래도 수하 군사가 모자라므로 그 계략은 버리고 남안성을 승상께 넘겨드리기로 했습니다.”

“수고가 많았소. 그럼 이 공명이 따라 입성할 터인즉, 그대는 하

후무에게 남안성으로 들어가 촉군이 전멸하는 광경을 지켜보시도
록 하십시오, 하는 밀서를 보내주시오."
공명이 말했다.
최량은 이 말을 듣자 생각했다.
'……옳지! 내가 공을 세우기에 좋은 기회다.'
"잘 알았습니다."
"여기에 그대의 휘하였다가 항복한 병사 100여 명이 있소. 그 속
에 촉나라 부장(部將) 두 사람이 몰래 섞여 암약하게 해둘 터이
니, 그대가 이끌고 가서 남안성으로 들어가 양릉공과 잘 의논하여
일거에 하후무를 사로잡아 주기 바라오."
"그것도 제가 바라는 바입니다."
대답하면서 최량은 마음속으로 다짐했다.
'……촉나라의 용맹한 장수를 둘씩이나 섞어 넣어 두는 것은 위험
을 동반하는 일이지만 하는 수 없다. 성 안에 들어섰을 때 둘 다
기습적으로 죽여 버리리라. 그리고 신호하는 봉화를 올리고 공명
을 끌어들여 토멸하면 된다.'
공명은 또한 일렀다.
"섞여 들 부장은 관흥과 장포요. 이 두 사람에게 하후무를 사로잡
는 공을 세우게 해 주오. 나는 봉화가 오르는 대로 입성하겠소."
"잘 알았습니다."
실로 전쟁의 책략이라는 것은 허허실실(虛虛實實)이다.
최량은 양릉의 굳은 충성심에 감화되어 위나라를 배반하는 것처
럼 공명을 속이고 있다.
공명쯤 되는 사람이 과연 이 속임수에 맥없이 걸려들 것인가?
공명의 밀명을 받은 관흥과 장포는 무장을 갖추자, 촉나라에 항복
한 안정군의 병사 100명 속에 섞여 들어 최량의 지휘에 따라 출발
했다.

"승상의 계책은 과연 이루어질까?"

"반드시 되지!"

관흥과 장포 사이에 은밀한 대화가 오갔다.

이윽고 안정의 군사는 남안성 문 앞에 이르렀다.

양릉이 망루에 올라가 호심란(護心欄 : 적의 화살로부터 보호되며 활을 쏘기 위하여 성곽에 만들어 놓은 구멍)으로 몸을 내밀고 물었다.

"어디 군사냐?"

"안정군에서 가세하러 왔소."

최량은 남모르게 화살 한 대를 망루에 대고 쏘았다.

그 화살에는——

공명은 관흥과 장포, 두 젊은 무사를 군사들 속에 섞어 놓았소. 미리 준비했던 대로 행동하기 전에 이 두 사람을 먼저 베고, 공명을 끌어들이도록 하시오.

이런 내용의 밀서가 매어져 있었다.

이 밀서는 곧 양릉의 손에서 하후무에게로 전달되었다.

이를 훑어본 하후무는 싸늘하게 웃고 말했다.

"공명이라는 사나이, 소문이 너무 과장해서 퍼진 거야. 평범한 군사일 뿐이다. ……날랜 무사를 200명쯤 보이지 않는 곳에 매복시켰다가 관흥과 장포를 죽여라. 공명은 아무것도 모르고 어슬렁어슬렁 들어올 것이다."

정예병을 요소에 배치한 양릉은 다시 망루로 올라가서 일부러 다짐을 해보였다.

"안정군 군사가 틀림없다는 증거를 보여라."

최량은 횃불에 자기 얼굴을 비추어 보여 주었다.

"됐다. 알았다! 들어오라."

성문이 활짝 열렸다.

최량의 바로 뒤를 관흥이 뒤따랐다. 장포는 맨 후미에 있었다. 양릉은 유유히 망루에서 내려왔다.

바로 그때, 관흥이 돌풍을 일으키며 양릉을 향해 쏜살같이 달려나갔다.

"아니! 무슨 짓을……."

허를 찔려, 칼을 뽑을 겨를도 없이 양릉은 정수리에서부터 둘로 갈라져, 관흥의 청룡언월도 아래 제물이 되었다.

기겁을 한 최량이 말머리를 돌려 적교(吊橋)까지 도망쳐오자, 그를 기다리고 있던 장포가 8척 점강모를 치켜들었다.

"얼빠진 녀석! 너의 얄팍한 모계에 걸릴 승상이신 줄 알았더냐!"

고함 소리와 함께 '윙' 하고 후려치자 최량의 목이 허공에 날았다. 하늘을 날았던 목은 떨어지면서 핏방울을 뿌렸다. 하후무는 당황하여 어찌할 바를 몰랐다.

"양릉, 이 멍텅구리 같은 놈!"

그는 분한 나머지 이를 부드득 갈았다. 그리고는 남문을 열어젖히고 뒤도 돌아보지 않고 달아나려 했다.

그런데 그 앞길을 정연하게 대오를 갖춘 한 무리의 군세가 가로막았다.

맨 앞에 선 것은 왕평이었다.

전투라는 것을 단 한 번도 경험해 본 일이 없는 하후무였다. 마구잡이로 덤벼드는 하후무를 왕평은 마치 어린아이라도 데리고 놀 듯 희롱하다가 확 말을 들이대며 팔을 뻗쳐 그 멱살을 움켜쥐었다. 그러고는 땅바닥에 힘껏 내동댕이쳤다.

공명의 까만 사륜거가 소리없이 입성한 것은 그로부터 한 시간이 지난 뒤였다.

공명이 우선 맨 처음에 낸 포고는——

주민들의 금품을 약탈해서는 안 된다.

부녀자를 욕보여서는 안 된다.

항복한 군사에 대하여 난폭한 행동을 해서는 안 된다.

이러한 내용이었다.

하후무를 함거 속에 가두어 놓고 등지가 공명에게 물었다.

"승상께서 최량의 마음이 변한 것을 꿰뚫어 보셨는데, 그것은 언제였습니까?"

"최량이 항복한 태도를 보고, 그 인물됨이 경박한 자임을 깨달았소. 나에게 귀순할 것을 맹세했을 때는 확실히 그럴 심정이었겠지만, 남안성에 가서 양릉을 만나 이야기를 나누면 반드시 양릉의 말을 따르게 될 것이 틀림없다고 보았기 때문에 나는 일부러 최량을 믿는 체하고 양릉을 설득하라고 보낸 것이오. 양릉은 기상이 강하여 결코 위나라 왕을 배신하지 않을 충성심을 지닌 사람이므로 최량의 말을 들으면 반대로 이 공명을 사로잡을 책략을 쓸 것이라고 생각했소. 역시 그 생각은 틀림이 없었소."

"승상, 그러시면 최량에게로 위나라의 부장 배서라고 하면서 달려가게 한 것은 승상의 계책이었습니까?"

"그렇소……. 배서라는 인물은 이 세상에 존재하지 않소."

공명은 웃었다.

모든 장수의 눈에는 공명이 인간이 아닌 신의 화신처럼 비쳤다. 공명에게는 남안성 탈취쯤은 재주 한 가지를 실험해 보는 연습 정도에 지나지 않았다.

문제는 천수군 공략이었다.

이미 공명은 천수군에 들여보낸 첩자들로부터 태수 마준의 가신인 강유(姜維)에 대한 자세한 보고를 받고 있었다.

강유는 천수군의 공조(功曹)라는 지위에 앉아 있던 강경(姜冏)이라는 사람의 외아들이었다. 강경은 강인(羌人)이 난을 일으켰을 때 이를 토벌하러 갔다가 불운하게 전사했다. 그때 강유는 아직 열 살 소년이었다.

강유는 세상 물정을 알기 시작할 무렵부터 하나를 들으면 열을 아는 천재성을 보였으며 많은 책을 읽었다. 열대여섯 살에 이미 문무 양쪽에 막힘이 없어 뛰어난 재능의 소유자라고 소문나 있었다.

태수 마준이 이 천재를 사랑하여 대뜸 중랑장으로 발탁하려고 하자 강유는 굳게 사양했다.

"그대는 주위 사람들의 시새움을 꺼리는 것이겠지만, 중랑장이 되어 그 재주를 마음껏 발휘하면 일동은 군말 없이 이에 따를 것이다."

마준이 이렇게 말하자, 강유는 고개를 설레설레 저으며 청했다.

"제게는 꼭 한 가지 모자라는 것이 있습니다. 오나라와 촉나라를 아직 이 눈으로 보지 못한 일입니다. 3년의 세월을 저에게 주시면 오나라와 촉나라에 들어가 자세히 그 치정(治政)과 서민들의 생활상, 그리고 지형을 살펴보고 오겠습니다."

그리하여 강유는 표연히 천수군을 떠났으며, 그 뒤 3년 동안의 행적은 알려지지 않았다(그 3년 동안 강유는 위나라의 가장 큰 적이 제갈량 공명임을 알고 이를 죽이려다가 실패한 일은 이미 앞에서 말했다).

지금 강유는 천수군으로 돌아와 중랑장이 되어 태수의 오른팔 노릇을 하고 있었다.

천수군에는 태수 마준 아래 공조(功曹) 양서(梁緖), 주부(主簿) 윤상(尹賞), 주기(主記) 양건(梁虔) 등이 있었는데, 모두 범용한 무리들이었다.

남안군에서 대도독 하후무가 촉군에게 포위되었다는 소식이 전해지자 천수성 안은 곧 소란해졌다.

공조, 주부, 그리고 주기들은 차례로 권했다.

"하후무 공은 부마의 몸이시온데 팔짱을 끼고서 이를 죽도록 내버려 둘 수는 없습니다. 천수군의 총세(總勢)로써 이를 구출해야 할 것입니다."

그러나 마준은 공명이라는 세상에 보기 드문 군사를 두려워하여 망설이지 않을 수 없었다.

때마침 하후무의 심복인 배서라는 부장이 말을 몰아왔다.

"대도독께서는 촉군의 맹공격을 받아 패배할 위기에 직면해 계시므로, 급거 원군을 보내주시기를 부탁하시었습니다."

이렇게 말하고는 다시 쏜살같이 달려갔다.

다음날에는, 또 다른 말이 달려와 하후무의 서명이 들어 있는 공문서를 내놓았다.

안정군의 원군은 이미 이르렀음. 천수군의 구원이 있으면 촉군을 물러나게 할 수 있은즉 빨리 도우러 와 주시오,

이를 읽어본 마준은 전군에 진격을 명령했다.

"더이상 망설일 수는 없다!"

그때 마침 밖에 나가 있던 강유가 쏜살같이 돌아왔다.

"태수님! 제갈공명의 책략에 속아서는 안 됩니다."

"무슨 말이냐? 하후무의 심복이라는 배서가 구원을 청해 왔고, 이미 안정군에서는 가세하고 나섰다. 우리 천수군이 어찌 모른 체 하고 있을 수 있으랴!"

"태수님, 그것은 제갈량의 책략입니다. 촉군은 남안성을 열 겹 스무 겹으로 포위해 개미 한 마리도 기어나올 틈이 없습니다. 공명의 포진은 보통 공격 진형이 아니었습니다. 이 물샐 틈 없는 포위망을 뚫고 이 성까지 달려온다는 것은 날개라도 달지 않은 한 불

가능합니다. 게다가 또 제가 아는 바로는 하후 부마의 심복에 배서라는 사람은 없습니다. 이것은 태수를 이 성에서 끌어내려는 공명의 책략임에 틀림없다고 생각합니다.”
“그대의 혼자 생각이 아니겠는가?”
“아닙니다. 결코 독단적인 생각이 아닙니다.”
“그러나 배서도, 그리고 그 다음 파발마도 공문서를 가지고 왔었다.”
“필시 공명이 만든 가짜일 것으로 생각합니다.”
“그대의 말을 믿어도 좋겠으나 만약 배서의 구원 요청이 진실이었다면 나는 하후 부마를 못본 체 내버린 것이 되어 이 지위를 잃게 될 것이다.”
이렇게 말하는 마준을 바라보며, 강유는 마음 속으로 깊이 실망했다.
‘……이 강유를 믿지 못하겠다니 너무나도 한심하구나.’
“태수님!”
강유는 엄숙한 태도로 청했다.
“어쨌든 이 강유에게 반수의 군세를 주십시오. 반드시 촉군을 무찔러 보이겠습니다.”
“자신이 있는가?”
“절대로 자신 있습니다.”
“그럼 그렇게 하라.”
마준은 반신반의하는 마음으로 군세의 절반을 강유에게 맡겼다.
강유는 또 말했다.
“상대가 공명이고 보면 보통의 병법으로는 격파할 수 없은즉 내일까지 저에게 말미를 주십시오.”
허가를 청하고는 강유는 방에 틀어박혔다.
책상 위에 전략도를 펴놓은 강유는 한동안 상념에 잠겼다. 3년 전 자객으로서 습격했던 때의 공명의 그 시원한 모습이 마음 속에 되살아났기 때문이다.
　‘……지지 않겠다! 천 년에 하나밖에 없는 대군사를 강유 백약이
무찌르리라!’
　강유는 자신의 마음에 채찍질했다.

　　계책을 부리다가 강한 적수 마주치고
　　지혜를 겨루다가 뜻밖의 사람 만나네

봉황과 기러기

청년 무장 강유(姜維) 백약(伯約)은 태수 마준에게 다음과 같은 헌책(獻策)을 올렸다.

"아마도 제갈공명은 이 천수성 뒤쪽에 군사를 매복시키고 우리 군세를 끌어낸 다음 일거에 성 안으로 쳐들어올 전법을 쓸 것으로 생각됩니다. 그렇다면 저는 사잇길에 숨어들어 3천의 병력을 매복시켜 두기로 하겠으니, 태수께서는 당당히 성문을 열어 전병력을 이끌고 공격해 나가십시오. 다만 멀리까지 나가시는 것은 위험하오니 30리 가량의 지점에서 곧장 되돌아오십시오. 그리하여 봉화를 신호로 앞뒤에서 협공하면 승리는 의심할 나위 없다고 확신합니다. 어쩌면 보기좋게 공명을 사로잡을 수도 있을 것으로 생각합니다."

"그대의 책략을 채택해 보리라."

마준은 반쯤 의혹과 두려움을 품으면서도 승낙했다.

성 안에 양서와 윤상 같은 문관만을 남겨 놓은 마준은 강유를 떠나보낸 뒤 주기 양건을 뒤에 따르게 하며 천수군의 전군을 이끌고 성을 나섰다.

"마준이 성에서 나와 공격을 시작했습니다."

망을 보던 군사의 급보를 받고 조운은, 성 안에는 문관밖에 남아 있지 않음을 알고——

"천수성을 빼앗는 것은 어린아이의 팔을 비트는 것과 같다."

장익과 고상에게 급히 사자를 보내어 명령했다.

"마준을 좌우에서 덮쳐라."

장익과 고상은 공명의 지시대로 야음을 틈타 길 없는 산 속으로 진군하여 큰길 양쪽에 매복해 있었던 것이다.

조운은 5천 기를 이끌고 곧장 천수군 성 밑으로 쇄도했다.

성문에서 10리 떨어진 거리에 다가갔을 때였다.

별안간 밀림 속으로부터 천지를 뒤흔드는 함성이 터져나왔다.

"복병인가. 짓밟아주리라."

조운이 장창을 고쳐잡자, 앞쪽에서 얼굴이 흰 장군이 질풍처럼 달려 나왔다.

"조 장군, 몇 해 전 성도(成都) 밖 와룡호에서 만나뵈온 강유 백약이오이다! 지금 천수군의 중랑장으로서 장군의 목숨을 받고자 하오!"

늠름하게 말했다.

"오오! 그 애송이 자객이……."

일순, 조운은 숨을 삼키고 눈을 크게 부릅떴다.

그 이상할 만큼 수려했던 얼굴 생김은 지금도 똑똑히 기억에 남아 있다.

그러나 지금, 눈앞에 나타난 무장은 그때의 모습이 남아 있긴 하지만, 전혀 다른 사람 같은 늠름함과 용맹스러움을 그 얼굴과 온몸에 팽팽이 채우고, 태연자약하게 조운 자룡과 맞싸울 무서운 투지를 불태우고 있었다.

"용케도 이토록 훌륭한 무장이 되었구나!"

조운은 탄복하며 장창을 힘껏 거머쥐었다.

"간다!"

용과 뱀은 서로 불꽃을 튀겼다.

양쪽이 내지르는 번개 같은 창은 글자 그대로 눈에도 보이지 않았고, 준마를 솜씨있게 다루며 서로 달려드는 그 빠른 속도 또한 마치 질풍 같았다.

'……이 젊은 무장이야말로, 관운장 이래의 영걸인 듯하다!'

이따금 휙휙 스치는 강유의 창을 간신히 피하면서 조운은 생각했다. 그리고 이때 비로소 자신의 노쇠를 뼈저리게 느꼈다.

어쩌면 그대로 한 시간만 싸움이 계속되었다면 고금에 그 무명을 떨쳤던 상산의 조운 자룡도 목숨을 잃었을지 모른다.

하지만 나가는 것은 알아도 물러날 것을 모르는 조운은 혈로를 열어 퇴각할 생각 같은 것은 조금도 하지 않았다.

조운과 강유가 단기전을 하고 있는 사이 촉군 5천 기는 절반으로 줄어 있었다.

그 싸움터에는 촉군과 위군 모두 새로운 병력이 더해졌다.

20리를 나간 마준이 곧장 되돌아왔고, 촉군 측에는 장익과 고상의 군세가 달려왔다.

촉군과 위군은 군사의 수에 있어 많은 차가 있었다. 그러나 조운 이하 촉군은 물려나려고 하지 않았다.

거기에 공명의 전령이 달려왔다.

"물러나라!"

싸움터에서 두 군사는 일시에 떨어졌다.

"언젠가 와룡 호반에서 승상의 목숨을 노리던 젊은이가, 이제는 중랑장이 되어 이 조운도 하마터면 그의 창끝에 찔려 죽고 말 뻔했습니다. 그때 죽여 버렸어야 했습니다."

조운의 보고를 들은 공명은 크게 고개를 끄덕이고 대답했다.

"그때 나는 장군에게 말했소. 내가 미리 짐작하건대, 이 젊은이는 언젠가 위나라를 버리고 이 촉나라의 장군으로서 한몫 하게 될 것이라고."

"그러나 승상, 강유는 이제 마준 휘하의 중랑장이 되어 있으며, 바야흐로 위나라를 짊어질 도독이 될 것이라고 여겨집니다만."

"강유로 하여금 항복하게 할 책략은 이미 생각해 두었소. 물론, 강유가 지금은 이 공명을 격파할 계책을 여러 가지로 생각하여 만반의 준비를 하고 있을 것이오만 아직 강유는 젊소. 이 공명의 기계(奇計)에 걸리지 않을 리가 없소."

공명이 장담했다.

이틀 뒤 공명은 몸소 중군을 지휘하여 천수성에 육박해 보았다.

성 밑에 가까이 다가가서, 성벽 위에 정연히 늘어선 깃발을 흘끗 보았다. 공명은 그것만으로도 강유가 군사로서 남다른 재능을 갖고 있음을 꿰뚫어 보았다.

"조심하라. 강유는 사방에 수하 군세를 감추어 두었을 것이 틀림없다."

공명의 명찰(明察)이 틀리지 않아, 별안간 사방의 산기슭에서 불화살이 공중으로 날더니, 그것을 신호로 요란한 함성과 함께 천수군이 성난 파도와도 같이 공격해 왔다.

공명은 사륜거를 돌렸고, 관흥과 장포가 이를 수호하며 겹겹이 에워싸고 공격해 오는 적의 포위망을 뚫고 나왔다.

한 언덕으로 달아나 뒤돌아보니, 바로 동쪽에 횃불을 줄지어 밝힌 기마군의 진용은 참으로 천병(天兵)이 내려온 듯이 훌륭했다.

'훌륭한 지휘로다! 무슨 일이 있더라도 강유를 우리 촉나라의 장군으로 삼아야만 한다.'

공명은 새삼 자기 자신에게 타일렀다.

그날 밤 한 첩자가 본영으로 그림자처럼 은밀히 들어와 공명에게 보고했다.

"강유의 어머니는 현재 기현(冀縣)에 살고 있습니다."

"알았다."

공명은 한참 동안 생각에 잠기더니 위연을 불렀다.

"귀공은 군사를 거느리고 기현으로 달려가서 마치 공략하여 취하려는 것처럼 보이도록 하오."

"진정으로 공략하는 것이 아닙니까?"

"그렇소. ……강유가 어머니에게 효양(孝養)을 다하는 자라는 것은 이미 조사해서 알고 있소. 귀공이 기현을 공격한다는 급보를 접한다면, 강유는 반드시 수하 군세를 이끌고 어머니를 지키려 달려올 것이오."

"그때는?"

"그때는 잠자코 강유가 성으로 들어갈 수 있게 해주오."

"잘 알겠습니다."

공명은 위연 다음으로 조운을 불렀다.

"천수군이 가지고 있는 양식의 8할은 상규(上邽)에 저장되어 있음이 밝혀졌소. 그러니 상규를 공격하여 빼앗아 주시오."

"알았습니다."

공명은 모든 장수들을 손발처럼 착착 움직여서, 강유를 투망 속에 든 물고기로 만들 묘책을 준비했다.

물론 강유는 공명에게 사로잡힐 것이라고는 꿈에도 생각하지 않았다. 이미 조운을 두렵게 만들고 공명을 달아나게 만들었던 터라 강유는 완전히 촉군을 격파할 자신을 얻었다.

촉군이 세 갈래로 나뉘어, 중군은 천수성 밖 30리에 포진하고, 한편은 상규로 향하고, 다른 한편은 기성(冀城)으로 향했다는 보고가 첩자에 의해 들어왔다. 강유는 마준에게 청했다.

“제 어머니는 지금 기성에 계시니, 이를 못본 채 내버려 둘 수는 없습니다. 군사를 주시면 기성의 수비를 강화하여 촉군을 밟아 버린 다음, 어머니를 모시고 이 성으로 돌아올까 생각합니다.”

마준은 허락했다.

천수성 밖 30리 지점에 본영을 둔 공명은 차례로 들어오는 전황을 보고받았다.

예측했던 대로 강유는 기성을 향해 달려갔다. 이것을 위연이 도중에서 방해하며 한 시간쯤 싸우다가 일부러 패주하여 강유가 기성으로 들어가는 것을 허용했다. 조운도 식량을 지키려고 상규로 달려온 양건을 입성하도록 그냥 두었다가 이를 포위했다.

거의 완벽한 계략이 이루어졌을 때, 공명은 남안성 안에 포로로 있던 하후무를 본영으로 압송해 왔다.

“그대에게 묻겠다. 사로잡혀 죄수의 굴욕을 견디느니 차라리 죽음을 택할 용기는 없는가?”

공명의 날카로운 눈빛을 받자, 하후무는 두려워서 얼굴을 푹 수그렸다.

“죽음을 택하겠다면 이 자리에서 당장 목을 치리라!”

“그, 그……것만은…….”

하후무는 공명을 우러르며, 자비를 비는 비참한 표정을 띠었다.

“지금, 천수군의 중랑장 강유는 기성에서 굳게 성문을 닫고 있으면서 나한테 밀사를 보내왔다. ‘하후 부마의 목숨만 살려 준다면 항복하겠습니다’라고. 그러니 그대가 만약 목숨을 보존하고 싶다면 몸소 기성으로 가서 강유에게 항복하도록 권하는 것이 좋으리라.”

“약속하겠습니다.”

하후무는 머리를 숙여 맹세했다.

“그럼 그대 혼자서 가도록 하라.”

공명은 새로운 의복과 안장을 놓은 말을 내주었다.

촉병은 한 사람도 따르게 하지 않았다.

하후무는 절반쯤은 꿈을 꾸는 심정으로 기성을 향해 떠났다.

‘……공명은 환술(幻術)에 능한 자여서 내 눈에 뜨이지 않도록 뒤를 밟게 했을 것이 틀림없다. 내가 배반하여 도성으로 도망쳐 돌아가려고 한다면 곧 죽이라고 명령했을 것이다.’

그렇게 생각한 하후무는 달아날 뜻을 버렸다.

불과 40리나 갔을까, 수십 명의 남녀가 큰길을 따라 이리로 도망쳐 오는 것과 만났다.

“너희들은 어디 사람이냐?”

하후무가 이상히 여겨 묻자, 그 가운데 한 사람이 무서운 듯 진저리치며 말했다.

“저희들은 기성의 백성입니다. ……강 장군이 촉나라 대군의 공격을 받아 마침내 성을 열어 항복하고 말았습니다. 촉나라 대장 위연은 저희들의 집에 닥치는 대로 불을 지르고 쌀을 비롯해서 재물을 약탈하고 있습니다. 저희들은 간신히 촉병들의 사나운 손에서 빠져나와 이제부터 상규로 가려는 길입니다.”

“그런가? 벌써 기성은 함락되고 강유는 항복했단 말인가?”

하후무는 이미 기성으로 가는 것이 헛일이며 아무 뜻도 없게 되었음을 알았다.

‘……이렇게 된 이상, 하는 수 없지.’

천수성으로 가서 마준에게 의지할 도리밖에 없었다.

하후무는 말머리를 돌렸다. 공명의 명령을 받고 뒤를 밟아오는 첩자가 덮쳐오면——

“마준에게 항복을 권하러 가는 길이오.”

이렇게 말하리라.

말을 몰아가는 길에도 난민들이 줄지어 걸었다.

늙은이를 등에 업은 아들, 어린이의 손을 끌고 가는 어머니, 참으로 비참하고 가엾은 모습이었다. 말을 걸어 물어보니, 모두 기성에서 도망쳐온 농민이라는 대답이었다.

하후무는 거지꼴이 되어 겨우 천수성 문앞에 이르러 자신의 이름을 밝혔다.

망루에 있던 군사는 급히 마준에게 알렸다.

마준은 하후무의 얼굴을 알고 있었다.

윗자리에 앉히고 물었다.

"도독께서는 공명에게 잡힌 몸이 되셨다는 소식을 들었사온대, 용케도 벗어나실 수가 있었습니다. 어떻게 탈출하셨습니까?"

"그런 것은 아무려나……. 강유가 항복했다!"

"예에? 그, 그럴 리가 있습니까! 강유쯤 되는 사나이가 위나라를 배반하고 공명에게 항복하다니……. 도저히 상상도 할 수 없습니다!"

"내가 이 눈으로 기성이 함락된 것을 똑똑히 보았는데도."

"어찌, 그렇게!"

마준은 도저히 믿을 수 없다며 고개를 저었다.

그러자 곁에서 공조인 양서가 말했다.

"모르긴 해도 아마 강유는 도독을 구하려고 거짓 항복한다는 글을 공명에게 보내고 성을 내주었을 것이 틀림없습니다."

"그런 어리석은!"

마준은 얼굴이 시뻘게져서 고함쳤다.

"강유는 지략이 남달리 뛰어난 사나이요. 도독을 구하기 위해, 그와 같은 어리석은 책략을 택할 리가 없소."

하후무가 말했다.

"무슨 소리. 강유는 틀림없이 성문을 열어 성을 내주었다."

"도독! 그렇다면 강유가 항복한 것은 아마도 어머니가 촉군에게
잡혔기 때문일 것입니다. 강유는 누구보다도 효성심이 두터운 자
입니다."

"음! 비겁한 녀석 같으니!"

하후무는 자신의 일은 젖혀놓고 강유를 욕했다.

어찌 되었거나 강유가 촉나라에 항복한 것은 마준에게 크나큰 충
격이었다.

이제부터는 자기를 도와 공명과 맞서 싸울 군략가가 없었다.

'……어찌하면 좋겠는가?'

마준은 암담해서 팔짱을 낀 채 깊은 생각에 잠겼다.

천수성이 어두운 구름에 싸여 밤을 맞았을 때, 마준을 더욱더 깜
짝 놀라게 하는 사건이 일어났다.

강유가 몸소 말을 몰아 성문 밖에 나타난 것이다.

횃불로 자기 얼굴을 비춰 보이며 소리쳤다.

"중랑장 강유, 하후 대도독에게 아뢰오!"

하후무는 마준과 함께 급히 망루에 올라가 강유를 내려다보았다.

"강유, 그대는 공명에게 항복한 것이 아니었는가?"

마준이 묻자, 강유는 가슴을 펴고 대답했다.

"그렇소. 분명히 나는 공명에게 굴복하였소!"

"비겁한 놈! 배신하다니……."

마준은 온몸의 피가 거꾸로 흘렀다.

"나는 대도독을 위해 공명 앞에 무릎을 꿇었소. 그런데 무슨 꼴이
오? 대도독께서는 이 성으로 도망쳐 들어가다니! ……대도독이
야말로 공명의 포로가 되어 위나라를 배반하려고 했소. 그리고 대
도독은 몸소 글을 써서 밀사에게 들려 보내어 이 강유에게 항복하
라, 그렇지 않으면 나는 공명에게 목이 달아난다고 겁먹은 소리를

하지 않았소? 그러므로 나는 촉군에게 기성을 내주었소. ……대도독이야말로 크게 사람을 속이고 있소!"

"닥쳐라! 닥쳐! 이 하후무는 너에게 항복을 권하는 밀서 따위를 보낸 일이 없다!"

맞고함을 쳐 대꾸하면서도 하후무는 자기가 공명에게 보기좋게 속아넘어간 것을 깨달았다. 그러나, 이제 와서 마준에게 진실을 털어놓을 수는 없는 일이었다.

"강유, 지나간 일은 잊으라. 속히 성으로 들어오라!"

"못 들어가겠소. 나는 제갈량 공명이라는 세상에 흔치 않은 대군사의 부장이 되어, 촉나라를 위해 힘을 다할 각오를 했소."

"저런 놈이 있는가! 용서할 수 없다! 당장 목을 벨 테다! 붙잡아라!"

마준은 불같은 분노가 치밀어 수하 군사에게 명령했다. 그러나 병사들은 강유를 두려워하여 성에서 공격해 나가려고 하지 않았다.

"촉장 강유, 언젠가는 위나라의 대군을 무찌르리라!"

강유는 큰소리치고 나자 유유히 말머리를 돌려 어둠속으로 사라져 버렸다.

"어디 두고 보자, 배반자!"

마준은 발을 동동 굴렀다.

그런데 실은 그 강유는 가짜였다. 공명이 강유를 꼭 닮은 촉병을 찾아내어, 강유의 옷차림을 꾸며 천수성으로 말을 몰아가게 했던 것이다. 횃불로 비추어서는 그 얼굴 모습이 가짜인 줄 알지 못하고, 또 거리가 먼 곳에서 외쳤으므로 목소리로도 분간할 수가 없었다.

하후무 쪽은 자기가 포로가 된 것이 원인이므로, 풀이 죽어 있을 뿐이었다.

'……공명에게 뜨거운 맛을 보여 주리라!'

진짜 강유는 기성의 수비를 더욱 굳게 하여 투지를 불태우고 있었다. 다만 포위되어 상당한 날짜가 지났으므로 성 안에는 군량이 얼마 없었다.

'……군량 때문에 패배하다니 말이나 되는가!'

강유는 망을 보는 군사에게 일러두었다.

"적진에 군량이 운반되는 때를 놓치지 말라."

이윽고 그때가 왔다. 촉병이 장사진을 이루어 위연의 진영으로 크고 작은 군량 수레를 끌고 오는 것을, 망루의 군사가 발견하고 강유에게 급히 보고했다.

"됐다!"

강유는 뒷문으로 3천 기를 이끌고 나와 학익진(鶴翼陣)을 펴서 일거에 급습했다. 촉병은 군량 수레를 내버리고 개미새끼 흩어지듯 사방으로 달아났다.

강유는 3천 기에게 군량 수레를 이끌게 하여 성으로 돌아가려고 했다. 그러자 갑자기 땅에서 솟아난 듯 한 무리의 군사가 앞길을 가로막았다.

맨 앞에 선 것은 촉군의 용장 가운데 한 사람인 장익이었다.

"자아, 왔구나!"

강유는 맹렬히 말을 몰아 단기전으로 나왔다. 용장으로 이름난 장익이 쩔쩔맬 정도로 강유의 창은 날카로웠다.

장익이 말에서 굴러떨어지려는 순간——

"왕평이 예 있다!"

외치며 옆에서 돌격해 왔다.

두 맹장에게 공격을 받고는 도저히 이길 승산이 없자 강유는 틈을 엿보아 혈로를 열었다.

곧장 기성으로 달아나려고 한 강유는 순간 자기 눈을 의심했다.

"엇!"

성 위에는 촉나라의 깃발이 높다랗게 펄럭이고 있지 않은가.

강유가 장익과 왕평을 상대로 하여 격렬히 싸움을 벌이고 있는 동안 위연이 성을 점령한 것이다.

"아차!"

강유는 하는 수 없이 아수라 같은 기세로 바짝바짝 포위해 오는 촉군의 진중을 돌파하여 천수성을 향해 내달렸다.

겹겹이 에워싼 포위망을 탈출했을 때 강유를 따르는 군사는 겨우 10여 기뿐이었다.

더구나 어떤 산기슭을 뚫고 달리려고 하자——

"강유, 너를 기다렸노라!"

소리치며 장포가 덤벼들었다.

결사적인 항전 끝에 강유는 혼자서 겨우 천수성 밖에 이르렀다.

얼굴도, 팔다리도, 온통 피투성이가 되어 있었다.

물론 자신의 가짜가 앞서 찾아와서 하후무와 마준에게 심한 욕설을 퍼부은 일을 신이 아닌 그가 알 턱이 없었다.

성벽 위의 병사는 강유의 모습을 보자 강유가 다시 나타났다고 허둥지둥 마준에게 보고했다.

"배반자에게 화살을 퍼부어라!"

마준이 명령했다.

느닷없는 화살 세례에 너무나도 놀란 강유는 까닭도 모르는 채 물러나야만 했다.

등 뒤로부터는 촉나라의 군사가 성난 파도처럼 밀려왔다.

"이게 어이 된 일인가? 이 강유가 몸 둘 곳은 아무 데도 없단 말인가!"

강유는 문득 마준이 공명의 계략에 걸린 줄을 깨달았으나, 이미 어쩔 도리가 없었다.

하는 수 없어 강유는 양건이 지키는 상규성으로 향했다. 양건이라면 나의 변명을 들어 줄지도 모른다고 생각했던 것이다. 그러나 막상 상규성에서 쏟아져 나온 것은 욕지거리였다.

"역적놈아! 나까지도 촉나라에 항복하게 하려고 꾀다니 우습기 짝이 없구나!"

"내가 위나라를 배반할 사람으로 보이오? 이것은 모두 공명의 계략이오!"

그 변명에 대한 대답은 빗발처럼 퍼붓는 화살 세례였다.

실로 강유는 하늘 아래 겨우 다섯 자밖에 안 되는 한 몸을 둘 곳조차 없는 처량한 신세가 되고 말았다.

'이렇게 된 이상 장안으로 가는 수밖에 없겠다. 장안에 갔다가 거기서도 배신자의 낙인이 찍히게 된다면 깨끗이 자결하리라.'

말머리를 돌린 강유는 멀리 장안으로 향했다.

겨우 20리쯤 달려갔을까? 나무가 빽빽이 우거진 숲에 이르자, 느닷없이 천지를 뒤흔드는 함성이 일었다.

"끝내 여기서 죽게 되는구나!"

강유는 단단히 각오했다.

그때 숲속으로부터 사륜거가 나타났다.

거기에 타고 있는, 윤건을 쓰고, 학창의를 걸치고, 백우선을 든 사람을 흘끗 쳐다본 강유는 아무말도 없이 말에서 내려 땅에 꿇어앉았다.

"공명 공, 이 강유는 도저히 공의 적수가 못됩니다. 속히 목을 치시오."

강유는 말하고 머리를 깊숙이 숙였다.

3년 전 혼자 촉나라로 들어가 와룡 호반에서 공명을 죽이려 한 뒤처음 만나는 것이다.

"강유 백약, 올라타게."

공명은 자기의 옆자리를 권했다.

강유는 홀린 사람처럼 공명이 권하는 대로 따랐다.

공명은 몸에 전혀 무기를 지니고 있지 않았고, 강유는 허리에 칼을 차고 있었다.

지금, 강유가 공명을 죽이려고 한다면 당장에라도 칠 수 있었다.

촉군은 밀림 속에 있고 그 사륜거에는 군사들의 그림자조차도 보이지 않았다.

공명은 사륜거를 몰면서 강유에게 말했다.

"3년 전 나는 그대가 자객이 되어 내 목숨을 노리고 왔을 때, 이 젊은이야말로 장래에 대군을 이끌고 훌륭한 싸움을 펼칠 수 있는 기량을 지닌 사람이라고 보았네. 또한 그대가 언젠가는 위나라를 버리고 우리 촉나라의 한 장군에 끼게 될 것이라고 예감했다네. ……그대는 중랑장이 되어 우리 촉군을 몹시도 괴롭혔지. 훌륭하게 싸우는 모습을 유감없이 보여 주었네."

"……."

"그러나 어쩌겠는가. 위나라의 총수 하후무도, 그리고 그대의 주공 마준도, 그대의 기량을 제대로 평가할 만한 인물이 못되는 것을. 그러므로 내 계략에 걸려 그대를 못본 체 내버린 걸세."

강유는 고개를 폭 수그린 채였다.

공명은 말을 계속했다.

"나는 내 초옥을 나온 이래, 나의 군략과 병법을 고스란히 물려줄 인물을 물색해 왔네. 일기당천(一騎當千)의 용맹스런 무장은 조운 자룡과 위연을 비롯해서 열 손가락이 모자랄 정도로 내 밑에 모여 있지. 그러나 나의 군략과 병법을 모조리 배워 내 뒤를 이어 군사가 될 만한 인물을 이제껏 발견하지 못했네."

"……."

"그런데 이제 처음으로 나는 그럴 만한 인물을 발견했네."

“……”
“그것은 강유 백약, 바로 그대일세!”
“공명 공!”
강유는 너무나도 감동한 나머지 가슴이 뜨거워졌다.
“그대의 부친은 본디 위나라의 가신이 아니라 천수군 호족(豪族)이었다고 들었네. ……조조가 청하여 천수성으로 들어가 공조가 되었으나, 강인들이 난을 일으켜 사방을 마구 소란케 하며 폭동을 일으켰을 때, 위왕으로부터 그 책임을 문책당하고 한 마디 변명도 없이 돌아가셨다지? 말하자면 그대의 부친이나 그대는 위나라로부터 별다른 은혜를 받은 적이 없네. 따라서 위나라를 버리고 촉나라를 따른다 해도 배신이라 할 것도 없지 않은가.”
강유는 공명이 자신의 가문까지도 모두 조사한 것을 알았다.
확실히 강유의 아버지는 위나라의 가신은 아니었다. 수백 년 전부터 천수군에 뿌리박고 살아 온 옛 호족이며, 선조 가운데에서 몇 사람은 한조(漢朝)에서 중요한 일을 맡아보았다. 이른바 한조의 은택을 받았던 호족이라 해도 좋았다.
어찌되었건 강유는 이미 위나라에는 돌아갈 수 없는 몸이 되어 있다. 촉나라에 항복하여 공명의 손발과 같은 사람이 되든가, 아니면 죽음을 택하든가!
강유는 이제 공명의 청아한 모습을 대하며 부드러운 봄바람과도 같은 온화한 분위기에 싸였고, 동시에 이제껏 한번도 만나보지 못했던 크나큰 도량을 절절히 가슴에 느꼈다.
‘……이분을 위해 한 목숨 던지는 것도……’
이런 마음이 진심으로 우러났다.
‘나는 그러기 위해 태어난 것이 아닐까?’
이런 생각도 들었다.
“승상!”

강유는 훌쩍 사륜거에서 뛰어내리자, 땅에 두 손을 짚었다.

"제 목숨, 승상께 바치겠습니다!"

"오오! 고맙네."

공명은 따라 내려가서 강유의 손을 잡았다.

"부탁하네! 이 공명은 장수(長壽)할 수 없는 몸이니, 내가 죽은 뒤에는 그대가 촉군을 이끌고 중원을 제패하는 임무를 다해 주기 바라네!"

공명이 지그시 쏘아보자, 강유는 그 날카로운 눈길을 받고 그 순간부터 촉나라 사람이 되었다.

본진으로 돌아와 공명이 막사로 들어갔을 때, 위연이 만날 것을 청했다.

들어온 위연은 매우 불만스러운 듯이 물었다.

"승상께서는 강유를 베어 죽이려고 하지 않을 뿐만 아니라, 자신의 후계자로 삼겠다고 그자에게 약속하셨다고 들었사온데……."

"그렇소. 강유는 머지않아 군사(軍師)가 되어 촉군을 총지휘하게 될 것이오."

"그 젖비린내나는 애송이를 그토록 신용하시다니, 승상께서 좀 어떻게 되신 게 아닙니까? 모든 장수들이 쑤군대고 있습니다."

"위연!"

공명은 별안간 태도를 고쳐 날카롭게 외쳤다.

"예!"

"그대는 자신이 촉나라의 총대장이 되고 싶은 야심을 품고 있는 모양이나, 그것은 바랄 수 없는 일이오!"

"……."

"그대는 이 공명의 지휘를 받을 때 비로소 뛰어난 공적을 세울 수 있는 사람이오. 스스로 군사로서 촉군을 자유자재로 움직이는

병법을 알고 있지 못하오. 자기 자신의 재능을 잘못 생각해서는
안 되오."

호된 꾸중을 듣고 위연은 고개를 푹 숙였다.

위연과 엇갈려 조운 자룡이 들어왔다.

"승상, 마침내 좋은 후계자를 찾아내셨습니다. 강백약이라면 앞
서 승상께서 보신 대로 촉나라를 짊어지고 일어설 것입니다."

"장군, 잘 알아보셨소."

"3년 전에 승상께서는 그 젊은이를 한 번 보시기만 하고도 오늘
있을 일을 예상하셨습니다. 실로 강유야말로 승상의 뒤를 이어받
을 큰 재능을 지니고 있습니다."

조운 자룡은 진심으로 기뻐하였다.

공명은 조운과 위연의 사람됨의 차이를 보고, 빙긋이 웃으면서 크
게 고개를 끄덕였다.

이튿날 아침 천수성을 탈취하기 위한 작전 회의가 열렸다.

강유는 아무렇지도 않은 듯이 건의했다.

"이간책을 쓰심이 좋을 것으로 생각합니다. 저는 윤상과 양서 두
사람과는 속을 털어놓고 이야기할 수 있는 사이입니다. 그 두 사
람에게 보내는 밀서를 만들어 성 안에 쏘아 넣으면 반드시 하후무
와 마준, 그리고 윤상과 양서는 대립할 것으로 생각합니다."

공명은 당장 그 계책을 쓰기로 했다.

강유는 몸소 말을 몰아 천수성 성문 가까이에 모습을 드러냈다.

"강유 백약, 촉나라의 한 장수로서 항복을 권하러 왔다. ……이
번에는 가짜가 아니라, 강유 백약이 틀림없음을 똑똑히 보아라!"

강유는 힘차게 외쳤다.

하후무와 마준은 가짜이건 진짜이건 이미 강유의 모습만 보아도
속이 뒤틀렸다.

명령일하(命令一下), 강유를 향해 화살이 집중됐다.

강유는 태연히 큰 활에 밀서를 감아 맨 화살을 메겨 힘껏 쏘아놓고 바람처럼 사라졌다.

한 병사가 밀서를 주워서 마준에게로 갖다 바쳤다.

마준은 훑어보고, 하후무에게 건네주며 말했다.

"강유는 윤상과 양서를 배반하도록 만들려고 계책을 꾸미고 있습니다."

윤상과 양서는 뒷문을 수비하고 있다가 마준에게 불리어 가서 그 밀서를 보았다.

"강유는 또 모르지만, 우리 두 사람이 무슨 까닭으로 위나라를 배반하겠습니까?"

윤상이 얼굴이 붉으락푸르락하면서 주장하고, 양서도 동조했다.

마준은 지금 이 두 사람이 배반하게 되면 성을 지키는 것이 불가능하다는 것을 누구보다 잘 알고 있었다.

"부탁한다!"

"알겠습니다. 이제는 정문을 지키겠습니다."

윤상은 양서를 재촉하여 뒷문으로 돌아갔다. 그러나 그들은 이렇게 말했다.

"양서, 이대로 있다가는 공명의 맹공을 받아, 이 성은 열흘도 지켜낼 수 없을 것일세."

"강백약이 권하는 대로 따르겠나?"

"어쩔 수 없는 일일세. 천수성은 강백약이 있음으로써 지켜졌던 것일세."

윤상도 양서도 태수 마준의 인물됨이 작기 때문에 어지간히 정이 떨어져 있었던 것이다.

"성문이 열렸습니다."

병사의 급한 보고에 마준은 소스라치게 놀랐다.

“그자들! 결국 배신했구나!”

“두 사람 다 자기의 군세를 이끌고 달려나가, 공격해 온 촉군에게 신호를 보냈습니다.”

아연실색한 마준은 하후무와 함께 겨우 수백 기를 이끌고 뒷문을 빠져나가 오랑캐들이 있는 국경을 향해 뒤도 돌아보지 않고 도망쳤다. 촉군은 정연하게 입성했다.

“이 다음은 상규성을 탈취해야겠는데…….”

공명이 말하자 양서는 약속했다.

“그 성은 저의 동생 양건이 지키고 있사온즉, 제가 설득하고 오겠습니다.”

양서는 그날 안으로 상규성으로 말을 몰아 가더니 양건을 데리고 돌아왔다.

공명은 양서를 천수태수로, 윤상을 기성현령으로, 양건을 상규현령으로 임명했다.

“하후무는 어찌하시겠습니까?”

위연이 묻자 공명은 빙긋이 웃으면서 말했다.

“하후무 따위는 한 마리 기러기에 지나지 않소. 강유를 얻은 것은 봉황을 얻은 거나 같소. 백 명 군졸을 얻기는 쉽지만 한 명 장수를 얻기는 어렵다고 하지 않소? 지금 기러기를 뒤쫓고 있을 여유가 없소.”

한 마디 말

　공명의 공작은 동쪽 신성에서는 실패했지만 서쪽 감숙의 세 군데에서는 성공한 셈이다.

　공명은 야곡(斜谷)을 향해 나아갔다. 대군을 통과시킬 수 있는 큰 길이다.

　공명은 그 길로 통하는 기곡(箕谷)에 조운과 등지를 포진시켰다. 기곡에 포진한다는 것은 촉군이 야곡으로 나간다는 것을 뜻한다.

　그런데 공명은 주력 부대를 더욱 서쪽인 기산(祁山)으로 향하게 했던 것이다.

　야곡 길에서의 촉군 움직임은 양동작전(陽動作戰)에 지나지 않았다. 이것을 맞아 싸우는 이 방면의 위나라 현지 주둔 장군은 장합(張郃)이었다. 그는 공명의 양동작전을 간파했다. 장합 역시 백전 연마의 장군이라 하후무와는 달랐다.

　장합은 주력을 서쪽으로 이동시켰다.

　한편 조예(曹叡)는 대전에 있다가 황망히 들어온 근신으로부터 위급을 알리는 보고를 들었다.

"하후 부마께서는 세 군을 잃고 오랑캐의 나라로 달아나셨으며, 제갈공명은 군사를 몰고 위수 서쪽 기산까지 진격해왔습니다."

조예는 급히 군신들을 불러 모았다.

"누가, 짐을 위해 공명을 격파할 사람은 없소?"

사도(司徒) 왕랑(王朗)이 대답했다.

"우리는 선제 폐하께서 대장군 조진을 중히 쓰시어, 수많은 승리를 거두신 것을 보아 왔습니다. 조진공이야말로 대도독에 어울릴 것으로 생각합니다."

사도 왕랑은 이미 76세였으며, 조진 또한 초로(初老)를 맞고 있었다.

"부디……."

위왕으로부터 부탁을 받았지만, 조진은 정직하게 말했다.

"저는 공명을 격파할 자신이 없사옵니다."

조진은 조조의 조카이며 조예의 숙부였다. 조진은 천군만마를 호령하는 무용이 있는 대장군이었다. 별다른 대안이 없자, 조예는 거듭 조진에게 부탁했다. 마침내 조진은 결심할 수밖에 없었다.

'……하는 수 없다!'

애당초 위나라 조정에서는 촉나라 대들보가 유비 하나뿐이라고 생각하고 있었다. 제갈량 공명의 지모를 직접 겪어 본 이는 거의 죽어서 잘 모르고 있었다.

사실 유비가 죽고 나서 몇 년 동안 촉나라는 위나라에 싸움을 걸지 않았으며, 위나라는 촉에 대해 아무런 대비도 없었다.

그런 터에 공명이 출격하여 기산까지 진출하자 위나라 조정은 어쩔 바를 몰랐다. 명제 조예가 총명하여 그런 혼란을 겨우 가라앉힐 수 있었다.

위나라 황제 조예는 이렇게 말했던 것이다.

"제갈공명은 본디 촉나라의 험준한 산악 지대만 믿고서 방위만을 일삼던 사나이. 그것이 어정어정 기어나왔다면 병서에서 말하는 유인술에 걸려든 것이 아닌가. 더욱이 놈은 세 군을 얻어 우쭐해서 나아가는 것을 알되 물러나는 것을 모른다. 지금 이때를 이용한다면 틀림없이 격파할 수 있지 않은가!”

아직 젊은 조예로서는 공명의 지모를 알 리 없었다. 그렇지만 공명을 모르기 때문에 생기는 용감한 말이 위나라 조정의 공포감을 진정시키는 데 도움은 되었다.

조진도 마침내 명제에게 아뢰었다.

“폐하! 조진, 대도독의 대명을 받자옵겠나이다.”

“오오! 내 부탁을 들어주겠소?”

“어떻게든지 공명의 공격을 막아내겠사옵니다. 부장을 한 사람 붙여 주시옵소서.”

“좋도록. 마음에 드는 부장을 택하오.”

조진은 태원군(太原郡) 양곡(陽曲) 사람, 사정후(射亭侯)이며 옹주(雍州)자사인 곽회(郭淮)를 지명했다.

곽회는 「손자병법」을 익혔으며, 싸움의 책략에 풍부한 경험을 갖고 있었다.

대도독 조진.

부도독 곽회.

군사로서는 늙은 사도 왕랑.

낙양과 장안의 정병 20여 만을 이끌고 엄숙하고도 정연하게 진군했다.

선봉은 조진의 사촌동생 조준(曹遵), 부장은 탕구 장군 주찬(朱讚)이었다.

위나라로서는 도성으로부터 원정을 나섬에 있어 더없이 훌륭한 인물들이었고, 정병은 잘 훈련되어 사기가 높았다.

그들은 장안에서 장합의 보고를 듣고 군을 재편성한 뒤 전장으로 향했다. 그 속에 왕랑도 끼어 있었다.

이와 같은 영격군(迎擊軍)이 떠났음은, 촉나라 첩자에 의해 공명의 본진에 곧바로 보고되었다.

"내 알기로 왕랑은 일흔이 절반 이상이나 지난 노인인데, 죽음을 화려하게 장식할 생각으로 온 모양이군."

공명은 문득 입매에 동정하는 빛을 나타내며 중얼거렸다.

"딱한 일이지만, 죽음을 화려하게 해 줄 수는 없다."

과연 왕랑은 조조·조비·조예의 3대를 섬긴 원로이며, 자신의 수령(壽齡)도 다했음을 깨닫고, 몸을 바쳐 마지막으로 나라에 이바지하고 싶어 자원했던 것이다.

위수를 건너 포진하자 왕랑은 건의했다.

"대도독, 전군을 모두 한곳에 모으고 깃발을 숲처럼 정렬시켜 주오. 나는 단기로 제갈량 공명에게로 가서, 그 무모한 침략을 따져 굴복시켜 보여 드리겠소."

"알겠습니다."

조진은 노인의 마음을 알아차리고 고개를 끄덕였다.

밤 안으로 대오를 정돈하고, 모든 깃발을 앞세워 위군의 위용을 적에게 보여 주기로 했다.

그리고 조진은 사자를 공명에게 보내어 '내일, 결전하자!'고 도전장을 전달했다.

달이 훤하게 밝았다.

공명이 멀리 바라보니 위군의 웅장한 포진은 하후무에 비할 바가 아니었다. 요란한 북소리와 피리소리가 멎자 사도 왕랑이 한복판에, 그리고 왼쪽에 대도독 조진, 오른쪽에 부도독 곽회가 말을 몰고 나왔다.

이윽고 한 기의 전령이 이쪽으로 쏜살같이 달려오더니 외쳤다.

“제갈량 공명께 할 말이 있소! 앞으로 나오시오!”

그에 응해 촉군의 문기(門旗)가 좌우로 좍 갈라졌다.

먼저 관흥과 장포가 나타났으나 그대로 멈추었다.

문기 뒤에서 까만 사륜거 한 대가 나왔다.

윤건, 흰빛 학창의에 까만 띠, 오른손에 백우선을 든 공명이 타고 있었다.

촉군의 모든 병사를 늘여세우고 공명은 아무런 두려움도 없는 듯, 똑바로 왕랑에게 100보 거리까지 다가갔다.

공명은 당당한 목소리로 말했다.

“어디 할 말이 있다 하니 들어볼까 하오, 사도.”

사도·대도독·부도독은 저마다 자신의 이름을 크게 쓴 깃발을 등 뒤에 높이 세우고 있었다.

한번 슬쩍 보아도 가운데의 수염이 하얀 노인이 군사인 사도 왕랑임을 알 수 있었다.

왕랑은 사륜거 앞 50보 거리까지 말을 몰고 나오자 정중하게 머리를 숙였다.

공명도 가볍게 답례했다.

“제갈량 공명께 말하겠소. 천명(天命)을 알고 때를 깨닫는 군사인 귀공이 명분도 없는 군사를 일으키어 우리 위나라를 공략하다니, 무슨 일이오?”

“나는 촉나라 황제의 조칙을 받들어 한조를 빼앗은 역적을 치려고 출정했소. 이 이상의 명분이 또 있겠소?”

“닥치시오!”

왕랑은 76세의 늙은 몸에서 목소리를 쥐어짰다.

“하늘의 가르침에 변화 있고, 신기(神器 : 帝位)가 달라져서 덕 있는 자(曹操를 이름)에게 돌아감은 자연의 이치가 아니겠소! 옛날, 환제(桓帝)와 영제(靈帝) 때 황건당이 천하에 활개쳤고, 뒤로 초평(初

平)과 건안(建安) 때에는 동탁이 모반했으며, 이각과 곽사가 잇따라 대역했고, 수춘에서는 원술이 제위를 참칭(僭稱)했으며 업(鄴)에서는 원소가 패왕이라고 큰소리쳤고, 유표는 형주를 자기 것으로 차지하고, 여포는 서주를 훔쳤으며, 천하 여기저기에 간웅이 떼지었고 도적이 출몰하여, 2억의 백성들은 바야흐로 생사의 경계를 헤매었소. 그러므로 우리 태조 무황제(太祖 武皇帝 : 조조)께서는 지금 열거한 여덟 악(惡)들을 소멸하시어 천하를 평정하시었소! 이는 오로지 만민이 태조 무황제를 흠모하고 덕을 우러른 것으로 천명이 귀착된 바였다 하여도 무방하오. ……이어 덕은 성인과 같으며, 무는 귀신과도 견줄 만한 세조 문제(世祖 文帝 : 조비)가 대통을 이어 즉위하심은 하늘에 응하고 인심을 좇아 그 옛날 요(堯)가 순(舜)에게 제위를 물려준 예에 따른 것으로서 천심과 인의(人意)에 응한 것이오! ……그런데, 이 무슨 짓이오! 자신의 재주를 관중(管仲)과 악의(樂毅)에다 견준 나머지, 촉나라의 가짜 제왕을 받들어 대위(大魏)에 거역하려 함은. 이것이야말로 무모하게도 천도를 배반하고 인정(人情)을 짓밟는 행위가 아니겠소! ……하늘을 따르는 자는 창성하고, 하늘에 거역하는 자는 멸망한다고 옛사람도 말했소. ……이제 우리 대위에는 1천 명의 명장과 100만 강병이 있소. 말라 죽은 풀 속에 있는 개똥벌레의 불빛이 중천의 명월과 빛을 겨룬다는 것은 너무나도 우스운 짓. 속히 무기를 버리고 우리 대위에 항복한다면 가짜 제왕에게 봉후(封侯)의 위(位)를 남겨 주겠소. 또한 나라와 백성이 모두 편안하리니 이보다 아름다운 일이 있겠소?”

노사도로서는 일세일대(一世一代)의 웅변이었을 것이다.

이것을 듣고 공명은 높은 소리로 비웃었다.

“위나라의 사도라면 틀림없이 우리를 물러나게 할 명론(名論)을 토할 줄 알았는데, 노쇠한 탓인지 비루하기 짝이 없구려. 왕랑공! 그 넋두리 같은 졸렬한 변명에 대해 응답하겠소. 들어보시오. 환제와 영제의 세상에 한실(漢室)의 왕세가 쇠미(衰微)해졌음은, 환관들이 화를 자아낸 때문이요, 또한 천재(天災)가 잇따라 흉작이 되면서 천하가 동요된 틈에 황건당이 일어난 것은 오직 묘당에 치정(治政) 능력이 있는 자가 한 사람도 없었다는 증좌가 아니겠소. 황건당을 쳐서 평정한 공은 누구에게 줄 것이오? 조조가 아니라 우리 주군 유비 현덕이시오. 그 황건적을 소멸한 뒤 조정에서 녹을 먹는 것은 모두 금수와 호랑(狐狼)의 무리들로서, 정사에 참여한 간사한 무리 가운데의 한 사람으로 조조가 있었음은 천하만민이 아는 일. 더구나 그 조조야말로 사직을 뒤엎은 장본인이 아니겠소. ……태조 무황제니 하고 참칭한 조조에게 굴종하여 오늘날 사도가 된 귀공……왕랑이란, 대체 어떤 자란 말인가!"

공명은 백우선(白羽扇)으로 왕랑을 가리키며 한층 더 쩌렁쩌렁한 목소리를 사방에 울렸다.

"이 공명이 그대의 가문을 모를 거라고 생각하고, 그토록 가슴을 당당히 내밀고 있다니, 불쌍하오! 귀공은 동해군 출신으로 처음에 효렴(孝廉 : 효도하는 사람과 청빈한 사람을 한 사람씩 천거하게 한 사람을 이름)에 천거되어 한조를 섬긴 자가 아닌가. 그렇다면 한조에 충성을 다하여 유(劉)씨를 천자로 우러러야만 할 몸이었다. 그런데 비열하게도 역적을 편들어 조조와 함께 한조를 멸망케 하고 천하를 훔치다니, 그 죄는 만고에 용납할 수 없는 일. 이 백발의 필부! 수염이 허연 도적! 이 제갈량을 보고 하늘의 이치며 인정을 떠들 자격이 있는지 어떤지, 자신의 가슴에 물어보시오! 오늘이라도 저 세상에 가게 되면 스물네 분 역대 한제(漢帝) 앞에 무슨 낯짝으로 나갈 생각인가. 노적(老賊), 썩 물러가 역적 무리를 보내 나와 승부를 겨루게 하라!"

쏘듯이 노려본 왕랑은——

"에잇!"

여윈 몸을 부들부들 떨면서 공명을 향해 덤벼들려고 했다.

순간 심장이 채찍으로 맞은 것처럼 격심한 통증을 일으키며, 왕랑은 '쿵' 하고 말에서 떨어졌다.

당황하여 군사 몇 명이 달려와서 안아 올려 조진에게로 데리고 돌아왔을 때에는 이미 숨이 끊어져 있었다.

후세 사람은 그때의 공명을 다음과 같이 찬탄했다.

> 병마 이끌고 서진 땅 출정하여
> 걸출한 재주로 만 인을 필적하네
> 매끄러운 세 치 혀로
> 늙은 간신 꾸짖어 죽게 하네

공명은 백우선을 들며 호령했다.

"대도독 조진에게 고한다. 오늘은 횡사한 사도 왕랑의 영(靈)을 위로함이 좋을 것이다. ……결전은 내일 하리라."

"하는 수 없다!"

조진은 왕랑의 시체를 관에 넣어 장안으로 돌려보냈다.

'……제갈량 공명은 한층 더 큰 인물이 되어 있다. 이와 정면으로 싸워서 과연 토멸할 수 있을 것인가?'

조진이 생각에 잠겨 있는데, 부도독 곽회가 다가와서 속삭였다.

"제갈량이라는 인물이 우리 위군에게 사도의 장례를 치르게 하는 것은, 그 틈을 엿보아 일거에 야습해 올 생각인가 합니다. 따라서 전군을 네 편으로 나누어, 두 편은 사잇길을 따라 촉군의 배후를 찌르게 하고, 다른 두 편은 우리 본진의 좌우 여기저기에 흩어져 있게 하였다가 공명이 공격해 오면 등 뒤·좌·우로부터 단숨에 역습을 하도록 하면 어떻겠습니까?"

"음, 묘계로다. 공명의 뒷덜미를 침으로써 단연코 우리 위군이 승리를 거둘 것이다."

각각 1만 기를 이끌고 기산 뒤로 돌아가서 매복하였다가 촉군이 야습을 해오면 별안간 덤벼들 것. 다만, 촉군이 움직이지 않을 때는 경솔하게 이쪽에서 먼저 공격하지 말 것.

두 장수가 명령을 받고 나간 다음, 조진은 곽회에게 말했다.

"나는 중군을 이끌고 이 본영을 비우겠다. 진중에는 모닥불을 피워 야영하는 것처럼 꾸민다. 몇 사람을 남겨 두었다가, 만약 공명이 공격해 온다면 방포로 신호를 하도록 하겠다. 그때, 두 편으로 나눈 중군이 좌우로부터 맹공격을 가한다."

조진으로서는 실로 이것이 최고의 계책이었다.

한편 공명은 진중으로 돌아가자, 조운과 위연을 불렀다.

"장군들께서 위나라의 중군을 쳐 주시오."

이 말을 듣고 위연이 이맛살을 찡그리고 간했다.

"조진은 역전의 대장이며 또한 곽회는 병법에 통해 있으므로, 우리 촉군이 왕랑의 상(喪)을 치르는 위군을 야습해 올 것이 틀림없다고 보고 있지 않을까요? 야습에 대해 방비하고 반격을 꾀하고 있을 것으로 생각됩니다만……."

공명은 빙긋이 웃었다.

"상대가 뒷덜미를 치려는 계략이라면, 그 허를 찌르는 이것이 진정한 병법. 조진이 우리쪽의 야습을 예상하여 그 대비를 하리라는 것을 나도 명백히 알고 있소. 아마도 그는 기산 뒤에 숨어 기다리는 한편, 다시 중군을 좌우로 나누어 모든 준비를 갖추고 초조하게 기다릴 것이오. 그러니 귀공들은 수하 군세를 이끌고 적이 숨어 있는 기산 기슭을 일부러 지나가시오. 그러면 조진은 텅 빈 본진에서 신호하는 방포를 놓아 단숨에 장군들을 섬멸시키려고 할 것이오. 그 순간을 기다려 위연 장군은 기산에 매복한 적의 퇴로를 끊으시오. 조 장군은 수하 군세로 하여금 일시에 퇴각하게 하오. 적의 군세가 위연의 군세에 쫓겨서 도망가는 것을 조 장군은 일부러 못본 체 내버려두시오. 우리의 본영이 빈 줄 알면 위군 선봉은 되돌아갈 것이오. 그때 추격한다면 어두운 밤이기 때문에 퇴로를 끊겨 위연에게 쫓기는 군세와 되돌아선 위군 선봉은 자기편인 줄 모르고 싸울 것이오.”

이어 공명은 관흥과 장포를 자기 앞에 불렀다.

“그대들은 적의 복세(伏勢)가 없는 기산의 다른 사잇길에 숨었다가 위연과 조운 장군이 복병끼리 싸우게 만들었을 때 호응하여, 위나라의 본진으로 곧장 돌입하라.”

공명의 군략은 참으로 교묘했다. 마대·왕평·장익·장의 등에게도 조진이 두 편으로 나눈 중군의 외곽으로 소리를 죽이고서 몰래 접근하라고 명했다.

공명 자신은 아무리 보아도 자기 본진의 태세를 강화하는 것처럼 울타리를 치고, 그 한가운데에 장작을 수북이 쌓아 올려 불을 놓음으로써 출격(出擊)의 제(祭)를 올리는 것처럼 보이게 한 다음, 그 본진에서 훨씬 뒤쪽으로 물러나서 대기했다.

위군의 선봉이 된 조준과 주찬은 날이 저물기를 기다렸다가 중군에서 출발하여 밤 삼경이 가까웠을 때 기산에 이르렀다.

아득히 촉군의 본진을 바라보니, 야습의 승리를 기원하는 불길이 오르고 있었다.

“과연, 곽 부도독은 믿을 만한 군사다. 공명의 전법을 뒷덜미쳐서 역습을 피하였구나.”

조준과 주찬은 두 편으로 나누어, 산 뒤에 병사를 숨기고 이제나 저제나 하고 기다렸다.

거의 한 시간이 지났다.

“오오! 촉군이 왔구나! 우리 본진을 찌르려고 지나가는거야.”

사잇길을 소리없이 지나가는 검은 그림자를 보고, 조준도 주찬도 싱긋 웃었다.

그런데 별안간 위연의 큰 소리가 터졌다.

“복병이 있다! 위군 본진과의 사이를 끊어라!”

그 큰 소리가 울려퍼지자, 조운 자룡과 그 수하 군세는 바람처럼 재빨리 물러났다.

매복한 것을 들킨 조준은 두 방향에서 공명의 본진을 향해 쇄도했다. 그러나 촉군의 본진은 텅 비어 있었다.

“큰일이다. 되돌아가라!”

조준은 고함쳤다. 위군이 돌아서서 달릴 때 위연에게 쫓긴 주찬군이 일시에 밀어닥쳤다.

칠흑 같은 어둠 속에서는 적이고 자기편이고 구별할 수 없었다.

조준의 수하 군세는 틀림없이 조운이 쳐온 것이라고 착각하고 필사적으로 맞아 싸웠다. 그야말로 처참한 아수라장이 펼쳐졌다.

한동안 한편끼리 서로 싸우게 놓아두었다가, 조운 자룡이 소리치며 쳐들어갔다.

“조운 자룡이 예 있다!”

조준과 주찬은 그제서야 자기 편끼리 싸운 것을 알고 낭패하여, 병사들을 정돈할 겨를도 없이 자기 한몸 달아나는 것이 고작이었다.

그때에는 이미 위나라의 본진에서 신호 방포가 터졌다. 조진은 아득히 멀리서 전투(실은 자기 편끼리의 싸움이었는데)하는 소리를 듣고——

“공명놈, 야습을 해왔다! 좌우에서 협격하라!”

명령했으나 반격은커녕 뜻하지 않게 뒤쪽에서 와아 함성이 일어났다. 그러자 왼쪽으로부터 관흥의 군세가, 오른쪽으로부터 장포의 군세가 한꺼번에 공격하여 왔다.

더구나 그것에 가세하여 마대 등의 대군이 노도같이 습격해 왔다.
정면에서는 위연이 곧장 돌격해 왔다.

횃불을 화살에 잡아매어 강궁으로 쏘아대는 총공격을 당하고는 아무리 위군이 20만의 정예병이라 하더라도 대항할 재주가 없었다.

본디 위나라의 부장은 용맹하기로 알려진 자가 많아, 병사를 질타하며 분전했으나, 오히려 그 태반이 전사하고 말았다.

조진은 간신히 곽회와 함께 호랑이 아가리를 피하여 수십 리를 달아났다.

"이게 무슨 꼴인가!"

조진은 어깨며 발에 화살을 맞아 상처를 입었으나, 너무나도 분하여 아픔조차도 느끼지 못하고 병사에게 치료받으면서 이를 갈았다.

"승패는 병가 상사라고는 하지만 곽회 그대와 공명의 지략은 너무 차이가 크구나. 우리 위군은 병사의 반수를 잃지 않았느냐!"

"대도독, 이번 허허실실의 책략은 실로 이 곽회의 실패였습니다. 그렇지만 이것으로써 패배라고 한탄하시기에는 아직 이릅니다."

"그럼, 기책이 있는가?"

"있습니다."

곽회는 자신있게 말했다.

"서강(西羌)은 모든 백성이 우리 대위(大魏)에 귀복(歸服)하고, 태조(太祖 : 조)께서 재위하실 때부터 해마다 조공(朝貢)하고 있습니다. 또 문황제(曹조)의 시대에는 아름다운 처녀까지도 많이 뽑아서 바쳐 왔습니다. 문황제께서도 또한 서강에는 많은 은혜를 베푸셨습니다. 그러므로 우리 군세는 여기에서 요새를 굳히고 공격해 나가지 않는 대신 방비에 완벽을 기하고, 그 사이에 밀사를 강중(羌中)으로 보내어 가세할 것을 요청한다면, 그들은 반드시 대군을 일으켜 촉군의 배후를 공격할 것으로 생각합니다. 그때야말로 우리 군세도 더욱 병사의 수를 늘려 맹공격하면 크게 승리할 것은 의심할 바 없으리라 생각됩니다. 어떻겠습니까?"

곽회의 진언은 기책이 아니라 당당한 정공법이었다.
"좋겠지, 해보자."
조진은 하루에 수십 리를 달리는 병사를 뽑아 서강으로 떠나보냈다. 서강의 국왕은 철리길(徹里吉)이었다. 조조를 존경하여 위나라가 이룩되자 자진해서 해마다 여러 가지 물건을 조공해 왔다. 배하(配下)에는 승상에 아단(雅丹), 원수에 월길(越吉)이라는 뛰어난 문관과 무장을 거느리고 있었다.
조진의 밀사가 이르러 먼저 승상인 아단을 만나서 원군을 청하고, 국왕 철리길이 결단을 내려주기를 간청했다.
철리길은 자기 혼자서 그러한 큰일을 결정하기가 망설여졌다. 철리길도 제갈량 공명이라는, 세상에 흔치 않은 두려운 존재에 대해서는 소문을 들어 충분히 알고 있었다.
문무백관을 모아놓고 이 문제를 의논했다.
모두는 논의를 거듭한 끝에 대위(大魏)에 배반하는 것이 이롭지 못하다는 결론을 내렸다.
"그렇다면……."
국왕도 단단히 결심했다.
"원군을 위군에 내보내기로 합시다."
승상 아단, 원수 월길은 강병 15만을 이끌고 출진하게 되었다.
강병은 남만(南蠻)의 병사보다도 더 격렬한 훈련을 쌓은 정예병이었다. 두뇌는 아주 단순하나 부장의 명령에는 수족과도 같이 움직였다. 비겁하다는 말을 모르는 군사들이었다.
모든 병사들이 노궁(弩弓)·창·언월도·비퇴(飛鎚) 등을 잘 쓰는 재주를 익히고 있는데다가 두터운 철판을 덮고 전면에 못을 잔뜩 박은 전거(戰車)를 갖추고 있었다. 이것은 일종의 철거(鐵車)였다.

이 철거에는 무기는 물론이고 군량도 싣도록 되어 있으며 낙타가 끌었다. 철거를 다루는 군사를 철거병(鐵車兵)이라고 불렀다.

실로 공명에게는 무엇보다도 강한 적이었다.

공명의 뛰어난 점은 전략가로서의 두뇌도 있겠지만 항상 어떤 일에 대한 꾸준한 연구와 노력을 한다는 것을 들어야 하겠다.

고금에 그 예를 거의 찾아볼 수 없는 대군사로서의 제갈공명은 빈틈없는 성격이었다.

그의 병법에 '대장의 진중 마음가짐'이란 대목이 있다. 그것을 읽어 보면 공명의 성격의 일면을 엿볼 수 있다.

'물을 길어오기 전부터 목이 마르다는 따위의 말을 해선 안 된다……. 식사 준비가 되기 전부터 배가 고프다는 등 가벼이 입을 놀려선 안 된다……. 화톳불을 놓기 전부터 오오 춥다고 해서는 안 된다……. 군막을 치기 전부터 오오 고달프다고 말해서는 안 된다……. 여름이라도 부채를 쓰지 않으며 비오는 날이라도 우장을 하지 않고 모든 것을 군졸과 똑같이 해야 한다.'

아주 상식적인 지적이지만 공명의 자상한 성격이 그대로 드러나 있다. 이런 공명이니만큼 서강의 군세가 밀려온다는 보고를 받았으면서도 조금도 당황하는 기색을 보이지 않았다. 그만한 준비가 되어 있었기 때문이다.

즉 공명은 어떠한 경우, 어떤 적을 맞더라도 거기에 대한 기본적인 조사와 정보 수집을 해 두고 있었다.

'서강뿐 아니라 서쪽의 이민족은 용감하고 이익에 민감하다. 마을에 사는 자도 있지만 초원에서 야영하며 이동하는 생활을 한다. 쌀과 같은 곡식은 적지만 말젖이나 양젖을 주로 먹으며 남녀노소 모두 말을 잘 탄다. ……적석(磧石 : 대사막)의 서쪽은 종족이 많고 땅은 넓으며 길이 험하다. 그들은 힘을 믿고서 좀처럼 귀순하지 않는다. 하지만 외교 관계의 파탄, 내란 발생 등의 기회를 포착한

다면 격파할 수도 있다.'

포괄적인 평가이지만 짧은 글로써 공명은 그들의 민족성, 생활 방법 및 지리까지도 파악하고 있었다.

강병 15만은 험한 산하를 넘어 서평관(西平關)까지 밀고 나왔다.

서평관을 지키는 한정(韓禎)으로부터 공명에게 급보가 전해졌다.

'……역시 조진은 강병을 쓰는구나.'

공명은 곧 모든 장수를 앞에 모이게 하고 말했다.

"서강의 국왕 철리길이 조진의 요청을 수락하여, 대군을 몰고 나왔소. 강병이 어느 정도로 강한지는 여러분도 충분히 들어서 아실 것이오. 이를 물리치려면 죽음을 무릅쓸 각오가 필요하오. 나는 굳이 지명하지는 않겠소. 자진해서 나와주기 바라오."

치면 울리듯, 장포와 관흥이 이구동성으로 말했다.

"제가 가겠습니다!"

공명은 대답하지 않았다.

그러자 마대가 한 걸음 나서며 말했다.

"승상께서는 제가 서강에 한 2년쯤 살아서, 강인의 성정(性情)이 어떠하며, 그 생활은 어떻게 해나가는지 잘 알고 있다는 사실을 아실 것입니다. 저 말고는 강병을 물리칠 사람이 없습니다."

공명은 고개를 끄덕이고, 마대의 양날개에 관흥과 장포를 배치했다.

촉군은 닷새 뒤 강군을 만났다.

먼저 망을 보는 병사로부터 그 보고를 들은 관흥이 100여 기를 이끌고 대지(臺地)로 달려올라가 멀리 바라보니 들판을 뒤덮고 진격해 오는 검은 철갑(鐵甲) 전거가 보였다.

무수한 낙타가 이것을 끌고 일렬 횡대로 늘어서 있었다.

그 전거 위에는 온갖 무기를 든 강병들이 타고 있었다.

"음! 이건 만만치 않은 적이다!"

관흥은 대지에서 달려내려오자 눈으로 똑똑히 본 광경을 마대에게 보고했다.

마대는 이미 그 전거에 대해 잘 알고 있어, 말했다.

"남만에서 우리 촉군은 맹수조차도 사방으로 쫓아버렸다. 못을 박은 철판수레쯤 두려워할 것은 없다. ……내일, 일단 돌격을 감행하여 그 힘이 어느 정도인가 본 다음 계책을 짜기로 하겠다."

이튿날 아침 촉군은 세 편으로 나뉘어 중앙을 관흥, 좌익을 장포, 우익을 마대가 맡아 진격해 나갔다.

이에 대하여 강군(羌軍) 진영에서는 원수 월길이 맨앞에 서서 철퇴를 들고 허리에는 보석을 박은 조궁(雕弓)을 차고, 쏜살같이 달려나왔다.

"저놈을 사로잡으리라!"

관흥이 맹렬한 투지를 불태운 것은 역시 젊은 혈기 때문이리라.

3천의 수하 군사를 이끌고 월길을 향해 돌진한 관흥은 선진(先陣)의 공에만 마음을 빼앗겨, 서강의 전법이 어떤 것인지 살펴볼 겨를이 없었다.

서강의 원수는 그대로 관흥과 맞붙어 싸우는 것처럼 보이더니 이윽고 말머리를 홱 돌렸다.

"이놈! 두려워졌는가!"

말의 배를 힘껏 차고 돌격하는 관흥을 향해 철거 뒤쪽에서 무수한 돌(그것도 보통 돌이 아니라 마름모 꼴로 뾰족하게 한 것)이 날아왔다.

"관흥! 위험하다! 물러나라!"

마대가 소리쳤으나, 이미 그 때는 관흥이 너무 깊이 들어가 있었다. 다행히 돌에 맞아 말에서 떨어지지는 않았으나, 순식간에 굉장한 수의 철거에 에워싸이고 말았다.

그러나 거기에서 꼼짝 못하고 서 있을 관흥이 아니었다.

말에서 한 철거로 훌쩍 뛰어 강병 셋을 베어 버리고 강병의 말을 빼앗자, 저만치 보이는 산기슭을 향해 혈로를 열었다.

날뛰는 사자처럼 분투하는 관흥은 실로 아버지 관우를 방불케 하는 활약을 보였다.

관흥의 뒤를 따르는 부하는 한 사람도 없었다.

산기슭에 이르러 관흥은 큰 바위 위에 우뚝 섰다. 그 관흥을 향해 한 무리의 흑기대(黑旗隊)가 육박해 왔다.

"베고 베고, 마구 베어 주리라!"

관흥은 싸우다 전사할 각오를 했다.

서산마루에서 이제 막 가라앉으려고 그 거대한 원의 윤곽을 진홍빛으로 물들인 태양. 관흥은 언덕의 큰 바위 위에 홀로 우뚝 서서 눈부신 석양을 바라보고 있었다.

'……유구한 대의(大義)에 산다는 것은 이런 것인가.'

엷은 저녁 햇살 속으로 땅을 뒤덮고 쇄도해 오는 위군의 흑기대에 대해 관흥은 털끝만치도 두려움을 느끼지 않았다.

흑기의 대열은 산기슭을 포위했다.

그 가운데 일기(一騎), 철퇴를 손에 든 서강의 장군이 비탈 중간쯤까지 올라왔다.

"나야말로 서강 전군을 이끄는 원수 월길이다. ……젖비린내 나는 애송이, 더 이상 대항할 재주는 없을 테지. 어서 항복하라!"

"우습다! 나는 관우 운장의 아들 관흥이다. 항복이라니! 차라리 죽음을 택하리라!"

마주 고함을 친 관흥은, 그러나 출진할 때에 공명이 한 말이 문득 생각났다.

"완전한 사지(死地)로 몰렸다고 생각되는 상황에 처할지라도, 결코 죽음을 서둘러서는 안 된다. 어떠한 궁지 속에도 반드시 한 가닥 활로는 있음을 알라!"

‘……이 장수의 철퇴에 제물이 될 수는 없다!’

관흥은 별안간 말머리를 돌리자 질풍같이 달리기 시작했다. 그 앞길은 험한 벼랑이고 좁은 공간이 입을 벌리고 있었다.

관흥은 죽느냐 사느냐는 하늘에 맡기고, 그 절벽 공간을 건너뛰어 혈로를 열 결심을 한 것이다.

등 뒤로 따라붙은 월길이, 윙 소리가 나도록 다섯 자 남짓한 쇠사슬에 달린 철퇴를 빙빙 돌리더니 관흥의 머리 위로 내리쳤다.

아슬아슬하게 관흥은 그 일격을 피했으나 철퇴는 말의 정강이를 세게 때렸다. 말이 옆으로 쓰러지는 찰나 관흥의 몸이 휙 날았다.

벼랑 밑으로 아득하게 계류(溪流)가 흐르고 있었다.

물방울을 높이 튀기면서 물속으로 들어갔던 관흥이 물 위로 목을 쑥 내밀자, 월길 자신도 철퇴를 휘두른 힘의 여세로 말에 탄 채 거꾸로 계류에 떨어지고 있었다.

관흥은 급류를 거스르면서 월길을 향해 언월도를 휘둘렀다.

아무래도 월길은 물이 질색인 양, 허겁지겁 건너편 기슭으로 정신없이 헤엄쳐 달아났다.

“게 섰거라!”

관흥은 무턱대고 급류를 헤치고 따라붙었다.

기슭으로 기어오른 관흥은 눈앞에 펼쳐진 수라장을 보았다.

어찌된 노릇일까.

그것은 몽환(夢幻)처럼 관흥의 두 눈에 비쳤다.

몇천이나 무리지은 강병의 한복판에서 한 장군이 조금도 과장됨이 없이 정말로 귀신 같은 활약을 하고 있지 않은가.

눈썹은 굵고 짙었으며, 이글이글 타는 두 눈, 녹색 전포(戰袍)에 황금으로 만든 갑옷을 입고, 큰 청룡도를 풍차(風車)처럼 종횡무진으로 휘두르고 있었다. 타는 듯 붉은 빛 적토마에 올라타고.

그리고 그 얼굴 절반에 물결치는 것은 아버지 관우 운장의 긴 수염이 아닌가.

"아버님!"

자신도 모르게 소리치려고 했으나, 관흥은 목소리가 나오지 않았다. 실로 그것은 현실이 아니었다. 아버지 관우 운장은 벌써 옛날에 이 세상을 떠난 것이다.

그럼에도 하늘에서 내려왔는지 땅에서 솟았는지, 천하의 명마 적토마를 마음껏 달리며 수천의 강병을 가랑잎 차던지듯 마구 시살하고 있었다.

틀림없이 눈앞에서 강병이 수없이 쓰러지고 있었다.

만약 이때 환영인 무인이 나타나 주지 않았다면 수천의 강병은 관흥을 향해 쇄도했을 것이며, 도저히 그 진형을 돌파할 수는 없었을 것이다.

'……아버님의 영혼이 나를 지켜주신다!'

그렇게 깨달은 관흥은 적의 군사가 몇 안 되는 동남쪽을 향해 곧장 달려갔다. 쏜살같이 달리면서 머리를 돌리자, 달빛 속에 망부(亡父)의 용감한 모습은 점점 희미해지고 있었다.

약 30리나 달렸을까, 횃불을 높이 든 한 부대가 앞길에 나타났다. 맨 앞에 선 것은 장포였다.

"오오 관흥, 무사했구나! 아버님의 영혼이 지켜주셨어."

"자네, 어떻게 그걸 알고 있나?"

"내가 낙타들이 끄는 철거에게 쫓기고 있을 때, 별안간 어둠 속에서 그 멋진 수염을 바람에 날리면서 적토마에 올라타신 자네 아버님으로 보이는 일기가 나타났네. 그리고 쏜살같이 내 곁을 빠르게 달리면서, '천제(天帝)께서는 아직도 나를 땅 위에서 부르시지 않았다. 한 바탕 활약을 해 줄 터이니 뒤에 따라오너라.' 하시며 눈 깜짝할 사이 청룡도로 낙타의 목을 닥치는 대로 자르는 한편 철거를 부수고 자네를 구하러 가셨다네."

이 기적에 관흥도 장포도 마치 꿈이라도 꾸는 듯한 기분이 되었다.

아무튼 구름같이 몰려온 강병의 대군에, 반격할 여유도 없이 젊은 두 장군은 선봉 진영으로 도망쳐 돌아왔다.

기다리고 있던 마대가 말했다.

"그대들의 힘으로는 도저히 그들을 쫓아 버릴 수 없다. 내가 이곳을 죽음으로써 지키고 있을 터인즉, 그대들은 본진으로 달려가 승상께 이런 내용을 전하라."

관흥과 장포는 들판을 가로질러 험한 산을 넘고 강을 넘어 기산으로 돌아왔다.

전황이 불리하다는 말을 들은 공명은 한동안 말없이 하늘을 올려다보고 있었다.

벌써 겨울이었다. 검은 구름이 낮게 드리워지고 뼈에 스미는 북풍이 세차게 불고 있었다.

"달아나서 승리를 얻는다?"

공명은 자신에게 한 마디 뇌까리고, 조운과 위연을 불러 도면 한 장을 내주었다. 위연은 흘끗 한 번 보더니 눈살을 찌푸리고 의문스러움을 나타냈다.

"승상, 적이 과연 이 산골짜기로 공격해 올 것 같습니까?"

"나는 천운이 나에게 있다고 보았소."

공명은 그 말만을 남기고 3만의 병사를 이끌고, 강유·장익·관흥·장포 등과 함께 떠났다.

마대가 사수하는 선봉 진지에 도착한 공명은 곧 조금 높은 언덕으로 사륜거를 달려 올라가게 하여 적진을 굽어보았다.

들판 가득히 철거가 진열을 쳤고, 인마가 그 사이를 달려 돌아가고 있는 모습에 공명은 피식 웃었다.

"강병이 강하다는 말은 충분히 들었으나 그들은 병법이란 어떤 것인지 알지 못하는 것 같소."

곁에 섰던 강유가 대답했다.

"실로 맞는 말씀입니다. 강인이 많은 군세를 믿고 노도와 같이 공격할 때에는 귀신도 이를 피합니다만, 때의 이(利)를 깨닫고 물러나는 것을 모릅니다."

"그러리라. ……이 북풍은 이제 곧 눈을 부를 것이다. 그것을 우리는 하늘의 도움으로 이용한다."

공명은 관흥과 장포를 매복하도록 명령하여 몰래 나가게 하고 강유에게 적의 정면을 향해 쳐들어가게 했다.

"왔다. 촉나라의 눈먼 병사 놈들!"

원수 월길은 철거병 전원에게 일제히 공격하라고 명령했다.

조금 맞붙어 싸우는 체하다가 강유는 재빨리 물러났다.

강병은 한꺼번에 밀려나오며 추격했다.

강유는 달아나 성채 속으로 들어갔다.

다음 순간, 성채 속에서 요란한 북소리며 꽹과리소리가 울려퍼지고 깃발이 높이 올라갔다.

"공명이 여기서 결전할 책략을 세우고 있구나."

원수 월길이 공격해 들어가기를 망설이고 있는데, 승상 아단이 말을 몰아왔다.

"원수, 이것은 공명의 간계요. 깃발과 저 요란한 소리들로 마치 이 성채의 방비를 굳히고 있는 것처럼 보이게 하는 데에 지나지 않소. 성채 안은 비어 있소!"

"알았습니다!"

월길은 앞장서서 성채를 덮쳐 나무 울타리를 뛰어넘었다.

과연 성채 안에는 병사 하나도 보이지 않았다.

"야아! 저기 달아나는 것이 공명이다!"

한 병사가 소리쳤다.

까만 사륜거가 몇 기를 이끌고 질주해 가는 것이 보였다.

“쫓아라! 공명을 사로잡은 자는 대장으로 높이 올려 주겠다!”

와아아!

강병은 고함치면서 나무 울타리를 뛰어넘어 필사적으로 사륜거를 추격했다.

사륜거는 강병이 뒤쫓을 사이도 없이 산기슭에 오르자, 밀림 속으로 사라졌다.

하늘 땅 사람

공명이 덮어놓고 적군과 싸워 승리한 것은 아니다. 그는 치밀한 두뇌로 승리의 객관적 조건을 갖추어 놓은 다음 적과 싸워 무찔렀던 것이다. 그는 객관적 조건으로 하늘·땅·사람의 세 가지 조건을 거슬러선 안 된다고 늘 강조했다.

공명이 말하는 하늘은 기회이고, 땅과 사람은 가호와 운용이었다.

"하늘과 사람의 두 조건은 갖추고 있지만 땅의 조건이 결여돼 있는 것을 '땅에 거스른다'고 한다. 또 하늘과 땅의 두 조건은 갖추어져 있지만 사람의 조건이 결여돼 있음을 '사람에 거스른다'고 한다. 지혜로운 이는 하늘·땅·사람의 세 조건이 갖추어지지 않으면 군사 행동을 일으키지 않는다."

지금이야말로 바로 그런 세 조건이 갖추어졌다.

때마침 북풍에 날려 가랑눈이 하얗게 내리기 시작했다.

"촉군의 반수는 이미 토벌했다. 게다가 눈이 오고 있으니 지형에 익숙하지 못한 공명은 꼼짝도 못할 것이다. 지금이야말로 좋은 기회다. 놓치지 말아라!"

아단의 외침에 따라, 월길이 이끄는 군사가 무턱대고 산기슭으로 추격해 갔다.

그러자 그곳에 물러나 있던 강유의 수하 군사가 개미새끼 달아나듯 눈 속을 흩어져 달아났다.

이렇게 되자 멈출래야 멈출 수도 없었다.

"쫓아라! 하나도 남김없이 모두 쳐부수어라!"

빽빽이 우거진 나무숲을 지나자, 비탈이 완만한 산길은 순식간에 쌓이는 눈으로 아득히 먼 곳까지 새하얀 한 줄기 띠가 되어 구불구불 뻗어 있었다.

척후병이 헐떡거리면서 달려와서 보고했다.

"아무래도 적은 산 뒤쪽으로 돌아간 모양입니다."

그러나 대군을 믿고 있는 아단은 문제삼지 않았다.

"그깟 뻔히 알 수 있는 복병 따위는 대수롭지 않다!"

이윽고 산길은 넓고 큰 고원에 이르렀다. 눈에 덮였기 때문에 좌우의 풀밭과 길을 구별할 수 없게 되었다.

강병은 횡대로 진용을 가다듬고 한꺼번에 돌진했다.

그 순간 요란한 북소리와 함께 앞쪽에 쑥 고개를 내민 바위가 부서지면서 떨어져왔다. 뿐만 아니라 돌진하는 강병들의 발 밑이 흔들렸다. 그 순간 그들은 비명을 지르며 함정으로 굴러 떨어졌다.

그 일대에는 가느다란 대나무를 걸치고 가랑잎을 깔아놓은 무수한 함정이 만들어져 있었던 것이다.

강병의 뒤를 따라 올라오던, 낙타와 나귀가 끄는 철거도 달리는 여세를 멈출 수 없어 굴러떨어진 자기편 병사 위에 와르르 떨어져 짓눌러 버렸다.

참으로 저세상의 생지옥도(生地獄圖)가 실제로 나타난 것이었다.

"물러나라! 퇴각이다!"

맨 뒤꽁무니의 장군은 허둥지둥 되돌아가려고 했다.

그러나 그때는 이미 늦었다. 그 퇴로를 왼쪽으로부터 관흥이, 오른쪽으로부터 장포가 회오리바람처럼 덮쳐와서 화살을 비퍼붓듯 쏘아댔다.

서강이 자랑하는 철거대는 방비할 여유도 없이 모조리 무너져 눈덮인 들판 위에 첩첩이 시체가 되어 쌓였다.

원수 월길은 지리를 아는 자의 재빠른 도움으로 몸을 빼어 뒤쪽의 골짜기를 향해 가파른 언덕길을 달려 내려갔다.

바위에 부딪히는 계곡물 가에 내려서서 ‘휴우’ 한숨을 쉰 것도 잠깐 동안이었다.

“월길 원수, 여기가 그대의 죽을 자리이니라!”

미리 와서 바위 뒤에 숨어 있던 관흥이 나는 새처럼 뛰쳐나오기가 무섭게 월길이 탄 말의 앞다리를 언월도로 후려쳤다.

“이놈!”

월길은 하마터면 계곡물에 떨어져 죽을 뻔하다가 바위 하나를 잡고 기어올라왔다. 그러나 이미 그가 자랑하는 무기인 철퇴를 물 속에 떨어뜨린 후였다.

관흥으로서는 전날 월길에게 몰리어 물 속으로 떨어졌던 것에 대한 복수였다.

“돌아가신 아버님의 가호, 나에게 있다!”

소리치면서 언월도를 비껴들고 월길을 향해 내리쳤다.

정수리에서부터 늑골까지 갈라진 서강의 원수는 핏방울로 무지개를 그리며 물 속으로 가라앉았다.

같은 시각에 눈덮인 들판을 무턱대고 빠져나가던 승상 아단도 뒤따라붙은 마대가 던진 올가미에 걸려 말에서 굴러떨어졌다.

무적을 자랑하는 서강병들은 무참하게 참패했다.

공명은 아단이 마대에게 끌려나오자 그 오라를 풀게 했다.

“무슨 까닭으로 내 목을 치지 않는가?”

아단이 물었다.

공명은 빙긋이 웃은 다음 타일렀다.

"서강은 우리 촉나라의 적이 아니오. 그대들은 위나라 조진의 부탁으로 공격해 온 것이며, 본디부터 촉나라 황제에 대해 증오를 갖지 않았다는 것을 이 공명은 알고 있소. 그러니 그대는 돌아가서 국왕 철리길에게 촉나라와 싸우는 것은 어리석은 짓임을 설득해 주기 바라오. 이웃 나라로서 우호 관계를 맺는다면 천 년의 화평을 유지할 것이오."

그리고 포로가 된 강병도, 철거도, 무기며 말이며 낙타까지도, 모두 되돌려 주었다.

아단은 듣던 바보다 훨씬 훌륭한 공명의 군사로서의 모습에 진심으로 경복(敬服)하고 물러갔다.

기산의 본진으로 돌아온 공명에게 위연은 불만을 터뜨렸다.

"서강에 대해 너무나도 관대한 조치를 취하신 것이 아닙니까?"

"위연, 그대에게 해 줄 말이 있소. 승자는 때로 무엇보다도 패자에 대해 너그러워야 하오. 궁한 쥐는 고양이를 문다고 하오. 반드시 궁지에 몰린 쥐에게는 그 달아날 곳을 하나 만들어 주어야만 하오."

위연도 공명의 말을 수긍할 수 없는 것은 아니지만, 그의 성격 탓으로 궁지에 몰린 쥐는 역시 때려 죽여 버리고 싶었다.

예부터 패자(霸者)란, 가장 으뜸가는 자리를 차지하기 위해서는 부모이거나 형제이거나 죽이는 데 서슴지 않았다.

공명이 취하는 조치가 아무래도 위연에게는 못마땅했다. 그 성격에 있어 공명과 위연은 기름과 물처럼 서로 맞지 않았다고 하겠다.

서강군을 총지휘하는 원수를 토멸하고 게다가 군사로 출전한 승상 아단을 사로잡아 귀순할 것을 맹세하게 한 공명이, 위나라의 선봉인 조준과 그 부장 주찬을 그물 속의 물고기로 만드는 것은 식은 죽 먹기였다.

일부러 진을 거두어 후퇴하는 것처럼 보이게 하여 조준과 주찬을 추격케 한 뒤, 여기다 하는 장소에서 일시에 그물을 던져 혈로를 열 틈도 주지 않았다.

조준은 위연의 언월도에 정수리에서부터 두 조각이 났고, 주찬은 조운의 장창에 찔려 죽었다.

촉나라의 모든 병력은 정면으로 위군에 총공격을 가하여 불과 사흘 만에 그 진지를 모조리 빼앗았다. 위나라의 대도독 조진과 부도독 곽회는 도저히 공명의 적이 되지 못했다. 그들은 정신없이 쫓기어 관중(關中)까지 퇴각했다.

조진은 마침내 자존심을 버리고 급사를 도성으로 달리게 했다.

서강을 믿었다가 그 보람도 없었고, 선봉을 명했던 천수군 태수 마준도 패한지라 이제는 달리 방법도 없사오며 이대로 있다가는 관중을 점거당하는 것이 불을 보는 것보다 명백한 위기에 직면하고 있사옵니다. 부디 공명의 군략을 꺾을 기량을 지닌 인물을 대도독으로 명하여 구원해 줄 것을 엎드려 비옵니다.

위왕 조예는 상주문을 주욱 읽어 보자
'사도 왕랑을 잃은 조진은 이미 장군으로서의 기력이 쇠해 버렸을 것이다. ……조진을 교체해야겠는데, 누가 좋을까?'
혼자 남모르게 생각했으나 그런 인물이 얼른 생각나지 않아 문무백관을 불러 모았다.

조진의 상주문을 읽자 태위(太尉) 화흠(華歆)이 뽐내는 표정으로 주장했다.

"폐하! 이러한 위급한 사태가 되었은즉 일각도 유예할 수 없사옵니다. 태조 무황제와 함께 수를 헤아릴 수 없는 싸움터를 뛰어다니며 온갖 병법을 써서 이만큼 위나라를 크게 만드신 조진께서 제갈량의 적이 못된다고 하면, 이 이상은 촉의 군세의 열 배, 아니 스무 배의 대군으로 마구 짓밟는 것 이외에는 수단이 없을 것이옵니다. 폐하께서 몸소 납시게 되오면, 모든 제후가 부르심에 응하여, 제갈량을 향해 공격할 것이옵니다. 그렇지 않으면 관중은 고사하고 장안도 공명에게 앗길 우려가 있사옵니다."

"아니, 잠깐만."

조예는 화흠을 제지하고 말했다.

"짐은 아직 한 번도 병마를 움직여 본 일이 없소. 또한 태조 무황제의 지모를 10분의 1도 갖고 있지 못하오. 몸소 지휘한다 해도 아마 공명에게 놀림을 당할 뿐이오."

그러고서 지금은 벼슬을 내놓고 야(野)에 묻혀 살고 있는 태부(太傅) 종요(鍾繇)를 불러냈다.

일이 이에 이른 자초지종을 다 이야기하고 물었다.

"귀공의 의견을 듣고 싶소."

종요는 잠시 생각하더니——

"손자도 말했사옵니다. '상대를 알고 나를 알 때에는 백번 싸워 백 번 이긴다.'라고. ……제갈량 공명과 싸워 이를 패배하게 할 사람은……."

여기까지 말하고, 주욱 늘어앉은 무장을 한 번 둘러보더니 힘주어 말했다.

"실례지만, 이 가운데는 보이지 않사옵니다."

모욕스러운 말에 모든 무장들은 마음 속으로 분노가 치밀었으나 감히 달려드는 사람은 없었다.

"태부, 그럼 우리 위나라에는 제갈량을 이겨낼 자가 한 사람도 없다는 말씀이오?"

조예가 물었다.

"아니오, 꼭 한 사람 있기는 하옵니다만……."

조예는 다시 물었다.

"누구요, 그게?"

종요는 당장에는 대답하지 않고, 천천히 문무백관들을 한 사람씩 둘러보고 나서 물었다.

"그 이름을 댈 사람이 있으시오?"

입을 여는 사람이 없었다.

"아무도 그 이름을 말할 수 없는 것은 당연하오. 그 사람은 지난번 모반할 마음이 있는 간신이라 하여 조정에서 내쳤소. 특히 화흠공은 한층 더 소리를 크게 하여, 그자는 방심할 수 없는 야망가라고 꾸짖었다는 말이 초야에 숨어 사는 이 늙은이의 귀에까지 들렸었소."

종요는 빈정거렸다.

화흠은 얼굴을 숙이고 어깨를 떨었다.

"태부! 그건 사마의 중달을 이름이 아니오?"

조예가 알아맞히었다.

"그렇사옵니다. 전에 옹주와 양주의 병마제독에서 파면되어 지금은 형주의 완성으로 가 있는 그 무장이야말로 이 나라에서 제갈량 공명에게 대항할 수 있는 단 하나의 큰 그릇…… 지모가 뛰어난 인물이옵니다."

낙양에서 멀리 떨어진 업성 거리 한복판에, 표기대장군 사마의 중달 이름으로 나어린 황제 예를 쓰러뜨리고 자기야말로 천명에 응하여 새 황제가 되련다 하는 격문이 붙여져, 사마의는 도독의 지위에서 쫓겨났다. 그리하여 완성으로 좌천된 것이다.

그때 중달을 두둔한 사람은 조진뿐이었으며 그를 앞장서서 쫓아버린 사람이 화흠이었던 것이다. 마침, 그 무렵 대부인 종요는 심장을 앓아 몸져 누워 있을 때여서 그 평의를 듣지 못했던 것이다.

“폐하, 이제는 살피시리라 생각하옵니다. 업성에 모반하는 방을 붙인 것은 제갈량 공명의 교묘한 책략이었사옵니다.”

“음, 잘 알겠소.”

조예는 자신의 밝지 못함을 인정했다.

사마의는 반역하려 했던 신성의 맹달을 신속과감하게 처리한 뒤 완성에서 사냥과 글읽기로 한가로운 나날을 보내고 있었다.

조칙을 받든 칙사가 찾아갔을 때, 중달은 이미 자신이 조정으로 다시 불리어질 것을 알고 있었다.

중달은 수십 명이나 되는 뛰어난 첩자들을 길러 위나라와 촉나라가 싸우는 상황, 조정 안의 모습, 패퇴한 뒤의 서강의 태도, 촉나라에 대한 오나라의 외교 방법 등 천하의 형세를 모두 환히 파악하고 있었다.

중달은 조칙을 받자 웃으면서 칙사에게 말했다.

“나를 맞으러 오신 것이 좀 늦은 것 같구려.”

조칙에는 중달을 표기대장군으로 임명하고 평서(平西)도독의 대업을 맡기니, 남양의 각군을 이끌고 장안으로 나가 관중에서 제갈량 공명을 물리치도록 하라고 씌어 있었다.

칙사는 재촉했다.

“급히 도성으로 올라가시도록 부탁드립니다.”

칙명을 받자 사마의 중달은 곧 격문을 여러 곳으로 보내어, 평소에 뜻이 통하던 호족들에게 수하 군사를 이끌고 모이라고 했다.

서쪽에 보냈던 첩자들에게서는 위군이 패전을 거듭한다는 소식이 연달아 전해지고 있었다.

이어 중달은 두 아들을 자기 앞에 불러 앉혔다.

맏아들 사마사(司馬師), 자는 자원(子元). 둘째아들 사마소(司馬昭), 자는 자상(子尙). 모두 준수하고 병서에 통달했으며 담력도 보통 이상으로 뛰어났다.

“제갈량 공명을 토벌하려면 너희들은 어떤 병략을 세우겠는지 말
해 보아라.”

중달은 두 아들에게 의견을 물었다.

사마사나 사마소는 바로 이때다 싶어 평소에 배우고 익혔던 병법
을 총동원하여 자신의 작전을 말했다.

중달은 그 어느 작전에도 고개를 설레설레 저으며 말했다.

“너희들은 아직도 설익었다.”

“아버지께서는 그토록 제갈량 공명이라는 사람을 두려워하십니
까?”

사마사는 조금 화가 나서 말했다.

“너희들은 공명의 기민한 판단력, 위기 대처 능력, 예지력, 그리
고 마치 자신의 손바닥에 비추는 것처럼 앞일을 통찰하는 신력
(神力)을 갖고 있다는 것을 아직 모른다.”

중달은 원관(元官)에 다시 복직되어 낙양의 모든 군세를 이끌게
된 이제, 별안간 자신의 마음 속에 공명이라는 인물이 거대한 바위
와도 같이 위에서 짓눌러 오는 것을 절실히 느꼈다.

낙양에 이르자 중달은 성 밖에 진을 친 다음, 먼저 위왕 조예를
배알했다.

조예는 몸소 옥좌에서 내려와서 중달의 손을 잡고 사과했다.

“도독, 짐의 밝지 못함을 용서하오. 경에게 모반할 마음이 있다는
제갈량 공명의 교활한 계책에 속아넘어가서 관직을 삭탈한 잘못
은 무엇보다도 이 예가 아버님보다 못하다는 사실을 드러낸 것이
었소.”

“황공하옵니다!”

중달은 조예를 옥좌로 다시 모시고 고개를 깊이 조아렸다.

중달은 황금으로 만든 월(鉞)과 부(斧)를 받았다. 동시에 앞으로
화급한 경우에는 재가(裁可)를 받지 않더라도 중달 스스로의 판단

으로 삼군을 자유로이 움직여도 좋다는 칙허를 받았다.

이리하여 사마의 중달은 하루아침에 최고 권력의 지위에 올랐다.

우선 중달이 목숨을 바쳐서라도 해야 할 일은——

'제갈량 공명을 패퇴시킬 것.'

그것이었다.

이 싸움이 얼마나 어려우며 지능을 있는 한 모두 발휘해야 한다는 것은, 중달 자신이 가장 잘 알고 있었다.

중달은 선봉장으로 우장군 장합(張郃)을 기용했다.

그와 함께 신비(辛毗)와 손례(孫禮) 두 장군에게 5만 기를 주어 조진을 돕도록 떠나보냈다.

중달이 이끈 군사는 20만이었다.

장안의 관을 나선 곳에 진을 친 중달은 선봉장 장합을 불렀다.

"나의 작전을 단단히 마음에 새겨두기 바라오. 공명이라는 인물, 보통의 틀에 박힌 전법은 택하지 않소. 더욱이 일을 함에 있어 매우 신중하오. 가령 내가 촉나라의 총대장이라면 기산의 본진을 출발하자, 자오곡에서 똑바로 장안을 칠 것을 생각할 것이오. 그것이 가장 짧은 거리며, 공격하기 쉽고 지키기에 어렵기 때문이오. 공명도 당연히 그 진격로를 생각했을 것이 틀림없소. 그러나 공명은 절대로 그 길로 공격하지는 않소."

"어째서 그렇습니까?"

"이 사마의 중달이 삼군의 지휘관이 되었다는 것을 공명이 들었기 때문이오. 즉, 공명은 아마도 내가 자신의 전법을 알아채게 되는 것을 피할 것이오."

중달은 상 위에 펴놓은 도면을 부채로 가리키면서 설명했다.

"공명은 이 중달의 뒷덜미를 칠 공격책을 택할 것이오. 다시 말해서 이 야곡(斜谷)을 지나, 느닷없이 미성을 칠 것이 틀림없소."

그는 마치 공명 자신의 입을 통해 들은 것같이 명쾌하게 예상해

보였다.

중달은 이미 급사를 보내어 조진에게 미성의 수비를 굳게 하고, 설사 촉군이 어떠한 교묘한 수단으로 꾀더라도 절대로 쳐 나가지 않도록 명령함과 동시에, 손예와 신비에게 5만 기로써 기곡의 입구를 막고, 매복하여 기다리도록 준비를 갖추게 했다.

장합은 중달의 군사다운 태도에 감탄했다.

"진령(秦嶺)의 서쪽……여기에 길이 있소. 이 길을 나가면 가정(街亭)이라는 요충지가 있고, 가정에서 멀지 않은 곳에 열류성(列柳城)이라는 성이 있소. 이곳이오."

중달은 도면의 한 점을 부채로 가리켰다.

"이 가정과 열류성을 점거하면, 한중(漢中)의 목을 완전히 죄는 것이 되오. 공명은 조진이 이미 늙어 두뇌의 활동이 둔해져서, 그 옛날의 지략이 자유자재였던 무장이 아닌 상태라고 얕보고 있을 것이오. 따라서 나는 일부러 조진으로 하여금 가정을 공격하게 하겠소. 공명은 적이 조진임을 알면 몸소 사륜거를 몰고 와서 이곳을 지키지는 않을 것이오. 부장 한 사람을 보내어 방비하게 할 것이오. 나는 조진의 뒤에서 전군을 이끌고 총공격하여 가정을 빼앗고 열류성을 함락시키리다. 그러면 양평관(陽平關)도 가깝소. 아무리 제갈량이라 할지라도 가정을 빼앗기고 양도(糧道)가 끊기면 당황하여 급거 한중으로 도망칠 것이 틀림없소. 그때가 승패를 가름하는 때가 될 것이오. 나는 촉군이 퇴각하는 사잇길에 3만의 병사를 매복시켜 두겠소. 그러면 크게 이길 것은 뻔하오."

사마의 중달의 작전은 그것만이 아니었다.

공명이 가정을 빼앗기고도 퇴각하지 않는 경우에 대비해서도 미리 생각하고 있었다. 사잇길 여기저기에 큰 돌을 떨어뜨려 끊는다는 대책을 세웠다. 그렇게 하면, 촉군은 한 달이 되기 전에 군량이 떨어져서 태반이 굶어 죽게 되어 제아무리 공명이라 해도 만책(萬策)

이 다하고 말 것이다.

장합은 중달의 치밀하고도 대담한 군략을 끝까지 들은 후 크게 감탄했다.

"대도독 앞에서는 공명의 지모도 빛을 잃을 것입니다."

"장합, 알겠소? 내가 세운 전법은 어디까지나 공명이 조진을 얕볼 것이라고 가정하고 세운 것이오. 어쩌면 공명은 내가 가정을 노린다는 것을 간파할지도 모르오. 귀공은 조진의 바로 뒤에서 선봉이 되어 진군하는 것이니까, 결코 경솔하게 서둘러서는 안 되오. 어디까지나 복세(伏勢)가 되어 서쪽 사잇길을 택하여 나아가고, 척후병을 멀리 앞에까지 내보내어 적의 복세가 없다는 것을 확인한 다음에 나가도록 하오. 모든 장수들에게도 그렇게 이르오. 굳이 말하자면 조진이 희생되더라도 상관 없소. 귀공이 적의 복세에 들키지 않고 가정에 이르면 반드시 빼앗을 수 있소. 그렇지 않으면 제갈량의 술책에 빠질 것이오."

누누이 자기 멋대로 판단하여, 나의 명령 이외의 행동을 해서는 안 된다고 타일렀다.

"잘 알겠습니다. 결코 대도독의 작전에 차질을 빚을 만한 행동은 하지 않겠습니다."

장합은 맹세하고 출진했다.

기산에서는 공명이 사마중달의 출진 소식을 듣고——

'……드디어 사마의 중달과의 지혜 겨루기가 시작되었군.'

단단히 각오를 했다.

위연이 마현(馬玄)을 통해 면담을 신청해 왔다.

마현은 공명의 밀명을 받고 오나라와 위나라의 각 지방을 떠돌아다니며, 구석구석의 실정을 관찰하고 돌아와, 다시금 공명을 곁에서 모시고 있었다. 공명은 3년 동안이라고 명했으나, 마현은 공명의 병이 걱정되어 1년 남짓 만에 돌아왔던 것이다.

마현에게 안내되어 중군 본영 깊숙이 들어온 위연은 말했다.

"승상, 이번 북정(北征)에서, 저에게 강병 5천을 주시면 포중(褒中)으로 해서 진령(秦嶺)을 따라 동으로 올라가다가 자오곡에서 북으로 쳐들어가 곧장 장안을 치겠노라고 말씀드렸으나 승상에게 거부당하였습니다. 그러나 중달이 나온 이제, 촉군이 진격할 길은 그것밖에 없을 것입니다."

그러자 공명은 빙그레 웃고 말했다.

"귀공의 그와 같은 진언에 대해 내가 뭐라고 대답했는지 기억하시오, 장군?"

"글쎄요? 그것은……?"

"만약, 중원에 지모가 뛰어난 장수가 한 사람도 없다면 그 계책이 성공하겠지만, 만약 누군가가 산길을 막아 버린다면 귀공 이하 5천 기는 전멸할 우려가 있다고 대답했을 것이오."

"생각이 났습니다. 승상께서는 분명히 그와 같이 대답하시며 제 계책을 거절하셨습니다. 그러나 지금은 이 계책 이외에……."

거듭 주장하려는 위연을 공명은 손을 들어 제지했다.

"적의 총수가 아직도 조진이라면 귀공의 계략을 채택할 것이오. 그러나 위나라의 전군을 이끄는 것은 조진이 아니라 사마의 중달로 바뀌었소."

"승상! 어찌하여 그토록 사마의 중달을 두려워하십니까?"

위연은 못마땅한 듯이 말을 뱉었다.

"두려운 인물이므로 두려워하오. ……위 장군, 내가 이제까지 두려워하기에 족하지 않은 적을 두려워한 예가 있었소?"

이렇게 말하는 것을 듣고 위연은 곰곰이 생각해 보았다. 아닌게아니라 저마다의 인물을 관찰한 공명의 눈은 아직까지 한 번도 잘못된 적이 없었다.

위연이 물었다.

"그렇다면 승상께서는 이제부터 사마의 중달이 이끄는 위군에 대해 어떠한 전법을 취하시렵니까?"

공명은 그에 대해 대답했다.

"사마의가 무엇을 생각하는지 그것을 알아내려면 오늘 하룻밤이 필요하오. 내일 아침, 모든 장수들에게 나의 방책을 전하겠소."

공명은 그날 밤새도록 촛불을 밝혀놓고 사마중달이 취할 가능성이 있는 작전을 곰곰이 생각했다.

스스로 사마중달의 입장에 서서 생각하는 것이다. 무엇보다도 전쟁에 이기기 위해서는 유리한 태세를 갖추지 않으면 안 된다. 그러려면 앞에서도 말했듯 다음 세 가지에 유의해야 한다.

첫째로 하늘의 때〔時〕.

둘째로 땅의 이(利).

셋째로 사람의 화(和).

하늘의 때란 일월(日月)·오성(五星)이 모습을 나타내며 불길한 살별이 출현하지 않고 바람 따위가 알맞은 때를 잡는 것이다.

또 땅의 이란 지세(地勢)를 말하며 곧 지형지물이다. 지형지물이 유리해야 공격 또는 방어를 뜻대로 수행할 것임은 물론이다.

그리고 사람의 화(和)는 군주·대장이 모두 현명하며 군병은 군율을 잘 지켜 명령을 복종하고, 충분한 식량과 무기를 가지고 있는 상태이다. 요컨대 군주 이하 말단 군졸에 이르기까지 일치단결돼 있고, 또 그 단결을 가져다주는 조건이 갖추어져야 한다는 뜻이다.

사마의 중달은 이와 같은 병략의 기본에 서서 작전을 생각하리라.

앞에서 말한 천시·지리를 파악하자면 대장의 상황 판단 능력이 뛰어나야 한다. 특히 인화(人和)는 주로 대장의 노력에 의해 만들어지는 조건이다.

공명이 중달을 두려워하는 것은 그가 이런 천시·지리·인화를 모두 알고 있으며 응용할 줄 아는 대장이었기 때문이다.

이튿날 아침 공명은 모든 장수들을 막중에 정렬시켰다.
"이 제갈량 공명은 조조 이래 가장 강한 적과 자웅을 결하게 되었소. 그 서전(緒戰)은 진령 서쪽 가정이오."
그런 말을 들어도 가정이라는 지점을 알고 있는 자는 한 사람도 없었다.
"어쩌면 나 자신이 나가서 위군을 물리쳐야 하겠지만, 공교롭게도 감기 기운이 있으니 누군가 대신 가 주었으면 하오."
감기 기운 정도가 아니라 공명은 요즘 내내 높은 열에 시달리고 있었다.
"승상."
마속이 앞으로 나왔다.
"그 막중한 임무, 제가 해내겠습니다."
"좋겠지. 다만 가정은 장군들이 그 이름도 들어본 일이 없는 조그마한 벽촌이지만, 만약 이곳을 잃는다면 우리 촉군은 궁지에 몰린 쥐 꼴이 되고 만다. ……마속, 성은커녕 요새조차도 없는 가정을 끝까지 지키기란 쉬운 일이 아니다. 반드시 죽고 말 것이라는 각오를 하라."
"승상, 감히 말대답을 합니다만, 저는 열 살 때부터 병서와 친하여 손자를 비롯해서 모든 병법을 줄줄 외웁니다. 적이 검은 수단을 쓴다면 이쪽에서는 흰 방법을 취하고 붉은 것으로 나타나면 파랑을 갖고 대할 자신을 갖고 있습니다."
"들으라. 내가 사마의 중달을 두려워하는 정도로 장군도 그를 두려워하라. 또한 위군의 선봉장인 장합을 그대 이상의 인물로 생각하라."
"승상! 그토록 이 마속에 대한 믿음이 적으십니까?"

마속은 조금 불끈한 태도를 보였다.

"믿고 있으니까 출전을 허락하며 주의를 주는 것이다."

"여기서 맹세합니다. 만약 이 마속이 실패할 경우 제 목은 물론이려니와 일족의 목을 모조리 베어 본보기로 하신다 해도 한 마디도 변명하지 않을 것이며, 미련없이 벌을 받자올 것을 서약서에 써서 내놓겠습니다."

마속은 앙연이 고개를 들고 잘라 말했다.

"좋다. 그 서약서를 받겠다."

모든 장수는 공명과 마속의 불꽃 튀기는 듯한 대화를 침을 삼키고 들으면서 반신반의하였다.

'……그토록 가정이란 곳이 요충지란 말인가?'

사마의 중달이 반드시 가정을 점거하려고 공격해 올 것으로 공명은 예측하고 있지만, 과연 어떤 근거로 그런 예측을 하는지 모든 장수들은 이해할 수 없었다.

만약 그 자리에 강유가 있었다면 공명의 작전은 강적 중달의 군략, 책략을 다 알아내고 세운 것이로구나 하고 고개를 끄덕였을 것이다.

그때 강유는 천수군에 진을 치고 조진 휘하 수만 병력과 대치하고 있었다.

공명은 마속에게 2만 5천의 정예 군사를 내주고, 참모로서 왕평을 따르게 했다.

출진에 즈음하여 공명은 마속과 왕평에게 간절히 타일렀다.

"왕평은 평소 일을 함에 가장 신중하게 행동하는 인물이어서 마속의 참모로서 뽑은 것이다. 거듭 말하겠다. 가정을 적에게 점거당한다면 우리 군이 장안으로 쳐들어가기는 고사하고 병사의 태반은 고향으로 돌아갈 수 없을 것이다. 포진에 있어서는 단연코 적군에게 돌파되지 않을 지형을 보고, 그곳을 택함이 좋을 것이

다. 포진이 끝나거든 급히 도면을 만들어 나에게로 보내라. 마속은 매사를 왕평과 의논하되 모든 장수들의 의견도 듣고, 수비를 첫째로 하며 공격을 둘째로 생각하라. 만약 뜻한 대로 끝까지 가정을 지켜낼 수 있다면, 장군들은 장안 공략의 첫째 공을 세운 것이 된다. 알겠는가! 잠깐일지라도 방심하지 말고, 틈을 보여서는 안 된다!"

공명은 싫증이 나도록 귀찮게 마속을 거듭거듭 훈계하고 그 출전을 배웅했다. 공명은 마속과 왕평을 떠나보낸 뒤, 곧 고상(高翔)을 불러들였다.

"가정 동북쪽에 열류성이라는 성채가 있다. 그곳은 군세가 산을 넘을 때 방해하기에 가장 적합한 요충지다. 그러므로 사마의 중달은 반드시 열류성에도 군을 배치할 것이다. 그대는 위군보다 빨러 열류성으로 달려가 점거하라. 만약 만에 하나라도 가정에서 우리 군세가 불리해지거든 곧 응원하러 가도록……."

"잘 알겠습니다."

고상이 출진하자 공명은 침대에 엎드려 눈을 감았다.

"승상, 약을……."

마현이 작은 상자를 내밀었다. 그것은 일찍이 남중의 만안계(萬安溪)에 살고 있던 은사(맹획의 형 맹절)가 준 묘약이었다.

"고열이 계속되고 있으니 오늘은 이 환약을 세 알 드십시오."

마현이 권했다. 여느 때엔 두 알씩 먹었다.

"음."

권하는 대로 공명은 세 알을 먹었다.

순간 공명은 벌떡 몸을 일으켰다.

"두 알보다 세 알이 듣는구나. ……위연 장군을 부르라."

"예."

위연이 들어왔다.

"장군에게 부탁이 있소. 수하 군사를 이끌고 가정으로 가서 마속
의 후비가 되어 주었으면 하오."

"농담을 하시는 것입니까, 승상!"

위연은 얼굴이 시뻘게지며 노기가 얼굴에 가득 넘쳤다.

위연이 분노를 터뜨린 것도 무리는 아니었다. 스스로 선봉이 되어
포중으로부터 진령을 끼고 동으로 올라가서 자오곡에서 북으로 쳐
들어가 곧장 장안을 함락시키겠다는 병략을 진언했다가 물리침을
당한 위연이었다.

'……그런데 이제는 나더러 마속 같은 자의 후비가 되라고!'

"농담 따위를 하는 게 아니오."

공명은 조용한 말투로 대답했다.

"승상! 저의 계략은 물리치셨을 뿐 아니라 아직 전투 경험을 쌓
지 못한 마속에게 선봉의 공을 주셨습니다. 그리고 지금 제게 그
의 후비를 맡으라 하시니 어찌 제가 승복할 수 있겠습니까?"

"위연 장군!"

공명은 늠연한 태도로 바뀌었다.

"마속 장군이 적을 알고 나를 알아 능수능란하게 대처할 수 있는
사람이라면 장군에게 후비를 부탁하지 않소. 가정은 양평간에 이
르는 가장 중요한 길목이오. 만약 그곳을 빼앗긴다면 한중은 목을
죄었을 때와 같은 상태가 되는 것이오. 가정과 열류성이 함락된다
면 우리는 한 사람도 살아서 성도(成都)로 돌아갈 수 없게 될지
도 모르오. 그러므로 귀공에게 후비를 부탁하는 것이오. 잘 해주
시오."

"알겠습니다."

위연은 이제까지 보지 못한 공명의 필사적인 표정을 보자 곧 수하
군세를 이끌고 출발했다.

"마현, 그대가 약을 세 알 권하지 않았더라면 촉군은 전멸했을지

도 모르겠다."

공명은 말하고 나서 조운과 등지를 부르게 했다.

"조예가 사마의 중달을 총수에 오르게 한 것은 우리 촉나라로서는 흥망의 위기를 뜻하는 것이오. 중달이 희대의 명장이라는 증거는 맹장 장합을 선봉장으로 삼은 것으로도 분명하오. ……장군, 장군은 등지와 함께 기곡으로 가서 복세(伏勢)가 되어 적을 갈팡질팡하게 해 주오."

위군이 쳐들어온다면 이쪽에서는 맞아 싸우는 것처럼 보이게 하다가 단숨에 퇴각하여 적에게——

'……무슨 기책이 있는 모양이군!'

의심을 품게 하라.

그 사이에 공명 자신은 중군을 이끌고 야곡(斜谷)에서 단숨에 미성을 탈취할 것이다. 이 작전이 성공하면 장안은 열의 아홉이 촉군의 손 안에 들어온다.

그렇게 말하고 나자 공명은 문득 이맛살을 찡그렸다.

"다만 이것은 어디까지나 우리 군략이 털끝만큼도 어긋남이 없이 실행되었을 때 이야기요. 마속이나, 고상이나, 혹은 위연이, 그리고 장군들이 아주 조그마한 실수라도 범하게 된다면 모든 것이 틀어져서 우리 촉군은 참패하고 마오."

조운이 보기로는 공명이 이토록 혼심의 힘과 정신을 기울이는 태도를 보이는 것은 선주(先主) 유비 현덕이 육손에게 패배하여 하마터면 전멸할 위기에 직면했을 때 이후로 처음이었다.

"저는 천운을 기원하며 쳐나가겠습니다."

조운과 등지가 나가자 엇바뀌어 강유가 나타났다.

조진이 퇴각해 버렸기 때문이다.

"강유, 우리의 포진은 이와 같다."

공명은 도면을 펼쳐 보였다.

그러자 강유의 얼굴빛이 확 달라졌다.

"승상!"

"뭔가?"

"승상쯤 되시는 분께서 마속을 선봉장으로 하여 가정으로 보내셨다는 것은 이해할 수 없습니다"

"마속을 믿을 수 없는 인물로 보는가?"

"이것은 저의 직감입니다만, 마속이라는 사람은 확실히 두뇌가 뛰어나, 병서를 숙독하였을지는 모릅니다만, 경우에 따라서는 자신의 재능을 자랑하고 싶어 자기 멋대로 병세를 움직이는 성격을 지닌 사람으로 생각됩니다."

그러나 공명은 그렇게 생각하고 싶지 않았다. 이번 싸움에서 마속으로 하여금 첫째 공을 세우게 하여 조운과 위연에 버금가는 지위를 주고 싶었던 것이다.

조운은 이미 늙었고, 위연은 걸핏하면 반항을 한다.

일찍이 촉나라를 지키는 오호장(五虎將)으로 관우·장비·황충·조운·마초, 이렇게 천 년 뒤까지도 무명을 길이 남길 무장이 있었던 것과 같이, 자기가 죽은 뒤 촉제(蜀帝)를 보필하는 새로운 오호장을 만들고 싶었다.

그 때문에 관흥과 장포를 연마시키고 등지를 기용했으며, 마속에게 승전의 공을 쌓도록 해 주고 싶었다. 자신의 뒤를 이을 군사로는 여기에 강유라는 젊은이가 있다.

아! 가정(街亭)

한편 마속과 왕평은 가정에 이르렀다.

"뭐야, 이 지형은……?"

마속은 주위를 둘러보고 어이없다는 듯이 고개를 갸웃했다.

"아무런 특징도 없는 평범하기 짝이 없는 산마을이 아닌가. 이런 곳은 전투를 할 장소가 아니다. 대체 승상께선 무엇 때문에 이런 산마을을 요충지라고 생각하신 것일까?"

확실히 보잘것없는 지세였으며 도저히 공방전을 벌일 만한 요지라고 생각되지 않았다.

그러나 왕평은 말했다.

"승상께서 이 가정으로 우리를 진격케 하신 것은 사마의 중달도 또한 이곳을 노렸다고 생각하셨기 때문일 것이오. 길이 사방으로 갈라져 있는 분기점이 되어 있은즉, 병사들에게 나무 울타리를 치고 호(壕)를 파게 하여 만일의 경우에 대비하도록 합시다."

"평지에 울타리를 치고 호를 설치하여 방비하려고 생각하는 것은 매우 초보적인 병법이오. 위군이 왔을 때 이를 일거에 공격해서 전멸케 하려면 이 산을 이용하는 것이 지모 있는 자의 전략이라 할 것이오. 다행히 나무가 울창한 밀림이니 사람 모습은 평지에서 보이지 않소. 산꼭대기에 진을 칩시다."

"잠깐만. 승상께서는 가정을 수비하라고 명령하시었소. 가정에서 떨어진 산꼭대기에 진지를 구축하라고는 말씀하시지 않았소이다. 이 가정의 길을 적이 지나가지 못하게 하기 위해 우리를 보내신 것이오. 목책과 호로 길을 막고, 또 돌로 벽이라도 만들면 비록 10만의 병력이 진격해 온다 해도 한 사람도 지나갈 수 없을 것이오. 길을 버리고 산꼭대기에 진을 친다면, 보시오. 이 산의 모양은 대번에 적에게 포위될 방비 없는 만두형이 아닙니까. 일단 포위가 되는 날에는 사냥꾼의 무리에게 에워싸인 여우나 너구리 신세가 되고 말 것이오!"

왕평은 입에 거품을 물고 설득했다.

마속은 그 말을 귀담아 듣지 않았다.

"그대는 병법에 이러한 말이 있는 것을 모르는가. '높은 곳에 의지하여 아래를 보는 것은 세(勢)가 대나무를 쪼개는 것과 같다'고. 위군이 진격해 온다면 우리는 사태가 내려 쓸 듯이 덮쳐 한 놈도 남김없이 토벌해 버릴 수 있을 테니 두고 보기만 하오."

자신만만한 마속에 대해 왕평은 세게 머리를 흔들었다.

"그것은 마속 장군께서 실전이 어떤 것인지를 몰라서 하는 말입니다. 나는 승상을 모시고 수많은 싸움터에 가서 가르침을 받았습니다. 이 산은 절지(絕地), 다시 말해서 달아날 곳이 없는 지세입니다. 만약 위병이 물을 운반하는 길을 끊는다면 우리 군은 열흘도 되기 전에 모든 병력이 갈증으로 움직일 수 없게 됩니다."

"왕평! 이 선봉대의 지휘관은 나요. 손자가 이렇게 말한 것을 그대는 모르오? '사지(死地)에 들어간 뒤에야 살 수 있다.'라고. 만약 위병들이 우리 촉군의 수로(水路)를 끊으려고 한다면, 병사들은 필사적으로 싸울 것이 틀림없소. 글자 그대로 일기당천의 사기를 분기시킬 것으로 나는 확신하오. 그대도 이 마속이 병서에 정통하다는 것을 승상께서 높이 평가하시어 이따금 군략 계책에 대해 의논하신다는 것을 알고 있지 않소.”

마속은 끝까지 산꼭대기에 진을 치겠다고 하며 말을 듣지 않았다.

마속은 어째서 이토록 자기 고집을 꺾지 않을까? 아마도 왕평을 경멸하는 마음이 있었기 때문이리라.

마속의 자는 유상(幼常). 양양의 마씨 5형제라는 소문은 일찍부터 났고 재주 역시 뛰어났다. ‘백미(白眉)’라는 말도 이 형제에게서 비롯되었다. 그 재주가 어떠함을 알 수 있으리라.

그러나 백미였던 마속의 형 마량(馬良)은 이릉 싸움에서 전사했다. 동생인 마속은 언제나 이 형과 비교되는 일이 많아 그것을 싫어했다. 마속에게는 지나치게 돋보이려는 경향이 있었다. 물론 마량을 능가할 수는 없었다. 그래서 무슨 일이 있다 하면 남의 의표를 찌르는 버릇이 있었다.

일찍이 유비는 마속의 이런 성격과, 또한 여느 사람에 비해 너무 뛰어난 재능을 오히려 위태롭게 보고서 이렇게 평했었다.

“마속은 입만큼은 쓸모가 없다. 도저히 중대한 임무는 맡기지 못한다.”

쉽게 말해서 유비는 마속이 말만 너무 번드레하다고 본 것이다.

한편 마속의 부장으로 자기 주장을 내세운 왕평은 어떤 인물이었을까?

왕평은 한 마디로 이른바 무식쟁이였다. 학문이 없었다. 글자는 자기 이름을 포함해서 열 글자도 쓰지 못했다.

그러나 그는 첫째가는 촉나라 토박이로 지리를 환히 알고 있었다. 또 성실한 인품이었다. 명령받은 것을 충실히 지키는 장수였다.

학식이 많고 지나치게 재주가 있는 마속이 왕평의 의견을 끝끝내 따르지 않은 것도 이런 데에 이유가 있었다.

이 점에서 공명은 장수 배치를 잘못한 셈이었다.

왕평은 마속이 자기의 충고를 받아들이지 않는다는 것을 알자 이렇게 부탁했다.

"참군, 무슨 일이 있더라도 기어코 산꼭대기에 진을 치겠다고 하신다면 이 왕평에게 병력을 3분의 1만 나누어주시오. 나는 이 가정의 길 네거리에 기각(掎角)의 진을 치고 위군의 앞길을 막겠소이다."

"병력을 나누는 것은 힘을 분산시키는 것이 되므로 안 되오!"

마속은 용납하지 않았다.

산간에 살고 있던 가난한 백성들이 그곳으로 무리를 지어 피난해 왔다. 위나라의 대군이 진격해 왔다고 그들이 전했다.

"참군!"

왕평은 마속을 보고 거듭 말했다.

"나의 충고를 받아들여 주시지 않는다면 참모의 소임을 할 수 없소이다. 일단 승상에게로 달려가서 지시를 받기로 하겠소."

왕평은 결코 혼자서만 달아나 돌아갈 생각은 없었다. 그렇게 말하면 마속이 이쪽의 충고를 들어줄 것이라고 생각했던 것이다.

마속은 잠깐 망설이더니 말했다.

"하는 수 없지. 그대에게 5천 기를 나누어 줄 터이니 좋을 대로 나무 울타리를 만들고 진을 치도록 하오. 다만 이 가정의 싸움에 크게 이기더라도 결코 그대에게 공을 세운 체하도록 내버려두지는 않을 것이오."

5천 기만 있으면 그나마 전멸은 모면할 수 있겠지.

왕평은 10리쯤 떨어진 지점을 택하여 숲 속에 복병진을 쳤다. 그리고 곧 가정에서의 위군 영격도(迎擊圖)를 만들어 급사에게 들려

주며 공명에게 급히 전달하라고 명령했다.

이때 사마의 중달은 장안의 관(關) 밖에 있으면서 완전히 진격할 준비를 갖추었다. 그러나 돌다리도 두드려 보고 건너는 신중한 성격을 지닌 사람이라 먼저 작은 아들 사마소에게 명령했다.

"만약, 가정 주변에서 촉병의 모습을 한 사람이라도 보게 된다면 작전을 바꾸어야만 한다."

사마소는 아버지의 명령을 받자, 소수의 기마를 이끌고 쏜살같이 달려갔다.

이윽고 되돌아온 사마소는 보고했다.

"가정은 촉군으로 굳게 수비되어 있습니다."

"으음!"

중달은 신음했다.

"과연 공명이다. 나의 작전을 꿰뚫어 보았구나!"

'도저히 내가 미칠 수 없는 천 년에 한 사람 나올 군략가다.'

중달은 깊이 한숨을 쉬었다.

그러자 사마소가 깔깔 소리내어 웃었다.

"아버님, 제갈량 공명은 저희들이 보기에는 보통 사람이었습니다. 자신은 만전의 대비를 한 것으로 생각하는지 모르지만, 저희들이 보기에는 얼빠진 사람입니다."

"건방지게 무슨 큰소리를 하는 거냐!"

"아버지, 촉군은 큰길에는 한 명도 군사를 두지 않고 모두 산꼭대기에 진을 치고 있었습니다."

"그건 좀 이상한 일이다! 공명이라면 가정의 산간 평지를 요새로 할 터인데?"

"제가 첩자를 풀어 조사한바, 산꼭대기에 진을 친 것은 선봉대를 지휘하는 참군 마속이었습니다."

"그런가! 그러면 알겠다. 그건 공명의 명령이 아니라 마속이 혼자 생각한 병법이다. 이거야말로 하늘의 도움이다!"

그날 저녁 중달은 몸소 백수십 기를 이끌고 가정의 산기슭까지 말을 몰아 환하게 밝은 달빛 속에서 그 지형을 세밀히 정찰하고 돌아왔다.

마속은 산꼭대기 돌출한 큰 바위 위에 우뚝 선 채 한 바퀴 돌아보는 한 무리의 군사를 보고 말했다.

"아마도 저것은 사마의 중달일 것이다. 그 자가 병법을 알고 있다면 이 산을 포위하여 쓸데없이 병력을 잃는 어리석은 짓은 하지 않을 테지."

그러나 사마의는 부장들을 모이게 하여 말했다.

"마량의 동생 마속이라는 사나이는 이 사마의 중달이 어떤 군략을 쓸 것인가를 알지 못하는 얼빠진 자다. ……또 천하의 제갈량 공명이 마속 같은 자를 가정으로 보내다니, 그 뛰어난 지모도 이제 시들어 가고 있는 모양이다."

그리고 나서 척후병에게 알아보게 하였다. 가정에서 10리쯤 떨어진 지점에 왕평인 듯한 무장이 수천 기를 매복시킨 것 같다는 보고를 받았다.

"오, 대승리는 갈 데 없이 내 것이로다!"

중달은 활짝 웃으면서 잘라 말했다.

위군 총대장 사마의 중달은 먼저 장합을 불러 명령했다.

"복병을 거느린 왕평을 견제하고 그 퇴로를 막아라."

다음으로 신탐과 신의를 불러 마속이 거점으로 삼고 있는 산을 세 겹으로 포위하되 물을 길어 나르는 보급로를 끊고, 촉병이 물이 떨어져 소란을 피우는 모습을 보이기 시작하거든 전투 준비를 하고 있다가 물을 찾아 내려올 때 쳐라 하고 명령했다.

위군은 불과 하룻밤 안에 모든 배치를 끝냈다.

이튿날 아침 날이 밝을 무렵 장합이 왕평의 군사를 견제했을 때, 사마의 중달은 몸소 선두에 서서 그 산기슭으로 말을 몰았다.

"위군이 총공격 태세를 취했습니다."

그 보고에 벌떡 일어난 마속은 산꼭대기의 큰 바위 위에 섰다.

"으, 으음!"

산기슭 사방을 가득히 메운 위군 10만이 넘는 군사가 일사불란하게 진을 친 모습을 보자, 마속은 자기도 모르게 신음했다. 왕평의 충고가 생각났다.

'왕평이 말한 대로 사마의 중달은 예사 군사가 아니었구나!'

마속에게 불리했던 것은 거느린 부장들과 촉병들 모두가 수많은 전투를 거친, 싸움이라는 것을 잘 알고 있는 자들만의 집단이었던 점이다. 그들은 개죽음할 것임을 뻔히 알면서 죽을 곳으로 들어가려고 들지 않았다.

"쳐라!"

마속이 공격 신호인 붉은 깃발을 마구 흔들었지만 부장들은 아무런 반응도 나타내지 않았고 따라서 병사들도 꼼짝하지 않았다.

"참군인 나의 명령에 따르지 않겠다는 것인가!"

불끈 화가 난 마속은 느닷없이 허리에 찬 칼을 뽑아, 가장 나이 많은 부장을 갑옷 위로 베어 중상을 입혔다.

늙은 부장은 쓰러지듯 나무에 기대면서 말했다.

"참군이라는 직책은 단 한 군사라도 상하지 않도록 노력하는 것이거늘……!"

"닥쳐라!"

마속은 중상을 입은 부장의 목을 쳤다.

"내 명령을 따르지 않는 자는 남김없이 내 손으로 처단하리라!"

마속은 외쳤다.

하는 수 없이 부장들은 수하 군사를 이끌고 산비탈을 달려 내려갔

다. 불 속에 날아들어가는 나방이나 다름없었다.

촉나라 군사는 모든 준비를 갖추어 기다리고 있던 위군에게 반격을 당해 여기저기에 어마어마한 시체를 남기고 몇 명만이 산 채로 도망쳐 돌아왔다.

마속은 이 광경을 보자 몸소 진두에 서서 적진에 뛰어들 용기가 나지 않았다. 하는 수 없이 진문을 굳게 닫고 구원군이 와 주기를 기다리기로 했다.

한편, 비장군(裨將軍) 왕평은 위군이 밀어닥치자

'여기가 나의 죽을 곳이로구나!'

각오하고 맹렬히 말을 몰고 나가 위군을 쳤다.

왕평은 적장이 장합임이 틀림없다고 추측하고서 이를 토벌하면 적어도 사마의 중달에게 타격을 줄 수 있다고 생각한 것이다.

몸을 버림으로써 살아날 기회도 있을 것이라는 왕평의 무시무시한 기세는, 용장이라고 이름난 장합까지도 압도당하여 쩔쩔 매게 만들었다.

칼과 창과, 말과 말이 격돌하기를 수십 합, 끝날 줄 모르는 단기 대결이었다.

장합은 어느 틈엔지 자신의 주위를 지켜 주던 군사들이 촉군의 결사적인 공격에 겁을 먹고 모두 달아나 버린 것을 알아차리고 문득 생각했다.

'여기서 왕평에게 죽으면 가정 전투 전체를 그르칠 우려가 있다.'

그리하여 그는 별안간 나는 새와도 같이 달아나 버렸다.

이틀이 지났다.

중달이 꿰뚫어 보았듯이 그 산의 물은 어느새 한 방울도 남지 않았다. 밥을 지어 먹을 수도 없게 되었다.

산악에 의거할 경우, 경험이 풍부한 무장은 우선 계류(溪流)나

마르지 않는 연못이 있는지를 확인하는 법이다. 마속은 그것을 알지 못했다.

중달이라는 군사를 얕본 것과, 위군이 일거에 공격해 올라올 것이라고 오산한 것이 촉군을 위기에 빠트린 것이다. 이제 와서 후회한들 소용이 없다. 이미 때는 늦었다.

사흘째 되는 날 새벽, 남쪽 진지를 지키고 있던 촉병들이 어느 누가 의논한 것도 아닌데, 책문을 열고 위군을 향해 무모한 공격을 시도하여 3분의 2가 전사하고 나머지가 포로로 잡혔다.

중달은 이 좋은 기회를 놓치지 않았다.

바람이 산을 향해 불어대는 것을 보고 일제히 산기슭의 잡목에 불을 질렀다.

큰 나무와 잡목이 우거진 산을 성으로 삼고 있는 촉병은, 불이라는 적을 맞아 가만히 있을 수 없었다.

멍하니 앉아 타 죽는 것보다는 돌격해 나가 죽으라는 마속의 명령에 따라 글자 그대로 결사적인 공격을 감행했다.

"저놈들과 맞붙어 싸우지 말라. 혈로를 터 주어라."

중달의 이러한 병략이야말로 군략가로서 그의 자질을 유감없이 보여준다.

위군은 미친 듯이 산을 달려 내려온 촉병에게 일부러 넓은 큰길을 터 주고 도주하게 했다. 그리고 그 뒤를 장합이 쫓았다.

마속 부대의 패주는 그야말로 비참했다. 그런 가운데 왕평만은 시종 장수다운 훌륭한 지휘 솜씨를 보였다.

애당초 왕평은 위군이 가정의 외떨어진 산상 진지를 포위하기 전에 몇 번이고 충고했는지 모른다.

"산을 내려오십시오. 위험합니다. 그런 곳에 있다가 물과 식량 보급이 끊긴다면 어떻게 하실 작정입니까?"

그러나 마속은 그런 충고를 받아들이지 않았다. 그리고 이토록 비참한 패전을 가져왔다. 그런데 마속은 패주하면서도 어째서 자기 작전이 그렇게도 허무하게 무너졌는지 좀처럼 믿어지지 않았다.

"적의 대장은 바보라고 생각했었는데……."

마속이 산 위에 진을 친 것은 그런대로 계산이 있었기 때문이다. 그는 산 위에 진을 치고 여기저기 쓸데없이 깃발을 꽂아놓게 하여

'무슨 계책이 있구나?'

위군이 믿게 하려 했던 것이다.

위군 대장은 혹시 복병이 있을까 망설이게 된다. 그때 단숨에 쳐내려가 무찔러 버린다——이것이 마속의 계획이었다.

그런데 위의 지휘관은 의심을 않고 선뜻 마속의 진지가 있는 산을 포위해 버렸다.

그래서 마속은 지금 패주하면서도 아직 미련이 남은 것처럼 적 장수가 바보가 아니었다는 점에 대해 고개를 갸웃거렸다.

왕평이 마속의 그런 망상을 깨뜨려주듯 말했다.

"적의 대장은 지금 우리를 뒤쫓고 있는 장합입니다. 장합은 일찍이 원소에게 속했고 관우 운장 장군과도 절친했던 그야말로 천군만마(千軍萬馬)의 장수입니다. 그런 그가 꾀에 넘어가리라고 믿었던 것이 불운이었지요."

마속도 그제야 부끄러운 듯이 아무런 대꾸도 하지 않았다.

마속 부대 가운데에서 왕평의 부대 1천여 명만이 질서정연하게 후퇴하였다. 왕평은 계속 외쳐댔다.

"흩어지지 말라! 모여라! 덩어리가 되어 후퇴해야 한다. 서로 어깨동무를 하듯 뭉쳐서 후퇴하라!"

결국 이 왕평의 부대만은 장합도 공격하지 못했다.

왕평은 되풀이하여 지시했다. 동시에 그는 꽹과리와 북을 가진 자에게 웅장한 곡을 울리도록 했다.

"발걸음을 맞추어라. 북소리에 맞추어라!"

왕평의 적절한 지휘하에, 패주하면서도 그들은 조금도 흐트러지지 않았다.

군졸 모두 하나같이 몹시 침착한 것처럼 보였다. 위군에게는 그것이 예사롭지 않게 여겨졌다.

'복병이 있는 것일까? 아니면 뜻밖의 계책이 있을지도 모른다!'

장합은 그렇게 의심한 것이다. 그리하여 추격을 조금 늦추었다.

집단이 된 촉군을 공격하기보다 뿔뿔이 흩어져 달아나는 촉병을 상대하는 것이 안전하다는 심리 작용도 있었다.

위군에게 쫓긴 촉병들은 차례로 왕평의 정연한 부대에 합류했다.

이윽고 그들은 위연의 부대를 만나 한숨 돌렸다.

위연은 마속을 보자 울부짖듯 한 마디 했다.

"애송이, 마침내 패하고 말았는가!"

한편 장합은 왕평에게 속았다는 것을 깨닫고 나서 맹렬히 추격을 시작했다.

그러자 느닷없이 마속을 앞으로 달아나게 해놓고 장합의 앞을 가로막아 서는 무장이 있었다.

언월도를 비껴든 굉장히 크고 훌륭한 용모, 귀신인가 생각될 만큼 몸집이 우람한 사람은 다름아닌 위연이었다.

"장합! 마속의 어리석은 계책을 비웃기는 아직 이르다!"

땅이 울릴 만큼 큰 소리로 고함치며 눈을 부릅떴다.

'이 사나운 장수와 단기 대결을 해서는 도저히 승산이 없다. 엊그제 왕평과 대결했을 때와 마찬가지로 달아날 수밖에 없다.'

홱 말머리를 돌린 장합은 위연의 욕지거리를 등에 받으면서 죽어라 하고 말에 채찍질을 가했다.

무서운 기세로 단숨에 추격한 위연은 힘들이지 않고 가정을 탈취했다.

그러나 후비를 맡았던 위연은 선봉이 되었으면서, 패주한 마속에게 여보라는 듯 과시하려는 심정이 강한 나머지, 그대로 가정에 머물면서 진지를 구축해야 할 터인데 그러지 않았다.

단숨에 위군을 짓밟아 버리고 잘만 하면 장합을 사로잡아 공을 세울 수 있다는 생각으로, 사나운 호랑이가 잡아 먹을 짐승을 노리듯 추격을 멈추지 않았다.

불과 50리나 질주했을까?

좌우의 울창한 숲 속에서 천지를 뒤흔드는 함성이 올랐다. 그런가 싶더니 왼쪽에서 사마의 중달이, 오른쪽에서 사마소가 뛰쳐나오면서 눈 깜짝할 사이에 위연의 등 뒤를 막았다.

이에 호응하여 장합이 되돌아와 위연의 정면에 궁시대(弓矢隊)를 포진시켰다.

삼면이 막힌 위연은 그제서야 후비의 임무가 주어져 있음에도 너무 깊이 추격한 어리석음을 깨달았다.

"하는 수 없다! 백 대의 화살을 맞느니 마구 적군을 베어 혈로를 트고 살아남으리라!"

아마도 위연이라는 맹장으로서는 가장 큰 위기였을 것이다.

빗발처럼 퍼붓는 화살을 아랑곳하지 않고 위연은 적의 총수 사마의 중달과 서로 맞찔러 죽으리라 마음먹고 말을 미친 듯이 몰았다.

여러 개의 화살에 맞아 피투성이가 된 위연의 모습은 마치 지옥의 악귀와도 같았다.

그러나 위연은 중달에게로 접근하기는 고사하고 혈로조차 틀 수가 없었다.

'이제 여기가 나의 죽을 자리인 모양이구나!'

절망감이 그의 머릿속을 스쳤다. 바로 이때였다.

"와아!"

함성도 요란하게 한 무리의 군사가 위군의 한 모퉁이를 공격하여 허물어뜨렸다.

휴식을 하고서 다시 기운을 차린 왕평이었다.

왕평은 그 수하 군사에게 불화살을 준비케 했다. 그것도 보통 불화살이 아니라 독연기를 내뿜는 것이었다.

이 기습에는 아무리 중달이라 할지라도 퇴각을 명령하지 않을 수 없었다.

왕평 군사의 도움으로 전사할 것을 모면한 위연은 급히 가정으로 되돌아왔다.

그러나 이미 가정에는 정기가 무수히 펄럭이며, 신탐과 신의가 견고한 성채를 구축하고서 기다리고 있었다.

"이렇게 된 이상 열류성에 들어간 고상을 의지할 수밖에 달리 도리가 없소."

위연과 왕평은 의논하고 그곳으로 향했다.

이때 고상은 촉군의 전령이 전해온 급보를 접하자 결심했다.

"가정을 빼앗겨서는 안 된다."

고상은 열류성의 모든 군사를 이끌고 달려나왔다.

이것은 출진할 때 공명이 내린 명령이기도 했다.

이윽고 고상은 위연과 왕평이 패잔병을 이끌고 오는 것과 만났다.

"열류성을 굳게 지키더라도 가정을 점거당한다면 우리 촉군의 운명은 벼랑의 칡덩굴에 매달려 있는 것이나 마찬가지요. 오늘 밤에라도 위나라의 중군을 향해 기습을 감행하여 탈취하도록 합시다."

고상이 주장했고, 두 사람도 고개를 끄덕여 찬성했다. 황혼이 깃들기를 기다렸다가 군세를 세 편으로 나누었다.

"내가 먼저 살펴보고 오겠소."

위연은 화살맞은 상처에도 굽히지 않고 앞장서기를 자청했다.

초저녁 8시가 가까웠을 무렵, 위연이 수하 군사에게 소리나지 않게 하여 가정으로 몰래 다가가보니 뜻밖에도 위병의 모습은 단 한 사람도 보이지 않았다.

"이상한데?"

이번에는 위연도 조심하여 병사들을 나가게 하지 않고 그 자리에 머물었다.

그때 고상이 도착했다.

"그럴 리가 없다. 사마의 중달이란 녀석, 우리를 술책에 걸리게 할 작정이다."

고상과 위연은 언제라도 맞받아 칠 수 있게 전투 태세를 폈다. 과연 밤하늘을 향해 불덩어리를 쏘아올리는 것을 신호로 위군이 사방으로부터 공격해 왔다.

허를 찔린 것은 아니었으므로 대비는 충분했지만, 결국 적은 수로 많은 수의 적을 당해 낼 방법은 없었다.

위연과 고상의 아수라 같은 분전에 격려되어 촉군들은 죽을 힘을 다해 싸웠다. 그러나 바짝바짝 죄어오는 적군은 그야말로 열겹 스무겹이어서 탈출구를 만들기란 도저히 꿈조차도 꿀 수가 없었다.

왕평이 구원하러 달려온 것은 바로 이때였다.

왕평은 혹시 이런 일이 있을지 모른다고 중달의 병법을 예측하여 일부러 한 시간이나 늦추었던 것이다.

"우리의 승상께서 이끄시는 중군도 곧 올 것이다!"

왕평은 거짓으로 소리쳐서 위병을 일순간 당황하게 해놓고 위연과 고상에게 혈로를 트게 하는 데 성공했다.

그러나 고상이 열류성을 비웠던 것은 실수였다.

위연이 왕평과 함께 열류성을 눈앞에 보는 지점까지 도망쳐 와보니, 성 아래 가까이 적이 진을 치고 있지 않는가.

'위 부도독 곽회'

크게 쓴 깃발이 펄럭이고 있었다.

조진의 부장 곽회로서는 조진이 패하여 사마의 중달에게 위군의 총대장을 넘겨준 것은 참으로 면목이 없는 일이었기에, 하다못해 조진에게 열류성을 탈취하게 해 주고 싶었던 것이다. 다시 말해서, 사마의 중달에게 공적을 독차지하게 해주고 싶지는 않았다.

열류성을 점거하면 가정을 탈취한 중달과 조진은 공적을 똑같이 나눌 수가 있다.

고상과 위연, 그리고 왕평은 열류성 밑에 곽회가 완벽한 포진을 하고 있는 것을 보고 낙심했다. 패전한 촉병의 사기는 완전히 떨어져 버렸고 병사 수도 적었으며 부상자도 많았다.

"다시 기회를 보는 수밖에 방법이 없다."

어쩌면 위연이 화살에 맞아 상처를 입지 않았다면 다시금 투지를 불태우고 곽회를 향해 도전했을지도 모르는 일이었다.

위연은 상처가 깊었다.

"적어도 양평관만은 지켜야 한다."

위연은 왕평과 고상을 독촉하여 말머리를 돌렸다.

곽회 쪽은 퇴각하는 촉군을 쫓는 것보다는 우선 열류성을 점거하여 방비를 굳히기로 하고, 성문을 향해 말을 몰아 나갔다.

"촉군의 잔병(殘兵)이 있거든 미련을 품지 말고 문을 열라!"

곽회가 소리쳤다.

정문이 활짝 열렸다.

곽회는 의기양양하게 입성했다.

그러자 앞쪽의 망루 위에 깃발 수십 개가 죽 나타났다.

"억!"

곽회는 자기의 눈을 의심했다.

한복판의 큰 깃발에는——

'평서(平西)도독 사마의 중달'

새빨간 글씨로 씌어 있지 않은가?

그 큰 깃발 앞에 유유히 모습을 나타낸 사람은 바로 사마의 중달,

그 사람이었다. 곽회는 망연자실했다.

"곽백제, 어찌 이리 늦게 왔는가!"

중달은 껄껄 웃었다.

곽회는 말에서 내리자 그 자리에 털썩 주저앉았다.

'사마의 중달의 신기(神機)는 참으로 공명과 견줄지라도 떨어지지 않는다!'

인정하지 않을 수 없었다. 망루에서 내려온 중달은 곽회의 손을 잡아 일으켜 세우더니 말했다.

"백제, 그렇게 멍하니 얼빠져 있을 때가 아니지 않은가."

"그러하오시면?"

"가정을 우리 군에게 빼앗긴다면 공명은 반드시 퇴각할 것이다. 귀공은 조진 공과 함께 속히 이를 추격해야 한다."

"그 일은 대도독께서 몸소 하셔야 할 일인 줄로 생각합니다."

"아니지, 이 중달이 예측하는바, 달아난 위연과 왕평, 마속, 고상 등이 우선은 양평관에 틀어박힐 것이다. 내가 이를 공격한다면 공명은 이 기회를 잡아 뜻밖의 계략을 써서 내 등 뒤를 덮쳐올 것이 틀림없다. 병법에도 있다. '돌아가는 군사는 덮치지 말고, 궁한 도둑은 쫓지 말라'고. 귀공은 사잇길로 기곡에 나가 퇴각하는 촉군을 위협하는 것만으로 족하다. 나의 중군은 야곡의 적을 위협하겠다. 단단히 충고해 두겠는데 적이 퇴각해 온다면 그들과 정면으로 부딪쳐서 싸워서는 안 된다. 상처를 입은 야수와 맞붙는 것은 어리석은 짓이다. 위협하여 달아나는 대로 내버려 두었다가 적의 군량만을 빼앗도록 하는 게 좋으리라."

무책의 책(策)

전략 병법이라는 것은 만전을 기하여 완벽하기를 바라고 세워두 었어도, 단 한 가지의 실패로 나머지 아홉이 모조리 허물어지고 마 는 법이다.

공명이 생각하고 생각한 끝에, 위군에게 궤멸적인 패배를 주려고 한 가정의 점거는 경솔하게도 산꼭대기에 포진한 마속의 실패로 촉 군을 궁지에 몰린 쥐와도 같은 상황으로 순식간에 몰아넣고 말았다.

공명은 마속에게 가정을 지키라고 명령했다. 당연히 마속은 가정 의 요충에 요새를 구축하고 진을 쳤어야만 했다.

그럼에도 마속은 왕평의 간곡한 충고를 물리치고 위수(渭水) 가 에 있는 가정을 버리고 산을 택했다. 그 때문에 촉군은 참패했을 뿐 만 아니라, 열류성까지 사마의 중달에게 빼앗기고 말았다.

기산의 본영에 있던 공명은 설마 마속이 자기의 군령(軍令)을 어 기리라고는 꿈에도 생각하지 않았다. 왕평의 급사가 도면을 가지고 왔음을 마현이 전했다.

문득, 불길한 예감이 공명의 머릿속을 스쳤다.

내놓은 그림 도면을 탁자 위에 펴놓고 언뜻 들여다본 공명은, 순간 얼굴에서 핏기가 싹 가시는 것을 느꼈다.

"이게 무슨 변이란 말인가!"

몇 분 동안 말을 못하다가 공명의 입에서 새어나온 말은 분노가 담긴 한 마디였다.

좌우의 시신들은 제갈량 공명의 홀쭉해진 뺨이 몹시 경련하는 것을 보았다.

"마속은 정신이 나갔단 말이냐! 우리 촉군을 멸망케 할 생각이었단 말인가!"

허물어지는 것처럼 의자에 걸터앉은 공명은 앞이 캄캄하여 두 눈을 감았다.

한 시신이 겁먹은 태도로 물었다.

"승상! 마 장군이 어떠한 실수를 저질렀다는 말씀입니까?"

"마속은 왕평의 만류에도 불구하고 위수 옆에 있는 가정을 버리고 산 위에 진지를 쳤다고 하오. 어리석기 짝이 없는 포진이오. 이 도면을 보면, 그 산에는 계류가 없소. 그러면 물의 보급로가 끊기면 병사들은 사흘도 지나기 전에 목이 타서 떠들기 시작할 것은 정한 이치요. 아마도 지금쯤 우리 군사는 궤멸하여 도망치고 있을 것이오. 가정을 빼앗겼다면 열류성에 들어간 고상이 마속을 구하러 갈 것이 틀림없소. 그 틈에 중달은 열류성까지도 빼앗을 것이오. 이미 우리 군사는 반격할 여지가 없소!"

"승상, 저는 비록 재주는 없사오나 구원하러 가고 싶습니다."

장사(長史) 양의(楊儀)가 나섰다.

그러나 공명은 고개를 저었다.

"이미 늦었소."

사흘이 지나지 않아 전령이 달려와 가정과 열류성이 모두 사마의 중달에게 떨어졌다는 급보를 전했다.

하룻밤 꼬박 눈도 붙이지 않았던 공명은 오히려 아무런 표정도 없었다.

"싸움의 형세는 결정되었다. 마속을 가정에 보낸 것은 내 잘못이었다."

그리고 제갈공명은 스스로 반성했다.

'야전 경험이 적었던 것이 패전의 원인이다!'

공명이 가장 능란한 수완을 보이는 분야는 국가의 경영이었다. 물론 군략에 있어서도 그를 따를 자가 없었으나, 그것은 공명이 갖고 있는 재능의 일부분에 지나지 않는다.

그러나 공명은 야전 경험이 많지 않았다. 유비 현덕의 오른팔이 되고 나서도 화살이 날고 피보라가 뿜는 전장에 직접 나가 싸우며 병을 지휘한 일은 적다. 촉의 운명이 걸려 있는 이릉 싸움 때도 공명은 성도에서 유수(留守)로 있었던 것이다.

지난해의 서남 이민족과의 싸움에서 비로소 야전 지휘관다운 경험을 했다. 실전을 모르는 자기의 결점을 보충하기 위해 스스로 전장에 나갔었다. 예행 연습을 한다는 생각에서였다.

그러나 남중의 맹획을 상대로 한 싸움에서는 거의 일방적인 작전이었다. 정말로 강적을 만나 두뇌와 두뇌의 싸움인 용병술을 펼칠 기회는 없었다.

공명은 손자를 비롯한 온갖 병법책을 읽고 연구했다. 확실히 병법책은 참고가 되었지만, 전쟁은 책에 씌어 있는 대로 전개되지는 않는다. 학문과 전쟁은 아무래도 별개의 것인 듯싶었다.

'고금의 온갖 병서를 독파한 재줏덩어리 마속은 가정의 산중에서 추태를 온천하에 드러내고 왕평은 멋들어진 통솔력을 발휘했지 않은가!'

제갈공명이 무엇보다 분하게 여긴 것은 인물을 꿰뚫어 보는 안력(眼力)이 없었던 일이었다. 마속의 재주만을 믿고 그를 기용한 것이 잘못의 원인이었다.

제갈공명의 저술은 어떤 기록에 의하면 모두 합해서 24편, 약 10만 4천 자에 이르렀다고 하지만 후대로 내려오면서 그들 대부분이 사라졌다.

그러나 후세 사람이 편집한 「제갈량집」이라는 것을 보면 대부분 인물감정법이나 그에 가까운 것들로 채워져 있다.

어쨌든 북정(北征)이란 과업을 가지고 있는 공명은 후방의 병참을 튼튼히 한다는 목적도 있었지만, 실전 연습을 목적삼아 직접 총수로서 출전했다.

그때 마속도 참모로서 종군했지만, 공명은 그를 자기 측근에 두고 지켜본 바 새삼 현란한 재능에 감탄했던 것이다.

그래서 이번의 가정 전투에서 그를 주력부대 사령관으로 발탁한 것이다. 상식대로라면 조운이나 위연에게 맡길 중책이었다.

공명은 마음이 무거웠다.

그러나 지금은 좌절감에 빠져만 있을 때가 아니었다.

공명은 곧 관흥과 장포를 불러 다음과 같은 계책을 일러 주었다.

"사마의 중달은 야곡을 지나 우리 군의 군량이 비축되어 있는 서정을 향해 대군을 진격시킬 것이다. 이렇게 된 이상, 우리는 어떻게 하면 교묘하게 퇴각하느냐, 그 수단을 강구해야만 한다. 말하자면 나와 중달의 지혜 겨루기가 되리라. 너희들은 그것을 단단히 명심하고 싸우는 것보다는 퇴각하기 위해 활약을 하라. 오간과 장한군 각각 군사 3천 기를 이끌고 무공산(武功山)의 사잇길로 들어가 매복하여 위나라의 군사가 오기를 기다린다. 그러나 그들이 왔다 해도 결코 공격해나가서는 안 된다. 북과 꽹과리를 난타하며 요란하게 함성을 지르기만 하여 그야말로 촉나라의 대군이 매복한 것처럼 생각하게 한다. 그러면 위나라 군사는 반드시 퇴각할 것이다. 그 때에도 위군을 추격해서는 안 된다. 적의 퇴각을 똑똑히 확인한 다음 양평관으로 가라."

이어 공명은 장익에게 수하 군사를 이끌고 검각(劍閣)의 산길을 서둘러 정비하여, 촉군이 재빨리 그곳을 지나 퇴각할 수 있도록 할 것을 명령했다.

그리고 마대와 강유에게는 맨끝의 후군이 되어 밀림과 암석으로 된 산골짜기에 숨어, 촉나라 군사 모두가 철수하기를 기다렸다가 물러나도록 명령했다.

또 조운과 등지의 부대는 양동작전을 하라고 명령했다.

천수, 남안, 안정의 세 성에는 문관을 급히 보내어, 관원이고 영민(領民)이고 남김없이 한중으로 옮기도록 군비를 갖추라고 지시했다. 기성에 있던 강유의 어머니는 이때 이미 성도(成都)로 가 있었다.

일사분란하고 교묘한 퇴각 방법을 지시하자 공명 자신은 5천 기를 이끌고 서성으로 옮기어 군량을 후송하기로 했다.

만약 서성에 있는 엄청난 분량의 군량을 중달이 탈취한다면 반드시 일거에 기산을 습격하고, 한중을 공격하여 빼앗고 촉나라로 성난 파도와 같이 밀고들어올 것이 틀림없었다.

그래서 공명은 되고 안 되는 것은 하늘에 맡기고 오로지 중달과 지혜 겨루기를 할 비장한 각오를 굳혔다.

이리하여 공명이 서성(西城)에 있는 군량을 바삐 한중으로 옮기도록 하고 있을 때, 척후대가 돌아와 알렸다.

"큰일입니다. 사마중달 자신이 15만 가량의 대군을 이끌고 곧장 이리로 달려오고 있는 모양입니다."

어지간한 공명도 얼굴이 새하얘졌다. 지금 공명과 함께 있는 것은 장수 하나 없이 문관들뿐이었다. 게다가 5천 기 가운데 3천 기에 명하여 군량을 운반하게 하고 있었다.

남은 것은 겨우 2천 기이며, 그것도 결코 백전연마(百戰鍊磨)한 정예는 아니었다. 전령은 연달아 위군 15만이 육박해 오는 것을 알려 왔으나 공명도 뾰족한 대책이 없었다.

이윽고 공명은 결연한 낯빛을 지었다. 그리고 모든 병사들에게 깃발을 한 개도 남김없이 감추게 하였다. 그리고 전원이 그림자같이 몸을 숨기고 함부로 돌아다니거나 큰소리를 내거나 하는 것을 엄금하라고 명령했다.

망루에 올라가 멀리 바라보니 물밀듯 밀려오는 15만 대군이 일으키는 흙먼지가 하늘을 찌르고 있었다.

'대체 승상께서는 저 대군을 어떻게 물리칠 생각이실까?'

모두들 전혀 짐작도 할 수 없었다.

드디어 적이 산을 넘었다는 보고가 들어왔다. 그래도 공명은 그에 대비하는 전투 태세를 취하지 않았다.

사방의 성문을 열게 하고 영민의 옷차림을 한 병사 20명씩을 배치하여 저마다 문앞을 청소케 하며, 결코 적이 다가오더라도 떠들거나 해서는 안 된다고 단단히 일러 주었다.

그리고 공명은 망루 위에 앉아 시동(侍童) 두 아이를 좌우에 서게 하고 향을 피우면서 유유히 금(琴)을 타기 시작했다.

위군 선봉대 가운데서 1천 기 가량의 군사가 성 밑까지 말을 몰아와서 이 광경을 보더니——

"대체 이건 어찌된 일인가?"

기가 막혀 일단 말을 돌려 중군으로 달려와 그 사실을 중달에게 보고했다.

"이상하군?"

중달은 고개를 갸웃하고 공명의 계책을 더듬었다.

"아무래도 내 눈으로 확인하고 오리라."

중달은 전군을 그 자리에 머물러 있게 하고 몸소 말을 몰았다.

고지에 올라가 바라보니, 틀림없이 보고받은 바와 같았다.

망루 위의 공명은 매우 청아한 모습으로 맑은 심회를 금(琴)에

맡긴 것처럼 유유히 금을 타고 있지 않은가? 한 시동은 보검을 받들었고, 또 한 시동은 불자(拂子 : 총채)를 들고서 곁에 모시고 서 있다. 성문은 활짝 열려 있고, 영민들은 조용하게 문앞을 깨끗이 쓸고 있다. 참으로 한가로운 광경이 거기에 있었다.

"제갈량, 이 중달을 속이려는가?"

중달은 홱 말을 돌려 중군으로 돌아오자 선봉을 후비로, 후비를 선봉으로 바꾸어 놓고 북쪽으로 20리 떨어진 골짜기로 물러가서 진을 쳤다. 중달의 갑작스러운 조치에 대해 둘째아들 사마소가 불만을 터뜨렸다.

"아버지께서는 제갈량이라는 사나이의 재주를 좀 지나치게 평가하시는 것은 아닙니까? 그는 막기에 족한 병력을 갖추지 못했기 때문에 일부러 그토록 침착한 모습을 보여 아버님을 속이려고 하는 것 같습니다."

"아니다. 제갈공명은 이제까지 없었던 기책(奇策)을 쓰기 위해 태어난 것 같은 인물이다. 이제까지 공명의 작전을 나는 하나도 빠짐없이 조사했느니라. 10만의 병력을 불과 1천 명의 병사로 희롱한 것이 어디 두 번, 세 번뿐이었느냐. ……그렇다, 그 광경은 실제로 병력이 없기 때문에 일부러 어떤 기책이 있는 것처럼 보이게 하고 있는 듯이 생각되기도 한다. 그러나 공명은 이 사마중달의 지모를 낮게 보고, 총공격을 유도하기 위해 그런 광경을 보이고 있는지도 모르지 않느냐. 반드시 복병을, 그것도 보통 복병이 아니라 일기당천의 병을 준비하여 우리가 상상도 하지 못한 기책을 쓰고자 기다리고 있을지도 모르는 일이다. 나는 뻔히 알면서 공명의 술책 속에 빠질 만큼 어리석지는 않다. 어쩌면 공명은 나에게 조금이라도 오래 이곳에 머물러 있게 해놓고 사방에서 단숨에 덮칠 심산일지도 모른다. 지금 당장 물러남이 옳다."

중달은 전군에게 물러나라고 명령했다.

이것이 유명한 공성계(空城計), 다시 말해서 성이 빈 것처럼 보이게 한 공명의 계책이다.

정사(正史)의 주(註)에는 앞에 나온 내용과 거의 똑같은 내용이 씌어 있고「삼국지」에도 그대로 씌어 있다.

그러나 이것은 앞뒤의 상황으로 보아 전혀 있을 수 없는 일이고, 이 주석을 채용한 배송지(裵松之)도

'모두 거짓이다.'

이렇게 썼을 정도였다.

어쨌든 허허실실(虛虛實實)의 두뇌 싸움은 공명의 승리로 돌아간 셈이다. 그러나 이 승리는 어디까지나 겨우 전멸을 모면하는 승리였다. 비참한 승리였다.

성의 문관들로서는 15만의 대군을 거느린 사마의 중달이 망루 위에서 혼자 금을 타는 공명을 바라보기만 하고 퇴각해 버린 것이 아무래도 납득하기 어려웠다.

모두들 저마다 이상하다고 말하자 공명은 빙그레 웃었다.

"중달은 지모가 뛰어났기 때문에 오히려 이 공명과 벌인 도박에 진 것이오. 아니, 자기 자신에게 졌다고도 할 수 있겠지. 내가 결코 싸움에 무리를 하지 않고 매우 조심스럽다고 그는 보았기 때문에 이런 광경을 바라보고서는, 자신이 아는 병법에는 없는 기책이 있다고 잘못 생각한 것이오. 이른바 이쪽에선 무책의 책(無策之策)을 취했을 뿐이오. 중달은 퇴로로써 산북의 샛길을 택할 터인데 그 산 속에는 관흥과 장포가 매복하고 있소. 그 두 장수에게 수만의 복병이 있는 것처럼 중달이 생각하도록 하라고 미리 지시했으니까, 중달이 나에게 속았다는 것을 알아차리고 되돌아오지는 않을 것이오."

공명의 묘계에 모두 새삼스럽게 감탄했다.

"저라면 성을 버리고 달아났을 것입니다."

장의가 말하자 공명은 또 웃었다.

"겨우 2천으로 달아난다면 순식간에 전멸했을 것이오. 그러나 내가 중달이라면 결코 공성계에 속아서 물러나지는 않을 것이오."

후세 사람이 이 일을 두고 시를 지어 찬탄했다.

석 자 길이 거문고 대군보다 낫구나
제갈공명 서성에서 적들을 물리칠 때
15만 군사들이 말을 돌려세운 곳
토박이는 지금도 손짓하며 의심하네

이리하여 공명은 성 안의 영민들에게 한중으로 옮기라고 포고하고 서성을 버렸다.

촉군은 그토록 애써서 취했던 천수, 안정, 남안의 세 군을 마속의 실패로 어이없이 잃었다.

위나라의 대군은 무공산(武功山)의 샛길을 빠지려고 했다. 그러자 느닷없어 나무가 울창한 숲속, 계곡의 큰 바위 뒤에서 '와아' 하고 함성이 터지며 북과 꽹과리를 요란하게 두드려 댔다. 천지를 뒤흔드는 그 위협을 받고 중달은 두 아들에게 거듭 명령했다.

"역시 공명은 기책을 준비했다. 내가 서성을 공격했다면 틀림없이 공명에게 호된 꼴을 당했을 것이다. 퇴각을 서둘러라!"

등 뒤에서 한 무리의 군세가 뛰쳐나와 후비를 향해 덤벼들었다.

맨 앞에 펄럭이는 큰 깃발에는 우호위사(右護衛使) 호익장군(虎翼將軍) 장포(張苞)라고 씌어 있었다.

"장비의 아들이다!"

위병들은 혼비백산해서 달아났다.

5리도 채 달아나기 전에 계곡으로부터 산이라도 허물어지는 듯한 함성이 폭발적으로 일어났다. 높다랗게 올려 건 한 폭의 큰 깃발에는 좌호위사(左護衛使) 용양장군(龍驤將軍) 관흥(關興)이라고 크게 씌어 있었다.

"오오, 관우의 영혼이 지켜주는 그 아들이다!"

그렇지 않아도 공명이라는, 세상에 흔하지 않은 대군사가 기책을 쓸지도 모른다는 의심을 갖고 있는 터에, 이 공세를 받은 위병들은 오직 자신의 목숨을 부지하는 것밖에는 생각하지 않았다.

그 때문에 갑옷이고 무기고 깃발이고 북이고, 심지어 양식까지도 버리고 가벼운 몸이 되어 정신없이 달아났다.

관흥도, 그리고 장포도 공명의 명령을 지켜서 그 뒤를 쫓지는 않았다. 위병은 도주하는 길 여기저기에 촉나라 깃발이 펄럭이는 것을 보고 살아 있는 것 같지도 않았다.

총도독 사마의 중달은 공명이 큰 길에 복병을 두었을 것이라 착각하고 한결같이 샛길에서 샛길을 더듬어 가정으로 물러났다.

한편 조진은 공명이 물러났다는 급보를 받자 추격 명령을 내렸다.

"보복하는 것은 바로 이때다!"

그 추격하는 길에 마대와 강유가 기다리고 있었다.

윙 소리를 내며 방포가 하늘 높이 터지자, 두 장수가 거느리는 촉병이 골짜기로부터 표범같이 빠르게 뛰쳐나왔다.

조진에게는 꿈에도 생각하지 못했던 적의 반격이었다.

"아차! 물러나라!"

절규했을 때는 이미 늦어 선봉대장 진조(陳造)가 마대의 장창에 가슴을 꿰뚫리고 있었다.

위나라 군세는 와르르 흩어져 사방으로 달아났다.

"조진의 목을 치리까?"

마대가 강유에게 소리쳤다.

"아니오. 승상께서는 우리에게 우리 군사 전원이 퇴각하는 것을 지키는 소임을 분부하시었소. 깊이 쫓는 것은 오히려 이쪽의 수가 적다는 것을 적에게 알리는 결과가 될 것이오."

강유는 반대했다.

"그러면 조진의 목을 베기에 좋은 때지만 하는 수 없소."

마대는 단념했다. 두 장수는 말머리를 돌려 밤을 낮에 이어 쉬지 않고 한중으로 급히 달려 돌아왔다.

가정의 싸움은 촉나라 군사에게는 완패였다.

공명은 지략을 갖고 중달을 퇴각케 했으며, 마대와 강유는 용맹함을 가지고 조진을 도망치게 했다고는 할지라도 이것은 어디까지나 자기의 군사들을 살아남게 한 데에 지나지 않을 뿐이었다.

'가능한 한 군사를 잃지 않도록 하면서 퇴각하라.'

승상 공명이 보낸 급사에 의해 촉나라의 중군이 위나라의 총수 사마의 중달과 중원에서 결전하기를 피했다는 내용을 전해 들은 조운과 등지는, 적의 공격을 어떻게 하면 교묘하게 피할 수 있느냐를 협의했다.

싸움에 패했을 때 가장 어려운 것은 최소한으로 피해를 막고 퇴각하는 맨 후비의 임무였다.

과연 천군만마를 이끌어 온 조운 자룡이었다.

"이대로 곧바로 퇴각해 간다면 우리 수하 군사는 3분의 1을 잃게 될 것이 뻔하오. 계책을 써서 적을 속여야만 하오."

"어떠한 계책입니까?"

"간단한 일이오. 귀공이 이 조운의 깃발을 높이 들고 천천히 퇴각해 주면 되오. 내가 추격하는 적을 우롱하겠소."

"혼자 힘으로 되겠습니까?"

등지는 걱정스러운 표정을 짓고 물었다.

"하하하……. 귀공도 이 조운이 늙었다고 생각하오? 그렇다면 적에게 더욱더 조운 자룡이 건재하다는 것을 보여주어야겠소.”
조운은 웃었다.

기곡을 향해 밀고 들어온 것은 곽회였다.
곽회는 열류성 점령을 한 걸음 차이로 사마의 중달에게 빼앗겼기 때문에 어떤 일이 있더라도 기곡만은 자신이 차지하여 승리의 개가를 올리고 싶어 조바심하고 있었다.
곽회는 우선 선봉인 소옹(蘇顒)을 불러 훈계했다.
“기곡을 지키는 것은 조운 자룡이다. 이 천하에 다시 없이 강용(剛勇)한 무장을 무찌르기는 쉬운 일이 아니나, 나에게는 계략이 있다. 그런데 조운이 퇴각하기 시작했다고 하더라도 가볍게 추격해서는 안 된다.”
“도독의 지시가 있으니 결코 조운에게 지지 않을 것입니다. 사로잡기가 그다지 어려운 일은 아닐 것입니다.”
소옹으로서는 만약 조운 자룡을 사로잡을 수 있다면 이번 싸움에서 가장 으뜸가는 공적을 세우는 것이 되므로 용기백배했다.
소옹은 선봉 3천 기를 이끌고 곧장 기곡을 향해 달렸다.
이때 촉군의 모습은 마침 산 뒤로 돌아 사라져 가고 있었다.
그 후비의 일기가 높이 든 깃발에는 ‘조운 자룡’이라고 붉은 바탕에 흰 글씨로 씌어 있었다.
“조운은 이쪽에게 일부러 습격하게 하려는 것이다. 그 수에 걸려들지 마라.”
소옹은 언제라도 달아날 수 있도록 일정한 거리를 유지하고 그 뒤를 따라갔다. 불과 10리나 갔을까?
왼쪽, 나무 하나 없는 바위투성이 산에서 별안간 함성이 터져 올랐다.
“복병인가!”

소옹은 적을 맞을 진형을 만들었다.

산허리에 있는 큰 바위 뒤에서 유유히 말을 몰아 나온 대장은 그 등에 '조운 자룡'이라고 크게 쓴 깃발을 세우고 장창을 비껴들고 있었다.

"이게 어찌된 일인가? 어느 쪽이 진짜이고 어느 쪽이 가짜란 말인가?"

소옹은 어찌할 바를 몰라 갈팡질팡했다.

이윽고 조운 자룡은 산허리로부터 모래를 걷어차며 바위 위를 춤추듯 단숨에 달려 내려오더니 장창을 한 번 휘두르며 외쳤다.

"너는 이 조운 자룡을 모르는가 보구나! ……자아, 덤벼라!"

소옹은 경솔하게도——

'이와 같이 호들갑스럽게 고함치는 녀석이야말로 가짜다!'

멋대로 생각하고 두 자루의 칼을 높이 든 채 돌진했다.

그러나 조운은 소옹에게 단 한 번도 제대로 맞붙을 틈도 주지 않았다. 단기 대결이라는 것은 수련과 경험에 의해 이토록 큰 차가 있음을 소옹과 그 수하 군사는 똑똑히 알게 되었다.

마치 어린아이가 내던져지는 것처럼 어이없이 말에서 땅바닥으로 굴러떨어진 소옹은——

"내가 저세상에 갈 때까지 다시 수련을 쌓고 기다려라!"

비웃음을 들으며 장창 끝에 가슴팍이 꿰뚫렸다.

조운은 그대로 등지를 앞으로 가게 하고 이윽고 산 사이를 지나 작은 분지(盆地)로 내려갔다.

거기에 곽회의 부장인 만정(萬政)이 뒤따라왔다. 조운은 말머리를 돌리더니 가슴을 쭉 내밀고 머리를 곧추세워 기다렸다.

"자아, 오너라!"

만정은 조운의 위용에 압도되어 한 걸음도 말을 앞으로 몰 수가 없었다. 대치하는 가운데 저녁 어스름이 다가왔다.

거기에 곽회의 명령을 받은 한 부대가 도우러 달려왔다.

기운을 얻은 만정은 외쳤다.

"부딪치고 볼 일이다! 조운 자룡도 귀신은 아니다. 하나의 늙은 무사에 지나지 않는다!"

그리고 말에 채찍질을 가했다.

그러자 조운은 말머리를 돌려 등을 보이면서 달아나기 시작했다.

그렇게 되자 오히려 만정은 20걸음 이상 육박할 수가 없었다.

바로 그때——

"위병들아! 조운 자룡, 예 있다!"

전혀 다른 방향에서 우레와도 같은 큰 소리가 지축을 흔들었다.

깜짝 놀라서 그 쪽을 보니 아주 똑같은 모습의 무장이 숲속에서 달려나왔다. 이미 시계는 어두컴컴하여 어느 쪽이 진짜인지 확인할 수가 없었다.

위병들은 조운의 모습을 흘끗 보기만 해도 사방으로 흩어져 달아났다.

나중에 나타난 조운이 활을 보름달처럼 당겼다가 휙 놓았다.

만정의 투구 끈 한복판을 화살이 끊었다.

"그대는 만정이라는 젖비린내나는 애송이렷다. 이 조운의 목이 탐나거든 조진이나 곽회가 몸소 나오라고 전하라."

조운이라는 한 늙은 장수의 용맹스러운 모습이 3만의 위병을 그곳에서부터 앞으로 단 한 걸음도 뒤쫓아오지 못하게 했으니, 역시 백전연마한 무장의 관록이라고 할 것이다.

조운은 난전 속에서 실수없이 군세를 수습하여 손해를 최소한도로 줄이고 철수했다.

병력뿐이 아니다. 식량이나 무기 따위도 버리지 않고 고스란히 실어냈다. 조운은 또 달아나며 잔도(棧道)를 태워 버려 위군의 추격을 완전히 끊어 버렸다.

울며 마속을 베다

중달은 서성으로 되돌아와서 입성한 뒤 그곳 주민의 말을 들었다.

"공명은 그때 겨우 2천 기밖에 거느리고 있지 않았습니다."

"그럼 그것은,……사방의 문을 열어놓고 망루 위에서 금을 타고 있었던 것은 공명의 공성책이었던가!"

중달은 일순 아연해져서 하늘을 우러르며 길게 탄식했다.

"제갈량 공명이란 도대체 어떠한 인물이란 말인가? 귀신의 화신이라고 할 것인가, 천장(天將)이 다시 태어났다고 할 것인가!"

중달은 온몸의 힘이 쭉 빠져 버리는 듯한 공포와 전율을 느꼈다.

낙양으로 돌아간 중달은 위왕 조예로부터 깊은 위로와 치하의 말을 들었다. 그래도 그 침울한 표정은 여전했다.

"중달, 왜 그러오? 기분이 좋지 않은 것 같은데……?"

"폐하!"

중달은 얼굴을 들어 젊은 황제를 쏘아보았다.

"제갈량 공명이 살아 있는 한, 이번의 승리는 아무 의미도 없사옵니다."

"공명을 토멸하는 것은 매우 어려운 가운데서도 어려운 일일 것
이오."
"그렇기 때문에 토멸해야만 하옵니다."
중달은 고개를 세게 흔들고 나서 분명히 말했다.
"전신전령(全身全靈)을 다하여 공명을 치는 것,……이것이 저의
사명이옵니다."
그러자 그때 성큼 앞으로 나온 무관이 있었다.
"폐하! 대도독을 도와서 저에게 군사를 보좌하는 임무를 맡겨 주
시옵소서. 저의 모계로써 치면 반드시 공명을 토멸할 수 있을 것
이옵니다."
일동의 눈길이 계책을 내놓는 자에게 집중되었다.
상서(尙書) 손자(孫資)였다.
"말해 보오."
"그 옛날, 태조 무황제(조조)께서는 장로(張魯)를 평정하셨는데,
그 평정 때 글로나 말로 이루 표현할 수 없는 고심을 하셨사옵니
다. 그리고 훗날 '남정(南鄭)은 참으로 하늘이 만드신 감옥과 같
다.'는 말씀을 하셨다고 들었사옵니다. 특히 야곡의 단애(斷崖),
험한 계곡, 하늘을 찌르는 산봉우리 등을 빠져나가는 500리 길은
도저히 쳐들어가 싸울 지역이 아니었사옵니다. 따라서 이제 새삼
스럽게 이 천험(天險)의 악로(惡路)를 돌파하여 촉나라를 치려고
하면 반드시 오나라는 이 틈을 찌르고 허(虛)를 틈타서 우리 위
나라 영역을 침공해 올 것이 불을 보는 것보다도 환하옵니다.…
…이번에는 촉나라와의 싸움을 일단 여기서 접어두고 부장들에게
각지의 요충지를 단단히 굳혀 오나라와 촉나라를 한꺼번에 적대
하고 싸우더라도 꿈쩍도 하지 않을 만한 병력을 기르는 것이 상책
인가 생각합니다."
손자의 말은 한 마디 한 마디 힘이 있었다.

이 책략을 듣고 조예는 사마의 중달에게 물었다.

"그대 생각은 어떠하오?"

중달은 깊이 고개를 끄덕였다.

"상서의 말이 옳다고 생각하옵니다. ……공명은 우리 나라를 치기 위해 오나라와 임시로 동맹을 맺었을 뿐이옵니다. 결코 진심으로 우호국이 된 것은 아니옵니다. 그러므로 몇 년이 지나지 않아 촉나라와 오나라가 서로 싸우는 일이 없지도 않을 것이라고 상상할 수 있사옵니다. 그때야말로 우리 위나라가 온갖 권모(權謀)로써 술책(術策)을 부려 천하를 한 손에 쥘 다시 없는 기회라고 생각하옵니다."

조예는 기뻐하며 손자의 의견을 따르기로 했다.

한중으로 물러선 공명은 패배자로서의 냉혹한 심판을 해야만 했다. 마지막으로 조운과 등지가 달려오기를 기다렸다가, 공명은 원정했던 문무백관을 본영으로 모았다.

공명은 우선 자기의 잘못을 솔직히 시인했다.

"이번의 패배는, 오로지 이 공명이 귀공들의 현명함과 우매함을 잘못 판단하여 저마다 임무를 맡기는 데에 신중하지 못했기 때문이라 할 수 있소. 다시 말해서 벌해야 할 사람은 첫째로 이 공명이라고 자인하고 귀공들께 깊이 사죄하는 바요."

"승상, 이 패배를 오히려 호기라고 생각지 않으십니까?"

조운이 말했다.

"위나라는 지금 싸움에 이겨, 크게 마음을 놓고 있거나 혹은 마음이 교만해져 있을지도 모르는 일입니다. 그 허를 찌르는 것이 어떠하겠습니까? 우리 촉병들은 요만한 패배로 사기가 떨어질 군사들이 아닙니다."

조운의 씩씩한 진언에 대해 공명은 고개를 저었다.

"국가나, 집이나, 사람이나 천운이라는 것이 있는 법이오. 장군. ……천운이 나쁠 때에는 이 공명이 아무리 몸부림치고 허우적거리지라도 흙탕 속에서 기어나올 수 없소. 지금 이 공명이 해야 할 일은 위나라 군사와 다시 싸우는 일이 아니오. 내 자신을 비롯하여 나의 명령에 따르지 않아 패전의 원인을 만든 무관을 심판하는 일이오."

그리하여 공명은 스스로를 강등 처분했다. 3계급 강등이었다. 즉 승상의 자리에서 물러난 것이다.

그렇기는 하지만 촉나라에서는 공명 말고 승상의 지위를 감당할 인물이 없었다. 그가 승상의 자리를 내놓는 것은 촉나라 국정을 위기에 빠뜨리는 것이 된다.

"승상께서 스스로 책임을 통감하시어 그렇게까지 하시지 않더라도……."

이렇게 말하는 사람도 있었으나 공명의 결심은 굳었다. 그는 부하 장수들에게 날카롭게 말했다.

"총대장인 자는 부하에 대해 생살여탈(生殺與奪)의 권한을 쥐고 있다. 죽이고 살리고 생명을 주거나 앗는 엄청난 권한이 주어져 있는 것이다. 그런만큼 다음의 잘못을 저지르지 않도록 명심해야 한다! 첫째로 죄있는 자를 눈감아 주거나 죄없는 자를 죄에 빠뜨리는 일. 둘째로 까닭도 없이 노여움을 폭발시키는 일. 셋째로 상벌의 기준이 모호하고 분명치 않은 일. 넷째로 명령을 자주 바꾸는 일. 다섯째로 공사(公私)를 혼동하는 일. 이상, 다섯 가지 잘못은 나라를 위태롭게 만드는 근본적인 원인이 된다!"

공명의 말은 날카롭다 못해 차라리 처절했다.

그는 다시 말을 이었다.

"어째서 나라가 위험하냐고 할지도 모른다. 만일 상벌의 기준이 분명치 않다면 어떠한 명령을 내리더라도 그대로 실행된다는 보장이 없다. 또 상벌의 기준이 엉터리면 부하는 굳이 공을 세우려 하지 않는다. 죄없는 자를 죄에 빠뜨린다면 법을 어기는 자가 잇따라 생길 것이고, 죄있는 자를 눈감아 준다면 군졸의 흩어짐을 불러온다. 까닭없이 노여움을 폭발시킨다면 명령을 권위있게 관철시키기 어렵다. 쉴새없이 명령을 바꾼다면 법을 지키게 할 수가 없다. 공사를 혼동한다면 부하는 두 마음을 가지게 된다. 그 결과는 어떻게 되는가? 법을 어기는 자가 잇따라 나타나면 나라의 존립조차 힘들게 된다. 군졸이 흩어지면 군 그 자체가 성립되지 않게 된다. 장수의 위령(威令)이 관철되지 않는다면 부하는 적을 보고서도 전의를 불태우지 않게 되고 결국 장수가 강력한 뒷받침을 잃게 된다. 법령이 지켜지지 않는다면 걷잡을 수 없는 혼란을 부른다. 부하가 두 마음을 가지게 되면 나라는 멸망 직전의 벼랑가에 서게 된다."

모든 장수들은 공명의 말을 엄숙한 심정으로 듣고 있었다.

공명의 입에서 어떤 말이 나올지 궁금해하며 모두 몸을 떨었다.

그러면서 말 한 마디도 놓치지 않으려고 귀를 열심히 기울였다.

"대장된 자가 실태(失態)를 보이지 않기 위해서는 어떻게 해야 하는가?"

공명은 스스로에게 묻듯 말하고서 담담하게 계속했다.

"훌륭한 정치를 펴서 법을 어기는 자가 나타나지 않도록 해야 한다. 절검(節儉)에 힘쓰며 사치에 흐르지 않도록 해야 한다. 충직한 인물을 골라 법관에 임명해야 한다. 공평한 인물을 뽑아 상벌의 권한을 주어야 한다. 상벌의 구별만 명확히 되어 있다면 부하는 기꺼이 명령을 지키게 된다."

지금 공명은 신상필벌에 대해서 강조하고 있다. 그의 말은 얼음처럼 차가우면서도 때로는 봄바람처럼 부드럽고 또 자식을 타이르듯 자상했다.

"길에 굶주린 사람이 뒹구는데 왕의 마구간에는 살이 통통 찐 말이 매어져 있다. 이렇다면 백성을 벌레처럼 보고 있다는 비난을 받아도 도리가 없으리라. 남의 윗자리에 서는 자는 부하를 이처럼 다루어선 안 된다. 그러니까 상벌의 기준을 명확히 하고 공을 세운 자에게는 그 기준에 따라 상을 준다. 명령을 내리고 그 명령을 위반한 자에게는 벌을 가한다. 이렇게 함으로써 부하로부터 참된 복종을 얻고 두렵게 여겨지면서도 사랑받게 되고 명령할 것도 없이 실행되기에 이른다."

공명의 이와 같은 신념이 있었기에 먼저 자기에게 엄격한 강등 조치를 취한 것이다.

그는 눈을 감았다.

'벨 수밖에 없다!'

패전의 최대 책임자 마속의 죄는 죽음밖에 없었다. 그가 말한 것처럼 촉나라 장래를 위해서도 마속을 살려둘 수는 없었다.

제갈공명이 마속의 재능을 사랑했다는 것은 온 촉나라 사람이 알고 있다. 그러기에 그에게 관용을 베풀기가 더욱 곤란하다.

'공명의 사랑을 받고 있어 사형을 모면했다!'

입이 싼 자들은 이렇게 떠들어 댈 것이다. 그렇게 되면 촉나라 정치·군사의 질서는 파괴된다.

그러므로 공명은 여러 장수를 앞에 모아놓고 신상필벌을 강조하는 것이다.

드디어 공명의 말은 핵심으로 들어갔다.

"명령을 위반하는 자는 단호히 처단하지 않으면 안 된다! 한 마디로 명령 위반이라 하지만 그 내용에 따라 다음의 일곱 종류로 나눌 수 있다. 일컬어 가벼이 본다. 일컬어 얕본다. 일컬어 훔친다. 일컬어 속인다. 일컬어 등돌린다. 일컬어 어지럽힌다. 일컬어 그르친다. 특히 군에서는 이와 같은 명령 위반을 용서할 수 없다. 처단할 것을 처단하지 않고 버려두면 반드시 화를 불러들인다. 그러므로 장군은 왕에게서 받은 부월(斧鉞)의 권위로 명령에 따르지 않는 자를 주살하는 것이다. 군법의 벌칙 규정에는 경중(輕重)의 차가 있고 무거운 죄는 엄벌에 처한다. 명령 위반을 그대로 넘겨서는 안 된다! 위반자는 단호히 처단해야 한다.”

공명은 여기서 잠깐 눈을 감았다.

문득 공명의 머릿속에 이엄(李嚴)의 모습이 떠올랐다. 나라 정치의 정상에 있는 인물이면서도 승상인 공명의 명령에 이엄은 따르려 하지 않았다.

“마속의 전례가 있지 않소……!”

마속을 죽이지 않는다면 앞으로 어떤 일이 있을 때 이렇게 항의하리라. 그렇게 되면 문무 관원들을 통솔하기가 어려워진다.

‘마속을 베자!’

공명은 그 결심을 굳히며 명령 위반에 대해 상세히 해설했다.

“가벼이 본다. 〔輕〕——이것은 기일까지 약속 장소에 모습을 나타내지 않는다. 진격의 북소리를 듣고도 움직이지 않는다. 남의 눈에 띄지 않는 것을 다행으로 알며 싸우려 하지 않는다. 처음엔 가까이 있는데 어느 틈엔가 모습을 감추어 버린다. 이름을 불러도 대답하지 않는다. 장비나 무기가 불충분하다. 이런 자들을 일컬어 ‘군을 가벼이 본다’고 한다. 군을 가벼이 보는 자는 단호히 처단해야 한다! 얕본다. 〔慢〕——이것은 명령을 받아도 다른 사람에게 전해주지 않는다. 전달해도 내용이 부정확해서 장병을 혼란에 빠뜨린다. 진군·후퇴를 지시하는 금고(金鼓)도 아랑곳하지 않고 군의 상징인 정기(旌旗)마저도 무시한다. 이런 자들을 일컬어 ‘군을 얕본다’고 한다. 군을 얕보는 자는 단호히 처단해야 한다! 훔친다. 〔盜〕——장교된 자가 군내에서 군량을 먹이지 않고 군졸의 노고에도 동정심이 없다. 부하를 차별 대우하여 친한 자에게 편파적 행동을 한다. 멋대로 남의 물건을 빼앗고 빌린 물건도 돌려주지 않는다. 남이 자른 적 장수의 목을 가로채어 자기 공으로 삼는다. 이런 자들을 '군을 훔친다'고 한다. 군을 훔치는 자는 단호히 처단해야 한다! 속인다.〔欺〕──멋대로 성명을 바꾼다. 군복이 말쑥하지 못하다. 정기가 너덜너덜 해지고 진군과 후퇴를 지시하는 금고도 비치하지 않는다. 도검(刀劍)은 녹이 슬거나 무디어져 들지 않고 그밖의 무기도 쓸모가 없다. 화살에 깃털이 없고 활에 시윗줄도 없다. 게다가 군율도 지키지 않는다. 이런 자들을 일컬어 '군을 속인다'고 한다. 군을 속이는 자는 단호히 처단해야 한다! 등돌린다.〔背〕──금고 소리, 꽹과리 소리를 듣고도 나아가지 않거나 멈추어 버티지를 않는다. 기를 내려도 몸을 숙이지 않고 기를 세워도 몸을 일으키지 않고 지휘를 따르지 않는다. 앞장서기를 피하고 뒤꽁무니에 붙으려 한다. 멋대로 대열을 어지럽히고 사기에 영향을 미치는 말을 함부로 한다. 달아날 궁리부터 하며 싸울 생각은 하지 않고 우왕좌왕하기만 한다. 부상자의 간호, 전사자의 시체 수송을 핑계삼아 전선을 이탈한다. 이런 자들을 일컬어 '군에 등돌린다'고 한다. 군에 등돌리는 자는 단호히 처단해야 한다! 어지럽힌다.〔亂〕──군이 출동하여 전장으로 갈 때 장병이 서로 선두 다툼을 하여 제멋대로 행동을 한다. 길을 메우고 기동적 행동을 방해한다. 큰소리로 지껄여대 명령을 알아들을 수 없게 한다. 밀고 밀치고 하면서 행군의 대오를 어지럽히고 나아가 무기나 장비를 손상케 만든다. 위 아래 구별도 없이 멋대로 돌아다니고 경의도 표하지 않는다. 이런 자들을 일컬어 '군을 어지럽힌다'고 한다. 군을 어지럽히는 자는 단호히 처단해야 한다! 그르친다.〔誤〕──주둔지에서 동향인을 찾아다니고 친한 자끼리 몰려다닌다. 군법을 무시하여 멋대로 다른 부대에 끼어들고 제지하여도 들으려 하지 않는다. 이 부대 저 부대 돌아다니고 더욱이 뒷구멍으로 드나들거나 하며 그 사실을 신고하려 하지도 않는다. 범죄 사실을 알고도 감싸주고, 그 결과 집단으로 죄에 연좌(連坐)한다. 동료를 모아 술을 마시고 서로 편의를 봐 준다. 큰 소리로 적이라고 외치는 등 경비병을 당황케 한다. 이런 자들을 일컬어 '군을 그르친다'고 한다. 군을 그르치는 자는 단호히 처단해야 한다! 이런 자들을 처단해 버리면 모든 것이 순조로워진다. 하물며 일군의 주장으로서 죄를 범한 자에 있어서랴!"

공명의 목소리는 사람들의 내장 속까지 스며드는 차디찬 울림을 지니고 있었다. 공명의 눈길은 먼저 왕평에게 던져졌다.

"마속과 그대에게는 가정을 죽음으로 지키라고 명령했음에도, 그대는 다만 마속을 간했을 뿐 그 땅을 버렸다. 무슨 까닭인가?"

"변명은 하지 않겠습니다. 저의 죄는 마땅히 죽음에 해당하오니 속히 이 목을 쳐 주십시오!"

왕평은 머뭇거리지 않고 무릎을 꿇었다.

그러자 공명은 그 이상 탓하지 않고 마속을 불렀다.

"마속, 앞으로 나오라!"

얼굴이 창백해진 마속은 앞으로 나와 엎드렸다.

"마속, 이번 싸움에 임함에 있어, 그대는 병서를 배우고 군략을 외었으며 그 지모를 종횡으로 구사한다고 큰소리쳤다. 가정이야말로 우리 촉군에게는 목〔頸〕에 비할 만큼 요지(要地)이므로, 이를 지켜 절대로 적에게 내주어서는 안 된다고 일렀다. 그러자 그대는 자신은 물론 일가족의 목숨을 걸며 이 무거운 임무를 맡겠노라고 맹세했다. ……나, 공명은 이미 자세히 말한 것처럼 군의 일곱 가지 금하는 바 곧, 경(輕), 만(慢), 도(盜), 기(欺), 배(背), 난(亂), 오(誤)라는 칠금(七禁)을 절대로 깨뜨려서는 안 된다고 되풀이하여 말해 주었을 터이다. 그럼에도 그대는 왕평의 간곡한 진언을 물리치고 칠금을 범했다. 그 때문에 많은 사병들을 전사케 하고 전군을 궁지에 빠트렸으며 참혹한 패배를 초래했다. 칠금을 범하고 군율을 어기며, 자기 자신 멋대로 전략을 택한 일이 얼마나 크나큰 패배를 가져왔는지 내가 말할 나위도 없이 그대는 잘 알고 있으렷다.”

말씨는 조용했지만 공명의 얼굴 위에는 털끝만치도 용납할 수 없다는 엄한 심판의 빛이 떠올라 있었다.

“승상!”

마속의 두 눈에서 눈물이 주르르 쏟아졌다.

“승상께서는 저를 후계자로까지 보아주셨음에도 불구하고 칠금을 범한 죄는 도저히 변명할 여지가 없사옵니다. 어떠한 처형이라도 내리시옵소서. 달게 받겠사옵니다. 다만 순(舜)이 곤(鯀)을 벌 주면서 그 아들 우(禹)로 하여금 뒤를 잇게 한 예를 조금이라도 생각해 주신다면 더없이 고맙게 생각하겠습니다.”

마속에게는 두 아들이 있었던 것이다.

“그 청원은 분명히 들어 주리라.”

공명은 약속했다.

좌우를 호위당해 진문 밖에 있는 처형장으로 끌려가는 마속의 뒷모습을 뚫어지게 바라보는 공명의 두 눈은 어두운 빛을 담고 있기는 했으나 싸늘하게 말라 있었다.

공명은 이미 자신의 친자식처럼 여겨 온 마속으로 인해 밤새 많은 눈물을 흘렸다. 항상 철인(鐵人)같은 이성으로 냉정과 단호함을 잃지 않는 모습을 보여 온 공명이지만 가슴속에는 자신도 모르는 사이에 끈끈한 아비의 정이 숨어 있었던 것이다. 공명은 새삼 자신이 얼마나 마속을 사랑했었는지 깨달았다.

공명은 마속에게 많은 것을 가르쳐주고 싶었다. 또한 지난 날 오호대장의 명성을 관흥, 장포와 더불어 잇게 하고자 하였다. 요충인

가정을 사수하라며 선봉으로 세운 것도 눈에 띄는 혁혁한 전공을 세울 기회를 주기 위함이었다. 마속을 아들처럼 생각했던 것이 궁극적으로 인선(人選)의 실패를 초래한 것이다.

결국 가정의 패인(敗因)은 공명 자신에게 있었다. 만일 왕평을 대장으로, 마속을 부장으로 삼았더라면 결과는 어떻게 되었을까? 가정의 전투는 촉의 명운을 건 중대한 싸움이었다. 군율의 엄함을 위해서는 더 이상 선택의 여지가 없음을 공명은 잘 알고 있었다.

그러나 그의 가슴속에는 끝없이 뜨거운 피눈물이 흘러내렸다.

마속이 형장으로 끌려나가 꿇어앉고 그 등 뒤에 목을 베는 칼잡이가 섰다. 마침 그때였다.

성도(成都)로부터 참군 장완(蔣琬)이 도착하여 이 광경을 보고 소스라치게 놀랐다.

"잠깐 기다려라!"

장완은 형 집행을 중지시켜 놓고 막중으로 달려들어가 공명을 뵙자, 가쁜 숨을 헐떡거리면서 말했다.

"승상, 설마 초왕(楚王)이 득신(得臣)을 죽여, 진(晉)의 문왕을 기쁘게 한 고사(故事)를 모르실 리는 없을 겁니다. 마속을 단죄하는 것은 무엇보다도 위왕을 기쁘게 해주는 일입니다."

여기서 말하는 초왕이 득신을 죽였다 함은 무엇을 두고 한 말인가. 진(晉)나라는 초나라와 성복(城濮)에서 싸워 크게 이겼지만, 진나라 문공은 이때 조금도 기뻐하지 않았다. 그러나 초왕이 패전의 책임을 추궁하여 재상인 득신에게 자결을 명했다고 듣고서 비로소 환한 얼굴이 되었다. 그로부터 문왕은 패자의 지위를 확고히 굳혔던 것이다. 장완은 이 고사를 들어 공명에게 충고했던 것이다.

그러나 공명은 싸늘한 표정으로 설명했다.

"공염, 이 공명이 사려분별을 잃었다는 말이오? 누가 즐겨 자기

나라에서 재주와 슬기가 뛰어나게 훌륭한 자의 목을 치겠소. ……
비교해 보면 알 것이오. 마속을 베는 것이 위왕을 기쁘게 해 주는
것인지, 군기를 범한 자를 벌함으로써 장병들 마음을 긴장시키는
일인지. 옛날 손무(孫武 : 孫子)가 능히 천하를 제압한 것은 군법을
바로잡았기 때문이 아니오?”
장완은 납득했다.
조금 뒤 시신이 마속의 목을 받쳐 들고 들어왔다.
공명은 그 목을 물끄러미 지켜보며 한 줄기 눈물을 흘렸다. 장완
이 이맛살을 찌푸리며 물었다.
“승상께서는 몸소 처단하셨거늘 무엇 때문에 이제 와서 한탄하십
니까?”
공명은 고개를 저었다.
“나는 마속의 재능이 아까워서 우는 것이 아니오. 선제께서 백제
성(白帝城)에 들어가시기 직전에 앓아 누우셨을 때 ‘마속은 두뇌
는 빼어났으되 항상 실력 이상의 말을 하니 중용하는 것은 피함이
좋겠다’고 하셨던 말씀이 생각난 것이오. ……그 말씀대로 된 것은
무엇보다도 나의 밝지 못한 증좌이니, 그것이 부끄러워 나도 모르
게 눈물이 쏟아진 것이오.”
그 자리에 모여선 사람들은 기침소리 하나 내지 않았다.
그때 마속은 39세의 한창 나이였다. 건흥 6년(228) 여름 5월 중
순이었다.
후세 사람들이 시로 읊었다.

　　가정 잃은 죄 가볍지 않으니
　　한탄스럽다, 마속은 가벼이 병법을 논하였네
　　원문에서 눈물 뿌리며 마속을 베고
　　공명은 유비가 밝았음을 생각하네

상투

공명은 몸소 마속의 위령제를 올려주고 그 영전에서 눈물을 흘렸다. 마속과의 약속대로 그의 가족은 공명이 세상 떠날 때까지 돌봐주었다.

슬픈 귀환이었다.

공명은 많은 관(棺)을 운반하며 성도로 돌아왔다. 관의 행렬 가운데에는 마속의 것도 있었다.

앞에서 이미 말했듯 공명은 마속을 처벌했을 뿐 아니라 자신도 벌했다.

공명은 도성으로 돌아와 후주(後主) 유선(劉禪)에게 상주문을 올렸다.

신은 본디 범용한 재주로써 분에 넘치는 중책을 지고 친히 모월(旄鉞)을 잡아 삼군을 지휘함에 군규(軍規)를 밝게 하려 했으나, 일에 임해 세심하지 못하여 마침내 가정에서의 위명(違命)의 과오를 범하고, 기곡을 지키지 못하여 패전을 초래했나이다. 이 잘

못은 모두 신에게 있나이다. 신이 밝게 사람을 알지 못하였나이
다. 일을 처리함에 어둠이 많았나이다. 〈춘추〉에 비추어봄에 죄
를 면할 수 없나이다. 바라옵건대 스스로 작(爵) 3등을 내려 그
죄를 밝히겠나이다. 신, 부끄러움을 견딜 수 없사와 엎드려 명을
기다리옵니다.

상주문을 읽은 유선은 어찌할 바를 몰라 측근에게 말했다.
"승패는 병가의 상사(兵家之常事)가 아닌가. 승상 자신이 자기
몸을 우장군으로 떨어뜨려서는 촉나라의 치정(治政)이나 군법이
성립되지 않는다."
시중(侍中) 비위(費褘)가 비통한 얼굴로 말했다.
"나라를 다스리는 권리가 주어진 자에게는 털끝만큼도 법을 굽히
거나 깨거나 하는 일이 용납되지 않사옵니다. 법이 어지러워져서
는 제대로 백성을 다스릴 수 없사옵니다. 또한 〈춘추〉는 수(帥 :
총지휘관)를 절대적인 것으로 존중하옵니다. 승상께서 패전의 책임을 지
시고 스스로 관작을 내리기를 원한 것은 촉나라의 국법이 얼마나
엄하게 지켜지고 있는가, 그 본보기를 몸소 보이신 것으로 생각하
옵니다."
유선은 하는 수 없이 공명을 승상의 직에서 내려 우장군으로 삼았
다. 우장군으로 내려앉았으나, 공명은 역시 이제까지 했던 그대로
승상의 직무를 보았고 군을 통솔해야만 했다. 문무백관이 그것을 바
랐고, 또 상황이 공명이 은퇴하여 조용히 지낼 것을 용납하지 않았
던 것이다.
비위가 공명을 찾아가 위로의 말을 했다.
"촉나라 백성들은 승상께서 출진하시자마자 눈 깜짝할 사이에 천
수, 안정, 남안을 공격하여 취하신 것을 더없이 기뻐했습니다."
순간 공명은 비위에게 불쾌한 눈길을 보냈다.

"이 공명에게 마음에도 없는 겉치레의 말씀을 할 필요는 없소. 일단 빼앗았던 세 군을 다시 적에게 빼앗겼음을 귀공도 모르지는 않잖소? 그런 겉치레의 말은 나를 부끄럽게 할 뿐이오."

"승상, 비록 세 군을 적에게 다시 돌려줬다 할지라도 강유라는 승상의 후계자를 얻지 않으셨습니까? 제(帝)께옵서는 그것을 매우 기뻐하고 계십니다."

공명은 그런 말을 들어도 침울한 표정을 없애려고 하지 않았다.

"강유 한 사람을 얻은 일이 위나라에 얼마만한 손실이 되는지, 아직은 모르오. 기뻐하는 것은 사마의 중달을 토멸한 뒤의 일이오."

"그러나 승상, 우리에게는 30만의 정예가 있습니다. 또다시 위나라와 싸운다면 반드시 중달을 토멸하실 수 있을 것입니다."

"상서, 내가 성도를 떠날 때의 군사의 수가 얼마였소?"

"예?"

"그럼에도 우리는 패배했소. 왜 그랬겠소? 패배한 원인은 군사의 수가 많고 적은 것에 있지 않고 지휘하는 대장의 두뇌가 좋지 못했기 때문이었소. 그 책임은 나에게 있소. 대군을 이끌고 진격하면 결코 패배하는 일은 없다고 생각했던 것이오. 이것이 잘못이었소. 촉나라에서부터 관중을 거쳐 장안에 이르는 만장(萬丈)의 산, 천인(千仞)의 골짜기까지도 군사로 삼아야만 사마의 중달과 중원의 제패를 다툴 수가 있었던 것이오. 승리는 반드시 군사가 많은 데 의하는 것이 아니라는 것을 알게 된 지금, 이 공명의 병법도 저절로 다른 것이 될 것이오."

공명의 창백한 모습에는 새로운 결의가 넘치고 있었다.

공명은 촉나라 조신들 가운데 마속 단죄에 대해 비판하는 자들이 있음을 안다. 비판의 내용은 다음과 같았다.

"옛날 진(晉)나라 경공(景公)은 패군의 장 순림보(荀林父)가 마지막까지 버텨냈던 것을 평가하여 군법을 무시하면서까지 그 죄

를 용서했다. 이것이 결국 진나라의 공업(功業)을 이루게 한 것
이다. 이것과 반대로 초(楚)나라 성공(成公)은 득신(得臣)이 쓸
모있는 인물임을 꿰뚫어 보지 못하고 패전의 죄를 물어 주살했다.
이 일이 결과적으로 초나라 패배에 다시금 손실을 가중시켰던 것
이다. 그런데 촉나라는 외떨어진 곳에 갇혀 있는 꼴이고 인재가
위나라보다 훨씬 적건만 그 가운데 영준(英俊)한 자를 죽임으로
써, 결국 이류 인물만 남겨 두는 소극책을 쓰고 있는 것이 아닌
가! 군법 엄수가 인재보다도 중요하다고 생각하기만 할 뿐이며,
패배를 승리의 길로 바꾼 진나라 혜공(惠公)을 배우려 하지 않는
다……”

여기서 말하는 순림보는 진나라가 초나라 군사와 필에서 싸웠을
때의 총대장이다. 이때 진군은 괴멸 상태가 되어 군졸이 앞을 다투
어 떼로 황하를 건너려고 했다. 먼저 배에 탄 자가 나중에 뱃전을
잡고 오르려는 아군의 손가락을 잘라버리는 정도의 대패였다. 그 때
문에 배 안에는 손가락들이 두 손으로 움킬 정도였다 한다. 귀국
후, 순림보는 패전의 죄를 지고 죽임을 내려달라고 청했지만 경공이
죄를 용서하고 본디의 자리에 머물러 있게 했다.

또 진(晉)나라는 한원(韓原)이란 곳에서 진군(秦軍)과 싸웠는데
연패한 뒤 혜공이 진군에게 생포되었다.

진나라에 출가한 누님 목희(穆姬)의 필사적인 구명 운동으로 목
숨을 건진 혜공은 이 패전을 거울삼아 나라의 부강을 꾀하는 개혁을
실시했던 것이다.

공명 비판자들은 이런 점을 들어 그를 공격했다. 그들은 다시 이
렇게 말하기도 했다.

“더욱이 선제께서는 마속을 가리켜 중임을 맡길 수 없는 사나이
라고 경고하지 않았던가? 제갈량으로선 마속이 부적임자라는 것
을 당연히 고려했어야만 되었다. 경고를 받았으면서도 그것을 좇

지 않았다고 한다면 마속의 죄만 나무랄 수는 없지 않은가! 천하
의 재상으로서 총력을 모아야 함에도 불구하고 선제의 경고를 무
시하고 저마다의 능력을 헤아려 임무를 부여하지 못한 것은, 큰
과오를 저지른 것이다. 그뿐 아니라 사후 조치가 부적절하여 유능
한 인물을 죽인 결과가 되었다. 이러고서도 어찌 슬기로운 사람이
라 할 수 있겠는가?”

공명은 이런 비난에 대해 단 한 마디도 대꾸하지 않았다. 더 큰
문제가 그의 머릿속에 꽉 차 있었던 것이다.

“군량(軍糧)이다! 아니 그 군량을 어떻게 운반하느냐 하는 것이
문제다!”

궁궐에서 일을 보고 자기 집으로 돌아가는 마차 속에서 공명은 팔
짱을 낀 채 중얼거렸다. 그는 이미 다음 전쟁을 생각하고 있었던 것
이다.

마속의 처형을 통해 신상필벌을 전군에 철저히 주지시켰다. 그것
에 대해 이러쿵저러쿵 일부에서 말이 있는 모양이지만 공명은 국가
장래를 위해서는 불가피한 조처였다고 생각했다.

이번 전쟁에서 작전 지휘에 문제가 있었지만 뼈저리게 느낀 것은
군량 수송이 예상 외로 곤란했던 점이다. 그 곤란을 해결하지 않으
면 안 된다.

수레가 멎자 공명은 문득 정신이 들었다. 자기 집에 닿은 것이다.

위 명제 조예는 공명이 군사를 조련하여 진공책(進攻策)을 짜고
있다는 말을 듣자, 곧 중달을 불러 물었다.

“이번의 승리를 계기로 삼아 단숨에 촉나라를 공격해야 하지 않
겠소?”

중달은 고개를 저었다.

“가정의 승리는 참다운 승리가 아니옵니다. 이제부터 진발하면,

그곳에 이르렀을 때는 한창 더운 한여름일 것이옵니다. 적이나 우리 군이나 싸우기도 전에 먼저 혹심한 더위에 지쳐 쓰러지고 말 것이옵니다. ……게다가 공명은 이번의 패배로 자신의 군략을 일변시킬 것이 틀림없사옵니다. 폐하께서는 이미 아실 것으로 생각하옵니다만, 일찍이 한신이 항우를 공략하는 싸움에서, 절벽 밑에 잔도를 만들어 이를 지나는 것처럼 항우군에게 보이게 해놓고 진창(陳倉)을 멀리 돌아 이긴 고사(故事)가 있습니다. 아마도 공명은 이 고사의 계략을 흉내낼 것이라고 확신하고 있사옵니다. 그러므로 신은 진창의 출입구에 굳건한 성을 구축하여 이를 지키고자 생각하고 있사옵니다.”

“수비대장은 누가 좋겠소?”

“유감스럽습니다만 이 낙양에는 공명을 격퇴할 자가 없사옵니다. 다만 한 사람, 저의 마음에 떠오르는 자가 있긴 하옵니다.”

“누구요?”

“태원(太原) 출신으로 성은 학(郝), 이름은 소(昭), 자는 백도(伯道)라고 하는 무인이옵니다. 지금은 잡호(雜號) 장군으로서 하서(河西)를 지키고 있습니다만, 키가 7척에 힘은 장사 30명을 당하고, 궁술에 있어서는 천하에 어깨를 나란히 할 자가 없으며, 지략 또한 뛰어나옵니다. 이 인물이라면 진창의 성채에서 반드시 공명을 쫓아버릴 것이라고 생각하옵니다.”

“좋소!”

조예는 중달의 진언을 받아들였다.

학소를 진서(鎭西) 장군에 임명하여 진창의 출입구를 굳게 지키게 했다.

마침 거기에 양주의 사마 대도독 조휴(曹休)로부터 급한 사자가 도착했다.

오나라 파양군(鄱陽郡)의 태수 주방(周魴)이 파양군을 위나라에 바치고 항복을 하겠다고 한다는 것이다.

　주방이 오나라가 오래지 않아 반드시 멸망하는 이유를 7개 조항에 걸쳐 말하고, 항복하기를 원하고 있사오니 살펴보시고 시급히 양주에도 군사를 보내 주시옵소서.

상주문에는 이렇게 씌어 있었다.
사마의 중달은 주방이 쓴 일곱 조항의, 오나라 멸망 이유를 천천히 검토하더니 말했다.
"이 말은 참으로 이치에 맞사옵니다. 이 기회에 저는 양주로 가서 조휴 공에게 가세하여 오나라를 단숨에 멸망시키고자 하옵니다."
"잠깐만 기다려 주시옵소서."
그때 급히 앞으로 나온 것은 건위(建威)장군 가규(賈逵)였다.
"오나라 사람은 말 뒤집기를 잘하여 이것을 진심으로 믿는다는 것은 위험합니다. 주방도 예외일 수는 없습니다. 아니 그뿐이 아니라 그는 매우 교활한 꾀가 많은 자이므로, 아무래도 항복하겠다는 말이 본심이라고 생각되지 않습니다. 어쩌면 우리의 군사를 꾀어내려는 모계가 아닌가도 생각됩니다."
"그렇소. 귀공의 추리도 결코 빗나간 것은 아니라고 생각하오만, 만약 주방이 진정으로 오나라를 배반하려고 하는 것이라면 이처럼 좋은 기회를 놓친다는 것은 참으로 아깝지 않소?"
중달은 이렇게 대답했다.
"중달, 어떻겠소? 장군이 가규를 데리고 조휴를 원조하러 가면."
젊은 명제는 한참 동안 망설이더니 권했다.
"잘 알았나이다."
이리하여 천하 전국(戰局)은 일전(一轉)하여 위나라는 일단 촉나라와의 결전을 뒤로 미루고, 먼저 오나라를 멸망시키고자 남쪽을 향해 대군을 진발시켰다.

조휴는 환성(皖城)으로 향했다.

가규는 전장군 만총(滿寵)과 동완(東莞)의 태수 호질(胡質)을 이끌고 양성(陽城)을 거쳐 동관(東關)으로 향했다.

그리고 사마의 중달은 강릉(江陵)을 향해 떠났다.

이때 오왕 손권은 무창(武昌)의 동관에 있었다.

파양태수 주방으로부터 밀사가 급히 달려와 내놓은 상주문을 훑어본 손권은 곧 문무백관을 불러 모았다.

"주방은 모계로써 위나라 군세를 우리 영내로 꾀어 오려고 위나라의 양주도독 조휴를 교묘하게 속였다 하오. 위나라에서는 사마의 중달을 비롯하여 모든 벼슬아치들이 주방의 계책에 속아 현재 세 편으로 나뉘어 진군해 온다 하오. 이를 격파하기 위한 총지휘관으로는 누가 좋겠소?"

그러자 즉석에서 고옹(顧雍)이 대답했다.

"물론, 이 대임을 다할 사람은 육백언(陸伯言 : ^{육손의}_자) 외에는 없사옵니다."

육손(陸遜)이 오나라에 오직 한 사람, 종횡의 지략을 지닌 용장이라는 것은 이미 소개한 바 있다. 일찍이 효정(猇亭)에서 유비 현덕을 대파한 공적은 아직도 사람들이 말하고 있다. 지금 육손은 45세로 영지(英智)나 인격이 모두 완성된 시기에 이르고 있었다.

보국(輔國)장군 강릉후(江陵侯)로서 형주의 목(牧)인 육손은 왕에게 불리어 어림총병(御林總兵 : 近衛兵)을 통솔하고 대행하는 전권(全權)이 맡겨졌다.

그 위에 육손은 백모(白旄)와 황월(黃鉞)을 수여받았다. 이것을 받게 되면 문무백관에 대하여 국왕과 의논하는 일없이 무슨 일이라도 명령할 수가 있었다.

육손은 곧 자신이 믿는 자 둘을 도독에 임명하고 군세를 셋으로 나누었다. 도독에 임명한 두 사람이란, 분위(奮威)장군 주환(朱桓)과 수남(綏南)장군 전종(全綜)이었다.

주환에게 좌도독, 전종에게 우도독을 명한 육손은 강남 81주와 형호(荊湖 : 형주지방)의 토병(土兵)을 합쳐 30여 만을 동원했다. 이것은 흥망을 건 결전이었다.

육손은 좌우 측근에게 이야기하지는 않았지만, 나름대로 충분한 자신이 있는 모양이었다. 그런 자신감은 주환의 진언을 대하는 그의 태도에서 엿볼 수 있었다.

"조휴는 위제의 일족으로서 이번에 총수가 된 자에 지나지 않아 지용이 겸비된 대장이라 할 수 없습니다. 그러므로 주방의 말에 속은 것일 겁니다.……조휴가 환성에 들어왔을 때 이를 공격한다면 어린아이의 팔을 비트는 것처럼 쉽게 토멸할 수 있다고 생각합니다. 만약 목숨을 건져 달아난다면 왼쪽에는 협석(夾石), 오른쪽에는 괘거(挂車), 이 두 길밖에 없는바, 이는 둘 다 산간이 험난한 길이므로, 저와 전종이 산 속에 매복했다가 일거에 습격한다면 조휴를 사로잡기란 어렵지 않을 것입니다. 그런 다음 쉬지 않고 그대로 밀고 나가면 수춘성을 고생하지 않고도 수중에 넣을 수가 있을 것입니다. 일이 잘되면 멀리까지 추적하여 허도를 지나 낙양을 함락시키는 것도 한갓 꿈은 아니라고 생각합니다만, 어떻습니까?"

그러나 육손은 고개를 끄덕이면서 그냥 듣기만 하고 그 진언을 채택하지는 않았다.

천하가 셋으로 나뉘어 위, 오, 촉 세 나라가 마주 서 있는 지금, 어제는 서쪽에서 싸우고 오늘은 동쪽에서 싸워야 하는 것은 피할 수 없는 일이다.

촉나라 대군을 물리친 위나라는 그 승리를 기뻐할 겨를도 없이 다시 오나라와 자웅을 결정짓지 않으면 안 되었다.

오나라에는 명장 육손이 있다.

육손이 있는 한 오나라 군사의 움직임은 함부로 얕볼 수 없었다. 양주를 지키는 사마 대도독 조휴가 과연 육손과 맞서 싸울 수 있을지 의구심을 떨칠 수 없다. 사마의라면 또 혹시 육손을 쳐서 이길 수 있었을지도 모른다.

그러나 사마의가 대군을 이끌고 조휴를 원조하러 가기에는 너무도 땅이 넓고 국경이 멀었다.

그래서 사마의는 우선 건위장군 가규(賈逵)에게 밤낮을 가리지 말고 환성으로 달려가라고 시켰다.

주방이 환성으로 조휴를 찾아왔다.

조휴는 웃자리에 앉자 위의를 가다듬고 말했다.

"주 태수의 글을 폐하께 올렸던 바, 주 태수가 예측한 오나라의 일곱 가지 망국의 조건이 하나하나 이치에 맞는다는 것이 인정되었기 때문에 오나라를 공략하라는 허락을 얻게 되었소. 그러므로 우리 위나라 군사가 강동을 평정하게 되면 주 태수의 이름은 후세에까지 전하게 될 거요. 다만 주 태수는 오나라에서도 지모가 뛰어난 사람이므로, 혹시 우리 위나라가 속아 간책에 걸려드는 것이 아닐까 하고 의심을 품는 사람이 무관과 문관들 사이에 있는 것도 틀림없는 사실이오. 물론 이 조휴는 태수가 우리 위나라를 속일 사람이 아니란 걸 믿고 있지만……."

그 말에 주방은 눈을 감았다. 감은 눈에서 눈물이 넘쳐 볼을 타고 흘렀다.

다음 순간, 주방은 등 뒤에 선 시종무사가 차고 있는 칼을 얼른 뽑아들자 자기 목을 겨누었다.

"도독께서 마음 한 구석에 조금이라도 의심을 갖고 계시다면 이 자리에서 스스로 목숨을 끊고 말겠습니다."

"자, 잠깐만!"

조휴는 황급히 손을 들어 말렸다.

"나는 결코 귀공을 의심하지 않소. 그건 맹세해도 좋소!"

"그러나 위나라 조정 안에 이 주방이 2년 남짓 고심을 거듭하며 조사하고 생각하여 판단한 일곱 가지 조항에 대해 의심을 품는 사람이 있다는 것은, 곧 이 주방의 사람됨을 의심하는 것인데 장차 어떻게 이간책을 말할 수 있겠습니까? ……제가 이 자리에서 자결하여 결백을 증명해 보이게 되면 조정 안의 의심도 사라지게 될 것입니다. 저의 충성을 하느님은 굽어 살피시옵소서!"

주방은 자기 목을 콱 찌르려 했다. 그 순간 옆에 있던 시종이 재빨리 그 칼을 잡았다.

"주방! 용서하오. 조정에선 그대의 헌책(獻策)을 의심하는 사람이 없소. 내가 그대의 충성을 시험해 본 것뿐이오."

조휴는 말하고 이마의 땀을 닦았다.

그러나 주방은 수그러들지 않고 그 칼로 상투를 잘라 땅바닥에 내던졌다.

"도독께 말씀드립니다. 사람을 시험하실 바엔 그 성품과 행동을 자세히 살핀 뒤에 하십시오. 내 성심을 장난삼아 시험을 당한 이상 부모에게서 물려받은 머리털을 잘라 도독을 믿게 할 수밖에 없습니다."

이같은 행동은 조휴를 완전히 믿게 만들었다.

"알았소. 설사 황제 폐하께서 의심을 한다 해도 나만은 그대를 믿겠소."

"황공하옵니다."

건위장군 가규가 쉴새없이 산과 들을 달려 환성에 와 닿은 것은, 큰 잔치를 벌이고 하루 밤낮을 꼬박 새며 대접을 받은 주방이 막 떠나고 난 뒤였다.

조휴는 결사적인 모습을 하고 나타난 가규를 바라보며 물었다.

"무슨 급한 일이 있어서 온 거요?"

"장군! 눈을 떠주시기 바랍니다."

가규는 조휴를 똑바로 마주보며 말했다.

"무슨 눈을 뜨란 말이오?"

"제가 짐작하건대, 주방이 우리를 속이고 있는 게 틀림없습니다. 그러므로 중군을 여기에 머물러 두고 잠시 진군을 보류했으면 합니다. 제게 묘책이 있습니다. 즉 군대를 두 패로 나누어 좌우에서 단숨에 쳐 들어가면 반드시 적을 격파할 수 있을 것으로 확신합니다."

"가 장군!"

조휴는 사마의가 보낸 이 지혜로운 장군을 노려보았다.

"장군은 이 조휴를 밀어내고 공을 가로챌 속셈이오?"

"천만의 말씀입니다!"

가규는 힘차게 고개를 젓고 말했다.

"저는 주방이란 사람을 믿지 않습니다. 주방은 아마 장군을 속여 위나라 군사를 혼란에 빠뜨리게 할 간책을 숨기고 있을 것이 틀림없습니다."

"그건 그대의 비뚤어진 망상에 지나지 않소."

"장군! 저는 여기 도착해서 어느 부장한테서 들었습니다. 주방은 스스로 제 머리털을 잘라 충성심의 증거로 삼았다고 말입니다. 그 거야말로 가장 교묘한 속임수입니다. 장군은 모르십니까? 옛날 춘추 때 오나라 사람 요리(要離)는 공자 광(光)으로부터 오왕 요 (僚)의 아들 경기(慶忌)를 죽이라는 명령을 받자, 제 한팔을 스 스로 잘라 공자 광에게 형벌을 당한 것처럼 속여 경기를 안심시킨 다음 죽인 고사를 말입니다."

"그런 이야기는 모르오!"

조휴는 가규가 말을 하면 할수록 짜증을 내고 화를 내며 조금도 귀담아 들으려고 하지 않았다. 그뿐인가.

"이 조휴가 오나라 군사와 승부를 결정지으려 하고 있는 지금, 멀리 도성에서 일부러 달려왔으면서도 격려해 주지 않고 사기를 죽이는 말만을 골라서 하는 것은 무엇 때문인가!"

이렇게 외쳐대며 가규의 목을 베라고 명령했다.

여러 장수들이 급히 말렸다.

"출전에 앞서 우리 쪽 대장을 목베는 일은 다시없이 불길한 일입니다. 승리를 거둔 다음으로 미루시는 것이……."

조휴도 그것은 그렇다고 고개를 끄덕였다. 조휴는 가규에게 환성을 지키라고 명하고서 동관을 향해 군사를 행진시켰다.

조휴를 바라보며 가규는 긴 한숨을 내쉬었다.

"아아, 우리 쪽 참패는 벌써 싸우기도 전에 내 눈에 역력히 보이는구나."

가규가 보는 눈에 틀림은 없었다.

오나라가 멸망하는 일곱 개 조항이란 것도 거짓으로 만들어진 것이었지만, 조휴가 보는 앞에서 머리털을 자른 것도 가규의 지적처럼 교묘한 속임수였다.

'만일 조휴가 가규의 의견을 받아들였다면 우리 오나라는 패할 뻔했다. 조휴는 이제 알게 될 것이다. 내 꾀에 멋모르고 끌려든 결과가 어떤 것인가를.'

주방은 속으로 싸늘하게 비웃음을 짓고 비밀리에 급사를 육손에게 보냈다. 비밀 보고를 받은 육손은 모든 장수들을 불러 다음과 같이 명령을 내렸다.

"이 앞에 있는 석정(石亭)은 아주 흔해빠진 지형으로 도저히 복병 같은 것이 있을 곳으로는 보이지 않는다. 그러니까 복병을 두기에 다시 없이 좋은 곳이라고 말할 수 있다. ……서성 장군은 곧

석정으로 가 평지에 군사를 숨겨두고 적을 기다리라.”

“알았습니다.”

그러리라고는 꿈에도 생각 못한 조휴는 주방을 안내역으로 하여 함께 말을 몰아오고 있었다.

“이 앞에 보이는 들은 뭐라는 곳이오?”

“석정이라 합니다. 보시다시피 적이 숨거나 할 지형이 아니므로 군대를 쉬게 하는 데는 꼭 알맞은 곳입니다.”

주방은 시치미를 뚝 떼고 천연덕스러운 태도로 대답했다.

“됐다, 그럼 석정에 우리 군대가 머물도록 하자.”

이르러 보니 과연 적이 숨어서 목을 지키거나 할 곳은 아니었다. 조휴는 곧 막사를 치고 머물 채비를 했다.

후출사표(後出師表)

먼동이 틀 즈음이었다.

요란하게 외쳐대는 소리와 쿵쿵거리는 소리에 조휴는 잠을 깼다.

"무슨 일이냐?"

후닥닥 침대에서 일어난 조휴는 외쳤다.

"앞쪽에 마치 검은 구름이 솟아오른 것처럼 오나라 군사가 진을 치고 있습니다."

조휴는 가슴이 철렁했다.

"주방을 불러라!"

"주방은 지난 밤, 수십 기를 거느리고 어디론가 사라져 버렸습니다."

"아니, 이놈이!"

조휴는 너무도 분한 나머지 침상 주위에 있는 물건들을 닥치는 대로 집어던졌다.

"간사한 첩자의 꾀에 완전히 빠지고 말았단 말이냐!"

그러나 화만 내고 있을 때가 아니었다.

조휴는 서둘러 대장 장보에게 선봉을 명하고 4천여 기를 급히 딸려 주었다.

"적을 짓밟아라!"

장보는 말을 채찍질하여 오나라 진지를 향해 달려갔다. 그러나 한마장도 달려가기 전에 장보는 갑자기 우뚝 서고 말았다.

들판은 그야말로 구름과 안개가 덮인 것처럼 오나라의 대군으로 꽉 차 있었다. 그 중앙 선두에는 의연히 말 위에 가슴을 펴고 머리를 들고 있는 서성의 용맹스런 모습이 바라보였다. 장보는 거기서 한 발도 앞으로 나아갈 수가 없었다.

'덮어놓고 앞으로 나아가 전멸을 당하는 것은 어리석은 짓이다.'

장보는 스스로 이렇게 변명하고 말머리를 돌려 쏜살같이 중군 본영으로 달려 돌아왔다.

"오군은 엄청난 대군입니다. 4천여 기로 돌격했다가는 부질없이 군사만 잃을 뿐 도저히 물리칠 수가 없습니다."

그리고 장보는 적장 서성이 얼마나 뛰어난 무장인가를 말했다.

"그럼 전략을 바꾸자."

조휴는 장보에게 2만 기를 주어 석정 남쪽 숲속에 숨게 하고, 설교(薛喬)에게는 2만 기를 주어 석정 북쪽 숲속에 숨게 한 다음, 지시했다.

"내일 아침 일찍 내가 몸소 1만 기를 이끌고 정면에서 당당히 싸움을 거는 것처럼 보이다가 이윽고 퇴각하겠다. 퇴각하는 장소는 서쪽에 있는 숲 앞이다. 그 때 신호로 포를 쏘아올릴 테니 남·북·서 3면에서 일제히 협공을 하라. 아무리 오나라 군사가 많다 해도 승리는 우리의 것이 되리라."

그날 밤 안으로 장보와 설교는 예정된 장소에 숨었다.

한편 오나라 본영에서는 육손이 주환과 전종에게 다음과 같은 명령을 내렸다.

"장군들은 각각 1만 5천 기를 이끌고 석정 산 속을 소리없어 빠져나가 조휴의 본영 뒤로 돌아가라. 시간을 맞추기 위해 신호의 봉화를 올리리라. 나는 정면에서 조휴를 치겠다."

해가 서쪽으로 지고 나서 주환과 전종은 각각 거느린 1만 5천 장병에게 절대로 소리를 내지 않도록 엄명을 내리고 떠났다.

이경 무렵, 주환이 숲속으로 발을 들여놓으려는 순간

'이상하다!'

그 숲속에 군대가 숨어 있는 기미가 느껴졌다.

'맞아, 위나라 군사가 잠복하고 있는 거다.'

주환은 별빛 속에서 소리쳤다.

"여봐! 조 도독의 명령에 의해 후진으로 왔다."

"2만 명으로도 아직 부족하단 말인가?"

장보는 못마땅하게 생각하면서 후진은 누구일까 하고 숲속에서 나왔다.

그 순간 대기하고 있던 주환이 나는 듯이 내달으면서 창을 내질러 장보의 목을 꿰뚫었다.

"봉화를 올려라!"

주환이 외쳤다.

한편 전종은 위나라 중군 뒤쪽으로 돈 순간, 설교의 진지 한복판으로 나왔다.

설교로서는 이 한밤중에 적이 나타나리라고는 꿈에도 생각지 못했으므로 당황할 수밖에 없었다. 매복하여 목을 지킨다는 것이 그만 불의의 습격을 당한 꼴이 되고 말았다.

오나라 군사는 야습을 감행하기 위해 투지에 불타고 있었다. 군사 수에 있어서 큰 차가 있는 것은 아니었지만, 사기에 있어서는 하늘과 땅 차이가 있었다.

먼저 대장인 설교가 제대로 싸우지도 않고 달아나기 시작했으므로 위군은 도망치기에 바빴다.

조휴의 본영으로 살아 도망쳐 돌아온 장보와 설교의 군사들은 5분의 1로 줄어들어 있었다. 게다가 중군 장병들은 이것을 오나라 군사의 야습으로 착각하고 달빛 아래에서 피비린내나게 한편끼리 싸웠다.

"허둥대지 마라! 우리 편이다! 퇴각하라!"

한참 후 비로소 같은 패끼리 싸우고 있는 것을 알아차린 조휴는 말에 뛰어오르며 급히 퇴각 명령을 내린 다음 협석을 향해 정신없이 달아나기 시작했다.

그런데 기다리고 있었다는 듯이 서성이 군사를 거느리고 앞을 가로막았다.

"조휴 듣거라! 자기 심복과 충성스런 군사들은 버려두고 혼자만 살겠다고 몸부림치는 꼴이 우습구나. 이 서성과 무인답게 싸워 깨끗이 이 세상을 하직하지 않겠는가."

그러나 조휴에게 서성과 맞붙어 싸울 용기 같은 것이 있을 리 없었다.

그저 달아나기에만 바빠 서성이 가로막고 있는 큰 길에서 벗어나 샛길로 미친 듯이 말을 달렸다.

서성과 그 군대는 성난 파도처럼 뒤를 쫓았다.

'……이제 틀렸다!'

조휴는 깊이 절망했다.

만일 도주로의 세 갈래 길에서 한 부대가 나타나지 않았다면 조휴는 꼼짝없이 목을 서성에게 바치고 말았을 것이다.

"도독! 가규가 여기 있습니다!"

이렇게 외치는 소리를 듣자 조휴는 그야말로 지옥에서 부처님을 만난 것만큼이나 기뻤다.

전쟁이란 것은 쳐부수며 진격하는 계략보다도 패한 다음 퇴각하는 계책이 훨씬 더 어렵다.

지혜로운 가규의 구원이 없었던들 위군 총사령관인 조휴는 패해 달아나던 도중 오나라 군사에게 목숨을 잃었을 것이 틀림없다.

"도독은 어서 이 협석 가도를 달려 빠져 나가십시오. 도중에 길을 잃고 샛길로 들거나 하면 오나라 군사에게 길이 막혀 한 사람도 살아서 돌아갈 수 없게 됩니다. ……후진은 내가 맡겠습니다."

"고맙소. 부탁하오!"

조휴는 말을 채찍질하며 달리고 또 달렸다.

후진을 맡은 가규는 깊은 숲과 절벽 사이의 험한 길을 빠져나갈 때마다 나무 위와 바위 뒤 같은 곳에 위나라 깃발을 여기저기 꽂아 마치 복병이 있는 것처럼 꾸며 두었다.

뒤쫓던 서성은 두 숲과 한 골짜기를 무사히 통과했다.

"저 깃발은 거짓이다."

그러나 이윽고 양쪽이 병풍처럼 높이 솟은 깊은 골짜기에 이르러 멀리 위로 나부끼는 깃발이 바라보이자 서성은 고개를 갸웃하지 않을 수 없었다.

"저건 어쩌면 진짜 복병일지도 모른다."

서성은 군사들에게 철수를 명령했다. 서성은 밀정으로부터 가규라는 장수가 조휴를 구원하러 왔다는 보고를 듣고 벌써부터 조심을 하고 있었던 것이다.

환성에 있는 육손은 벌써 승리를 확신하고 있었다. 서성, 주환, 전종 들이 잇따라 항복한 위나라 군사 수만과 함께 군량, 마소, 금은, 무기 등 전리품을 가지고 돌아왔다.

"조휴란 놈이 어리석기 때문이었다. 만일 적장이 사마의였다면 이런 승리는 얻지 못했을 것이다."

육손은 태연히 그렇게 말하고 귀환 길에 올랐다.

오왕 손권은 승전 소식을 듣고 몸소 무창성 밖까지 나와 맞았다.

이 전투는 가정의 싸움이 있은 직후인 오나라 황무(黃武) 7년 (228) 5월의 일이었다.

오나라는 부장 전원을 승진시켰다. 특히 주방은 관내후(關內侯)에 봉했다.

"경이 머리털을 잘라 조휴를 속이지 않았으면 이같은 승리는 얻지 못했을 것이다. 마땅히 죽백(竹帛 : 역사를 기록한 책)에 오르리라."

손권은 주방의 공을 크게 칭찬했다.

그러나 육손은 문무백관들이 온통 기뻐하고 있는 가운데도, 홀로 매우 냉정한 태도를 지키고 있었다.

"폐하께 드릴 말씀이 있사옵니다."

"무슨 이야기요?"

"위나라는 이번 조휴의 패배로 사기가 죽어 있습니다. 이 시기를 놓치지 말고 국서(國書)를 촉나라 성도로 보내, 제갈량에게 다시 위나라를 향해 진군하도록 설득하는 것이 어떨까 하옵니다."

"음, 좋은 생각이오."

육손으로서는 촉나라와 위나라가 마주 싸우게 만들어 놓고 그 동안에 오나라 군사의 힘을 충분히 기르겠다는 생각이었다.

이것은 천하를 셋으로 갈라 정립한 삼국의 주장들이 저마다 취해야 할 기본적인 전략이었다.

한편 군사를 잃고 무기와 군량을 버린 채 낙양으로 도망쳐 돌아온 조휴는 그 날부터 병상에 누웠다. 꾀병이 아니다. 정말 등에 종기가 생겼던 것이다. 그리하여 결국 20일 후에 죽고 말았다.

조정의 문무관원들은 서로 수군거렸다.

"만일 사마중달이 가규만을 보내지 않고 직접 구원하러 갔다면 이토록 참담한 패배를 당하지는 않았을 텐데……."

위제 조예는 그런 여론을 듣고 사마의에게 물었다.

“어째서 가규만을 보내고 경은 가지 않았었소?”

“오나라 육손은 아무리 싸워 이겼다 해도 이곳 낙양까지 쳐오지는 않사옵니다. 그러나 촉나라 제갈량은 신이 육손에게 패했다는 말을 들으면 그 틈을 타서 단숨에 장안으로 쳐들어올 사람이옵니다. 농서(隴西)가 위급해졌을 때 이를 지켜 제갈량을 물리칠 사람은 신 외에는 없기 때문에 움직이지 않은 것이옵니다.”

이 말은 들은 사람들은 사마의를, 겁이 많은 주제에 우쭐대기를 좋아하는 사람이라고 비웃었다.

한편 오왕 손권이 보낸 국서는 이윽고 촉제 유선(劉禪)의 손에 전달되었다.

우리 오나라는 크게 위나라 군사를 깨뜨려 그 사기를 저하시켰으니 이 시기를 놓치지 말고 동맹을 맺은 촉나라도 즉시 위나라를 치도록 부탁합니다.

유선은 곧 오왕 손권의 국서를 승상부로 보냈다.

그러나 공명은 저택에 없었다.

가을바람이 스치는 와룡호에서 공명은 오늘도 바위에 앉아 낚싯줄을 드리우고 있었다.

윤건을 쓰고 학창의를 걸친 공명은 서남 이민족을 평정한 다음, 곧 이어 위나라와 싸워 패했기 때문에 병든 몸이 한결 더 쇠약해 보였다.

맑고 시원한 눈빛은 여전히 보는 사람의 마음을 끌고 감동시켰다.

그러나 공명을 잘 아는 사람들은 모두 느끼고 있었다.

‘공명도 이제 기운이 쇠약해졌다. 그 옛날 신선 같은 정기는 찾아보기 어렵구나!’

“우장군······.”

대궐에서 달려온 사자가 아뢰었다.

"오왕에게서 온 국서를 승상, 아니, 우장군께 보이라는 폐하의 명을 받아 가지고 왔습니다."

공명은 뒤도 돌아보지 않고 명했다.

"그대가 거기서 읽어 보게."

"예."

사자는 소리내어 읽었다.

공명은 눈썹도 까딱하지 않았다.

"육손이 오왕 손권을 부추긴 건가?"

나직이 중얼거렸다.

"뭐라고 말씀하셨습니까?"

"아니야……."

공명은 고개를 젓고 말했다.

"폐하께 아뢰어 주게. 닷새 후에 묘당에 무장 전원을 집합시켜 주십사고."

"알았습니다."

사자가 떠나자 공명은 잠시 눈길을 저쪽 하늘로 보내며 뭔가 생각에 잠겼다.

그때 갑자기 낚싯줄이 팽팽해졌다. 낚싯줄을 당기는 힘이 여지껏 낚아 보지 못한 대어 같았다.

공명은 잠시 낚싯줄을 늦춰 낚시에 걸린 큰 물고기를 헤엄치게 놓아두었다가 때를 보아 확 낚아챘다.

순간 짚단 같은 큰 물고기가 허공을 향해 솟구치는가 싶더니 곧 물보라를 올리며 물 속으로 도망쳤다. 낚싯줄이 툭 끊어진 것이다.

"……?"

공명은 눈살을 찌푸렸다. 어쩐지 불길한 예감 한 줄기가 가슴 속을 스쳤다.

공명이 일어나자 바위 뒤에서 기다리고 있던 마현이 다가와서 말했다.

"큰 고기를 놓쳐서 아깝습니다."

"현아……."

"예에."

"웬일인지 가슴이 두근거린다. 무슨 불길한 일이 없었으면 좋으련만……."

"위나라 군사가 쳐들어올 예감이라도 드십니까?"

"아니다. 그렇지 않다. ……누군가 불행을 당한 것 같은 느낌이 든다."

"네에?"

마현은 가만히 공명의 옆얼굴을 훔쳐보았다.

공명의 얼굴은 핏기를 잃고 형용할 수 없는 비통한 빛이 감돌고 있었다.

'승상께서는 불행을 당한 사람이 누구인지를 알고 말씀하시는 게 아닐까?'

사륜거가 달리기 시작하자 공명이 불쑥 물었다.

"현아, 너는 위나라와 오나라를 돌아다니며 인정과 풍속을 자세히 살피고 왔는데, 어느 나라가 더 정치를 잘 하는지 비교할 수 있겠느냐?"

"예. 제가 본 바로는 똑같았습니다. 군사 면에서 다를 게 없었습니다."

"위나라에는 사마의가 있고, 오나라에는 육손이 있다."

"승상! 우리 촉나라에는 승상이 계십니다."

마현은 힘주어 말했다.

좌천되어 우장군이 되어 있으나 사람들은 거의 그대로 승상이라고 부르고 있었다.

"하하하…… 내게 사마의나 육손만한 건강이 있다면야……."

건강을 잃은 것은 비단 공명뿐이 아니었다. 공명은 조운의 병세가 예사롭지 않음을 직감하고 있었다. 마현은 자신을 바라보는 공명의 눈길에 알 수 없는 불길함이 배어 있음을 느꼈다.

'승상께서는 왠지 모르게 무척 초조해하신다. 이유가 뭘까?'

조운의 곁에는 강유가 있었다. 강유는 조운과 침식을 같이하다시피 지낸다. 그것은 조운의 소망이기도 했다. 조운은 강유를 처음 본 순간, 먼저 그 시원스러운 풍모에서 퍼뜩 공명의 모습을 떠올렸다. 오호대장의 뒤를 이을 몇 안 되는 인재 중의 하나임에 틀림없다. 그래서 자신의 수명이 얼마 남지 않음을 느끼고 있던 조운 자룡은 그를 가까이에 두고 있었던 것이다.

물론 조운에게도 아들이 있었지만 그는 장수로서의 자질과 소양 면에서 여러 모로 강유에 미치지 못했다.

얼마 전 공명은 자신의 저택을 찾아온 강유에게서 조운의 소식을 전해 들었다.

"조 장군께서는 기력이 많이 쇠약해지셨습니다. 밤에 주무실 때 숨소리가 마치 대장간에서 풀무질을 하는 듯합니다."

"요양을 좀 해야겠소."

공명은 담담한 목소리로 말했으나 내심 걱정스러웠다.

'조운은 오호대장 중 마지막 남은 장수이다. 부디 건강을 유지해야 하련만.'

요즘 들어 조운의 행동이 심상찮다고 하며 강유는 말을 이었다.

"모든 것을 제게 전수해 주시려고 합니다. 창에 관한 한 더 이상 가르쳐 줄 게 없다고 하시고도 매일같이 제게 창술을 연마하게 하십니다."

"무엇을 가르쳐준단 말인가?"

"여기저기 자세를 지적하시기도 하고, 적을 견제하는 방법, 공격
법 등입니다."

강유의 진지한 눈빛은 말로 설명할 수 없는 무엇인가를 충분히 설
명하고 있었다. 하지만 공명은 그것이 무엇인지 정확히 끄집어 낼
수는 없었다.

조운의 병세가 깊어지기 시작한 것은 약 두 달 전의 일이다. 그
소식은 후주 유선에게도 알려졌다.

유선은 변경에까지 포고문을 보내 이름있는 명의들을 모두 불러
들였다. 유선에게 있어 조운은 그만큼 각별한 존재였기 때문이다.

성도로부터 잇따라 의원들이 도착했으나 조운은 이들을 모두 돌
려보냈다. 그리고 유선에게 더 이상 의원은 필요없다고 정중하게 사
양하는 서한을 올렸다.

조운의 병명이 무엇인지는 확실히 밝혀지지 않았다. 고열로 쓰러
진 뒤 며칠씩 혼수 상태에 빠지기도 하고 깨어나도 호흡이 고르지
않았다.

식사량도 턱없이 줄어 점점 몸이 야위어갔다. 그래도 눈빛만은 여
전히 날카롭게 빛났다.

"그대로 두면 더 위독해지지 않겠나?"

공명이 물었다.

"하지만 조 장군께서는 죽음을 맞이하시기로 이미 작정을 하신
것 같습니다. 천명(天命)을 깨달으신 게 아닐까요? 눈을 뜨고 계
신 동안은 기력이 여전하십니다. 아마도 무인이라는 끝없는 자각
때문인 듯합니다."

강유의 말에 공명은 두어 번 고개를 끄덕였다. 조운은 요즘 들어
부쩍 휘하의 교위들을 불러 이야기를 나누는 시간이 많아졌다고 했
다. 그 중에는 진식이나 장의같은 젊은 장군들도 있었다. 특별한 용
건이 있어서가 아니다. 말 다루는 방법이 서투르다, 칼이 녹슬어 있

다, 병사들의 기강이 느슨해졌다, 대부분 그런 잔소리뿐이다. 하지만 어딘지 모르게 거역하기 어려운 데가 있어 사람들은 조운의 말 한마디 한마디에 한결같이 고개를 떨구었다고 한다.

이튿날 닭이 새벽을 알릴 무렵부터 갑자기 바람이 일더니 점점 세차게 불었다. 공명은 그 바람 소리를 듣고 깜짝 놀라 침대에서 벌떡 일어났다. 그는 창문으로 뜰을 내다보았다.

그 순간 500년이나 된 늙은 소나무가 이상하게도 슬픈 듯한 소리를 내면서 중간쯤에서 뚝 부러지고 말았다.

"승상! 저건?"

마현이 그 늙은 소나무의 처절한 최후에 몸을 떨었다.

"명장을 한 사람 잃을 조짐인 것 같다."

공명은 신음하듯 말했다.

그로부터 한 시간도 채 안 되어서였다.

진남장군 조자룡의 큰아들 조통(趙統)이 말을 타고 승상부로 달려왔다. 조통이 급한 일로 승상을 뵈오려 한다는 말을 마현이 전하자 공명은 마시려던 찻잔을 방바닥에 던졌다.

"아! 조 장군이 별세하다니!"

피를 짜내는 듯한 혼잣말을 공명은 토했다.

과연 안으로 들어온 조통은 공명 앞에 무릎을 꿇고 엎드려 울음을 터뜨렸다.

"아버지께서 오늘 아침 묘시(卯時), 아침 식탁에 앉는 순간 갑자기 넘어지시더니 그길로 숨을 거두셨습니다."

공명은 잠시 말이 없었다.

위나라와의 싸움을 마치고 성도로 돌아온 뒤부터 자룡은 가끔 공명을 찾아와 흉중을 털어놓았던 것이다.

"이 자룡도 이젠 늙었습니다. 가슴이 가끔 어지럽게 뛰놀며 몹시 괴로울 때가 있습니다."

오랜 침묵 뒤에 공명은 가슴에서 쥐어짜듯이 말했다.

"나는 오른팔을 잃었다. 촉나라 대들보가 내려앉았다."

공명은 조통의 안내로 조자룡의 집을 찾았다.

숨을 거둔 자룡의 얼굴은 편안히 잠자는 것 같았다. 가만히 지켜보는 공명의 심사는 그야말로 창자가 끊어지는 아픔 그 자체였다.

방통이 죽고, 관운장이 가고, 장비가 죽고, 황충이 갔다. 선주 유현덕이 세상을 버리고, 마초가 죽고, 그리고 이제 조자룡이 세상을 떠났다.

온몸을 죄는 것 같은 고독감이 공명을 덮쳤다.

'……이로써 촉나라 오호대장은 한 사람 남지 않고 모두 세상을 떠났구나!'

살아남은 것은 공명 단 한 사람뿐이다.

공명은 그 자리에 주저앉아 통곡하고 싶었다.

그러나 그럴 수도 없었다. 승상의 지위에서 물러났다고는 하지만 촉나라를 두 어깨에 짊어지고 있는 공명이 아닌가.

촉나라 총참모장이 될 강유는 아직 너무 젊었다.

공명은 눈물 한 방울 흘리지 않고 가슴 속으로 통곡했다.

후주 유선은 조자룡이 죽었다는 비보를 듣자 소리내어 울었다.

그 옛날 유선이 아두(阿斗)라고 불리던 어린아이 때였다. 그의 어머니 미 부인이 아두를 넘기고 죽자, 조자룡은 이 어린아이를 품 속에 숨기고 구름떼처럼 밀려오는 조조의 백만 대군 속을 혼자 싸우며 빠져나왔던 것이다.

조조는 그 신장 같은 자룡의 무용을 보고 명령했다.

"참으로 훌륭하다. ……죽이지 마라! 활도 쏘지 마라! 사로잡아라! 사로잡지 못할 바엔 살려 보내라!"

당양 장판교에서 조자룡이 분전하던 모습은 전설이 되었다.

자룡은 노도처럼 밀려오는 적군 속을 뚫고 말을 달리며, 큰 기 둘
을 넘어뜨리고 창을 셋이나 앗아 가진 다음, 달려드는 조조의 용장
수십 명을 모조리 죽이고 신장처럼 혈로를 트며 달아났었다.

전포를 물들인 피 갑옷까지 붉게 파고드노니
당양싸움에서 뉘 감히 조운에게 맞서랴!
예로부터 전장에서 위기에 처한 주인 구한 이는
오로지 상산 땅의 조자룡 한 사람뿐이라네

후세 사람이 읊은 이 시는 2천 년이 지난 지금에도 유명하다.
만일 그때 조자룡의 이같은 눈부신 활약이 없었으면, 유선은 어머
니 미 부인과 함께 거기서 죽었을 것이다. 어떻게 오늘날 촉나라 황
제로서 옥좌에 오를 수 있었겠는가! 자룡의 죽음은 너무도 청천벽
력이었다.
"우장군! 조운을 잃은 이 나라는 장차 어떻게 되겠소?"
몸을 떨며 유선이 물었다.
"죽음은 반드시 누구에게나 찾아오는 것이옵니다. 자룡의 죽음을
헛되이하지 않기 위해 용기를 가져주시옵소서."
공명의 대답은, 주위 사람들에겐 오히려 차갑고 냉혹하게 느껴지
기까지 했다.
조자룡은 대장군 지위를 추증(追贈)받고 순평후(順平侯)란 시호
가 하사된 뒤, 성도 금병산(錦屛山) 동쪽에 묻혔다. 그리고 그곳에
사당을 세우고 사철 제사를 지내게 하였다.
후세 사람이 시를 지어 조자룡을 기렸다.

상산에 범같은 장수가 있었네
지혜와 용맹은 관우 장비에 필적하고

한수 가에 큰 공을 세우니
당양 장판파에서 이름을 떨쳤네

두 번 어린 임금을 구해내니
한결같이 마음은 선제께 보답하였네
충렬이 청사에 길이 남으리니
마땅히 백세토록 그 향기 전해지리

조자룡이 갑자기 죽고 나서 석 달이 지났다.

공명은 무엇 때문인지 자기의 서재에 틀어박혀 한 발짝도 밖으로 나오지 않았다.

후주 유선은 걱정이 되어 세 번이나 사자를 보냈었다.

"생각을 가다듬기 위한 것이오니 부디 걱정 마옵소서."

사자는 매번 똑같은 대답을 가지고 돌아왔다.

그 무렵 벌써 누구의 입에선지 모르게 소문이 퍼져 있었다.

"우장군이 가슴병을 앓고 계시다."

이제 공명마저 죽으면 촉나라는 캄캄해진다.

유현덕이 잠들어 있는 혜릉(惠陵)에는 누가 시킨 적도 없는데 하루에 수백 명 백성들이 찾아와 공명의 무병장수를 빌었다. 관운장·장비·조자룡의 사당 앞에도 많은 사람들이 찾아와 공명의 병을 낫게 해달라는 축원을 올렸다.

건흥 6년(228) 11월 어느 날 아침, 공명의 사자로 양의가 후주 유선을 배알하고 글을 올렸다.

"우장군이 올리는 표문(表文)이옵니다."

유선이 펴보니 그것은 공명이 두 번째 올리는 출사표였다.

후세에 '후출사표(後出師表)'로 불리게 된 글이다.

신 양(亮) 삼가 아뢰옵니다.

선제(先帝)께서 한나라(漢 : 蜀)와 적(賊 : 魏)은 양립(兩立)할 수 없으며 왕업(王業)은 한쪽만으로 편안할 수 없음을 염려하신지라 신에게 적을 칠 것을 부탁하셨나이다.

선제의 밝으심을 가지고 신의 재주를 헤아려 주셨건만 신이 적을 치는 데 재주가 모자라 적이 더 강한 것을 알았나이다.

그러나 적을 치지 않으면 왕업 또한 망하게 되옵니다. 앉아서 망함을 기다릴 게 아니라 마땅히 이를 맞서 쳐야 할 것입니다. 선제께서도 그와 같이 당부하셨습니다.

신은 명을 받자온 날부터 누워도 자리가 편치 못하고 먹어도 맛이 달지 않았사옵니다. 북벌을 하려면 마땅히 먼저 남부터 평정해야겠기에 노수(瀘水)를 건너 깊이 불모의 땅으로 들어갔나이다. 이는 오로지 왕업이 성도 안 쪽에 치우치지 않기 위해, 위험과 어려움을 무릅쓰고 선제의 유지를 받든 것이옵니다. 그런데 의론만을 일삼는 무리들은 이를 상책이 아니라고 합니다.

지금 적은 마침 서쪽에서 지치고^(祁山·郡縣의 싸움) 또 동쪽에 힘쓰고^(石亭 싸움) 있나이다. 병법이란 적이 지칠 때를 노려 나아가야 하옵니다.

일찍이 그 옛날 고제(高帝)께선 밝기가 해와 달 같고, 꾀하는 신하들은 그 재주가 못같이 깊었나이다. 그러나 혹은 형양(滎陽)에서 포위되고, 혹은 항우의 화살로 가슴을 맞는 등 갖가지 위난을 거친 뒤에 천하를 편안케 했었나이다. 지금 폐하는 고제에 미치지 못하고 신도 또한 장량과 진평만 못하옵니다. 그런데 사람들은 그럴싸한 계획으로 가만히 앉아 승리를 거두고 천하를 평정하려 하고 있으니 이것이 신으로서는 알 수 없는 첫째 일이옵니다.

유요와 왕랑은 저마다 자기의 고을만 믿고, 편안한 것만을 논하거나 꾀만을 입에 담았으며 군신을 모두 의심하고 적을 무서워하여, 올해도 싸우지 않고 다음 해도 치지 못한지라, 손권으로 하여

금 앉아서 대성(大成)케 하고 마침내 강동을 앗기고 말았나이다. 이는 신이 아직도 알 수 없는 두 번째 일이옵니다.

조조의 지혜와 꾀는 남보다 뛰어나고, 그의 용병은 손오(孫吳)를 방불케 했나이다. 그러나 남양에서 시달리고 오소에서 위험했으며, 기련에서 위태로웠고 여양에서 다급했으며, 북산에서 거의 패했고 동관에서 하마터면 죽을 뻔한 뒤에야 위나라 왕이 되었습니다. 하물며 신처럼 재주가 미약한 사람이 어찌 위태로움을 겪지 않고 천하를 쟁패할 수 있겠나이까. 이것이 신이 아직도 알 수 없는 세 번째 일이옵니다.

조조는 다섯 번 창패(昌霸)를, 네 번 소호(巢湖)를 넘나들었지만 이루지 못했사옵니다. 이복(李服)을 믿고 썼다가 이복에게 배신을 당하고, 하후연(夏侯淵)에게 군사를 맡겼다가 하후연이 패해 달아났습니다. 선제께서는 항상 조조의 재능을 높이 평가하셨는데 조조로서도 이런 실패가 있었나이다. 하물며 신은 조조에 비해 어리석으니 어찌 반드시 이길 수 있겠사옵니까. 이 점이 아직도 신이 알 수 없는 네번째 일이옵니다.

신이 한중으로 나가 겨우 1년 사이에 조운 이하 양군(陽群)·마옥(馬玉)·염지(閻芝)·정립(丁立)·백수(白壽)·유합(劉郃)·등동(鄧銅) 등 장군 8명, 곡장(曲長 : 中隊長) 둔장(屯長 : 小隊長) 70여 명, 그리고 거느린 군사 1천여 명을 잃었나이다. 이 모두 여러 해에 걸쳐 훈련된 정예들로 또 익주 한 고을 사람만이 아니옵니다. 이대로 나아가 싸우게 되면 몇 해를 지나지 않아 군사 3분의 2를 잃게 될 것이니 무엇으로 적을 도모하겠나이까. 이 점이 신이 아직도 알 수 없는 다섯 번째 일이옵니다.

지금 백성은 궁핍하고 군사는 지쳐 있지만 적과의 싸움을 그만두기 어렵나이다. 일을 그만둘 수 없는 것과 노고를 함은 다를 것이 없나이다. 또 제 발로 적을 치기도 어려우며, 한 고을의 땅을 보존하기 위해 적과 오랜 싸움을 각오하지 않으면 안 되옵니다. 이 점이 신으로서 아직도 알 수 없는 여섯 번째 일이옵니다.

　대저 단정하기 어려운 것이 천하의 일이옵니다. 옛날 선제께서 는 싸움을 초(楚 : 荊州)에서 패했나이다. 이때 조조는 손뼉치며 천하는 내게로 돌아왔다고 했었나이다. 그런데 선제께선 동으로 오나라와 손을 잡고 서쪽으로 파촉을 얻었으며, 북쪽을 쳐서 하후 연의 머리를 앗았나이다. 이것이 조조가 선제의 강한 운세를 예측 하지 못한 점이옵니다. 한나라의 큰 일은 바야흐로 이룩되려 하고 있었나이다.

　오나라가 맹약을 어기고 관우를 치고 선제께서 자귀(秭歸)에서 패한 연후에야 위나라는 겨우 조비가 황제를 참칭하기에 이르렀 나이다.

　무릇 천하의 일이란 이렇듯 미리 알기 어려운 것이옵니다. 신은 그래서 있는 힘을 다하되 죽은 뒤에야 그만두려고 하옵니다. 승패 와 성공 여부는 신의 식견으로는 능히 미리 내다볼 수 없는 일이 옵니다.

공명이 이 '후출사표'에서 든 여섯 가지 조항은, 위나라를 치려는 그에게 반대하고 나서는 조정 안 문관들에 대한 통렬한 반박이었다.

　사람이나 나라나 운명이란 것이 있다. 싸움에 참패를 당하고도 목 숨을 오래 부지하는 일이 있고, 때로는 그 반대의 일도 있다. 한결 같이 싸움을 피하여 목숨을 오래 부지하려 해도 운이 없으면 나라와 함께 망하고 만다.

　'……앉아서 죽기보다는 싸워서 살아 남으리라!'

　이것이 공명의 결심이었다.

땅굴

간곡한 후출사표를 보고 유선은 말했다.

"짐도 상부(相父)의 결심은 잘 아오. 상부의 뜻대로 하시구려."

공명이 대궐을 나오자 강유가 기다리고 있었다.

"승상!"

강유의 표정은 결사적이었다.

"병드신 몸을 이끌고 출전하시는 것은, 아무리 죽음을 각오하셨다 하더라도 너무 무모한 일이 아니옵니까?"

공명은 말없이 강유를 바라보았다.

"승상! 부디 2년만 더 휴양하시도록 하십시오!"

강유는 무릎을 꿇고 엎드려 애원했다.

"강유……."

공명의 목소리는 잔잔했다.

"예에."

"나는 그 옛날 선제의 부탁으로 27세에 집을 나와 군사가 되었다. 그대를 보니 그때 생각이 난다."

“예에……?”

“그대야말로 내 뒤를 이어 촉나라 삼군을 거느리고 나라를 위해 일해야 하는 군사가 될 몸이다.”

“승상!”

“나는 지금까지 무수한 싸움을 치러 왔다. 그러나 한 번도 이것이 마지막이라고 생각한 적은 없었다. 그러나 사람이라는 것은 절대로 이길 수 없는 적이 있다.”

“그게 누구입니까? 혹시 사마의라면, 그를 그토록 평가하시는 것은 승상답지 못한 말씀인가 하옵니다.”

“하하하…… 강유, 과연 중달은 조조보다 나았으면 나았지 못하지 않은 군략의 천재다. 그렇다고 해서 이 공명이 절대로 이길 수 없는 적은 아니다. 승리할 가망이 없다면 그와 싸울 리가 없지 않겠는가.”

“그럼 절대로 이길 수 없는 적이란?”

“그것은 죽음이다.”

“예에?”

“어떤 사람도 죽음은 이기지 못한다.”

“그렇기 때문에 더더욱 승상께서는 앞으로 2년 동안의 휴양이 필요하옵니다.”

“강유…… 나는 천문을 잘 안다. 사람의 운명은 날 때부터 이미 정해져 있는 것. 이것을 내 힘으로 바꾸려 해도 소용이 없다. 나는 요즘 석 달 동안 들어앉아 있으면서 내 목숨이 다하는 날을 점쳐 보았다.”

“……”

“다행히 나는 앞으로 한두 해 안에는 죽지 않는다.”

“참으로 다행한 일이옵니다.”

“물론 이 병든 몸으로는 앞으로 10년을 기약할 수는 없다. 강유,

알겠는가? 지금부터 이 공명의 싸우는 모습을 잘 살펴보고 내 뒤를 이을 기초를 든든히 쌓아 두는 것이 좋을 것이다.”

공명은 10만 정병을 갖추었다.

위연을 선봉장으로 하여 진창도(陳倉道)를 향해 나아갔다.

이해 12월의 일이다.

들을 가득 메운 촉나라 붉은 깃발이 다시 햇빛에 번쩍이며 성도를 떠난 것이다.

공명은 선봉보다 하루 늦게 중군을 이끌고, 승상기를 세운 검은 사륜거를 몰았다.

북문에는 후주 유선을 비롯해 성도의 많은 주민들이 나와 승리를 기원하며 배웅해 주었다.

“승상!”

십여 명, 나어린 처녀들이 사륜거를 향해 달려왔다.

저마다 손에 부용화를 한 송이씩 들고 있었다.

“부디 몸을 소중히 하옵소서…….”

그렇게 말하며 꽃을 바치는 처녀들의 두 눈에는 눈물이 글썽했다.

“고맙다. 내게 있어서는 금은보화보다도 더 값진 선물이다.”

공명은 미소를 지으며 일일이 손을 내밀어 부용화를 받아들었다. 처녀들은 그 자리에 꿇어 앉아, 사륜거가 멀리 콩알처럼 작아져 들 끝으로 가물가물 사라질 때까지 두 손을 모으고 바라보았다.

공명이 다시 대군을 이끌고 쳐들어온다.

이 급보는 밀정에 의해 낙양으로 전해졌다.

“제갈량이 1년이 다 안 가서 다시 올 것을 알고 있었다.”

사마의는 말하고 급히 대궐로 들어가 위제 조예에게 아뢰었다.

곧 문무백관이 모였다.

군사회의가 열리자 맨먼저 입을 연 것은 대장군 조진이었다. 좌중에서 앞으로 나오자 말했다.

"신은 앞서 농서를 지키며 공을 세우지 못했으니 그 죄 참으로 큰지라 몸둘 바를 모르옵니다. 그러나 요즘 한 장수를 심복으로 얻었기에 이번에야말로 제갈량과 생사를 걸고 싸워 반드시 이길 자신을 얻었사옵니다. 이 사람은 60근 무게의 큰 칼을 종횡무진으로 쓰고, 천리를 달리는 완마〔千里征駞馬〕를 타며, 활과 화살은 두 사람이 겨우 나르는 철태궁(鐵胎弓)을 쓰며, 세 개의 유성추(流星錘)를 던져 백발백중하는 참으로 만부부당의 용장이옵니다. 농서 적도(狄道) 출신으로 성명은 왕쌍(王雙), 자를 자전(子全)이라 하옵니다. 신은 이 사람을 선봉으로 하여 촉나라 군사를 짓밟아 줄까 하옵니다."

"어디 한 번 보면 좋겠군."

조예는 왕쌍을 불러들였다.

과연 첫눈에 소름이 끼칠 정도의 무서운 용장이었다. 키는 7척이나 되고 얼굴은 무쇠처럼 검으며 두 눈동자는 노랗고 듬직한 몸뚱이는 곰이나 범을 연상케 했다.

"장하군. 그럼 대장군의 선봉이 되어 보기좋게 촉나라 군사를 짓밟아 보이라."

그렇게 말한 조예는 비단 전포와 황금 갑옷을 선물로 주고, 왕쌍을 호위장군(虎威將軍) 전부(前部) 대선봉에 임명했다

그리고 조진을 다시 대도독에 임명했다.

조진은 15만의 강병을 거느리고, 곽회와 장합의 원조를 얻어 각처의 요충지를 지키기로 했다.

한편 촉나라 전위부대는 진창이 바라보이는 지점까지 와서 곧 되돌아갔다.

"진창도 입구에는 벌써 오래 전부터 대장 학소(郝昭)가 성채를

쌓아 깊이 해자를 파고 담을 높였으며 다시 전면에 녹채를 박아 둘러치고 있으므로 이것을 정면으로 공격하여 함락시키기란 참으로 어려울 것 같습니다. 진창을 돌파하는 것보다는 태백령을 넘어 기산으로 돌아가는 것이 어떨까 싶습니다.”

그러나 공명은 고개를 저었다.

“진창 바로 북쪽에 가정(街亭)이 있다. 가정을 점령하지 않고는 중원으로 나갈 수 없다는 것은 다들 알고 있을 것이다. 그러므로 무슨 일이 있어도 진창을 함락시키지 않으면 안 된다.”

“알았습니다. 이 위연이 있는 힘을 다해 함락시키고 말겠습니다.”

위연은 먼저 2만 명을 이끌고 무작정 정면에서 쳐들어갔다. 그러나 사마의로부터 받은 작전 지시를 충실히 지키며 막고 있는 학소를 항복시킬 수는 없었다.

위연은 군사를 반이나 잃고 헛되이 물러나고 말았다.

공명은 위연이 앞으로 와서 무릎을 꿇고 얼굴을 들자 과거에 볼 수 없었던 노기를 띠고 꾸짖었다.

“그대는 자신의 지혜와 전술로써 적을 깨뜨리지 못하는 어리석은 장수요?”

“승상을 대할 면목이 없습니다. 앞서 마속의 목을 벤 승상이오니 이 위연의 목을 치셔도 조금도 원망치 않겠습니다.”

위연은 머리를 들고 외쳤다. 공명은 차갑게 말했다.

“그대의 목을 쳐서 진창이 함락된다면야 목을 벨 수도 있을 것이오. 문제는 어떻게 해서 진창을 앗느냐 하는 것이오.”

그 때 부장 한 사람이 나왔다.

“승상, 소장에게 맡겨 주시기 바랍니다.”

근상(靳祥)이었다.

위나라 장수 학소는 호방한 성격으로 젊어서 군에 들어와 장수가 된 이래 숱한 무공을 세워 잡호장군(雜號將軍)으로까지 출세했다. 그로부터 10여 년에 걸쳐 황하 서쪽 지역의 방위를 맡아왔는바, 그곳 주민들은 한민족·이민족을 막론하고 학소를 진심으로 따르고 있었다.

근상은 학소와 한고향이라 자기가 세객(說客)으로서 공을 세울 수 있다 하며 나섰던 것이다.

근상은 공손히 말했다.

"소장은 지금까지 여러 차례 승상을 모셔 왔으나 무능한 탓으로 아직 한 번도 공을 세우지 못했습니다. 그러나 이번만은 꼭 저를 진창성으로 보내주시기 바랍니다."

"위연이 함락시키지 못한 성을 그대가 무슨 수로 문을 열게 하겠다는 건가?"

"소장은 위연처럼 공격은 하지 않습니다. 화살 하나 쏘지 않고 학소를 설득시켜 우리 촉나라로 돌아오게 만들겠습니다."

"그대는 등지보다 나은 말재주를 가졌다고 자부하는가?"

"아닙니다. 다만 소장과 학소는 같은 농서 사람으로 어릴 적부터 같이 놀던 친구입니다. 그러므로 소장이 단기로 달려가 이해득실로써 달래면 학소는 반드시 이를 받아들여 승상의 휘하로 들어올 것으로 압니다."

그 말에 공명은 잠시 근상을 지켜보고 있더니 허락했다.

"기대는 갖지 않는다. 그러나 그대가 결사적인 설득으로 공을 세울 생각이면 가보는 것도 좋으리라."

근상은 혼자 말을 달려 진창도를 향했다.

성문 밑에 이르자 망루에 서 있는 군사에게 외쳤다.

"나는 학백도(郝伯道)의 옛 친구 근상이란 사람이다. 급한 볼일이 있어 왔으니 연락을 취해 주기 바란다."

학소는 그 말을 전해 듣자 곧——

‘……으음, 그래!’

옛 친구의 뱃속을 금세 들여다보았다. 그러나 어릴 때의 정분을 생각해서 성 안으로 불러들였다.

근상은 인사를 나누자마자 이야기를 꺼냈다.

“오늘은 무슨 일이 있어도 백도에게 꼭 하고픈 말이 있어 찾아왔네.”

그러자 학소는 빙긋 웃었다.

“자네가 온 목적을 알고 있네.”

“뭐, 알고 있다고?”

“자네는 지금 서촉의 제갈 공명 휘하에 있지 않은가.”

“음, 그러하네.”

“자네는 나를 달래어 위나라를 배반하고 공명의 휘하로 끌어들일 생각으로 찾아왔겠지.”

“맞았어. 바로 그걸세.”

“안됐지만 자네와 나는 서로 적일세. 그뿐 아니라 자네가 촉나라 황제에게 충성을 맹세했듯이 나는 위나라 황제께 몸을 바치고 있네. 자네는 이 학소의 인격을 얕잡아보고 설득하러 온 거겠지만 그건 너무 나를 모르는 생각이야. 돌아가 제갈량에게 전해 주게. 어서 대군을 앞세워 공격해 오기를 바란다고. 이쪽은 만반의 준비를 갖추고 있다고 말일세.”

학소와 근상은 사람됨이 전혀 달랐다.

설득하러 온 쪽이 도리어 공명에 대한 당당한 도전의 말을 받아가지고 성에서 쫓겨나게 되었다.

돌아온 근상으로부터 보고를 받자, 공명은 눈썹 하나 까딱하지 않고 근상에게 다만 한 마디를 명령했다.

“다시 한 번 가 달래 보라.”

근상으로서는 학소의 완고한 태도로 보아 생각을 돌릴 수 없을 것

으로 생각됐다. 그러나 본디 자청하고 나섰던 임무였기 때문에 다시
말을 달렸다.

진창성 성문 망루에 모습을 나타낸 학소는 과연 근상을 꾸짖었다.

"30여 년이나 사귀어 왔는데도 이 학소가 어떤 사람인지를 여지
껏 모르고 있다니 딱한 일이다!"

"백도! 우리 승상이 거느린 군사는 10만 대군일세. 이런 작은 성
하나쯤 짓밟으려면 한 시간도 채 걸리지 않을 걸세. 해로운 소리
는 하지 않네. 항복해도 부끄러울 건 없네. 한나라를 앗은 역적에
게 벼슬을 해야 할 의리 같은 것은 없지 않은가."

이 말을 듣자 학소는 화살을 활에 메겨 잡아당기며 근상을 겨누고
소리쳤다.

"근상 듣거라! 더 이상 한 마디라도 헛소리를 지껄이면 네놈의
가슴을 뚫고 말겠다."

"하하하······."

본영으로 돌아와 무릎을 꿇고 엎드린 근상을 굽어보며 공명은 경
멸에 찬 웃음을 입가에 띠었다.

"근상, 학소란 사람은 그 다부진 점에 있어서 그대와는 비교도 되
지 않는 것 같다."

"예!"

"그런 사람이면 이쪽에서 준비한 공격 도구로도 소용이 없을지
모르겠다. 그러나 어찌 됐든 시험은 해 보아야지."

공명은 벌써 밀정에 의해 진창성을 3천 명 가량이 지키고 있다는
것을 알고 있었다.

"시험삼아 100대의 운제(雲梯)로 공격을 해 보라!"

공명은 명했다.

운제란 구름사다리란 뜻이다. 높은 성벽에 걸치고 군사가 타고 올

라가는 사다리를 말한다.

곧 진영 안에서 운제가 만들어졌다.

그때의 운제는 10여 명이 한꺼번에 올라갈 수 있었다.

촉나라 군사들은 운제를 메고 성벽 가까이로 와아 몰려갔다.

만일 그때 공명 자신이 지휘를 했었다면, 성 안에 사람이 없는 것처럼 조용한 것을 수상하게 여기고 일단 후퇴했을 것이 틀림없다.

그런데 그때 지휘를 한 것은 위연의 부장인 사웅(謝雄)이었다.

"나야말로 첫번째로 성에 오르는 공을 세우고 말겠다!"

사웅은 큰 소리부터 먼저 지르고 나서 북을 울리고 운제를 성벽에 걸치게 했다.

학소는 100개의 운제에 촉나라 군사가 앞을 다투어 올라오기 시작하는 것을 망루 뒤에서 보고 있다가 위나라 대장기를 휘둘렀다.

"지금이다!"

순간 100개의 운제를 향해 성벽에서 기름이 뿌려지고 뒤이어 불화살이 날아들었다.

촉나라 군사는 모두 불덩어리가 되어 굴러떨어졌다. 1천 명이 넘었다.

이 패보를 받았을 때 공명은 공교롭게도 침대에서 일어날 수 없을 만큼 높은 열에 시달리고 있었다. 옆에서 마현이 쉴새없이 찬물에 적신 수건을 이마에 갈아 얹고 있었다.

아무리 공명이라지만 지혜를 짜낼 가망은 없었다.

그래도 공명은 침대에서 몸을 일으켜 명령했다.

"하는 수 없다. 운제가 타버렸으면 충거(衝車)로 성벽을 무너뜨려라!"

충거란 철판으로 된 일종의 전차였다.

이튿날 아침 500대의 충거가 일렬 횡대로 성벽을 향해 돌진했다.

그러나 충거가 성벽에서 200보 거리까지 다가갔을 때 성 안에서 큰

대나무를 휘어 잡고 그 끝에 큰 돌을 붙들어 매었다가 일제히 날려 보냈다. 큰 돌들이 한꺼번에 하늘을 덮듯 날아와 충거 위에 떨어졌다.

그 돌에 맞아 부수어진 충거는 400대가 넘었고, 상한 군사가 800명이 넘었다. 성벽에 가 닿은 충거는 겨우 50여 대였다. 그것들도 성벽 위에서 던져진 큰 돌에 맞아 끝내 부숴지고 말았다.

그런 참담한 패보를 받고 공명의 열은 한층 더 올랐다. 거의 의식이 몽롱해 있었다. 몇 차례씩 피를 토해 냈다.

성도에서 달려온 명의 화연(華延)이 충고했다.

"일단 성도로 돌아가 2년쯤 절대로 안정을 취하셔야 합니다."

위연 이하 모든 장수들은 상의 끝에 그렇게 하기로 했다.

공명이 믿기 어려운 정신력으로 의식을 되찾은 것은 그런 상의가 막 끝났을 무렵이었다.

마현이 갖다 바치는 탕약을 마시고 나서, 공명은 고열로 멍해진 듯한 두 눈을 허공으로 보내며 가만히 생각을 가다듬고 있었다.

거기에 강유가 들어왔다.

"승상, 우선 돌아가시도록 하는 것이……."

공명은 잠자코 고개를 저었다.

강유는 마지못해 말했다.

"동쪽에서 진창성 응원군이 나타났습니다. 그 선두에는 '선봉대장 왕쌍'이라고 크게 쓴 깃발이 나부끼고 있다 합니다."

"왕쌍이라면?"

공명은 왕쌍에 대해 모르고 있었다.

"왕쌍은 농서 적도 출신으로, 키가 7척에 가깝고 힘이 30명을 당하며, 여포가 다시 나타났다고 하는 만부부당의 맹장입니다."

"강유."

공명은 젊은 후계자를 바라보았다.

"그대는 그 왕쌍과 1대 1로 싸워 설사 죽는 한이 있더라도 나를 무사히 달아나게 할 결심이 아닌가.”

공명은 이어 진창성 응원군에 대한 작전을 하달했다.

“왕쌍에 대해서는 운제 공격에 실패한 사웅을 보내 싸우게 함이 좋다. 사웅의 후비로 공기(龔起)를 명한다.”

“이번에도 적을 격파하지 못한다면 그야말로 촉장으로서 면목이 서지 않는다.”

각오를 단단히 한 사웅은 공기와 함께 3천 기를 이끌고 동쪽을 향해 달려갔다.

양군은 어느 언덕 위에서 마주쳤다.

그 꼭대기에서 사웅과 공기는, 깃발을 높이 든 왕쌍과 정면으로 부딪쳤다.

그러나 약간 과장해서 말하면 사웅과 공기는 왕쌍의 용맹스런 모습을 한 번 바라보자마자, 간이 오그라붙는 것만 같았다.

어마어마한 왕쌍의 몸에는 투지와 용기가 넘쳐 흘렀다.

“에잇, 빌어먹을!”

사웅은 순간적인 두려움을 뿌리치고 긴 칼을 똑바로 내밀면서 왕쌍을 향해 돌격해 들어갔다.

그러나 싸움이 되지 않았다. 아차 하는 사이에 사웅의 머리는 왕쌍의 큰 칼에 의해 달아나고 말았다.

“다음은 어느 놈이냐?”

왕쌍은 허공을 잡아 찢는 듯 큰 소리를 질렀다.

“네놈이!”

친구가 죽는 것을 본 공기는 화가 불끈 치밀어 덮어놓고 달려들었다. 그러나 이 또한 싸움이 되지 않았다. 공기는 정수리로부터 두 쪽이 나며 허공에 피보라를 뿌렸다.

두 장수가 단칼에 죽자 군사들은 잔뜩 겁을 먹고 도망쳤다. 그 보고를 받자 공명은——

"위나라에 여포같은 맹장이 다시 나타날 줄은 미처 생각 못했다."

비통한 소리를 뇌까리고서——

"요화, 왕평, 장의!"

세 장수를 불러 명령했다.

"장군들 셋이서 힘을 합쳐 왕쌍을 치도록 하오! 그러나 절대로 공을 서둘러 목숨을 버려서는 안 되오. 당해내지 못할 것 같으면 퇴각하시오. 그리고 적의 속임수에 걸려들지 않도록 거듭 주의하시오."

세 장수는 저마다 부대를 이끌고 쳐 나갔다.

왕쌍은 벌써 사웅과 공기를 무찌른 언덕에서 달려 내려와 촉나라 진영으로 다가오고 있었다.

"어서 오너라!"

먼저 장의가 바람을 일으키며 돌격해 들어갔다.

장의는 힘에 있어서나 용기에 있어서나 사웅, 공기와는 비교할 수 없는 장수였다. 왕쌍의 유별나게 큰 몸뚱이를 보자, 장의는 도리어 무서운 투지를 불러일으켰다.

왕쌍이 휘두르는 60근 큰 칼에 조금도 밀리지 않고 장의는 긴 창을 바람개비처럼 자유자재로 휘두르며 용감하게 싸웠다.

왕쌍은 이대로 승부가 나기 전에 요화와 왕평이 함께 뛰어들게 되면 도저히 이길 가망이 없음을 알고 얼른 말머리를 돌려 달아나기 시작했다.

벌써 그때 초인간적인 상대와 대등하게 싸운 장의는 피 한 방울까지도 투혼으로 끓어올라 완전히 자기 자신을 잊고 있었다. 그래서 정신없이 왕쌍의 뒤를 쫓기 시작했다.

"이 비겁한 놈! 어디로 도망치느냐!"

이를 지켜보던 왕평은 문득 공명의 말이 떠올라 외쳤다.

"장 장군! 쫓지 마라! 적의 속임수일지도 모른다!"

그러나 그 외침은 장의의 귀에 들어가지 않았다.

왕평은 말 다리가 부러져라 뒤를 쫓으며 정신없이 쫓는 장의를 멈추게 하려 했다.

한순간의 차이였다.

왕쌍이 달리던 말의 고삐를 갑자기 당겨 세우더니, 숨겨 가지고 있던 유성추를 장의에게 던졌다.

유성추는 장의의 가슴에 정통으로 맞았다.

만일 그때 왕평과 요화가 뒤이어 달려오지 않았더라면 장의는 말에서 떨어져 죽고 말았을 것이다.

왕평과 요화는 장의를 구출하여 급히 물러났다.

때를 놓치지 않고 왕쌍은 부하 군대를 호령하여 무섭게 추격해 왔다. 이를 막는 촉나라 군사는 차례로 죽어 넘어졌다.

장의는 성으로 돌아와 말에서 내리자 많은 피를 토했다.

의원이 살펴보니 갈빗대가 여섯 개나 부러져 있었다.

왕쌍이 2만 명 군사를 거느리고 와서 진창성 밖에 진을 쳤다. 그리고 그곳에 목책을 두르고 있다는 보고를 들은 공명은 작전을 신중히 다시 짜기로 했다.

"장군들 셋이서 당해내지 못하는 왕쌍과 정면으로 싸우는 일은 피해야 하겠다."

'나는 옛날의 내가 아니다!'

병과 나이는 어쩔 수 없는 일, 안타까움이 공명의 가슴 속에서 치밀어 올랐다.

공명은 강유를 불러 일렀다.

"이번 싸움은 그대에게 맡기겠다."

강유는 그 자리에서 의견을 내놓았다.

"진창을 함락시키려 하면 부질없이 군사만 잃을 뿐입니다. 게다가 왕쌍이라는 천하무적의 맹장이 가담해 있으므로 일단 여기서 진을 거두고, 적당한 장군에게 가정을 지키게 한 다음 승상께서는 중군을 이끌고 기산을 공격하는 것이 옳을 줄 압니다."
그리고 덧붙여 말했다.
"제게 조진을 생포할 계책이 있으니 안심하시기 바랍니다."

학소는 제갈공명의 포위를 받고서도 진창성을 정말 잘 지켜냈다.
"아군은 수만, 적은 고작 3천 남짓. 더욱이 동쪽에서의 구원군도 금방 도착하지 못하리라."
이렇게 판단한 공명은 진창성 공격에 각종 신무기를 사용했다. 운제, 충거가 그것이었다.
학소도 지지 않았다. 운제에는 불화살로 응수했고 충거에는 돌절구를 둘씩 묶어 성벽에서 떨어뜨렸다.
그러자 제갈공명은 백 자 높이의 망루거를 만들고 그 위에 올라서서 성 안에 화살을 퍼붓게 하고, 흙자루로 해자를 메워 성벽을 기어오르게 했다.
하지만 학소는 성 안에 또 하나의 방벽을 쌓고서 막아 싸웠다.
공명은 다시 땅굴을 파게 하여 성 안으로 돌입하려 했다.
그러자 학소는 성 안에서 같은 땅굴을 파 지하도를 끊어버렸다.
이리하여 낮과 밤을 가리지 않고 필사적인 공방이 거듭되었다. 그러는 사이 어느덧 20여 일이나 지났다. 그때 위군의 구원군이 달려온다는 보고가 있었다.
공명은 학소의 선전 앞에 만 가지 계책이 틀어진 데다 강유의 진언도 있어 진창에서의 철수를 결심하게 된 것이다.
한편 위나라 조정에서는 진창이 위태롭다는 소식에 곧 장합을 불러 진창을 구원하라고 명했다.

장합은 가정에서 마속을 격파한 공으로 좌장군이 되어 있었다.

출발에 앞서 명제는 몸소 하남성(河南城)까지 장합을 배웅했고 남북의 군사 3만에 특별히 어림군까지 딸려 주었다.

그때 명제가 물었다.

"장군이 도착할 때까지는 진창이 적의 손에 넘어가지는 않을 테지?"

장합은 매우 꼼꼼한 장군이다. 적과 싸울 때 적장의 성격과 군의 장비 등도 세밀히 조사하는 사람이었다.

그는 이렇게 대답했다.

"소장이 도착할 때쯤이면 제갈량은 이미 달아나고 없겠지요. 대충 계산한 바로는 적군의 양식이 10일도 가지 않을 테니까요."

그런데도 장합은 낮과 밤을 가리지 않고 행군했다. 그가 남정(南鄭)에 도착했을 때 공명은 진창에서 철수했다.

명제는 귀신 같은 그의 전황 판단에 감탄하며 조칙으로 장합을 낙양에 불러올려 정서거기장군에 임명했다.

도독의 웃음

　촉군은 왕평과 이회(李恢)가 가정으로 통하는 샛길을 지켰다. 위연은 진창성으로 들어가는 지점에 진지를 쌓았다.

　그리고 강유는 마대를 선봉으로 하고 관흥과 장포를 후속 부대로 하여, 샛길로 야곡에 이르러 기산을 향해 나아갔다.

　이를 맞아 싸우는 조진은, 앞서 사마의에게 큰 공을 빼앗긴 것을 수치로 생각하고 있었기 때문에 무슨 일이 있어도 이번만은 촉나라 군사에게 결정적인 패배를 안겨주겠다고 벼르고 있었다.

　마침 선봉으로 출전한 왕쌍이 촉나라 장수를 3명이나 죽이고 다치게 했다는 보고를 받자 자신이 생겼다.

　"음! 승리는 내 것이다!"

　선발부대 총대장으로 중호군대장 비요(費耀)를 뽑고 각 장군들에게는 요충지를 지키게 했다.

　그 때 산중에서 적의 밀정을 잡았다는 보고가 들어왔다. 조진은 밀정을 곧 앞으로 끌어오게 했다.

　그러자 그자는 결사적인 표정으로 애원했다.

"소인은 첩자나 밀정이 아니옵니다. 그만한 이유가 있어 대도독 님을 뵙고자 몰래 산과 들을 넘어온 자이옵니다. 바라옵건대 사람 들을 물리쳐 주십시오."

조진은 결박을 풀게 한 다음 좌우의 사람들을 물러나게 했다.

"소인은 강유의 심복입니다. 주인의 명령을 받아 밀서를 가지고 왔사옵니다."

"정말이냐?"

"보시옵소서."

밀사는 속옷 속에 누벼 넣은 편지를 꺼냈다.

조진이 펴보니──

　죄지은 강유는 백 번 절하며 글을 대도독께 올립니다. 이 몸은 위나라의 녹을 먹고 변경을 지키라는 명령을 받았으면서도 두터 운 은혜에 보답은 못하고 지난 번 제갈량의 간계에 걸려 노모를 납치당한지라, 몸을 절벽에 떨어뜨릴 역적이 되고 말았습니다. 그 러나 마음속으로는 항상 옛나라를 생각하고 그리며 하루도 잊은 적이 없습니다. 다행히 지금 촉나라 군사가 서쪽을 향해 나아가고 있는지라 이 몸이 다시 위나라로 돌아갈 좋은 기회인 줄 압니다. 제갈량은 소장을 굳게 신임하고 있습니다. 그러니 대도독께선 직 접 중군을 이끌고 나오시기 바랍니다. 만일 적과 마주치게 되시거 든 싸움을 벌이지 마시고 거짓 퇴각하시기 바랍니다. 그때 소장은 후방에 있으면서 봉화를 올려 신호를 보내고 촉나라 군량을 불태 워 버리겠습니다. 이 시기를 놓치지 마시고 대도독께서는 곧 대군 을 돌이켜 총공격을 하시기 바랍니다.

　그러면 제갈량을 사로잡는 것은 어렵지 않을 것으로 생각합니 다. 이 일은 소장이 공을 세워 나라에 보답하기 위한 것이 아니 고, 오로지 제가 범한 죄를 보상하기 위한 것이오니, 깊이 통촉해 주시기 바라옵니다. 회답 주시기 고대하옵니다.

"음, 이거야말로 하늘이 돕는 일이다. 강유는 촉나라에 항복을 했어도 마음만은 늘 위나라에 대한 충성을 품고 있었구나."

조진은 조금도 의심을 품지 않았다. 밀사에게 가까운 시일에 진격하겠으니 반드시 내응하도록 하라고 일러 놓아주었다.

그리고 급히 비요를 불러 강유의 편지를 건네주며 말했다.

"승리는 벌써 거의 내 수중에 들어왔다."

그러나 비요의 표정은 결코 밝지 못했다.

"대도독, 이 일만은 깊이 생각하시기 바랍니다. 어쩌면 이 밀서는 제갈량의 명령을 받은 강유의 속임수일지도 모릅니다. 만일 이것이 거짓 밀서라면 우리 군은 크게 패하게 됩니다."

"비 장군, 의심도 적당히 하라. 강유는 본디 위나라 장수가 아니었던가. 효성이 지극한 탓으로 어머니 때문에 마지못해 촉나라에 항복한 것이다. 언젠가는 위나라로 돌아오려고 기회를 엿보고 있는 것이 틀림없다."

조진은 그렇게 믿고 있었다.

조진이 생각을 바꾸지 않는 이상 비요로서도 명령에 따를 수밖에 없었다.

"그럼 대도독께서는 결코 가벼이 중군을 전진시키지 마십시오. 강유의 계책이 참된 것이라면 소장이 촉군을 혼란에 빠뜨릴 수 있을 것이니, 그때 단숨에 쳐 나오시기 바랍니다. 이 공은 양국 싸움에 있어서 가장 큰 것으로 대도독께 돌아가게 될 것입니다. 만일 이것이 강유의 간악한 계책이었다면 이 비요가 목숨을 던져 촉군을 막겠습니다."

"부탁한다! 반드시 이길 것으로 나는 확신한다."

조진은 비요에게 5만 군사를 주어 야곡을 떠나게 했다.

사흘 동안 행진한 뒤에 비요는 탐색병을 내어 적의 상황을 엿보게 했다. 그날 저녁나절 달려 돌아온 탐색병은 보고했다.

"과연 촉군이 야곡도로 진격해 오고 있습니다."

"알았다!"

비요도 그제서야 강유에게 다른 생각이 없다고 생각했다.

"단숨에 적을 찌른다!"

어두운 밤을 타서 비요는 돌격을 명령했다.

그러자 촉나라 군사는 거의 싸우지 않고 후퇴했다.

비요는 조심하여 본영으로 되돌아왔다.

그러자 촉군은 다시 전진해 왔다.

"겁이 많아서인가? 아니면 책략인가?"

비요는 해가 지자 다시 공격했다. 그러나 촉군은 끝내 싸우지 않고 얼른 물러갔다.

반격하면 되돌아갔다가 다시 나오고, 돌격하면 또 달아난다. 똑같은 일이 세 번, 네 번 되풀이되었다.

'이상하다!'

적의 선봉대장이 맹장으로 이름 높은 위연이란 것을 알자, 비요로서는 고개를 갸웃할 수밖에 없었다.

이리하여 닷새가 헛되이 지나갔다.

비요는 일단 공격을 중지하고 진지에서 움직이지 않기로 했다.

황혼이 가까웠을 때 위나라 군사가 저녁을 지으려 하는데, 갑자기 산과 들을 울리는 함성이 터지며 촉군이 폭풍우 같은 기세로 쳐들어 왔다.

"왔구나!"

비요가 막사에서 뛰쳐나와 보니 저쪽에서 문기(門旗)가 좌우로 확 열렸다.

그리고 안에서 사륜거 한 대가 조용히 나타났다.

옆에 서 있는 부장 한 사람이 소리쳤다.

"우리 촉나라 승상께서는 위나라 대도독과의 담판을 바라고 계신 거다!"

말에 올라앉은 비요는 손을 이마에 대고 바라보았다.

사륜거에 타고 있는 것이 공명이 틀림없음을 알자——

'강유의 계획대로 제갈량을 사로잡을 수도 있다!'

비요는 가슴을 설레며 좌우에게 명령했다.

"적이 돌진해 오면 곧 퇴각한다. 산 뒤에서 봉화가 오르거든 그것을 신호로 일제히 반격하라. 강유가 구원병을 이끌고 올 것이다."

이제 믿는 것은 강유의 도움뿐이었다.

비요는 비탈을 달려 내려가자 비웃는 말을 던졌다.

"패장 제갈량이 무슨 면목으로 다시 쳐 나왔단 말이냐? 참으로 우습다!"

공명은 차갑게 마주 바라보며 말했다.

"총대장 조진은 어째서 나오지 않느냐? 너같은 부장은 상대가 안 된다. 돌아가 조진이 직접 나오도록 전하라!"

"대도독께서는 황실의 귀하신 몸인데 어찌 너같은 가짜 승상을 만나실 수 있겠는가!"

"그럼 그대가 조진을 대신해서 목숨을 바치는 것이 좋을 것이다."

공명은 부채를 한 번 탁 쳤다.

대기하고 있던 마대가, 함성과 피리 소리와 북소리도 요란하게 성난 파도처럼 쳐들어갔다.

위나라 군사는 작전대로 얼른 뒤로 물러났다.

약 30리쯤 달아났을까, 촉군 뒷산에서 봉화가 오르며 함성이 진동했다.

"자아, 강유의 신호다! 촉군을 협공하라! 한 놈도 살려 두지 마라!"

비요는 소리지르며 큰 칼을 휘두르며 맨앞에서 말을 달려 돌격했다. 위나라 장병들은 늦을세라 앞을 다투며 밀어닥쳤다.

"물러나라!"

공명의 백우선(白羽扇)이 한 번 올라가자 촉병은 썰물처럼 뒤로 물러났다.

"지금이다! 제갈량을 사로잡고 말 테다!"

비요는 기세등등해서 말을 몰았다.

촉군은 봉화가 오른 산기슭까지 물러나자, 어느 사이에 만들어 놓은 견고한 진지로 들어가고 말았다.

"앗!"

그것을 보는 순간 비요는 얼굴빛이 싹 변했다.

'역시 그랬었구나! 강유의 밀서는 거짓이었다!'

그런 생각이 들었을 때는 이미 때가 늦었다.

산 양쪽 비탈에서 눈사태처럼 관흥과 장포가 쳐내려왔다.

산중턱에서는 큰 대나무를 휘어 튕겨 쏘는 돌이 비처럼 쏟아졌다.

삽시간에 일대는 생지옥으로 변했다.

"물러가라! 달아나라!"

비요는 날아온 돌에 맞아 왼쪽 어깨가 부서졌다. 그런데도 소리를 지르며 말머리를 돌렸다.

"어디로 달아나느냐? 깨끗이 자웅을 가리자!"

관흥이 죽은 운장을 방불케 하는 긴수염을 바람에 나부끼며 뒤쫓아왔다.

"네놈에게 머리를 건네 주어서야 되겠느냐!"

무수한 군사들의 시체를 남겨두고, 비요는 피투성이가 된 모습으로 질풍처럼 말을 달렸다.

퇴각하기에는 넓은 평지보다 좁은 골짜기가 유리하다. 비요는 샛길을 택했다.

절벽 가로 달아났기 때문에 상처 입은 위병들 중에 발이 미끄러져 골짜기로 떨어져 죽은 사람만 1천을 넘었다.

비요는 추격하는 촉군을 따돌렸다고 생각했다. 그러나 그것은 잘못이었다.

관흥이 일부러 추격을 늦춘 것일 뿐이었다.

조금 앞이 터진 지점으로 도망쳐 나와 한숨 돌리는 순간, 앞쪽 숲속에서 함성이 올랐다. 산고개 밑으로 갑자기 나타난 것은 강유였다. 소부대를 이끄는 강유는 천천히 비요에게로 다가왔다.

"이 역적놈!"

비요는 울부짖었다.

"비요, 네가 총대장이었다니 마음에 차지 않는다. 나는 조진을 사로잡을 작정이었다. 너는 아마 내 밀서가 거짓인 줄 짐작했겠지. 그것을 믿어 버린 조진이 어리석었다. 깨끗이 항복하여 촉나라 장수가 되지 않겠는가!"

"닥쳐라! 이 비요는 너 같이 신의없는 사람이 아니다! 거기 서서 내 임종을 지켜보아라."

말에서 내린 비요는 그곳에 단정히 앉아 천천히 단검을 뽑아들자 자기 목을 찔렀다.

대장이 자결하는 것을 보자 위나라 군사는 모조리 항복했다.

그때 공명은 멀리 뒤쪽 본영에 있었다. 비요가 본 사륜거에 탄 공명은 공명을 닮은 촉나라 문관이었다.

겨우 열이 내리고 각혈이 멈춘 공명이 기산에 도착한 것은 그로부터 열흘 뒤였다.

"빛나는 승리였다."

공명이 치하하자 강유는 대답했다.

"소장은 조진이 직접 총지휘를 하여 나오리라 생각하고 있었기 때문에, 조진을 사로잡아 승상 앞에 꿇릴 생각이었습니다. 참으로 애석한 일입니다.”
“조진 같은 것은 문제가 안 된다.”
“예에, 저도 그렇게 생각합니다.”
“그대도 보다시피 나는 벌써 옛날의 공명이 아니다. 병은 골수까
지 침범해 있다.”
“승상! 그런 심약한 말씀은 마옵소서.”
“장수란 현실을 앞에 놓고 냉철하게 대처하지 않으면 안 된다.
20년 전의 나였다면 사마의가 50만 대군을 이끌고 쳐들어와도 이
길 충분한 자신이 있었을 것이다. 그러나 병이 들고 보니 기력은
떨어지고 지모도 전만 못하구나. 사마의에게 몇 번이고 패할지도
모르겠다는 두려움이 없지 않다.”
강유는 숨을 죽이고 공명을 바라보았다.
“우리 촉나라에 용맹스러운 무인은 열 손가락으로 헤아릴 수 없
이 많다. 그러나 내 뒤를 이어 작전을 짜고 계획을 세울 사람은
그대 한 사람뿐이다. 이 점 깊이 가슴에 새겨 두고, 내가 죽거든
그대가 촉나라를 두 어깨에 짊어지고 적과 싸워 주기 바란다.”
“황공하온 말씀 가슴 깊이 새겨, 이 목숨 촉나라를 위해 바치겠습
니다.”
강유는 감동한 나머지 두 볼을 눈물로 적셨다.

강유에 대한 공명의 기대는 정말 보통이 아니었다.
강유도 그것을 깊이 느끼기 때문에 공명의 말 한 마디 행동 하나
에 이르기까지 열심히 주의를 기울여 배웠다.
어느날 공명이 이런 말을 했다.
“무릇 병권의 장악이야말로 전군을 자유자재로 부리고 장수의 위
신을 확립하는 열쇠이니라. 그러므로 장수는 병권을 단단히 장악
하여 부하 장병에게 군림하지 않으면 안 된다. 그러면 마치 맹호

에게 날개가 돋은 것이나 같다. 마음 먹는 대로 군을 움직이고 힘차게 날 수가 있다. 만일 장수가 병권 장악에 실패하여 군을 뜻대로 통솔하지 못한다면 어떻게 될까? 그것은 마치 물에서 벗어난 물고기와 같다. 자유자재로 헤엄치고 싶은 마음 간절해도 이내 죽고 말 것이다.”

병권의 장악은 여러 가지로 생각할 수 있으리라.

이를테면 부하를 완전히 파악하지 못하고는 그 부대를 유지하고 이끌어 나가지 못한다.

흔히 ‘권한 없이는 책임도 없다’고 한다. 주어진 임무를 다하기 위해서는 그 직책에 걸맞는 권한이 주어지지 않으면 안 된다.

즉 직책과 권한은 불가분(不可分)의 관계인 것이다.

공명은 강유에게 이런 것을 강조하고 싶었다. 강유는 깊이 고개를 숙이며 말했다.

“승상의 가르침, 가슴에 새기겠습니다.”

싸움의 운명은 그 사람의 운명이기도 하다.

“어떤 영걸도 죽음이란 적은 이길 수 없다.”

공명이 마현에게 말했듯이 싸움이 되풀이되는 가운데 이름있는 무장들이 차례로 이 세상을 떠났다.

촉나라에서는 얼마 전 조자룡이 죽었다.

이번 야곡 싸움에서는 위나라의 지장 비요가 자결했다. 비요의 자결은 조진에게 큰 타격이었다. 비요를 잃은 조진은 기산으로 밀려오는 촉군을 몰아낼 자신이 없었다.

그러나 이대로 물러나면 조진은 패장이란 오명을 벗을 수 없다. 무슨 일이 있어도 공명을 이기지 않으면 안 되었다.

참모인 곽회(郭淮)는 별로 믿음직스럽지가 못했다.

“어떤 책략으로 공명을 물리칠 것인가?”

아무리 머리를 짜내 보아야 조진에게는 묘안이 떠오르지 않았다.

하는 수 없이 손례(孫禮)를 급히 장안에 있는 위제 조예에게로 보냈다. 패전 상황을 보고하기 위해 파발마를 달리게 한 것이다.

조예가 사마의와 상의하리라는 것을 조진은 알고 있었다. 그러나 그 굴욕을 참지 않으면 안 되었다.

"뭐라구? 비요가 자결하고 조진이 위기에 놓여 있다고?"

깜짝 놀란 조예는 곧 사마의를 불렀다.

전황을 자세히 들은 사마의는 잠깐 깊은 침묵을 지키고 있었다.

실은 사마의에게 걱정스러운 보고가 와 있었다. 진창성을 지키고 있는 학소가 병상에 누웠다는 것이었다.

학소는 일찍부터 심장병을 앓고 있었다. 이번 촉군과의 싸움에 온 정력을 다 쓴 나머지 묵은 병이 더쳤다.

이 사실이 새어나가게 되면, 공명은 급히 기산에 있는 병력을 돌려 진창을 칠 것이 틀림없었다. 사마의는 위나라 장수들에게도 이 사실을 비밀로 해 두고 있었다.

얼마 뒤 머리를 들어 조예를 바라본 사마의는 아뢰었다.

"신에게 맡겨 주옵소서. 싸움을 하지 않고 제갈량을 물리칠 수가 있사옵니다."

사마의는 촉군의 약점은 군량 보급이라고 내심 단정하고 있었다. 촉군이 위나라 영토 깊숙이 쳐들어오면 자연 그 보급로는 길어진다. 그 보급로가 위나라 군사에게 끊길 염려가 있다는 것을 공명이 생각지 않을 리가 없다.

낙양으로 들어오는 가장 가까운 길목에 진창성이 있다. 대장 학소가 병들어 누워 있는 것을 공명은 아직 모른다.

샛길은 둘이 있으나 너무 험하여 군량을 운반하지 못한다.

'제갈량은 아마 스무날 정도의 양식밖에 갖고 있지 않을 것이다.'

사마의는 이렇게 추측했다.

"폐하, 바라옵건대 조진에게 조서를 내리시와, 각 요충지를 굳게 지키고 절대로 쳐나가지 말라고 명령해 주옵소서. 만일 이 명령을 지키지 않는 자가 있으면 엄벌에 처하겠다고 명령하시옵소서. 그러면 제갈량은 한 달이 지나지 않아 물러갈 줄로 아옵니다. 그 때가 좋은 기회이옵니다. 허를 찔러 일제히 반격하면 제갈량을 사로잡을 수 있을지도 모르옵니다."

"경이 직접 총지휘를 해 주지 않겠소? 조진은 믿을 수가 없소."

"폐하, 잊지 마옵소서. 동쪽에는 오나라가 있고 오나라에는 육손이 있다는 것을. 만일 신(臣)이 제갈량과 맞서 싸우게 되면 육손은 그 틈을 엿보아 반드시 우리나라로 쳐들어올 것입니다. 신은 결코 두려운 생각에서 여기 머물러 있는 것이 아닙니다. 육손과 맞서 싸울 수 있는 것은 신 외에 마땅한 사람이 없습니다."

사마의는 잘라 말했다.

조진의 전황 보고가 쉴새없이 이어졌다.

사마의는 촉군의 공격이 점점 심해져가는 것을 알자 위제 조예에게 더욱 힘주어 강조했다.

"폐하, 되풀이해 말씀드리옵니다. 조 도독에게 한시바삐 칙사를 보내시옵소서. 촉군의 공세에 대해 절대로 반격을 가하지 말라고 말이옵니다. 아무리 촉군이 교묘한 방법으로 끌어내려 하더라도 진지에서 나가서는 안 되옵니다. 반격을 하면 촉군은 반드시 퇴각할 것이옵니다. 그러면 이를 깊이 쫓는 것이 공을 서두르는 사람의 기세. 반드시 적의 책략에 걸려들게 되옵니다."

곧 태상경(太常卿) 한기(韓曁)가 칙사로 떠나게 되었다.

사마의는 한기를 성 밖까지 배웅하면서 다시 일렀다.

"나는 이번 싸움의 공을 조 도독에게 양보할 생각이오. 그러므로 칙사에게 말한 책략은 내가 세운 것이라고 말하지 말고 폐하의 말씀이라고 전하시오. 부디 진지를 굳게 지키고 반격을 하지 말라고 전하시오. 촉군의 양식이 떨어져 물러가기 시작하거든 그 틈을 타서 추격을 해야 하오. 추격하는 장수는 신중한 사람을 고르고 성급한 사람은 피하도록 조 도독에게 충고해 주시오."

"알았습니다."

기산에 있는 위군 본영에서는 조진이 칙사가 오기만을 고대했다. 그러다가 마침내 한기가 왔다는 말을 듣자 조진은 몸소 진문 밖으로 나가 맞았다.

조서를 읽고 난 조진은 좌우에 서 있는 곽회와 손례에게 그 내용을 일렀다.

그러자 곽회가 웃으며 말했다.

"이건 사마의 중달의 전법이 틀림없습니다."

"어떻게 그렇다고 단정할 수 있는가?"

"중달은 제갈량의 전술을 잘 알고 있습니다. 중달은 도독에게 공을 세우지 못하게 하기 위해 그저 지키고만 있으라고 한 것입니다. 뒷날 자신이 와서 제갈량을 칠 생각인 줄 압니다."

"그럼 제갈량이 퇴각하지 않더라도 우리는 이를 쳐버려야 한단 말인가?"

"그것이 도독께서 택해야 될 전술입니다."

"어명을 어기는 것이 된다."

"결국 제갈량을 몰아내기만 하면 됩니다. 먼저 몰래 왕쌍을 시켜 군대를 샛길로 내보냅니다. 제갈량은 샛길이 막히게 되면 군량을 운반할 수 없게 됩니다. 군량이 모자라게 되면 제갈량은 총공격으로 나올 수밖에 없을 것입니다. 그것이야말로 우리들이 바라는 것입니다."

곽회는 사마의가 위군의 최고 위치에 있는 것이 못마땅했기 때문에 사마의의 전술과는 반대되는 방법을 주장했던 것이다.

이에 응해 손례도 거들고 나섰다.

"소장이 군량을 농서로부터 운반해 오는 것처럼 적에게 보이기 위해 기산 길로 나가겠습니다. 수레에는 군량 대신 유황과 염초를 숨긴 마른 나무와 풀을 싣겠습니다. 그리고 이를 촉나라 첩자가 알게 합니다. 촉군은 이미 양식이 부족해진 터라 이 보고를 들으면 기뻐 날뛰며 우리 보급 부대를 습격해 올 것입니다. ……소장이 이것에 불을 놓는 것과 때맞추어 왕쌍의 복병이 쳐들어오게 되면 적을 전멸시키는 것도 그다지 어려운 일이 아닐 줄 압니다."

"그거 참 묘계로구나!"

조진은 곽회와 손례의 계략을 믿고 그대로 실행하기로 했다.

왕쌍으로 하여금 샛길이란 샛길을 모조리 둘러보게 하고 곽회는 기곡과 가정을 돌며 각처의 군대로 하여금 요충지를 굳게 지키도록 했다.

조진은 공명의 귀신같은 전략을 잘 알고 있었기 때문에, 자기 진영의 수비는 장료의 아들 장호(張虎)를 선봉으로 하고, 악진의 아들 악침(樂綝)을 부선봉으로 하여, 본진을 굳게 지키고 결코 반격을 하지 않도록 명령했다.

한편 기산 앞쪽에 중군 본영을 차린 공명은 매일 수천 명씩 진격하게 하여 적의 반응을 엿보았다.

위군은 이에 맞서 싸울 기세를 전혀 보이지 않았다.

"적은 우리쪽 군량이 다하기를 기다리고 있는 것이다."

공명은 강유에게 말했다.

"난처하게 되었습니다. 진창성은 학소의 수비가 단단해서 함락시킬 수 없고 샛길은 길이 험해 운반할 수가 없습니다. 20일분의 양식만을 가지고 여기 진치고 있는 것은 자멸을 뜻하는 것입니다. 승상께서는 우리 군이 최소한의 손해로 철수하는 전략을 생각하시기 바랍니다."

“생각해 보지.”

공명이 그렇게 대답했을 때였다.

한 명의 탐색병이 숨을 헐떡이며 장막 안으로 달려들어왔다.

“농서의 위군이 군량을 실어오고 있습니다. 수레가 무려 500대나 됩니다.”

“지휘하는 대장이 누군지 보았느냐?”

“손례였습니다.”

공명은 손례가 어떤 사람인지 강유에게 물었다.

“힘이 혼자 20명을 당한다는 맹장입니다. 일찍이 조예가 대석산(大石山)에서 짐승 사냥을 하고 있을 때, 화살을 맞고 미쳐 날뛰는 호랑이가 갑자기 조예 앞으로 뛰어드는 것을 손례가 몸으로 조예를 막으며 칼로 찔러 죽였습니다. 그 공으로 상장군이 된 사람으로 지금은 조진의 심복이 되어 있습니다.”

“그래?”

공명은 엷은 웃음을 띠었다.

“그 손례란 사람이 아마도 이 공명을 한 번 속여 볼 속셈인 것 같구나.”

“무슨 말씀이시온지?”

“그 수레에 실은 것은 군량이 아니고 타기 쉬운 마른 나무나 풀이 틀림없을 것이다. 그 속에 화약 종류가 들어 있겠지.”

“과연 그럴 것 같습니다.”

강유도 크게 고개를 끄덕였다.

이쪽에서 군량을 앗으려고 와아 몰려 나가면 그 틈을 타서 본영을 찌를 작전이 틀림없다고 공명은 내다보았던 것이다.

화공은 공명이 자주 쓰는 전술이다. 그런데 지금 손례가 거꾸로 그 전술을 써서 큰 승리를 거두려 하고 있다.

거기에 말려들 공명이 아니었다.

공명은 마대를 불러 명령했다.

"그대는 3천 기를 이끌고 보급 부대인 것처럼 꾸민 손례의 마차 행렬을 습격하되 바람을 등지고 접근해야 한다. 결코 그 부대 안으로 쳐들어가서는 안 된다. 섶이 타오르면 복병이 나타날 것이다. 그때 마충과 장의가 각각 5천 기를 이끌고 그대와 호응하여 협공할 것이다."

마대와 마충, 장의를 떠나보내고 공명은 관흥과 장포를 불렀다.

"위나라 전방 진지는 네 갈래 길 중앙 지점에 있다. 오늘밤 농서에서 오는 군량 보급대에서 불길이 오르면 위군은 계략대로 됐다고 우리 중군을 향해 총공격을 해 올 것이다. 그러므로 그대들은 적의 진지 좌우에 숨어 있다가 적이 비운 진지를 앗으라."

공명의 전술은 역시 교묘했다.

또 오반과 오의를 불러 지시한다.

"그대들은 각각 부하 군사를 이끌고 우리 진영 밖에 숨어서 기다린다. 적이 연채 안으로 밀려 들어오거든 그 퇴로를 끊으라."

수배는 끝났다.

공명은 기산 어느 언덕 꼭대기에 서서 전황이 어떻게 될까를 기다리고 있었다.

"촉군이 농서에서 오는 군량을 앗을 목적으로 진격해 온다."

급보를 받고 손례는 빙그레 웃었다.

'공명, 두고 봐라! 기어코 사로잡고 말겠다!'

군사를 산 서쪽에 숨겨 두고 있는 손례는 승리를 조금도 의심하지 않았다.

밤이 이슥해지자 먼저 마대가 사람과 말 모두 소리를 내지 못하도록 하여 산 서쪽으로 이동했다.

그곳에는 수레가 빈틈없이 줄지어 있고, 사람의 그림자는 없었으며, 수레 위에 세워진 깃발이 밤바람에 펄럭이고 있었다.

서남풍이 차츰 강하게 불기 시작했다.

"됐다! 지금이다!"

마대는 명령을 내렸다.

3천 군사는 일제히 달려갔다. 수레 행렬에서 100보쯤 떨어진 거리까지 다가가자 불화살을 쏘아 보냈다.

애초에 불에 잘 타게끔 만들어진 수레 아닌가.

확, 하고 화약이 튀며 순식간에 마른 나무와 마른 풀에 불꽃이 당겼다.

주위는 금방 대낮처럼 밝아졌다. 하늘까지 옮겨 붙을 것 같은 무시무시한 불길이었다.

하늘로 치솟는 무서운 불기둥을 보자——

"이제 됐다!"

손례는 외쳤다.

"공격! 한 놈도 놓치지 말고 모조리 무찔러라!"

그런데 위나라 군사가 노도처럼 촉군에게 쳐들어가려는 순간, 등 뒤에서 산과 들을 뒤흔드는 함성이 울렸다.

느닷없는 함성에 놀라 뒤돌아본 손례는 기가 막혔다.

두 패로 갈라진 촉군이 정면으로 돌진해 오지 않는가! 불을 놓은 마대군도 얼른 방향을 바꾸어 질서정연하게 대오를 짰다.

"아아 분하다! 내 꾀를 공명이 알아냈던가!"

손례는 울부짖었다.

자기 지혜가 공명에게 미치지 못한 것을 안타까워하며, 반격할 생각을 가다듬을 겨를도 없이, 손례는 불바다 속에서 혈로를 트지 않으면 안 되었다.

불길이 치솟는 것을 본 선봉장 장호와 악침은 산기슭을 돌아 촉나라 중군 본영을 향해 들이닥쳤다.

그런데 이게 어떻게 된 일일까. 본영에는 촉나라 군사라고는 그림자도 보이지 않았다. 장호와 악침은 당황해서 군사를 물리려 했다.

그때를 노려 오반과 오의가 와락 쳐나왔다.

장호와 악침이 미친 듯이 날뛰며 겹겹이 둘러싼 포위를 뚫고 전위 진지로 도망쳐 돌아와보니 자기 진지의 흙담 위에서 화살이 휘익 날아왔다. 그들이 나온 뒤 관흥과 장포 부대가 진지를 점령했던 것이다.

공명을 화공으로써 참패시키려 한 손례의 전략은 거꾸로 촉 군사에게 대승을 안겨주는 결과를 가져왔다.

'진지를 굳게 지키고 절대로 쳐 나가지 말라.'

사마의의 의견을 받아들여 조진에게로 보낸 이 칙명은 옳았다.

손례가 세운 계책은 참패로 끝났다. 칙명을 어기고 공격했다가 군사를 3분의 1이나 잃고 만 조진은 두더지처럼 진지 속에 틀어박혀 꼼짝도 않게 되었다.

위군에게 다행스러웠던 것은 각 진지가 모두 천험에 의지하고 있어, 지키기는 쉽고 공격하기는 어려운 점이었다.

"이제 물러갈 시기다."

그렇게 생각한 공명은 진창도 입구에서 왕쌍과 대치하고 있는 위연을 불러 지시했다.

"이번은 하는 수 없이 물러가기로 하겠는데, 철수함에 있어서 장군이 어려운 일을 하나 해 주어야겠소."

"알겠습니다. 무슨 일이든 사양치 않겠습니다."

"이건 큰 모험이오, 미리 위험을 각오하지 않으면 안 되오. 진창도 입구에 포진하고 있는 우리 촉군을 모조리 한중으로 철수시키시오."

"……."

"그리고 장군은 30기의 결사대를 뽑아 남아 주어야겠소."

공명은 도면을 펴놓고 위연에게 밀계를 주었다.

위연은 신바람이 나서 자기 진지로 달려 돌아갔다.

공명은 전군에 회군 명령을 내렸다.

양의가 의아한 표정으로 물었다.

"참패한 조진에게는 이제 싸울 생각이 없을 겁니다. 위병이 사기를 잃고 있는 지금이 바로 쳐들어가야 할 때가 아닙니까?"

공명은 고개를 저었다.

"조진에게 싸울 생각이 있어야만 승부를 낼 수가 있다. 굳게 지키고 있는 적과 맞서고 있는 동안 우리쪽 군량이 떨어지게 된다. 만일 적의 유격대에 의해 보급로를 끊기면 우리쪽이 굶주리게 될 공포 때문에 사기를 잃고 말 것이다. 그때 적이 중원에서 응원군을 보내오게 되면 적과 우리의 형세가 뒤바뀌어 우리가 참패할 것이 뻔하다. 지금 물러나는 것은 참으로 분한 일이지만 어쩔 수가 없다. 결전은 뒷날로 미룬다."

촉나라 전군의 철수는 질서정연하게 단 하룻밤 사이에 행해졌다. 수백 개의 진지는 텅 비었다.

조진은 본영 안에서 공연히 전전긍긍하고 있었다.

그 때 좌장군 장합이 5만 명 군사를 이끌고 도착했다.

"사마 장군의 명령을 받고 응원하러 왔습니다."

"아니야, 아무리 그대의 응원을 받는다 해도 제갈량과 정면으로 충돌할 수는 없소. 제갈량은 갖은 전략을 다 준비해 가지고 기다리고 있소."

"사마 장군은 이렇게 말했습니다. '우리 군이 이기고 있으면 제갈량은 퇴각하지 않겠지만, 우리 군이 패했으면 그는 철수하게 될 거다.'라고 말입니다. 적의 포진 상황은 어떻습니까?"

"아직 적정을 탐색하지는 않았지만 승리한 적이 퇴진하리라고는 생각할 수 없소.”

장합은 조진의 겁많은 태도를 안타까워하면서 곧 탐색대를 내보냈다. 촉군 진지에는 아직도 깃발이 나부끼고 있다는 보고였다.

“좋아! 한 번 공격을 하리라.”

장합은 부하 군대를 이끌고 정면으로 돌격했다.

촉군 진지에 이르러 보니, 사람은 그림자도 없고 깃발만이 바람에 펄럭이고 있었다.

“다 틀렸다! 사마 장군의 말대로였구나!”

장합은 원통해했다.

조진은 장합의 보고를 받자 어이가 없어 말조차 나오지 않았다.

한편 위연은, 사흘 뒤 먼동이 트기 전에 살며시 군사를 철수시키고 단 30기만 이끌고 홀로 어딘가로 모습을 감추었다.

대치하고 있는 왕쌍은 조진과는 달랐다. 적이 철수만 하면 질풍처럼 습격하려고 벼르고 있었다. 거기에 탐색병으로부터——

“적이 철수해 갑니다.”

급보를 받자 명령을 내렸다.

“자아! 지금이다! 추격!”

말다리가 부러져라 속력을 내며 왕쌍은 달빛 속의 큰길을 힘차게 내달렸다.

20리 가량 뒤쫓았을까.

날이 희미하게 밝기 시작하자 새벽 안개가 깔린 저쪽에 대장 위연의 깃발이 바라보였다.

“위연은 기다려라! 도망치는 건 비겁하다!”

벼락같이 소리를 질렀으나 깃발은 더욱 재빨리 달아나고만 있었다. 왕쌍은, 네까짓 놈이 달아나면 어디로 갈 것이냐는 듯이 말을 채찍질했다.

그 때 쏜살같이 뒤쫓아온 장교 하나가 소리쳤다.

"장군! 성 밖 진지에서 불길이 오르고 있습니다!"

"뭣?"

"위연은 철수한 것이 아니고 진지를 옮긴 것 같습니다. 뒤쫓으면 저들의 간계에 빠질 염려가 있습니다."

"빌어먹을!"

뒤돌아보는 왕쌍의 눈에 하늘로 치솟는 불기둥이 비쳤다.

"속았구나!"

왕쌍은 말머리를 돌렸다. 왕쌍의 빠른 걸음을 부하 장병들은 따라 갈 수가 없었다.

땅을 박차고 혼자 말을 달려 돌아가던 왕쌍이 산기슭을 지나려는 바로 그 때였다.

솔숲에서 느닷없이 30명 가량의 말 탄 장수가 뛰어나와 왕쌍의 앞뒤를 꽉 가로막았다.

"네까짓 놈들에게 내가 질 수 있느냐!"

왕쌍은 60근 청룡도를 휘둘렀다.

촉나라 무장 30명은 미친 듯 날뛰는 왕쌍의 칼을 교묘히 피해 뒤로 물러났다가는 어느 사이에 다시 포위를 좁혀 오곤 했다.

만부부당의 맹장이라고 불리는 왕쌍이었지만, 싸움에 익숙한 30명을 상대로 혼자 칼을 휘두르는 동안 차츰 피로를 느끼게 되었다.

'달아나는 수밖에 없다!'

이렇게 생각한 왕쌍은 무섭게 쳐들어가 포위진 한 쪽을 뚫었다.

순간 그 앞을 가로막고 빙그레 웃는 장수가 하나 있었다.

"왕쌍, 어디로 달아나는가? 위연이 기다린 지 오래다!"

그렇게 외치며 말을 몰아 돌격해 왔다.

서로 마주보고 서서 이름을 밝히고, 욕설을 주고받으며 결투를 했다면 왕쌍도 덧없이 죽지는 않았을 것이다.

그러나 지금은 혈로를 트며 달아나기에 바쁜 왕쌍이었다.

왕쌍이 마음을 가다듬어 적과 싸울 겨를도 없이 그의 60근 청룡도가 두 도막으로 부러지고 말았다.

허리에 찬 칼을 뽑으려는 순간

"받아라!"

위연의 우렁찬 목소리와 함께 왕쌍의 머리가 허공으로 날아오르며 아침 햇빛에 검붉은 피무지개를 그렸다.

달려온 위병들은 적이 겨우 30기뿐이라는 생각은 못하고 속임수에 빠졌다는 생각에 정신없이 사방으로 흩어져 도망쳤다.

위연은 왕쌍의 머리를 말 안장에 붙들어맨 다음 30기를 이끌고 한중을 향해 퇴각했다.

공명의 묘계대로, 위연은 30기를 이끌고 왕쌍의 진영 가까이로 숨어들어가 왕쌍이 진지를 비우고 추격해 나간 사이, 그 진영에 불을 지르고 왕쌍이 황급히 돌아오는 길목을 지키고 있다가 이를 무찌르게 되었던 것이다.

공명은, 왕쌍 같은 맹장이 진창성의 학소를 도와 포진하고 있으면 뒷날 중원으로 군사를 내보낼 수 없다 생각하고 위연에게 모험을 하게 하여 보기좋게 성공한 것이다.

장합은 공명의 뒤를 쫓아 100여 리를 나아갔다. 그러나 본디 길이 험한데다가 공명이 어떤 전략을 꾸며 두고 있는지를 알 수 없어 되돌아오고 말았다.

그때 진창성 학소의 사자가 비보(悲報)를 가지고 왔다.

"위연에게 속아 왕 장군이 전사했습니다."

조진은 그 보고를 읽자 힘없이 고개를 저었다.

"이제 나는 다 틀렸다."

조진은 패전에 대해 자책하며 괴로워하다 병이 들고 말았다.

조진은 장합·곽회·손례 등에게 각 요충지의 수비를 부탁해 두고,

사륜거에 드러누워 낙양으로 돌아갔다.

이 때의 전투를 두고 후세 사람이 시를 지어 읊었다.

　　공명의 묘계는 손빈, 방연보다 훌륭하니
　　혜성처럼 밝게 촉한을 비추었지
　　진퇴의 용병술은 귀신도 예측할 수 없어
　　진창길 어귀에서 왕쌍의 목을 베었다네

고산 대삼국지 인간경영
7
두려움 기질 인화

두려움 기질 인화

□공명의 세 가지 특징

공명은, 그의 특징으로서 지성충의(至誠忠義)를 든다.

"세상에서 지략 있는 자는 성의가 없고, 성의 있는 자는 지략이 없으며, 아울러 가지기 어려운 지략과 지성을 함께 가졌고 마침내 한몸을 지성의 결정(結晶)으로 삼은 점에 있어서는 거의 인간을 초월한다."

후세 사람들은 공명을 이렇게 평했다. 관인대도(寬仁大度)라고 평가받는 한고조 유방조차도 자기 몸의 안전을 꾀하기 위해선 공있는 가신들을 모두 죽였건만, 유비와 공명은 문자 그대로 수어(水魚) 관계였고 더욱이 유비의 아들 유선과의 관계에 있어서도 공명은 가신으로서의 충성을 다한 중국에서도 단 하나의 인물이었다.

다음은 상벌을 적용할 때의 공평무사(公平無私)이다.

'충성을 다하고 때[時]에 이익되는 자는 원수라도 반드시 상주고,
법을 어기며 태만한 자는 어버이라 할지라도 반드시 벌한다.'

(진수)

즉 공명은 필벌주의였다. 그렇건만 그에게 벌받아 원망하는 자가
없었다. 그것은 처벌받는 쪽에서도 반드시 처벌받는 이유를 알고 있
었기 때문이었으리라. 읍참마속(泣斬馬謖)이 그 좋은 보기였다.

그리하여 세 번째가 청렴과욕(淸廉寡欲)이다. 공명은 촉한의 정
치·경제·사회의 모든 것을 20년간에 걸쳐 한손에 쥐고 있었다, 그
무렵의 중국인 발상(發想)으로 말한다면 지위가 높아지는 동시에
사유 재산을 늘리는 것이었다. 자기가 돈벌이하려 하지 않더라도 높
아지면 당연히 돈벌이가 되는 사회 구조였던 셈이다. 그런데 공명은
한푼 없다고 할 만큼 사재(私財)를 남기지 않았다.

□참으로 무서운 것

"일에 임해선 반드시 무서워하는 자가 능히 모(謀)를 이룬다."

(공자)

운전을 처음 할 때에는 누구라도 겁이 나는 법이다. 그러나 면허
를 따고서 반 년쯤 운전을 하다 보면 전혀 겁이 나지 않고 1년쯤 지
나면 자기 아닌 남이 도무지 굼벵이 같아 답답한 마음이 든다. 운전
은 두렵든가 두렵지 않든가를 되풀이하며, 차츰 익숙해져 간다. 두
려운 것은 운전이 서툴러 차가 잘 움직이지 않아서이기도 하지만,
능숙하여 앞의 위험을 밝게 예상할 수 있기 때문이기도 하다. 두렵
지 않은 것은 능숙하여 자신이 있어서이지만 자기의 서툰 솜씨를 모
르기 때문이기도 하다. 두려울 때에는 운전이 진보되고 두렵지 않을
때에는 진보가 정지되는 것이라고도 할 수 있다.

처음으로 진짜 칼로 승부를 겨룬 제자가 스승한테 돌아와 체험을
이야기하며 '무서워서 뭐가 뭔지 제정신이 아니었습니다'라고 부끄

럽게 여기자, 스승은 '잘했다'고 칭찬했다. 다음 승부에서는 이기고 돌아와 '한칼로 베어 버렸습니다'라고 전혀 무섭지 않았음을 뽐냈지만, 스승은 '위태로운 짓이야'라고 걱정했다. 이런 일을 되풀이하고 10년쯤 지나서 '칼싸움이란 언제까지 지나도 무섭습니까?'라고 물었더니 '너는 명인이다'라고 스승은 진심으로 칭찬했다고 한다.

인생 역시 두려워해야 할 것을 두려워하지 않으면 안 된다. 경영은 마지막까지 무서워하지 않으면 안 되는 것이다.

□장(將)이 졸(卒)과 같으면 국사가 아니다

한 나라의 안위(安危)를 짊어질 장수된 자는 뭇 사람을 앞질러야 한다는 뜻이다. 우리들의 경우라도 간부는 부하보다 바르고 더욱이 우수하지 않으면 안 된다.

조직에서의 가장 큰 불행은 능력이 뒤지는 자가 능력이 뛰어난 자 위에 서는 것으로, 모든 트러블은 여기에서 비롯된다 해도 지나친 말은 아니다. 간부는 부하보다 우월하기 위해 밤낮 없이 필사의 노력을 해야 한다. 그러나 "나는 모든 부하보다 우월하다"고 자신을 가질 수 있는 사람이 얼마나 될까. 그것은 그것으로 좋다. 다만 부하보다 우월한 인간이 되고자 끊임없이 힘쓰는 자세가 중요하다.

간부는 모든 점에서 부하에게 우월해야 한다는 것은 아니다. CEO의 가치는 자기보다 뛰어난 사원을 몇 사람 거느리고 있느냐에 따라 정해진다고 한다. 간부도 자기보다 우수한 부하를 많이 가지고 있음을 자랑으로 삼아야 할 것이며, 지력·체력·기능 가운데 몇 가지는 오히려 부하보다 뒤지는 편이 좋다.

CEO가 모든 면에서 가장 유능하다는 것은 부하를 제대로 육성하지 않았다는 뜻이며 이런 평은 좋은 것이 못된다. CEO는 다만 통솔력, 특히 결단력과 책임이 강한 것으로 족하다. 사원에게서 '결단력이 없다'는 경멸을 받는다면 CEO 자격이 없다.

전장에서 인간의 용감하고 겁많음을 결정짓는 것은 무력이나 지력이 아니라 책임관념이다. "장수된 가치는 그 책임관념과 신념이 상실된 순간에 소멸한다"는 말이 있다. 회사의 운영을 결정하는 것도 경영자의 책임관념이다. 컨설턴트에게 "회사가 망할 것 같은데……." 하고 의논하러 가는 사람이 많다. 컨설턴트는 여러 가지로 회사 현황을 들어본 뒤 "당신이 CEO를 그만두기만 하면 회사는 재기한다"고 말해 주고 싶은 일이 많다고 한다. 경영자로서의 신념과 책임관념을 잃어 그 자격이 소멸되어 버렸기 때문이다.

책임을 진다는 일은 그 자체가 결코 싫은 일은 아니다. 책임감은 인간을 강하게 해준다.

"나는 모계로써 장량을 당하지 못한다. 나라를 다스리고 병량을 공급하는 일은 소하를 따르지 못하고, 100만 군졸을 거느리고 승리를 거두는 데는 한신에 뒤진다. 그러나 이 3명에게 저마다 장기로 하는 것을 발휘시켜 힘껏 일하게 했다. 내가 항우을 이긴 열쇠는 그것이었다."

(유방)

□암원숭이에 인기 없는 수원숭이는 보스가 되지 못한다

무리지어 생활하는 동물에게는 반드시 리더가 있어 동료를 통솔한다. 원숭이 무리의 통솔자는 보스 원숭이로서 한 무리의 생활과 안전을 보장하는 중대한 책임을 지고 또 그만큼 권한을 행사한다. 그런만큼 아무 원숭이나 될 수 있는 것은 아니다.

보스 원숭이는 인기가 있어야 한다. 그 조건은 아래와 같다.

①성질이 억세다.

②체력이 뛰어나다.

③싸움의 중재를 할 수 있다.

④암원숭이에게 인기가 있다.

원숭이 세계에선 생활과 생명이 걸려 있는 만큼 암원숭이는 진지하게 수원숭이의 능력을 평가한다.

암원숭이가 줄줄 따르고 좋은 아기원숭이를 가진 보스 원숭이는 노쇠하더라도 전의(戰意)를 잃지 않는다.

□적을 이기지 못하는 대장에게 부하는 따라오지 않는다

아무리 인간성 좋은 야구 감독이라도 게임에 이기지 못하면 따라오는 선수가 없다. 이익을 올리지 못하는 CEO도 마찬가지이다.

통솔자는 먼저 성공하지 않으면 안 된다. 고금동서의 뛰어난 군주·정치가·대장·경영자들은 하나같이 우선 성공함으로써 그 통솔력을 급격히 증대하고, 그것에 의해 더욱 큰 성공을 가속적으로 획득하고 있다. 계속 큰 성공을 하는 자는 마침내 신격화(神格化)된다. 신격화된 자의 통솔력은 끝없이 강대해져서 카리스마를 발휘한다.

이렇게 되면 다른 통솔 조건 따위는 거의 문제가 되지 않는다.

세계적으로 월등한 기술을 가지고 큰 이익을 올리는 회사, CEO의 참신한 아이디어로 일취월장 발전하고 있는 기업에선 거의 통솔은 무시해도 좋다.

"군주에게 강력한 군대가 있는 한 선량한 동맹국을 얻는 데 아쉬움은 없다."   (마키아벨리)

□생각할 것이 없는 게 아니다. 생각할 의욕이 없는 것이다

경제 정세의 어지러운 변화에 기업을 적응시키기 위해, 또한 기업에 유리한 정세를 적극적으로 창출하기 위해(이를테면 수요의 창조), 또는 기업 내에 쌓인 노폐물을 제거하기 위해 우리는 항상 경영 혁신을 꾀할 필요가 있고, 언제나 이것을 생각지 않으면 안 된다. CEO가, 생각할 의욕을 잃은 회사는, 다만 진보만 하지 못하는 게 아니라 정세 변화의 거친 파도를 뒤집어쓰고 이내 전복하고 만다.

"CEO는 누구보다도 열심이어야 한다. 모든 것은 열심에서 비롯

되고 열심으로 해결된다." （마쓰시타 고노스케）

"기업은 정세 변화에 적응할 뿐 아니라 그것을 만들어내야 한다.
（드러커）

□장군의 태도는 항상 자신감 있어야

CEO는 부하를 보기보다는 부하에게 자기를 보이고 있는 편이 중요하다. 어느 때이든지 사원들이 볼 수 있도록 위치와 행동을 생각해야 하지만, 그렇지 않아도 부하라는 것은 괴로워지면 반드시 상사의 얼굴을 본다. 이런 때 상사의 유연하고도 기백 있는 표정이나 태도는 100만 마디보다도 더한층 통솔 효과를 발휘한다.

CEO 옆에 욕실을 설비한 사람이 있었다. '좀 지나친 일이 아닌가' 하고 친구가 나무라자 이런 대답이 돌아왔다.

"우리 회사는 겉보기에는 화려하지만 속사정은 괴롭다네. 언제나 걱정거리가 많아 자칫 자기도 모르는 사이에 찌푸린 얼굴이 되네. 그래서 사원들 앞에 나갈 때에는 반드시 거울을 보고, 안 되겠다 싶으면 샤워를 하고 얼굴을 씻고 필요하면 화장까지 하고서 무대에라도 서는 기분으로 방을 나간다네."

"장은 즐겁다는 태도여야 한다. 수심을 띠어선 안 된다."
（육도삼략）

□한 번 실수는 부득이, 두 번 실수는 용서되지 않는다

경영 혁신이나 기술 개발에서 실패는 으레 있게 마련이다. 실패를 겁내고 있다가는 성공하지 못한다. 부하가 실패하는 것은 '무언지 꾀하겠다는 마음'을 가지고 있는 증거로써 실패 여부를 인물 평가의 척도로 삼고 있는 CEO도 있다지만, CEO는 사원의 실패를 책하는 것보다 같은 실패를 되풀이하지 않도록 적극적인 지원을 해주는 것이 중요하다.

　　CEO가 사원의 과실을 지나치게 추궁하면 회사에 소극·무기력한 무드가 조성되게 된다. 그렇다고 해서 사원의 과실을 방치해선 안 된다. 다음번에는 성공하는 찬스가 되도록 꾸짖어야 한다.

　　야구에서 3할 타자는 우수 선수이며, 프로 야구계에서도 이 정도 선수는 그리 흔치 않다. 그들은 10회 가운데 7회는 실패하며, 단순히 과실의 비율로 말하면 그들도 열등 선수인 것이다.

　　"군자의 허물은 일식·월식과 같다. 허물이 있을 때 사람이 모두 이것을 보고, 고칠 때도 사람이 모두 이것을 우러른다."　(공자)

　　"같은 돌에 두 번 걸려 넘어지지 말라."　　　　　　(키케로)

□침착도는 마음이 평정으로 돌아오기까지의 시간으로 잰다

　　뜻하지 않은 사고에 부딪혔을 때 당황 없이 차분히 대책을 강구하는 침착성, 그것은 부하가 많을수록 그 필요성이 증대된다.

　　그러나 뜻밖에 치명적인 타격을 받는 사건과 맞부딪치게 되면 누구라도 당황하여 침착성을 잃는다. 자기는 침착한 것 같아도 또 하나의 자기가 허둥거리는 것은 어쩔 수가 없다.

　　당황하여 마음이 평정(平靜)을 잃는 것은 인간 본능에서 비롯되는 것이다. 결코 부끄러운 일도 아니다. 오히려 그런 현상을 모른다는 사람 쪽이 이상할 정도이다. 그것은 그것으로써 좋다. 문제는 평정을 잃은 마음을 재빨리 평정으로 되돌리는 일이다. 그것에 필요한 시간의 장단(長短)에 따라 침착이냐 아니냐가 정해지는 것이다. 범인(凡人)인 우리가 당황하지 않으려고 무리할 필요는 없다. 사양할 것 없이 당황한 후에 빨리 이것을 가라앉히면 된다.

　　우리는 첫 일격을 견디는 뻔뻔스러움을 반드시 가져야 한다.

　　펀치를 한 방 먹고도 당황하지 않는 사람은 비행기 추락 사고를 당해도 한순간 충격을 덜 받을 것이다. 자주 생사의 고비를 넘겨온 베테랑 편대장은, 평소 훈련에선 젊은 파일럿의 조종 기술에 훨씬 미치지 못하더라도 위기를 맞아 그 몇 갑절의 기지를 발휘하는 것은 당황하지 않기 때문이다.

□ **사마중달은 공명보다 못한가**

현대 경영에서 중요한 요소는 말할 것도 없이 사람·물자·돈·정보지만 옛날 전쟁에서도 인재·물자·돈에 덧붙여 정보가 필요했다. 그들보다 500년 전에 활약한 손무(孫武 : ^{「손자병법」}_{의 저자})도 오기(吳起)도 정보 수집의 필요성을 강조하고 있다. 정보를 널리 깊게 수집하고 선택하여 앞을 내다보는 일이야말로 전쟁의 승패를 결판짓는 최대 요소로 인식하였던 것이다.

이 정보 선택력에 있어선 사마의 중달이 공명보다 한 수 위였다. 공명도 널리 정보를 수집했지만 선택력은 중달한테 뒤지고 있었다.

①중달은 공명의 최대 약점이 군량 부족임을 꿰뚫어보았다. 여섯 번 기산에 나와 여섯 번 철수하지 않을 수 없었던 공명의 실패는 보급의 불충분에 있었다. 공명도 그 결점을 커버하기 위해 목우·유마를 발명했지만 대세를 바꾸는 데까지는 이르지 못했다.

②그래서 중달은 공명이 아무리 도전해도 진을 굳게 지키는 전법으로 나갔다. 이 전법은 결코 화려한 것이라 할 수 없지만 결과적으로 위군을 승리로 이끄는 요인이 된 것이다.

③중달의 싸우지 않는 전법은 곧 지구전(持久戰)이요 소모전이었다. 지구전이면 국력의 차이로 결판나기 때문에 촉나라는 공명의 귀신 같은 병략(兵略)이 있었어도 중달을 격파할 수 없었던 것이다.

□ **사마중달과 지구전**

"시간 여유를 얻고자 할 경우에는 결전은 피하고 지구전을 벌인다. 지구전에서는 비록 수세에 몰려 있다 할지라도, 공세를 취하지 않고도 목적을 이룩할 수 있는 경우 또한 적지 않다."

그러나 지구전은 함부로 실시할 것은 아니다. 확실한 성공의 계산 없이 다만 결전하는 게 불리하다는 이유로만 대치 상태를 오래 계속하고 있으면 국토는 황폐하고 전력은 소모되어 자멸하고 만다. 마키아벨리는 그「정략론(政略論)」에서 이렇게 주장했다.

"지구전은 우리 군대가 정예인 까닭에 적군이 공격을 주저하거나 적군이 물자 부족으로 싸움터에 머물러 있을 수 없다든가, 아군이 전략상 확실히 유리할 경우 말고는 채택해선 안 된다."

결전·지구전의 관계와 공격·방어의 관계를 명백히 구별해서 생각지 않으면 안 된다. 이 양자는 차원이 다른 문제로 결전을 위해서는 주로 공격을 하지만 방어도 한다. 지구전을 위해서는 주로 방어를 하지만 때로는 공격도 한다. 즉 결전과 지구전은 목적의 차이이고 공격과 방어는 목적을 이룩하기 위한 수단의 차이이다. 또 결전을 위해선 주로 효과적으로 싸울 것을 생각하지만, 지구전에선 되도록 싸우지 않고 넘기는 일을 생각한다. 사마의는 그것을 알고 있었다.

□명령은 행동 개시의 신호일 뿐

인간에겐 '명령을 따르고 싶지 않다'는 본능이 있다. 부하는 결코 명령만으로 움직이는 것은 아니다. 움직이는 것처럼 보이는 것은, 준비 동작이 효과를 나타내고 명령으로 동기 부여가 되어 행동이 개시되고 있는 것에 지나지 않는다.

명령을 '행동 개시의 신호'로 하자면 사전 준비가 필요하며, 그것이 제어(制御)이다.

통솔이란 즉 제어하여 지휘하는 것이다. 제어는 집단 안의 각 성원에게 전능력을 발휘하고자 하는 마음을 일으키게 하는 심리 공작이다. 지휘는 제어에 의해 끓어오르게 하고 장악한 에너지를 통합시켜 집단 전체의 목표에 적시 집중 지향케 하고 촉진하여 효과적으로 활용하는 기술이다.

"동기 부여하는 능력 없이는 경영자라고 할 수 없다." (드러커)

□천시(天時)와 지리(地利)와 인화(人和)

전쟁의 승패를 결정하는 요인에는 천운·날씨·지형·병력·장비 등 여러 가지가 있지만, 가장 크게 영향을 미치는 것은 인화, 즉 팀워크로서 팀워크가 되어 있지 않은 조직은 그 규모가 크면 클수록 오히려 약해진다.

사람의 일 가운데 가장 중요한 것은 인화를 도모하는 일로서, 그러므로 통솔력이 없는 사람은 영업·기술·자금 등에 관한 능력이 아무리 빼어나도 그 임무를 다하지 못한다.

'허허실실의 줄다리기는 적에 대해서보다도 자기 편에 대해 더 많이 필요하다.'

□대차대조표만으로써는 회사를 평가 못한다

제갈공명이 오장원에서 눈감을 때 가장 염려했던 것은 촉나라에 인재가 없다는 점이었다.

가령 회사의 실체를 파악하자면 먼저 대차대조표와 손익계산서를 검토한다. 대차대조표를 보고서 먼저 아는 일은 어떤 자산(資産)을 가지고 있는가, 그 자산은 어떠한 돈에 의해 운용되고 있는가이다. 그러나 회사의 최고 재산인 인재에 대해선 알 수가 없다. 하기야 대차대조표에 나와 있는 것은 모두 사람이 일한 성과이므로, 거꾸로 더듬어 올라가면 사람에 대해 모를 것도 없겠지만 그것은 전문가이어야 비로소 알 수 있는 일이다.

우리는 그 밖에도 CEO의 통솔력, 사원의 능력과 인원수, 팀워크, 회사 간부가 몇 번 위기를 극복했다든가 등등을 구체적으로 조사해 두지 않으면 회사가 가지고 있는 힘을 뚜렷이 알 수 없으며, 그 장래를 예측하기 어렵다.

우리들이 재빨리 손쉽게 회사를 평가하자면 어떠한 사람이 어떤 마음가짐으로 일하고 있는지를 꿰뚫어 보아야 한다.

□ 깃발을 내걸어라

CEO는 먼저 자기가 하고자 마음먹은 것을 안팎에 선언하지 않으면 안 된다. 아무리 마음으로 생각하고 있어도 밖으로 나타내지 않는다면 다른 사람들이 모른다. 모르고선 협력할 도리가 없다.

평소부터 희망을 명시(明示)하고 있으면 회사 안 사람들이 이것을 목표로 노력할 것이고, 회사 바깥 사람은 좋은 의견과 이야기를 가져온다. 또한 자기의 생각을 밖으로 드러냄으로써 스스로 자기 생각이 간추려지고 결의가 굳어지는 법이다.

그러나 깃발에 써서 내건다고 해서 무엇이든 실현되는 것은 아니지만 그런데도 이상하리만큼 많은 희망이 이루어지는 반면, 깃발에 써서 내걸지 않은 것은 거의 실현되지 않고 있다. 두 말 없이 깃발에 써서 내걸어야 한다고 생각한다. 물론 깃발을 반드시 사용하지 않더라도 말이다.

이것은 심리학적 뒷받침이 있는 의견으로서 단순한 주장은 결코 아니다. 사람이 일을 할 때에는 먼저 머릿속에 이미지를 그리는 법이다. 이런 이미지를 차츰 구체화시켜 행동하는 것이 인간 활동의 프로세스이다.

따라서 성공하리라 생각했다면, 먼저 성공했을 때의 자기 모습과 주위 환경을 머릿속에 그린다. 그 인상을 항상 선명하고 깊게 새긴다면 자연히 이것이 실현된다는 것이 심리학자의 주장이다.

공명은 천하 삼분계를 분명히 밝히고 그 하나의 목표를 줄기차게 추진했으므로 성공을 거두었다. 조조는 천하를 잡겠다는 뜻을 세우고 일찍부터 의군을 일으켜 초지를 잃지 않고 그 뜻을 원동력으로 삼았기 때문에 중원을 차지했다.

고산(高山)
서울출생. 성균관대학교국문학과졸업. 성균관대학교대학원비교문화학전공졸업. 소설 〈청계천〉으로 〈자유문학〉 등단. 1956년~현재 동서문화사 발행인. 1977~87년 동인문학상운영위집행위원장. 1996년 〈파스칼세계대백과사전〉 편찬주간. 지은책 〈얼어붙은 장진호〉〈한국출판100년을 찾아서〉〈망석중이들 잠꼬대〉〈한국인〉新文館 崔南善·講談社 野間淸治〈愛國作法〉 한국출판학술상수상 한국출판문화상수상

그림/이우경 정준용 카츠시카 정웬 류성잔 스셍첸

1956

高山 大三國志
7 출사표

고산 고정일 지음
1판 발행 /2008년 8월 8일
발행인 고정일
발행처 동서문화사
창업 1956. 12. 12. 등록 16-345 (윤)
서울강남구신사동 540-22 ☎ 546-0331~6 (FAX) 545-0331
www.epascal.co.kr
잘못 만들어진 책은 바꾸어 드립니다.
*

사업자등록번호 211-87-75330
ISBN 978-89-497-0470-8 04820
ISBN 978-89-497-0463-0 (세트)